Deeanne Gist

Die eigenwillige Jungfer

Roman

Über die Autorin

Deeanne Gist hat bereits für die unterschiedlichsten Zeitschriften Beiträge verfasst, darunter das *People Magazine.* Sie lebt mit ihrem Ehemann, den vier gemeinsamen Kindern und zwei Hunden in Houston, Texas.
Im Frühjahr 2008 erschien ihr preisgekrönter Roman „Die widerspenstige Braut“ auf Deutsch und im selben Jahr auch ihr zweites Buch „Die unbeugsame Dame“.

Deeanne Gist

Die eigenwillige Jungfer

ROMAN

Aus dem Amerikanischen übersetzt
von Silvia Lutz

GerthMedien

FSC
www.fsc.org
MIX
Papier aus verantwortungsvollen Quellen
FSC® C014496

Verlagsgruppe Random House FSC-DEU-0100
Das für dieses Buch verwendete FSC®-zertifizierte Papier
Holmen Book Cream liefert Holmen Paper, Hallstavik, Schweden.

Die amerikanische Originalausgabe
erschien im Verlag Bethany House Publishers
unter dem Titel „Courting Trouble".

1. Taschenbuch-Sonderauflage 2012
Bestell-Nr. 816 680
ISBN 978-3-86591-680-8

Umschlaggestaltung: Immanuel Grapentin
Umschlagfoto: getty images
Satz: Marcellini Media GmbH, Wetzlar
Druck und Verarbeitung: GGP Media GmbH, Pößneck
Printed in Germany

Prolog

Corsicana, Texas,
Juli 1874

Der Cowboy mit der sonnengebräunten Haut, den blonden Haaren und blauen Augen zählte einen Stoß Geldscheine auf den Tisch des Auktionators. „Ich hätte gern diesen Picknickkorb.“ Er drehte sich um und suchte mit seinem durchdringenden Blick Esther Spreckelmeyer in der Menge der Zuschauer. „Das heißt, natürlich nur, wenn Sie einverstanden sind, Miss …“

„Es-sie!“, rief ihre Mutter.

Das zehnjährige Mädchen blickte sich zur Tür ihres Zimmers um, dann richtete sie ihre Aufmerksamkeit wieder auf ihren „Cowboy“.

„Ich würde meinen Korb sehr gern mit Ihnen teilen, Sir“, flüsterte sie. „Aber würden Sie mich bitte eine Minute entschuldigen? Ich bin gleich wieder da. Versprochen.“

Essie riss die Tür auf und ließ ihre Feier zum amerikanischen Unabhängigkeitstag am 4. Juli, an der außer ihr viele Porzellanfiguren, Babypuppen und unsichtbare Freunde teilnahmen, in ihrem Zimmer zurück. „Ich komme, Mutter!“

Sie schwang sich auf das Treppengeländer, rutschte den ganzen Weg hinunter, schwang sich unten in einem eleganten Bogen auf den Boden und vollführte eine perfekte Landung – die Füße parallel nebeneinander, eine tiefe Verbeugung und die Hände nach oben in die Luft gereckt. Genauso wie die schönen Damen im Zirkus, wenn sie vom Trapez sprangen.

„*Essie!* Wie oft habe ich dir schon gesagt, dass du nicht auf dem Geländer rutschen sollst?"

Sie fuhr herum. „Papa! Ich wusste ja gar nicht, dass du schon zu Hause bist."

„Das sehe ich." Ihr Vater schüttelte missbilligend den Kopf. „Wenn du das erledigt hast, was deine Mutter von dir möchte, schreibst du einen Aufsatz mit hundert Worten über die Gründe, warum Frauen keine Treppengeländer hinunterrutschen sollten. Der Aufsatz liegt noch vor dem Abendessen auf meinem Schreibtisch."

„Ja, Papa."

Er zupfte an ihrem Zopf. „Geh jetzt, Kleines. Wir sehen uns beim Mittagessen."

Sie warf sich in seine Arme. „Ich werde mich bemühen, mich zu bessern. Ehrlich. Aber es macht einfach so viel Spaß. Und ich beherrsche es immer besser. Ich falle bei der Landung nicht mehr hin. Und wenn ich zum Zirkus will, wenn ich groß bin, muss ich eben viel üben."

Er tätschelte ihre Schulter. „Ich dachte, wenn du groß bist, willst du heiraten und Kinder kriegen."

Sie bedachte ihren Vater mit einem breiten Lächeln. „Oh ja, Papa. Habe ich dir das nicht erzählt? Ich werde entweder einen Cowboy oder einen Zirkusdirektor heiraten. Aber egal, wen ich heirate, er wird auf jeden Fall am 4. Juli meinen Picknickkorb ersteigern."

Sullivan Spreckelmeyer kniff verwirrt die Augen zusammen, aber Essie hatte keine Zeit, es ihm zu erklären. Mutter mochte es nicht, wenn sie trödelte.

Kapitel 1

Zwanzig Jahre später

Esther Spreckelmeyer hasste den 4. Juli. Dieser Tag erinnerte sie mehr als jeder andere Tag des Jahres daran, dass alle Frauen der Welt einen Mann hatten. Alle außer ihr. Sie wäre zu Hause geblieben, wenn sie damit durchgekommen wäre, aber ihr Vater, der Richter dieses Gerichtsbezirkes war, erwartete, dass seine Familie an allen gesellschaftlichen Ereignissen teilnahm.

Während sie in der Küche ihrer Familie stand, beschloss sie, dass sich in diesem Jahr etwas ändern musste. Sie war in der vergangenen Woche dreißig geworden, und sie brauchte einen Mann. Und zwar sofort.

Sie strich die Baumwollschleife glatt, die um ihren Korbgriff gewickelt war, und kontrollierte noch einmal den Inhalt ihres Korbes. Gebratenes Hähnchen, süße Kartoffeln, Maisbrei, Karotten, schwarze Bohnen, gefüllte Eier, Rinderzunge und Blaubeertörtchen. Ein gutes Essen war für einen Mann von größter Bedeutung. Der Mann, der heute bei der Versteigerung ihren Picknickkorb erwarb, sollte wissen, dass er bei Essie gut versorgt werden würde.

Ihr Vater, der gerade in eine leichte Sommerjacke schlüpfte, betrat die Küche. „Was hast du dieses Jahr in deinem Korb?"

Essie holte tief Luft. „Ich will nicht, dass du ihn ersteigerst, Papa. Und auch nicht der Sheriff."

Papa trat näher. „Warum nicht? Was ist denn so schlimm daran, wenn dein Vater oder dein Onkel ihn kauft?"

„Wenn ihr beide dafür bietet, werden es die anderen nicht einmal versuchen."

Er runzelte die Stirn. „Aber es hat seit Jahren keiner versucht. Nur dieser junge Bursche, Ewing."

Essie verzog das Gesicht. Ewing Wortham war sieben Jahre jünger als sie und hatte sie immer auf Schritt und Tritt verfolgt. Im reifen Alter von zehn Jahren hatte er zwei lausige Cent für ihren Korb geboten. Niemand hatte es übers Herz gebracht, ihn zu überbieten, und danach hatte er jedes Jahr stolz seine zwei Cent geboten. Sie hätte ihn am liebsten erwürgt.

Essie hatte sehr früh ihre volle Größe erreicht, ihre weibliche Figur aber erst viel später. Dazu kam ihre Begeisterung für Aktivitäten in freier Natur und ihre Neigung, die Bewunderung von unbelehrbaren, kleinen Jungen auf sich zu ziehen. Das alles führte dazu, dass ihr Korb die meiste Zeit stehen blieb, ohne dass jemand darauf bot. Vor allem seit Ewing wegen seiner Ausbildung aus Corsicana fortgezogen war.

Sie schluckte, hob aber entschieden das Kinn. „Trotzdem will ich nicht, dass einer von euch beiden darauf bietet."

„Das verstehe ich nicht."

„Wenn du und Onkel Melvin nicht darauf bieten, findet sich vielleicht ein anderer Mann."

„Sei nicht lächerlich", mischte sich ihre Mutter ein, die in diesem Moment ebenfalls die Küche betrat und sich eine lose Haarsträhne unter den Hut steckte. „Auf deinen Korb wird niemand bieten, Essie. Jetzt kommt. Wir sind schon spät dran."

Papa hielt ihnen die Tür auf. Mama ging mit ihrem raschelnden Seidentaftrock hinaus. Essie umklammerte die Tischkante und blieb stehen, wo sie war.

„Kommst du?", fragte ihr Vater.

„Nur wenn du mir versprichst, dass du nicht auf meinen Korb bietest."

Er blieb eine lange Minute schweigend stehen. Es war nicht schwer zu verstehen, warum die Bewohner von Corsicana ihn in jeder Amtsperiode wiederwählten. Alles an ihm strahlte Selbstvertrauen aus und wirkte vertrauenerweckend: sein kräftiger Körperbau, seine beherrschte Haltung, sein scharfer Blick, sein offenes Lachen.

„Kommt doch endlich, Sullivan", rief ihre Mutter. „Was macht ihr denn noch?"

Er blieb stehen, wo er war. „Dann muss ich während der Versteigerung weggehen, Essie. Ich könnte es nicht ertragen, wenn Ralph deinen Korb hochhält und niemand darauf bietet."

„Das wird nicht passieren."

Er zupfte an seinem Ohr. „Also gut. Dein Onkel und ich werden verschwinden, bevor dein Korb zur Versteigerung angeboten wird ... wenn du dir sicher bist."

„Ich bin mir sicher."

Aber sie war sich *nicht* sicher. Zwischen ihrem Eintreffen im Park und dem Beginn der Versteigerung schwand Essies Selbstvertrauen. Was war, wenn jemand ihn ersteigerte, der viel älter war als Papa? Oder wenn jemand ihn ersteigerte, der viel jünger war als sie? Oder wenn überhaupt niemand ein Gebot darauf abgab?

Essie schaute zum blauen Himmel hinauf, der sich über ihre kleine Stadt im Osten von Texas erstreckte, und sandte ein Stoßgebet nach oben. Schließlich wollte sie nur einen Mann, ein Haus und ein paar Kinder. War das zu viel verlangt? Gott gebot seinen Kindern, fruchtbar zu sein, sich zu mehren und die Erde zu bevölkern. Essie war fest entschlossen, ihren Teil dazu beizutragen.

Mr Roland stieg auf das mit rot-weiß-blauen Girlanden geschmückte Podium, steckte zwei Finger in den Mund und stieß einen Pfiff aus. Das durchdringende Geräusch durchschnitt das Stimmengewirr der Menschen und brachte die Stadtbewohner, die sich um ihn herum drängten, zum Schweigen. Essie drückte sich eine Hand auf den Bauch, um das Rumoren in ihrem Magen zu beruhigen.

Schachteln und Körbe in jeder Größe, Form und Farbe bedeckten die Tische neben dem Podium. Obwohl bei keinem Essen der Name der Besitzerin stand, wusste jeder, wem welcher Korb gehörte, denn die Schleifen oder Verzierungen am Korb der Mädchen verrieten ihre Identität ebenso sicher, wie der Stempel eines Bienenkorbs verriet, dass eine Porzellantasse von Dunn Bennett stammte.

Essie rückte ihren eleganten Hut mit seinem Seidennetz, der schönen Feder und zwei Rosensträußen zurecht, die alle mit einem rot-weißen Baumwollstoff verziert waren. Sie hatte ihn eigens für diesen Anlass aus dem Montgomery-Ward-Katalog bestellt, da sie wusste, dass er ihre hochgesteckten, hellblonden Haare betonen würde.

Sie ließ ihren Blick über die Menschen schweifen und schluckte. Papa und Onkel Melvin waren nirgends zu sehen.

Lillie Sues Korb wurde als Erster hochgehoben. Die Versteigerung begann. Die jungen Männer drängten sich um das Privileg, mit der Arzttochter ihren Picknickkorb zu teilen.

Essie betrachtete die unverheirateten Männer und Witwer, die ungefähr in ihrem Alter waren. Es waren nicht besonders viele. Mr Fouty, ein Baumwollfarmer aus dem Südteil der Stadt. Mr Wedick, ein Witwer, der schon drei

Ehefrauen überlebt hatte. Mr Crook, der Besitzer des neuen Kolonialwarenladens. Mr Klocker, Mr Snider und Mr Peeples.

Sie katalogisierte im Geiste jeden anwesenden Mann und hakte diejenigen ab, die zu alt, zu jung oder hinsichtlich Temperament oder Beruf unpassend waren. Ein Schweigen legte sich über den Park. Essie wandte sich um und schaute zum Podium hinauf.

Mr Roland hielt ihren Korb hoch. „Kommt schon, Männer. Macht euer Gebot. Wenn dieser Korb der Dame gehört, von der ich vermute, dass er ihrer ist, werdet ihr darin etwas finden, das euren Gaumen garantiert entzückt."

Niemand gab ein Gebot ab. Essies Magen zog sich zusammen. Ein Schwindelgefühl breitete sich in ihrem Kopf aus. Sie blinzelte und versuchte, trotz der Sonnenflecken, die ihre Sicht trübten, etwas zu sehen.

„Kommt, Leute. Ein solcher Korb ist einiges wert. Also, wer fängt an?"

Immer noch kein Gebot.

Die hübsche kleine Shirley Bunting beugte sich zur Seite und flüsterte ihrer Freundin zu: „Ich kann nicht verstehen, warum eine so alte Schachtel Jahr für Jahr ihren Korb hierherbringt, obwohl sie genau weiß, dass ihn niemand will. Wie peinlich für ihren Vater!"

Ihre Freundin stieß sie in die Seite und deutete mit dem Kopf zu Essie.

Shirley wandte sich mit großen Augen um. „Oh! Hallo, Miss Spreckelmeyer. Ein schöner Tag heute, nicht wahr?"

Essie neigte den Kopf. Die Mädchen hakten sich beieinander unter und verschwanden kichernd in der Menge.

Jemand brüllte: „Wo ist Spreckelmeyer? Warum sagt er nichts? Wir wollen für Betty Lous Korb bieten."

Essie richtete ihren Blick angestrengt auf den Auktionator und weigerte sich, irgendwo anders hinzuschauen.

Mr Roland ließ seinen Blick über die Leute wandern und hielt inne, als er sie entdeckte. „Wo ist Ihr Vater, Miss Spreckelmeyer?"

Sie holte zitternd Luft. „Er musste kurz weg."

„Warum haben Sie das denn nicht gesagt? Ich stelle Ihren Korb hier auf die Seite. Wenn er zurück ist, sagen Sie ihm, dass er nach oben kommen und ihn holen soll. Ich weiß, dass er das gern tun wird."

Sie bemühte sich, ein Lächeln aufzusetzen, war aber nicht sicher, ob es ihr gelangt. Das Bieten für Betty Lous Korb begann, gefolgt von Beatrices, Flossies und Lizas Körben. Als die Versteigerung zu Ende war und alle sich im Park verteilten, stand Essies Korb einsam auf dem Podium.

Sie ging langsam nach vorne, nahm ihn und schritt nach Hause, ohne sich auch nur noch ein einziges Mal umzudrehen.

❖

Fredrick Fouty:

Vorzüge:

- *hat noch Haare*
- *hat zwei kleine Kinder, sodass unsere eigenen Kinder keinen zu großen Altersabstand zu ihnen hätten*
- *ist fleißig*
- *hat seine Frau – möge sie in Frieden ruhen – geliebt*

Mängel:

- *knapp bei Kasse*
- *raucht*
- *trinkt Alkohol*
- *geht nur sonntags zur Kirche, aber nicht mittwochs*
- *hat die Kinder nicht richtig im Griff*

– *mag keine Haustiere*
– *hat keinen Gefallen an der Natur*

Die junge Frau schloss die Augen, tippte sich mit ihrer bronzefarbenen Feder nachdenklich an die Lippen und versuchte, sich die Männer vorzustellen, die beim Picknick gewesen waren. Schließlich schlug sie die Augen wieder auf und schrieb Mr Klockers Namen auf einen Zettel und füllte dann den linierten Notizzettel mit einer Liste seiner Vorzüge und seiner Nachteile.

Innerhalb einer Stunde hatte sie eine umfassende Liste mit den infrage kommenden – und verfügbaren – Junggesellen in Corsicana erstellt. Sie blies über die feuchte Tinte und drückte das Löschblatt auf die Seiten. Es hatte etwas Beängstigendes an sich, die Worte in schwarzen Lettern auf dem weißen Papier zu sehen.

Taten Männer das auch, wenn sie sich überlegten, mit welcher Frau sie ausgehen wollten? Wenn ja, was würde ein Mann dann in die Spalten mit ihren negativen und positiven Eigenschaften schreiben? Gleichgültig, was sie über sie schrieben, sie genügte den Ansprüchen offensichtlich nicht.

Essie steckte ihre Schreibfeder in die Halterung, lehnte sich auf ihrem Stuhl zurück und betrachtete die Zettel, die vor ihr auf dem Schreibtisch ausgebreitet waren. *Vater, führe mich,* betete sie. *Zeige mir, welchen ich nehmen soll.*

Aber sie bekam keine Antwort.

Sie schloss die Augen und ließ ihren Finger über den Zetteln kreisen, als rühre sie in einem riesigen Kochtopf, und deutete mit dem Finger dann blind auf den Tisch. Sie schlug die Augen auf.

Mr Peeples. Sie ließ den Finger liegen und beugte sich nach rechts, um lesen zu können, auf welchen Punkt sie gedeutet hatte.

– *Brusthaare schauen aus seinem Hemdkragen heraus*

Sie zog die Hand weg. Vielleicht sollte sie erst einmal eine Nacht darüber schlafen. Noch mehr beten. Am nächsten Morgen würde sie sich einen Mann aussuchen und zu ihrem Feldzug aufbrechen.

❖

Essie klopfte an die Hintertür der „Toten Hose". Es war ein lächerlicher Name für einen Laden, aber Hamilton Crook weigerte sich, ihn „Crooks Handelswaren" zu nennen. Er sagte, das wäre schlecht fürs Geschäft.*

Jeder in der Stadt hatte Namensvorschläge gemacht, bis ein Farmer in die Stadt kam und verkündete, dass in seinem Rumvorrat „tote Hose" sei. Ihm folgte ein anderer, in dessen Pökelfass und Pulvervorrat ebenfalls „tote Hose" war.

Einer der Stammkunden hatte geschmunzelt und gesagt: „Du solltest diesen Laden ‚Tote Hose' nennen!" Er hatte vermutlich selbst nie gedacht, dass dieser Name sich tatsächlich durchsetzen würde.

Essie zog ihr Tuch eng um ihre Schultern. Die Sonne war bereits aufgegangen, aber es war sehr früh am Morgen und der Laden hatte noch geschlossen. Sie war absichtlich viel früher gekommen, um genügend Zeit zu haben, Mr Crook ihre Idee zu unterbreiten, ohne das Risiko einzugehen, dabei von Kunden gestört zu werden.

Sie klopfte erneut und seufzte. Sie hatte immer gehofft, wenn sie heiratete, würde ihr Name elegant oder gar hoheitsvoll klingen. Alles war besser als „Spreckelmeyer". Das hatte sie zumindest bis jetzt gedacht.

* Das englische Wort *crook* bedeutet „Gauner", „Betrüger".

Jetzt kamen ihr ernste Zweifel. Aus „Essie Spreckelmeyer" eine „Essie Crook" zu machen war der größte Nachteil auf Mr Crooks Liste als möglicher künftiger Ehemann gewesen. Es war schwer zu sagen, welcher Name schlimmer war.

Die Tür wurde aufgerissen. Mr Crook stand in Strümpfen vor ihr. Sein Hemd hing aus der Hose und seine schwarzen Haare waren ungekämmt.

„Miss Spreckelmeyer? Was ist los? Was ist passiert?"

Meine Güte. Er sah noch jünger aus, als sie vermutet hatte. Seine Jugend war der andere negative Punkt auf ihrer Liste gewesen, aber sie hatte gedacht, der Altersunterschied zwischen ihnen sei gering. Als sie ihn jetzt aus der Nähe betrachtete, war sie sich da nicht mehr so sicher.

Aus einem anderen Zimmer drang das Weinen eines Babys. Mr Crook steckte den Kopf zur Tür heraus. Zweifellos wollte er sehen, welche Katastrophe die alte Jungfer der Stadt an seine Hintertür führte.

Sein Blick blieb an ihrem Fahrrad hängen, das an der Hauswand lehnte. „Ist etwas an Ihrem Fahrgerät kaputtgegangen?"

„Nein, nein. Ich müsste nur kurz mit Ihnen sprechen, wenn Sie nichts dagegen hätten."

Das Schreien des Babys klang jetzt nicht mehr nur kampflustig, sondern richtiggehend panisch.

„Dürfte ich bitte eintreten?", fügte Essie hinzu.

Er wandte den Kopf in die Richtung, aus der das Babygeschrei kam. „Das ist im Moment ungünstig. Der Laden öffnet in einer Stunde. Vielleicht könnten Sie dann wiederkommen?"

Ihr erster Impuls war, zu nicken und wieder zu verschwinden. Aber sie brauchte einen Mann, und sie hatte beschlossen, dass Mr Crook gar nicht so schlecht passen würde.

Sie zog die Fliegengittertür auf und trat ein. Dabei zwang sie ihn, einen Schritt zurückzugehen. „Nein, das halte ich für keine so gute Idee. Aber gehen Sie ruhig und kümmern Sie sich um Ihr Baby. Ich warte hier auf Sie."

„Wirklich, Miss Spreckelmeyer …" Er runzelte die Stirn, und sie entdeckte in sich bereits den Wunsch, die Haare glatt zu streichen, die von seinem Kopf abstanden. Vielleicht war das ja ein Zeichen.

„Ich habe leider noch viel zu tun, bevor der Laden geöffnet wird", wandte er erneut ein.

„Das verstehe ich. Dann beeilen Sie sich. Ich warte hier, bis Sie zurückkommen."

Er zögerte.

Sie nahm ihr Tuch ab und hängte es an einen Garderobenständer im Flur. „Gehen Sie nur. Ich komme schon zurecht."

Sie musste die Stimme erheben, damit er sie über das Schreien des Babys hinweg verstehen konnte. Nach ein oder zwei Sekunden drehte er ihr den Rücken zu und verschwand auf der Treppe, die zu seinen Privaträumen führte.

Das Weinen des Babys wurde schlagartig leiser, als eine Tür ins Schloss fiel. Ein Baby, das dringend eine Mutter brauchte. Diesen Gedanken verdrängte sie vorerst. Eines nach dem anderen.

Essie schaute sich in dem schmalen Lagerbereich um. Sie war bis jetzt noch nie im hinteren Teil des Ladens gewesen. Es roch nach Holz, Leder, Seife und Getreide. Leere Säcke lagen gestapelt in einer Ecke. Regale säumten zwei Wände und enthielten ein Sammelsurium an Werkzeug, Geräten, Geschirr und Töpfen, Stoffen und Besen. Pferdegeschirre, Riemen und Peitschen hingen an Haken von der Decke.

Ein paar Kisten waren an eine Wand geschoben, an denen volle Getreidesäcke lehnten. Ein Holzriegel versperrte die große Tür, durch die die Waren geliefert wurden. Der unbehandelte Holzboden unter ihren Füßen war durch die starke Belastung ganz grau geworden.

Es gab Mr Crooks Laden erst seit zwei Jahren; er war die erste Konkurrenz, die der alte Lebensmittel- und Spirituosenladen seit seiner Eröffnung im Jahr 1858 bekommen hatte. Da die Texas-Zentraleisenbahn jetzt durch die Stadt verlief, schossen die Geschäfte wie Pilze aus dem Boden.

Essie durchquerte den durch einen Vorhang abgetrennten Durchgang zwischen dem Lagerraum und dem Laden und trat auf den gebeizten, lackierten und frisch polierten Boden der „Toten Hose". Das Sonnenlicht lugte um die Ränder der zugezogenen Fensterjalousien und verbreitete ein gedämpftes Licht im Laden.

Essie atmete tief ein. Sie machte sich einen ersten Eindruck davon, wie ihre Rolle als Mrs Crook aussehen würde. Der große, stille Raum verbreitete ein Gefühl von Frieden, Ruhe und Ordnung. Sie gehörte hierher. Das wusste sie einfach. Mr Crook hatte zwar am Vortag nicht auf ihren Picknickkorb geboten, aber er brauchte eine Frau und eine Gehilfin. Dieses Baby brauchte eine Mutter. Und Essie war die perfekte Kandidatin für diese Aufgaben.

Sie wünschte nur, sie könnte sich daran erinnern, wessen Korb Mr Crook gekauft hatte, aber die gestrige Versteigerung war in ihrem Kopf ziemlich unscharf und so bruchstückhaft wie ein unfertiges Puzzle.

Sie schlenderte hinter die Theke. Ihre Stiefelabsätze klapperten auf dem Holzboden, während sie mit den Fingern über die Woll-, Leinen- und die verschiedenen Baumwollstoffe strich. Sie ließ ihre Hand über die Garnrollen in allen Farben des Regenbogens gleiten und tippte dann auf eine Seite einer Waage, die daraufhin zu schaukeln begann und deren Messingpfannen leicht klapperten.

Sie nahm eine Flasche mit „Warners Nerventonikum"

in die Hand – las auf dem Etikett die Behauptung, dass es alle möglichen Schmerzen lindere und heile –, stellte sie dann wieder zurück und ließ ihren Blick über die umfangreiche Ansammlung an Toniken, Pillen und Pudern schweifen. Sie sah die Aufgabe auf sich zukommen, dass sie lernen müsste, welches Medikament am besten gegen welche Beschwerden half.

Neben diesen Dingen erstreckten sich Schubladen und Kästchen vom Boden bis zur Decke über den Mittelteil der Wand. Jedes sorgfältig ausgeschilderte Fach war gefüllt mit Gewürzen, Kaffee, Tabak, Bonbons, Knöpfen, Erbsen und fast allem anderen, was man sich nur vorstellen konnte.

Wenn es nach ihr ginge, wäre sie bald die Besitzerin von dem allen hier. Aber zuerst müsste sie sich hinter die feindlichen Linien schleichen, das Land auskundschaften und es dann so weit erobern, dass Mr Crook fast von ihr abhängig wäre. Dass er sich den Alltag im Laden ohne sie nicht mehr vorstellen konnte. Wenn sie es einmal so weit geschafft hätte, wäre der Schritt von der Gehilfin im Laden zur Gehilfin in seiner Wohnung nicht weit.

Essie strich sich mit der Hand über den Nacken. Sie durfte ihr Ziel nicht aus den Augen verlieren. Sie musste ihre Absichten entschlossen verfolgen, auch wenn sie noch so nervös war.

Trotzdem war Feingefühl gefragt. Sie wollte ihn nicht vergraulen, indem sie zu schnell und zu vehement angriff. Essie begab sich zu dem Teil des Raumes, in dem die Kleidungsstücke hingen, und holte sich eine Schürze aus einem Regal. Sie schüttelte die Schürze aus, band sie sich um die Taille und katalogisierte im Geiste die Stiefel, Schuhe, langen Unterhosen, Herren- und Damenhüte und Taschentücher, die auf den Tischen und Regalen in dieser kleinen Nische lagen.

Dann kehrte sie ins hintere Zimmer zurück, nahm sich einen Besen und begann, den Laden zu fegen, wobei sie in der hintersten Ecke anfing, wo der Ofen, die Stühle und das Damebrett standen. Sie hatte schon fast den gesamten Boden gefegt, als Mr Crook durch den Vorhang trat.

Seine kurzen, schwarzen Haare waren nach unten gekämmt und in der Mitte gescheitelt. Auf seiner Nase saß eine eckige Brille. Rosige Wangen leuchteten aus seinem ovalen Gesicht. Sie fragte sich, ob sie an der Röte schuld war.

Er griff sich mit beiden Händen an den Aufschlag seiner Kaschmirjacke, wodurch ihr Blick auf die schnittige, karierte Weste gelenkt wurde, die er zu seiner Krawatte trug.

„Miss Spreckelmeyer? Was machen Sie denn hier?“

Sie blickte auf den Besen in ihrer Hand hinab. „Oh. Ich dachte nur, ich könnte mich nützlich machen, während ich warte.“

Er trat vor und nahm ihr den Besen ab. „Das ist wirklich unnötig. Also, welcher Notfall führt Sie zu so früher Stunde zu mir?“

Sie faltete die Hände. „Kein Notfall, Sir. Ich wollte Sie nicht beunruhigen.“

„Was dann?“

Bleib entschlossen. „Ich weiß, dass Sie es seit dem Tod Ihrer Frau schwer haben, und ich dachte, ich könnte Ihnen Ihre Last vielleicht ein wenig erleichtern.“

Er lächelte vorsichtig. „Das ist sehr freundlich von Ihnen, aber Mrs Peterson kümmert sich um das Baby und kocht für mich.“

„Oh nein. Das habe ich nicht gemeint. Ich dachte an den Laden. Ich habe Sie neulich noch spät in der Nacht an Ihrem Schreibtisch sitzen sehen und begriff, dass Sie offenbar nichts anderes tun als arbeiten und schlafen und arbeiten und schlafen. Wenn Sie etwas Unterstützung hätten, könnten Sie Ihre Buchhaltung vielleicht tagsüber erledigen."

Er wippte auf seinen Fersen. „Sind Sie, äh, auf der Suche nach einer Anstellung, Miss Spreckelmeyer?"

Sie keuchte. „Meine Güte, nein. Ich hatte nicht die Absicht, Ihnen meine Unterstützung in Rechnung zu stellen. Ich wollte Ihnen nur ein wenig unter die Arme greifen."

„Verstehe. Also, ich weiß nicht, was ich sagen soll. Das ist sehr nett von Ihnen, aber ..."

„Sie brauchen nichts zu sagen." Sie lächelte und tätschelte seinen Arm. „Ich fege nur den Boden fertig. Dann fange ich an, in den Regalen Staub zu wischen."

Sie entzog ihm wieder den Besen und nahm damit den letzten Teil des Fußbodens in Angriff. Gleichzeitig betete sie, dass er zu höflich wäre, um ihr Angebot abzulehnen.

Er zog ein Taschentuch aus seiner Hosentasche und wischte sich über die Stirn. „Miss Spreckelmeyer, ich weiß wirklich nicht, wie ich es sagen soll, aber ..."

„Oh, Mr Crook, Sie brauchen sich wirklich nicht bei mir zu bedanken. Es ist mir ein Vergnügen."

„Nein, nein, Sie verstehen mich falsch. Was ich sagen wollte, ist ..."

Es wurde fünfmal kurz an die Tür geklopft. „Hamilton? Bist du da drinnen?"

Mr Crook zog eine Taschenuhr aus seiner Weste und öffnete sie. „Bitte, Miss. Ich schätze Ihre Besorgnis und Ihr großzügiges Angebot ..."

Essie eilte zur Tür und zog kräftig an der Jalousie. Diese flog in die Höhe, wickelte sich oben um eine Rolle und schlug gegen die Fensterscheibe, während sich die Rolle ein paar Mal häufiger drehte als nötig.

„Oh, schauen Sie", rief sie. „Mr Vandervoort kommt zu seinem Kaffee, und die Bohnen sind noch nicht einmal gemahlen." Sie winkte dem Mann vor der Tür zu, dessen buschige, graue Brauen sich als Antwort in die Höhe zogen. „Sie müssen aufsperren und ihn hereinlassen", meinte sie. „Ich kümmere mich um den Kaffee." Sie eilte zu den Behältern, nahm einige Bohnen heraus und kippte diese in die Kaffeemühle.

Mr Crook rührte sich nicht vom Fleck.

Sie deutete mit der Hand zur Tür. „Gehen Sie schon."

Vandervoort rüttelte erneut an der Tür. Mr Crooks Blick wanderte zu ihm, dann zu ihr. Schließlich ging er zur Tür und schob den Riegel zurück.

„Warum dauert das denn heute so lange?", erkundigte Vandervoort sich und stapfte in den Laden. „Miss Spreckelmeyer", grüßte er und tippte an seinen Hut.

„Guten Morgen, Mr Vandervoort", gab sie nickend zurück. „Wir sind heute Morgen ein wenig später dran, aber ich koche Ihnen schnell einen guten Kaffee."

„Was machen Sie hier, Frau?", wollte er wissen.

„Ich helfe Mr Crook vorübergehend aus. Da er doch fast überhaupt keine Zeit für seine geliebte kleine Tochter hat und so."

Vandervoort schnaubte und begab sich dann zu seinem gewohnten Stuhl im hinteren Teil des Ladens.

Mr Crook folgte ihr. „Also wirklich, Miss Spreckelmeyer", flüsterte er. „Ich muss Sie bitten, mit dieser Torheit aufzuhören. Ich benötige keine Hilfe."

Sie weigerte sich, sich geschlagen zu geben, nahm ihren ganzen Mut zusammen und begann, die Kaffeemühle zu bedienen. Nach und nach rieselte der gemahlene Kaffee nach unten. „Ich habe den Eindruck, Sir, dass Sie durchaus Hilfe benötigen. Die Herren Richie, Jenkins und Owen werden jeden Augenblick da sein, und Sie haben noch nicht einmal den Ofen angemacht."

„Das liegt nur daran, dass Sie meinen gesamten Morgen durcheinandergebracht haben."

„Unsinn. Das habe ich nicht."

„Miss Spreckelmeyer, stellen Sie sofort meine Kaffeemühle wieder hin."

Sie ließ die Mühle zögernd los und trat einen Schritt zurück. „Also gut, wie Sie meinen."

„Danke." Er holte tief Luft.

„Bitte. Ich wusste nicht, dass es Ihnen so wichtig ist, die Bohnen selbst zu mahlen. Aber machen Sie sich keine Sorgen. Ich lerne schnell. Ich werde Ihre Wünsche im Handumdrehen berücksichtigen."

Ohne ihm die Gelegenheit zu einer Antwort zu geben, ging sie zum Ofen hinüber und begann, das Holz in den Ofen zu schichten.

„Kann ich Ihnen irgendwie helfen, Miss Spreckelmeyer?"

„Nein, nein, Mr Vandervoort." Essie schwieg kurz und schaute zu ihm hinauf. „Aber Sie könnten etwas anderes für mich tun."

„Natürlich, gern, Madam. Was kann ich tun?"

„Sie könnten mit Ihrem Tabak besser zielen. Dieser Spucknapf hat eine ziemlich große Öffnung. Es spricht von reiner Faulheit, wenn man danebenzielt, und ich bin von der Vorstellung, diese ganze Faulheit tagein, tagaus wegzuwischen, nicht gerade begeistert."

Er richtete sich auf. „Aber natürlich, Madam. Ich werde mich bemühen. Sie können sich gern davon überzeugen."

Essie beugte sich vor und drückte dankbar seinen Arm. „Sie sind sehr freundlich. Danke."

Hamilton Crook starrte die Frau an, die hier seinen Kunden erziehen wollte. Sie hatte die Ärmel ihrer olivgrünen Bluse nach oben gerollt und eine weiße Schürze über ihren Grosgrain-Rock gebunden. Er kannte sich mit Kleidung aus und ihre Sachen waren teuer. Die Bluse hatte modernste Puffärmel und einen hohen Kragen, während das Muster ihres Rockes fließend von einem Ton in den anderen überging.

Ihr hoher, geschmückter Strohhut war jedoch eine ganz andere Sache. Auf dem gewellten Rand, von dem Tüllspitzen abstanden, rankten sich weiße Blumen, Farn und Weidenblätter um vertikal gedrehte Schleifen. Sehr unpraktisch für die Arbeit in einem Laden.

Er schüttelte den Kopf und warf einen Blick in die Kaffeemühle, um zu sehen, wie viele Kaffeebohnen noch übrig waren. Warum zum Kuckuck musste die Tochter des Bezirksrichters, die stadtbekannte alte Jungfer, ausgerecht in seinem Laden ihre Wohltätigkeit ausleben? Warum konnte sie nicht im Waisenhaus aushelfen? Oder die alte Mrs Yarbrough besuchen und mit ihr plaudern? Oder den Kirchenbasar organisieren?

Er sah sich um. Um den Namen, den diese Stadt seinem Laden aufgedrückt hatte, auszugleichen, sorgte er dafür, dass der Laden nicht nur tipptopp in Ordnung war und alle Waren gut organisiert und sortiert waren, sondern auch dafür, dass immer alles sauber war und er immer alles vorrätig hatte. Hatte es irgendwelche Klagen gegeben? Oder war diese wohltätige Dame einfach eine frustrierte Frau, die ihn als ihr nächstes „Projekt“ auserkoren hatte?

Was auch der Grund für ihre Anwesenheit war, er musste ihr höflich, aber bestimmt klarmachen, dass er es sich sehr wohl leisten könnte, eine Ladenhilfe einzustellen, wenn er eine bräuchte. Und dass er dann sicher keine alte Jungfer nehmen würde, die dafür berüchtigt war, dass sie verrückte Hüte trug, und die Empörung aller Frauen in der Stadt erregte, weil sie Fahrrad fuhr und dabei ihre Röcke bis zu den Knien hochschob.

Kapitel 2

Der Morgen lockte nur wenige Kunden in den Laden und gab Essie damit genug Zeit, in den Regalen Staub zu wischen, die Waren zu polieren, die Fenster zu putzen und den Zucker zu mahlen. Mr Crook verschanzte sich in der hinteren Ecke und vergrub sich hinter seinen Papieren. Essie hoffte, der Geruch eines sauberen Ladens und einer frischen Kanne Kaffees könnte ihn bei seiner ermüdenden Arbeit etwas aufmuntern.

Während sie arbeitete, schoben die Herren Vandervoort, Richie, Jenkins und Owen abwechselnd die Damesteine über ein völlig verschmutztes Spielbrett. Manchmal grübelten sie vor einem Zug lange, manchmal schoben sie die kleinen Steine weiter, scheinbar ohne über ihren Spielzug nachzudenken. Aber während der gesamten Zeit diskutierten sie über alle möglichen Themen, angefangen beim Schicksal der Menschheit bis zum besten Köder für bestimmte Fischarten. Aber gleichgültig, wohin das Gespräch abschweifte, es kehrte immer wieder zu dem Thema zurück, das alle beschäftigte: zur Frage um Corsicanas wirtschaftliche Zukunft.

„Wir müssen unbedingt etwas tun", erklärte Jenkins gerade. „Da die Baumwollpreise mit jedem Tag stärker fallen und Mr Nebletts Saathaus geschlossen wurde, wird diese Stadt verschrumpeln und eingehen."

„Wie wäre es, wenn wir auf dem Marktplatz Ziegelgebäude errichten?", schlug Owen vor. „Damit würden wir Geschäftsleute in die Stadt holen."

Vandervoort schnaubte abfällig. „Wer will denn schon in einer Stadt mit einer so armseligen Wasserversorgung ein Geschäft eröffnen?"

Die Glocke über der Tür klingelte und der älteste Sohn der Gillespies trat mit einer Rolle Tierhäute unter dem Arm ein. Er trug eine zerschlissene Cordjacke, deren Taschen so groß waren, dass er kleine Tiere darin unterbringen konnte, und eine viel zu große Hose, die hochgekrempelt war. Darunter kamen abgetragene Stiefel mit so vielen Löchern zum Vorschein, dass es ein Wunder war, dass sie seinen Füßen überhaupt irgendeinen Schutz boten.

„Hallo, Jeremy", begrüßte Essie ihn und begab sich zur Theke. „Was führt dich heute in die Stadt?"

Der dürre Junge nickte leicht und zog seinen alten Filzhut vom Kopf. „Miss Spreckelmeyer, ich möchte Mr Crook um Haferflocken, Reis und Lebertran bitten. Bitte, Ma'am."

Sie lächelte und strich mit der Hand über die flache Oberfläche vor sich. „Mr Crook sitzt gerade über seinen Büchern. Aber zeig doch mir, was du hast."

Jeremy nickte den Stammgästen zum Gruß höflich zu. Dann legte er seinen Hut auf die Theke. Das Damespiel ging weiter. Essie stieg der Geruch des jungen Mannes in die Nase. Sie hustete ein wenig und atmete dann vorsichtshalber lieber durch den Mund.

Der Junge rollte eine Haut nach der anderen auseinander, genauso vorsichtig, wie ein Schatzsucher eine Schatzkarte ausrollen würde. Er strich zwei Felle von Waschbären glatt, ein Hasenfell und eine Beutelratte.

Die Beutelratte gab ihr dann den letzten Schlag. Bei

diesem Anblick presste sich ihre Brust zusammen wie ein ausgewrungener Putzlappen. Sie hatte noch nie gehört, dass jemand sich die Mühe machte, einer Beutelratte das Fell abzuziehen. Die meisten kochten sie und schabten dann die Haare ab. Trotzdem hatten die Gillespies ihren ältesten Sohn tatsächlich mit dem Fell einer Beutelratte in die Stadt geschickt.

Sie berührte das Waschbärenfell und achtete sehr darauf, nichts anderes als Bewunderung in ihrer Miene zu zeigen. Sie musste den Jungen nicht anschauen, um zu wissen, wie groß seine braunen Augen in seinem dürren Gesicht aussahen.

„Diese Felle sind sehr schön, Jeremy", lobte sie. „Hast du sie selbst gehäutet?"

„Ja, Miss."

„Du bist wirklich sehr begabt mit einem Messer. Ich glaube, diese Ohrlöcher gehören zu den besten, die ich je gesehen habe. Das sollte den Wert dieser Felle um gut zwanzig Cent erhöhen." Ihre Finger bewegten sich zur Schnauze des Tieres. „Und schau dir nur diese Nase an. Alles ist unbeschädigt."

Er richtete sich etwas größer auf. „Es kommt nur darauf an, wie man die Stecken einführt, Miss. Man muss nur richtig fest zupacken, und der Schwanz rutscht ganz glatt vom Knochen."

Sie legte die Felle sorgfältig auf einen Stapel. „Du kannst mir nichts vormachen, Jeremy Gillespie. Man braucht mehr als nur gute Stecken, um ein Tier so sauber zu häuten. Also, wie viele Kilo Haferflocken brauchst du?"

Sie wog die genaue Menge ab, die er verlangte, und fragte sich keinen einzigen Moment, ob Mr Crook die Felle überhaupt wollte. Während sie den Reis abwog, schlenderte Jeremy, der die Hände auf dem Rücken verschränkt hatte, zum Gewehrschrank hinüber.

Mr Crook trat neben Essie. „Was machen Sie hier, Miss Spreckelmeyer?"

„Sprechen Sie nicht so laut, Mr Crook. Ich stelle Jeremys Bestellung zusammen. Wonach sieht das, was ich tue, denn aus?"

„Es sieht so aus, als würden Sie meine Sachen verschenken."

„Er hat dafür Waren gebracht."

Mr Crook schaute die Felle an. „Diese Felle sind wertlos. Ich tausche nicht gute Waren gegen … meine Güte!" Er riss die obersten drei Felle zurück und starrte entsetzt das vierte an. „Was ist das?"

„Das ist eine Beutelratte."

„Eine *Beutelratte?*"

„Pscht", flüsterte sie, während sie eine Schnur um einen kleinen Sack voll Reis band. „Sehen Sie denn nicht, dass seine Familie am Verhungern ist? Schauen Sie sich doch nur den Jungen an."

Mr Crook begann, die Felle zusammenzurollen. „Nein. Auf keinen Fall! Ich werde keine Waren im Tausch gegen diese lächerlichen Felle hergeben. Gehen Sie bitte, und bringen Sie diese Sachen dorthin zurück, wo Sie sie herhaben. Ich kümmere mich um den Jungen."

Sie hielt seinen Arm fest. „Bitte nicht. Bitte tun Sie das nicht, Hamilton."

Er blickte sie mit offenem Mund an. Sie brauchte einen Augenblick, bis sie begriff, dass sie ihn bei seinem Vornamen angesprochen hatte. In ihrer Fantasie war er „Hamilton" und jetzt war ihr der Name unabsichtlich über die Lippen gerutscht.

Ihr Gesicht glühte, aber sie verteidigte ihren Standpunkt. „Dieses eine Mal tut Ihnen doch sicher nicht weh."

„Die Gillespies haben bereits mit der Ernte dieses Jahres all ihre Einkäufe erledigt und Baumwolle wird jetzt für fünf Cent an der Börse gehandelt und fällt immer weiter. Ich kann es mir nicht leisten, irgendjemandem noch mehr Kredit zu gewähren. Schon gar nicht den Gillespies."

„Wie viel kosten dieser Reis und diese Haferflocken und ein Fläschchen Lebertran?", fragte sie.

„Er will auch noch Lebertran? Lächerlich."

„Wie viel?"

Er hob die zwei kleinen Säcke mit Haferflocken und Reis hoch und wog mit den Händen ihr Gewicht ab. „Zwei Dollar fünfundsiebzig für diese zwei Säcke plus fünfundzwanzig Cent für den Lebertran."

Sie ließ sich ihr Staunen über diese hohen Preise nicht anmerken. Ihre Familie kaufte ihr Getreide fassweise. Sie hatte keine Ahnung, dass kleine Mengen so teuer waren.

„Und die Felle?", erkundigte sie sich. „Wie viel sind diese Felle wert?"

Er sah sie unnachgiebig an. „Nichts."

Er wollte an ihr vorbeigehen, aber sie verstärkte ihren Griff um seinen Arm. „Ich ersetze Ihnen morgen den Reis und die Haferflocken aus meinen persönlichen Vorräten und bezahle den Lebertran in bar."

„Auf keinen Fall."

„Warum nicht? Was macht das schon für einen Unterschied?"

Er beugte sich vor. Der Duft seiner Rasierseife stieg ihr in die Nase. „Ich weiß nicht, was Sie hier vorhaben, Miss Spreckelmeyer, aber Sie stehen kurz davor, meine Geduld zu überstrapazieren."

Sie lockerte ihren Griff um seinen Arm und machte daraus eher eine liebevolle Berührung. Dann wurde ihr Tonfall sanfter. „Ich würde diese Felle bitte gern für drei Dollar kaufen, Sir."

Er betrachtete sie über den Rand seiner Brille hinweg.

„Dann müssen Sie die Felle von Jeremy kaufen. Ich werde sicher nicht Felle von Beutelratten verkaufen."

„Das würde seinen Stolz verletzen und mich in Verlegenheit bringen. Bitte. Nur dieses eine Mal."

Er zögerte unentschlossen, dann richtete er sich langsam zu seiner vollen Größe auf. „Also gut, Miss Spreckelmeyer. Ich werde den Gillespies drei Dollar Kredit für die Felle einräumen ... aber nur dieses eine Mal."

„Ich zahle Ihnen das Geld zurück."

„Nein. Das tun Sie nicht. Aber erledigen Sie das ohne mich, und sorgen Sie dafür, dass Jeremy begreift, dass ich ihn hier drinnen nie wieder mit irgendwelchen Fellen sehen will. Ist das klar?"

Für einen Moment malte sie sich aus, wie es wäre, wenn sie ein Ehepaar wären. Sie würde die Arme um ihn schlingen und ihm liebevoll für seine Großzügigkeit danken. Jetzt zeigte sie ihm ihre herzlichen Gefühle einfach durch ihre Augen und durch ihr Lächeln.

Sie rieb ihren Daumen über seinen steif gebügelten Hemdsärmel. „Danke. Ich werde Ihre Freundlichkeit nie vergessen."

Er riss seinen Arm los. Essie stellte die Säcke auf die Theke, rief Jeremy und bat ihn, den Lebertran zu ihr zu bringen. Während sie ihm etwas davon in ein kleines Fläschchen füllte, erklärte sie, dass er Glück hätte, dass er diese Felle genau heute gebracht hatte, denn ab morgen würden sie keine Felle mehr im Tausch gegen Waren annehmen. Augenscheinlich wollte Mr Crook sie nicht länger lagern.

❖

Essie ruinierte sich in der ersten Woche in der „Toten Hose" drei Hüte. An diesem Morgen blieb sie mit der

Chiffonschleife einer Neuerwerbung an einem Lampenhalter hängen, der an der Wand befestigt war. Einen Moment lang sah sie aus wie ein Hund an der Leine.

„Das darf doch nicht wahr sein", murmelte sie, löste sich von dem bronzefarbenen Leuchter und stopfte dann die Schleife wieder in ihren Hut. „Hier, bitte sehr, Mrs Quigley."

Essie legte gerippte Strümpfe, Wollstrümpfe, Lederstrümpfe und einfache Strümpfe auf die Theke. „Das ist unsere Auswahl an Jungenstrümpfen. Die aus Leder sind natürlich die besten und halten doppelt so lange wie die anderen."

Mrs Quigley hob die einfachen Baumwollstrümpfe hoch.

„Diese Strümpfe hier sind sehr angenehm zu tragen, Madam. Sehen Sie den weiten Elastiksaum am oberen Rand? Das verhindert, dass sie nach unten rutschen."

Mrs Quigley kniff die Augen zusammen, um sich die Strümpfe genauer anzuschauen.

„Sie haben auch doppelt gearbeitete Fersen und Zehen", sprach Essie weiter, „und kosten fünfunddreißig Cent das Paar."

Die Quigleys wohnten im Süden der Stadt in einem sauberen, ordentlichen Haus mit einer breiten Veranda. Mr Quigley arbeitete in der Schrotmühle und hatte ein ganzes Haus voller Kinder. Drei von ihnen standen ernst neben ihrer Mutter, aber Essie wusste ganz genau, dass ihr Benehmen in der Schule weitaus weniger vorbildlich war.

„Wer soll diese schönen Strümpfe denn bekommen?", fragte Essie die Jungen.

„Grundy", antwortete der Ältere. „Er läuft immer ohne Stiefel herum und zerreißt seine Strümpfe."

„Tu ich nicht."

„Tust du doch."

Mrs Quigley brachte die Jungen mit einem strengen Blick zum Schweigen.

Essie lächelte. „Ich denke, jeder von uns hat seine Strümpfe hin und wieder schon einmal kaputt gemacht." Sie richtete ihre Aufmerksamkeit wieder auf Mrs Quigley. „Haben Sie schon unsere neue Flickmaschine gesehen?"

Sie holte die kleine, webstuhlähnliche Maschine hervor, die Strümpfe, Seide, Wolle und Baumwolle flicken konnte. „Sie ist so klein, dass sie in Ihren Nähkorb passt, und so leicht zu bedienen, dass sogar Kinder damit umgehen können."

Als Essie fertig war, hatte sie drei Paar Strümpfe, die Flickmaschine, einen Schnittbogen für einen Fünfbahnenrock und mehrere Stoffreste verkauft.

Nachdem die Quigleys gegangen waren, trat Hamilton hinter der Theke zu ihr und hielt ihr eine Satinrosette hin. „Haben Sie das vielleicht zufällig verloren?"

Essie griff rasch an die rechte Seite ihres Huts und entdeckte eine Lücke. „Oh, du meine Güte. Ich bleibe offenbar ständig irgendwo hängen, sobald ich mich umdrehe." Sie nahm die Rosette und versuchte, sie an ihren Platz zurückzustecken, schaffte es aber nicht.

Er schmunzelte. „Lassen Sie mich das machen."

Sie blieb vollkommen reglos stehen, während er die Blume wieder an ihren Hut steckte. Ihre Nase war nur wenige Zentimeter von den Knöpfen seiner doppelreihigen Waschlederweste und dem Knoten an seiner Seidenkrawatte entfernt. Sie atmete den Geruch seiner Rasierseife und einen leichten Schweißgeruch ein.

Ihr Blick wanderte zu seinem erhobenen Arm und dem feuchten Fleck an seinem Hemd. Die Intimität, dass sie so etwas Persönliches sah, stellte in ihrem Magen sonderbare Dinge an. Sie tastete blind nach dem Tresen, um sich festzuhalten.

„So“, sagte er. „Das sollte für eine Weile halten.“

Sie hob den Kopf wieder. Hinter ihrem Hutrand kamen nacheinander sein Kinn, seine Wangen und seine Nase zum Vorschein. Sie benetzte ihre Lippen. Die braunen Augen hinter seiner Brille waren so warm wie heißer Kakao und sehr nah.

„Sie haben wirklich Geschick als Verkäuferin, Miss Spreckelmeyer.“

„Das ist keine große Sache“, flüsterte sie. „Ich kenne einfach jeden in der Stadt und weiß, was jeder braucht. Das ist alles.“

Sein Mund verzog sich zu einem Lächeln. „Das mag stimmen, aber es ist ein Unterschied, ob man etwas weiß oder ob man tatsächlich etwas verkauft.“

Er trat zurück und begann, die Auswahl an Strümpfen zusammenzurollen, die Mrs Quigley nicht gekauft hatte. „Ich muss zugeben“, sagte er, „dass es wunderbar war, Sie in dieser Woche hier zu haben.“

Ihre Lippen öffneten sich. „Für mich auch.“

„Dann sollten wir die Situation vielleicht zu einer etwas dauerhafteren Einrichtung machen?“

Sie atmete stockend ein. „Ja. Oh ja.“

Er warf ihr einen Blick zu und lächelte. „Also dann. Ich bezahle Ihnen zwei Dollar fünfzig die Woche, und zwar ab heute.“

Sie blinzelte. „Nein. Ich meine, das ist nicht nötig.“

„Natürlich ist es das.“ Er reichte ihr die Lederstrümpfe und begann mit den Wollstrümpfen. „An der linken Seite Ihres Hutes hängt eine Schleife herab.“

Sie steckte sie wieder nach oben. „Danke.“

„Bitte.“ Er reichte ihr die restlichen Strümpfe und kehrte zu seinem Schreibtisch in der Ecke des Ladens zurück.

Der Juli ging in den August über. Die Hitze der heißen Sommersonne staute sich auch in der Collin Street. Hamilton zwang sich zu einem Lächeln und Nicken, als er auf der Veranda vor der „Toten Hose" stand, während viele Pferde, Wagen und Stadtbewohner zu seinem Konkurrenten eilten und dabei den Staub auf der Straße aufwirbelten.

Es hatte sich früh am Morgen herumgesprochen, dass Charlie Gillespie und seine Jungen das Fell eines großen Schwarzbären zum Lebensmittel- und Spirituosenladen gebracht hatten. Hamilton hatte Mühe, seinen Verdruss zu verbergen.

Die „Tote Hose" befand sich an der Ecke von Elfter Straße und Collin Street und bot ihm einen guten Blick auf den Laden der Familie Pickens, der dreißig Meter entfernt auf der anderen Straßenseite war.

Da ihm die Sonne in die Augen schien, musste Hamilton sie zusammenkneifen, um etwas sehen zu können. Jeremy Gillespie hüpfte aus dem Lebensmittelladen und kam die Straße herab direkt auf ihn zu.

„Miss Spreckelmeyer!", schrie der Junge und winkte ihr mit hoch erhobenem Arm zu. Essie war den gesamten Vormittag über damit beschäftigt gewesen, verschiedene Waren nach draußen zu schleppen, da sie hoffte, dadurch einige Kunden anlocken zu können, aber nicht einmal Vandervoort und seine Gefährten waren erschienen.

Sie drehte sich um, als sie ihren Namen hörte, beugte sich weit über das Geländer und winkte dem Jungen ebenfalls zu. Bei dieser undamenhaften Haltung hob sich ihr Rocksaum und gab den Blick auf ihre Unterröcke und ein Paar abgetragener Stiefel frei. Ihr Hinterteil stand auf unanständige Weise ab.

„Hallo!", schrie sie zurück.

Die Witwe Yarbrough, die in diesem Moment an ihnen vorbeiging, drehte sich neugierig zu dem Schauspiel herum und bedachte dann Hamilton mit einem missbilligenden Stirnrunzeln. Er wand sich vor Beschämung.

Miss Spreckelmeyers Zehen verloren den Kontakt zum Holzboden, und einen schrecklichen Augenblick lang fürchtete er schon, sie würde über das Geländer purzeln. Aber es gelang ihr, das Gleichgewicht zu halten und sicher auf der Veranda zu landen, ohne die geringste Bestürzung wegen ihres Beinaheunglücks an den Tag zu legen.

„Wir haben einen Bären gefangen“, verkündete Jeremy.

„Das habe ich gehört!“, antwortete sie. „Du musst mir genau erzählen, wie ihr das gemacht habt.“

„Oh, Sie müssen den Bären mit eigenen Augen sehen. Sonst glauben Sie es nicht. Ich hätte das Fell ja hierher in die ‚Tote Hose‘ gebracht, aber Sie haben mir gesagt, dass Mr Crook keine Felle mehr braucht.“

„Ja, das stimmt“, nickte sie.

„Das galt nicht für Bärenfelle“, brummte Hamilton. „Bärenfelle kann man nie genug haben.“

Sie schaute zu ihm hinauf und blickte ihn verwirrt an. „Daran sind wir ganz allein schuld. ‚Der Geizige wird selbst darben, wenn er sein Herz vor den Elenden verschließt.‘“

Er wurde steif. „Es gibt kein ‚Wir‘, Miss Spreckelmeyer. Außerdem bin ich nicht geizig. Und dieses Bärenfell würde mir gehören, wenn Sie nicht gewesen wären.“

Jeremy nahm schwungvoll seinen Hut ab. „Entschuldigung, Mr Crook. Es war nicht Miss Spreckelmeyers Schuld, dass Pa den Bären zu Mr Pickens brachte.“

Sie lächelte. „Das ist lieb von dir, aber ich fürchte, es war doch meine Schuld, Jeremy. Ich habe damals nicht hinzugefügt, dass wir an Fellen von großen Tieren sehr wohl Interesse haben. Wir nehmen nur keine kleinen Felle mehr an.“

Jeremys Blick wanderte zwischen den beiden hin und her. Dann ging er ein paar Schritte zurück. „Ich werde meinem Pa sagen, dass er den nächsten Bären auf direktem Weg zu Ihnen bringen soll."

Als ob es einen nächsten Bären gäbe, dachte Hamilton.

„Danke", sagte sie.

Der Gillespie-Junge setzte seinen Hut wieder auf. Dann drehte er sich um und lief zum Lebensmittelladen zurück.

„Ich freue mich so sehr für die Gillespies", meinte Essie. „Jetzt haben sie genug zu essen."

Hamilton schob die Brille auf seiner Nase hinauf. „Haben Sie eigentlich eine Ahnung, wie viel Geld Sie mich kosten?"

Sie blinzelte. „Unsinn. Niemand wird dieses Bärenfell tatsächlich kaufen. Es würde ein Vermögen kosten."

„Das mag sein, aber von überall her werden die Leute kommen und sich im Lebensmittel- und Spirituosenladen das Fell anschauen. Und wenn sie schon einmal dort sind, kaufen sie andere Dinge und haben keinen Grund, zu mir in die ‚Tote Hose' zu kommen."

„Hmmm. Ich verstehe, was Sie meinen." Essie trommelte mit den Fingern nachdenklich auf ihrem Rock. „Dann müssen wir uns einfach etwas Besseres einfallen lassen."

„Etwas Besseres als ein Schwarzbärenfell?"

„Ja." Sie faltete die Hände auf dem Rücken und warf die Schultern zurück. Dadurch lenkte sie seine Aufmerksamkeit auf die hellblaue Baumwollbluse, die sie trug. Es war Konfektionsware, die er auf Lager hatte, und er hatte in den vergangenen Wochen gut drei Mal so viele davon verkauft wie gewöhnlich. Er war sicher, das lag daran, dass Miss Spreckelmeyer dieser Stil gut stand und dass andere Frauen dachten, er könnte ihnen ebenfalls schmeicheln.

Essie ging langsam ein paar Schritte auf ihn zu. Sie hatte ihren Kopf leicht geneigt und eine blonde Strähne hatte sich aus ihrem Haarknoten befreit. „Irgendwelche Ideen?“, fragte sie.

Hamilton runzelte die Stirn. Sie stand jetzt sehr dicht vor ihm. So dicht, dass er jede einzelne Farbschattierung in ihren blauen Augen sehen und den Hauch von Klee riechen konnte, den sie als Parfüm benutzte. Er konnte sogar hören, wie ihr Atem in regelmäßigen Intervallen kam und ging.

„Vielleicht sollten wir einen Wettbewerb veranstalten“, murmelte sie.

Sein Stirnrunzeln vertiefte sich. „Es gibt kein ‚Wir‘.“

„Oder ein Turnier.“

Hamilton betrachtete sie. Er wusste ganz genau, dass sie auf der Jagd nach einem Ehemann war, und er hatte nicht das geringste Interesse. Er hatte nicht die Absicht gehabt, sie zu ermutigen. Er hatte auch erst, als es zu spät war, begriffen, dass sie sein Lob viel persönlicher aufgefasst hatte.

Aber in dem Monat, seit Essie sich ihm und der „Toten Hose“ aufgedrängt hatte, waren seine Verkaufszahlen in schwindelerregende Höhen gestiegen. Zumindest bis sie seine Kunden zu seiner Konkurrenz auf der anderen Straßenseite geschickt hatte, wo alle neugierig ein Bärenfell begafften.

Trotzdem hatte er noch nie eine so gute Verkäuferin erlebt. Sie verkaufte dem Wagen- und Pferdegeschirrhändler Lederpolitur. Dem Arzt verkaufte sie Bücher über Frauen im Wochenbett. Den Damen verkaufte sie elegante Accessoires.

Und obwohl sie an Menschen in Not großzügig seine Sachen verschenkte, war sein Gewinn so hoch wie noch nie.

Als Verkäuferin machte sie sich gut, aber als Ehefrau? Niemals. Hamilton wusste, dass er einen viel besseren

Fang machen konnte als die stadtbekannte alte Jungfer. Trotzdem musste er vorsichtig vorgehen.

Er wohnte erst seit einigen Jahren in Corsicana, und obwohl die Einheimischen hinter vorgehaltener Hand über Miss Spreckelmeyers unorthodoxes Benehmen und ihre lächerlichen Hüte herzogen, war sie hier geboren, und jeder mochte sie. Man behandelte sie wie eine herrenlose streunende Katze.

Wenn die Katze auf der Veranda auftauchte, gab man ihr warme Milch. Wenn ein Sturm aufzog, gab man ihr Unterschlupf für die Nacht. Wenn übermütige Jungen sie ärgerten, schimpften die Leute und retteten die Katze. Aber das Mitgefühl ging nie so weit, dass sie die Katze tatsächlich zu sich nach Hause mitnahmen und sie bei sich behielten.

Nein, Miss Spreckelmeyer war die alte Jungfer der Stadt, und er hatte eindeutig etwas Besseres verdient.

Ihr war sein nachdenklicher Blick nicht entgangen. Ihre Augen strahlten auf. „Ein Dameturnier. Was halten Sie davon?"

„Ich glaube, Miss Spreckelmeyer, Sie und ich müssen uns einmal unterhalten."

Ihr Blick wurde sanfter. Sie trat einen Schritt näher auf ihn zu. Er trat einen Schritt zurück.

„Einverstanden, Hamilton. Wann wäre ein guter Zeitpunkt für unser … Gespräch?"

Das war die andere Sache. Sie sprach ihn ungeniert bei seinem Vornamen an, obwohl er ihr das nie erlaubt hatte. Kein Wunder, dass die Männer dieser Stadt flüchteten, sobald sie auftauchte. Noch nie im Leben war er einer dreisteren, unberechenbareren und impulsiveren Frau begegnet. Dabei kam sie aus einer so guten Familie. Um ihrer Familie willen und um sich in der Stadt keine Sympathien zu verscherzen, würde er darauf achten, ihr dezent eine Absage zu erteilen.

„Morgen Abend", sagte er. „Nach Ladenschluss. Würde Ihnen das passen?"

Ein leises Seufzen kam über ihre Lippen. „Ja. Ja, das passt mir selbstverständlich."

❖

Essie konnte ihr Glück kaum fassen. Wenn sie gewusst hätte, dass es so leicht war, einen Mann einzufangen, hätte sie das schon vor Jahren gemacht. Aber vielleicht hatte es auch überhaupt nichts mit „Glück" zu tun, sondern nur mit Gottes Plan für ihr Leben. Endlich – *endlich* – trug Gottes Plan Früchte.

Sie legte ihren neuen Sommerrock und ihre neue Bluse über die Rückenlehne des Stuhls, der an ihrem Schlafzimmerfenster stand. Dabei passte sie gut auf, dass sie die frisch gebügelten Sachen nicht verknitterte oder zerdrückte.

Essie wusste, wie sehr Hamilton es mochte, wenn sie Konfektionswaren aus seinem Laden trug, und sie wollte ihm am morgigen Tag unbedingt gefallen. Denn morgen nach Ladenschluss würde er sich ihr erklären.

Oh, wie gern würde sie einen ihrer hübschen Hüte aufsetzen, aber sie hatte es aufgegeben, die Hüte im Laden zu tragen. Und wenn sie jetzt einen aufsetzte, würde sie ihn damit vielleicht noch in die Flucht jagen.

Die junge Frau legte einen abnehmbaren, weißen Leinenkragen und dazu passende Manschetten auf ihren Toilettentisch, das einzige extravagante Accessoire an der Kleidung, die sie vorbereitete. Sie warf einen Blick in den Spiegel und betrachtete ihr Gesicht. Das Gesicht der künftigen Mrs Crook.

Kapitel 3

Essie stöhnte, hielt sich den Magen und wand sich in ihrem Bett. Ihre Mutter tauchte ein Tuch in kühles Wasser und wrang es dann aus. Essie warf einen Blick auf die Kleidung, die über dem Stuhl hing.

Ihre Mutter legte das Tuch auf Essies Stirn.

„Ich muss aufstehen. Mr Crook erwartet mich."

„Das kannst du nicht. Du bist zu krank. Außerdem hast du keinen Anlass, dich diesem armen Mann aufzudrängen. Ich verstehe wirklich nicht, was du dir dabei gedacht hast, dich so lächerlich zu machen. Das ist schlichtweg peinlich."

„Bitte, Mutter. Du hast mir deinen Standpunkt unmissverständlich klargemacht, aber ich werde in der ‚Toten Hose' arbeiten, solange Mr Crook mich dort haben will."

In ihrem Bauch rumorte es. Rasch legte sie sich eine Hand auf den Mund. Ihre Mutter zog den Nachttopf unter dem Bett hervor, nahm den Deckel ab und hielt ihn ihr hin, während Essie sich erneut übergeben musste.

Es half nichts. Sie müsste Hamilton ausrichten lassen, dass sie heute nicht in den Laden kommen konnte. Und auch nicht zu ihrem anschließenden kleinen Tête-à-Tête.

„Ich sage Ihnen aber, dass es da ist. Miss Spreckelmeyer hat gesagt, dass es gekommen ist. Sie weiß, dass ich auf dieses Buch schon sehnsüchtig warte. Sie müssen es sofort finden. Ich bestehe darauf!"

Mrs Lockhart unterstrich ihre Forderung mit einem kräftigen Klopfen ihres Stockes, bei dem ihr Arm, ihre Schultern und auch ihr Bauch zitterten.

Hamilton zwang sich zu einem höflichen Lächeln. „Ich schaue noch einmal nach, Ma'am. Erinnern Sie sich vielleicht zufällig an den Titel des Buches?"

„Gewiss. Sie glauben doch nicht etwa, ich hätte vergessen, welches Buch ich bestellt habe?" Die alte Frau kniff die Lippen zusammen. Dabei legte sich ein Spinnennetz aus Falten rund um ihren Mund. „Also wirklich. Ich finde es ausgesprochen lästig, mich mit einer solchen Einfalt auseinandersetzen zu müssen. Wann ist Miss Spreckelmeyer wieder da?"

„Wie ich schon sagte, sie ist heute krank. Ich rechne damit, dass sie wieder kommt, sobald es ihr besser geht."

„Hoffentlich ist das bald der Fall. Jetzt beeilen Sie sich, junger Mann. Miss Spreckelmeyer hätte das Buch schon längst eingepackt und mit einer Schnur zusammengebunden."

„Den Titel, Mrs Lockhart. Es wäre hilfreich, wenn ich den Titel wüsste."

„Den Titel habe ich Ihnen schon genannt. Würden Sie mir bitte besser zuhören! Es ist ein Buch von Bertha Clay und trägt den Titel ‚Clarabels Liebesgeschichte'."

„Ja, Ma'am. Wenn Sie mich bitte kurz entschuldigen, dann schaue ich hinten noch einmal nach."

Ein tiefes Runzeln überzog seine Stirn, sobald er hinter den Vorhang getreten war, der den Laden von den hinteren Räumen abtrennte. „Clarabels Liebesgeschichte". Was um Himmels willen wollte diese alte Schachtel mit einer

Liebesgeschichte und wo zum Kuckuck konnte Essie diese hingelegt haben?

In den unteren Regalfächern hatte er schon nachgeschaut, und er konnte sich nicht vorstellen, dass das Buch weiter oben liegen würde. Dennoch drehte er eine leere Obstkiste um und stieg hinauf, um in den oberen Fächern nachsehen zu können. Er schob Laternenhalter, Kofferschlösser und Bohrwerkzeug zur Seite und wirbelte Staubflusen auf, die schon länger ungestört hier geschlummert hatten, dann wühlte er zwischen Schwefelkerzen, Butterdosen und Zubehör für Babyflaschen.

Bei seiner Suche stieß seine Hand an einen ihm bekannten zwanzig Zentimeter langen Stab, der an der Unterseite eines schwarzen Sauggeräts befestigt war, das wie eine Schüssel geformt war.

Sehr zu seiner Überraschung war diese Lieferung nur wenige Tage nach dem Tod seiner Frau mit der Post gekommen. Die Bestellung war von so delikater Natur gewesen, dass seine Frau ihm nicht einmal etwas davon gesagt hatte.

Als er dieses Teil ausgepackt hatte, hatte er in seinem Katalog nachgeschaut, um was es sich dabei handelte. Die Anzeige behauptete, dass dieser „Brustvergrößerer" zusammengeschrumpftes und unterentwickeltes Gewebe vergrößern und ausfüllen und einen runden, üppigen und wohlgeformten Busen zaubern würde. In den Wochen nach dem Eintreffen dieser Bestellung hatte er fast jede Frau in der Stadt genau betrachtet und insgeheim darüber spekuliert, welche geheimnisvolle Dame in Corsicana, Texas, beschlossen haben könnte, der zu unterentwickelten Ausgabe dieses reizvollen Körperteils etwas nachzuhelfen. Aber die Eigentümerin dieses Geräts war nie gekommen, um ihre Bestellung abzuholen, und seitdem lag es in seinem Regal. Als er daran zurückdachte, musste Hamilton grinsen. Dann legte er den Gegenstand auf seinen Platz im Regal zurück und setzte seine Suche nach Mrs Lockharts Roman fort.

Die Glocke an der Tür erklang und das Stimmengewirr im Laden nahm zu. Der Samstag war der hektischste Tag der Woche. Er konnte keine Zeit mit der Suche nach diesem Buch vergeuden. Er kehrte in den Laden zurück und teilte Mrs Lockhart mit, dass sie am Montag wiederkommen müsse.

„Nun ja", murrte sie. „Ich hatte eigentlich vor, heute einiges zu kaufen, aber vielleicht sollte ich stattdessen zum Lebensmittel- und Spirituosenladen gehen. Mr Pickens weiß immer, wo die Sachen in seinem Lager zu finden sind."

„Es tut mir aufrichtig leid. Ich werde in Zukunft darauf achten, dass die Waren so gelagert werden, dass sowohl Miss Spreckelmeyer als auch ich sofort alles finden können."

Die ältere Dame musterte ihn durch ihre runden Brillengläser kritisch von den Haaren auf seinem Kopf bis zu seinen Stiefelspitzen. „Tun Sie das unbedingt. Ich bin am Montagmorgen in aller Frühe wieder da."

Der restliche Nachmittag verlief in gleicher Weise. Miss Lizzie wollte die Meinung einer Frau dazu hören, welche Farbe ihr am besten stünde. Sie ging über die Straße zu Mrs Pickens, um sich deren Rat zu holen … und deren Stoff zu kaufen.

Kurz nach drei kam Pastor Bogart und wollte, dass Miss Spreckelmeyer seiner Frau die neuen Taufhosen beschrieb, die Essie erwähnt hatte. Sie hatten offenbar angenähte Stiefel. Hamilton schaute im Spezialkatalog nach, konnte aber nichts dergleichen finden. Die Bogarts gingen zum Lebensmittelladen, um zu fragen, ob Mrs Pickens von dieser Hose gehört habe.

Eine Stunde später wollte Mr Bunting Miss Spreckelmeyers Rat hören, ob er seiner Frau zu ihrem fünfundzwanzigsten Hochzeitstag eine Brosche oder eine Haarspange kaufen solle. Hamilton erklärte ihm, was er für geeigneter hielt, aber Mr Bunting beschloss, Mrs Pickens zu fragen.

Selbst Vandervoort und seine Gefährten waren nicht so gut gelaunt wie sonst. Miss Spreckelmeyer hatte versprochen, gegen den Sieger ihres Damespiels anzutreten, denn bis jetzt hatte noch keiner der Männer sie geschlagen. Sie murrten während ihres Spiels und gingen bei Ladenschluss, ohne sich zu verabschieden.

Als Hamilton die Tür verriegelte, hatte er an diesem Tag so wenig Umsatz gemacht wie seit Monaten nicht mehr. Und das auch noch an einem Samstag. Er ließ die Jalousie an seiner Ladentür herab. Vielleicht sollte er doch in Erwägung ziehen, welche Vorteile eine Verbindung mit Miss Spreckelmeyer ihm böte. Sie war ein wenig zu muskulös, ein wenig zu herrisch und ein wenig zu exzentrisch, aber sie verstand es unübersehbar, den Leuten etwas zu verkaufen.

Essie kam am Montagmorgen zur gewohnten Zeit in die „Tote Hose“. Ihre Unpässlichkeit hatte nur einen Tag gedauert, sodass sie am Sonntag Zeit gehabt hatte, wieder zu Kräften zu kommen und sich auf die Begegnung mit ihm zu freuen. Sie hatte an diesem Morgen besonders viel Mühe auf ihr Aussehen verwandt und den Rock, die Bluse, den Kragen und die Manschetten angezogen, die sie am Samstag hatte tragen wollen, und auch darauf geachtet, dass ihre Haare besonders schön aussahen.

Hamilton öffnete die Hintertür. „Essie“, begrüßte er sie. „Ich freue mich sehr, Sie zu sehen.“

Sie blieb so regungslos stehen wie ein Jäger, dessen Beute in Reichweite war. Hamilton hatte sie mit dem Vornamen angesprochen. Im nächsten Atemzug hatte er fast gesagt, dass er sie vermisst hatte.

Er trat einen Schritt zurück und machte die Tür weiter auf. „Wie fühlen Sie sich?"

„Viel besser. Danke." Sie trat über die Schwelle und nahm ihre Schürze vom Haken an der Wand. „Es tut mir leid wegen Samstag. Wie lief es?"

Als er nicht antwortete, schaute sie auf. Ihre Hände hielten inne. Sie hatte geistesabwesend die Schleife ihrer Schürze am Rücken gebunden, wodurch ihre Bluse sich kurzzeitig über ihrer Brust gespannt hatte. Sein Blick war genau auf die Stelle gerichtet, an der ihre Knöpfe sich spannten. Sie atmete erstaunt ein. Noch nie zuvor hatte er sein Interesse so deutlich gezeigt.

Sie band rasch ihre Schleife fest, schüttelte die Schürze aus und genoss das schnelle Schlagen ihres Pulses.

„Ohne Sie lief alles schief", erwiderte er, wobei seine Stimme leise und vertraulich klang. „Die Kunden waren unzufrieden. Der Kaffee war zu stark. In der Kleidungsnische herrschte schon mittags ein heilloses Durcheinander. Und ..." Er holte tief Luft. „... der Umsatz war schlecht."

Der fensterlose Lagerraum war in lange Schatten getaucht und die Ecken waren dunkel. Wenn sie sich diesen Moment erträumen würde, wäre jetzt der perfekte Zeitpunkt, in dem er sie in die Arme nehmen würde. Aber sie bildete sich diesen Moment nicht ein, und sie war nicht sicher, wie sie ihn ermutigen könnte.

„Das kriegen wir schnell wieder hin", sagte sie. „Ich werde selten krank und ich habe alles im Handumdrehen aufgeräumt."

Aber sie rührte sich nicht, da sie genau wusste, dass in

dem Moment, in dem sie sich bewegte, die Stimmung umschlagen würde.

Er begutachtete sie von Kopf bis Fuß. „Sie sind eine recht gut aussehende Frau, Miss Spreckelmeyer."

„‚Essie'", entgegnete sie. Es war nicht viel lauter als ein Flüstern. „Bitte sagen Sie ‚Essie'."

❖

Essies Mutter hatte immer gesagt, dass sie einen Mann nicht anstarren sollte. „Wie kann er dich genauer begutachten, wenn du ihn ständig anstarrst?", meinte sie immer. Essie erinnerte sich an diesen Rat und achtete darauf, ihren Blick überallhin zu richten, nur nicht auf Hamilton.

Aber sie spürte den ganzen Tag über, dass sein Blick auf ihr ruhte, gleichgültig, ob sie Kunden bediente, Waren abwog oder Dinge einwickelte. Als er sie aufforderte, den Lagerraum aufzuräumen und zu putzen, schob sie das so lange wie möglich vor sich her, da sie nicht wollte, dass er sie aus den Augen verlöre.

Stattdessen setzte sie sich zu einem Damespiel mit Mr Owen an den Tisch, während die Herren Vandervoort, Jenkins und Richie einen Kreis um sie bildeten, um ihren Freund mit ihren Ratschlägen zu unterstützen. Sie spielte gerade die entscheidende Partie von fünf Spielen.

„Dieses Mal verlieren Sie", sagte Owen, der nicht glauben konnte, dass er zwei Spiele verloren hatte.

Essie begann, ihre Steine auf die dunklen Felder vor sich zu stellen.

„Was hält der Richter von der Versammlung im letzten Monat, Miss Spreckelmeyer?", erkundigte Mr Richie sich.

„Vom Verein der Geschäftsleute von Corsicana?", gab sie zurück und legte den letzten Stein auf sein Feld. „Er freut sich, dass die Mitglieder dafür gestimmt haben, einige künstliche Brunnen zu bohren. Ohne Brunnen bleiben wir eine Stadt, die nur von einem Produkt lebt, und können nicht darauf hoffen, neue Geschäftszweige in die Stadt zu locken."

„Wurde bis jetzt schon irgendetwas in die Wege geleitet?"

Essie bewegte sich zwischen ihren eigenen Steinen und rückte Mr Owens Steinen mit jedem Zug näher. „Sie haben eine Wasserversorgungsgesellschaft gegründet und von mehreren Firmen Angebote eingeholt."

„Und was sagen diese Unternehmen?"

„Dass drei Brunnen uns 30.000 Hektoliter Wasser am Tag bringen werden."

Mr Jenkins stieß einen Pfiff aus.

„Mach das lieber nicht, Lafoon", warnte Mr Vandervoort.

Mr Owen erstarrte. Seine dicken, fleischigen Finger lagen auf einem schwarzen Damestein.

„Sie will, dass du dorthin springst, denn sobald du das tust, stehst du schlechter als jetzt."

„Aber wenn ich das nicht tue, verliere ich drei Steine."

Vandervoort zuckte die Achseln. „Mach, was du willst."

Owen sprang über Essies Stein und öffnete den Weg zu seiner Dame. Sie bewegte sich in diese Richtung.

„Wie wollen sie so viel Wasser durch den Brunnen heraufbefördern?", fragte Mr Richie.

„Papa sagte, sie bräuchten überhaupt keine Pumpen. Er sagte, der natürliche Druck sei so hoch, dass Steigrohre und Vorratstanks gefüllt werden könnten. Eine Dame bitte, Mr Owen."

Mit einem Stirnrunzeln machte er eine Dame aus ihrer Figur. „Und was ist mit dem Saathaus? Gibt es irgendwelche Ideen, was die Stadt mit diesem leer stehenden Monstrum machen soll, nachdem Mr Neblett dichtgemacht hat?"

„Nein", seufzte sie, „zu diesem Thema gab es leider nichts Neues."

Einige Minuten später gewann sie das Spiel.

„Verloren", stöhnte Owen. „Ich gehe ein wenig vor die Tür, um frische Luft zu schnappen. Kommt ihr mit?"

Die Männer schlenderten auf die Veranda hinaus. Essie räumte die Damesteine weg und wischte das Brett ab. Als sie aufschaute, stellte sie fest, dass Hamilton sie von seinem Schreibtischstuhl aus anstarrte.

„Sie sollten die Männer hin und wieder einmal gewinnen lassen", meinte er leise.

„Das habe ich ja versucht, aber dann fangen wir an zu plaudern, und ich vergesse, die falschen Züge zu machen."

Er streckte die Arme über den Kopf und beugte den Rücken nach hinten.

„Müde?", fragte sie.

„Ein wenig."

„Soll ich Ihnen eine Tasse Kaffee bringen?"

„Das klingt gut."

Essie nahm Hamiltons Lieblingstasse von den Haken mit den Tassen, die neben dem Ofen hingen. Sie reichte sie ihm und freute sich, dass sie inzwischen so gut damit vertraut war, was er mochte und was nicht.

„Danke", sagte er und nahm einen Schluck.

„Gern geschehen."

Die Stimmen der Männer, die sich auf der Veranda unterhielten, waren durch die Wand zu hören. Sein Fuß stieß gegen einen Jutesack, der an seinem Schreibtisch lehnte, wodurch die Bohnen, die sich in dem Sack befanden, verrutschten.

Er rollte mit seinem Stuhl zurück und schob sich langsam in die Höhe. „Warum haben Sie eigentlich nie geheiratet, Essie?"

Das Blut schoss ihr in die Wangen. *Weil bis jetzt niemand um meine Hand angehalten hat.* Aber das konnte sie nicht sagen. „Ich schätze, ich habe einfach noch nicht den Richtigen getroffen."

Jeder Impuls in ihr drängte sie, den Abstand zu ihm zu verringern. Sie blieb stehen, wo sie war.

„Sie sehen heute hübsch aus", sagte er. „Nett. Haben Sie etwas verändert?"

Ja, ja, das habe ich. „Nein. Ich bin ganz genau so wie immer."

Das Miauen einer Streunerin ließ sie beide hochfahren.

Hamilton runzelte die Stirn. Essie lächelte.

„Katze!", sagte sie. „Was machst du denn hier drinnen?"

Sie hob die kurzhaarige, dürre Katze auf den Arm und vergrub ihre Nase im Fell des Tieres. „Bist du auf der Suche nach ein wenig Aufmerksamkeit?"

Hamilton starrte die Katze an. Die Farbe wich aus seinem Gesicht.

„Was ist?", fragte Essie.

Er trat eilig einen Schritt zurück und ließ sich auf seinen Stuhl sinken. „Nichts. Überhaupt nichts. Sind Sie im Lagerraum schon fertig?"

„Nein. Ich habe noch gar nicht angefangen. Aber ich gehe gleich."

„Danke. Und nehmen Sie diese … diese Katze mit."

Essie begann auf den obersten Regalböden. Sie wischte Staub, räumte um, wischte alles ab und katalogisierte die Produkte, während sie ein fröhliches Liebeslied summte. Hamilton hatte ihr fast eine Liebeserklärung gemacht. Mitten im Laden am helllichten Tag, während jederzeit jemand hätte hereinkommen können.

Er hatte nichts davon gesagt, dass er nach Ladenschluss mit ihr sprechen wollte, aber sie hoffte, das würde er noch tun. Wenn er nicht die Nerven verlor. Sie lächelte. Er wirkte immer so dankbar, wenn sie im Laden eine Aufgabe gut erledigte. Also beschloss sie, im Lagerraum so viel wie möglich zu schaffen.

Ihre Finger berührten eine schwarze Gummischale. Essie zog den Gegenstand aus dem Regal und stellte fest, dass an der Unterseite ein langer, gerader Stab befestigt war. *Was in aller Welt ist denn das?*

War das ein Ständer? Ein Regenfänger? Eine Bonbonschale? Sie wischte den Gegenstand sauber und nahm sich vor, Hamilton danach zu fragen. Er wusste bestimmt, was es war.

❖

Hamilton schloss die Tür, zog die Jalousie herab und atmete tief ein. Er hatte Essie den ganzen Tag beobachtet. Sie hatte ein kräftiges, symmetrisches Gesicht mit hohen, ausgeprägten Wangenknochen – nichts an ihr war zierlich. Auf ihren Wangen bildeten sich Grübchen, wenn sie lächelte. Ihre Unterlippe war voller als die Oberlippe, ihre blauen Augen waren ein wenig zu groß, und ihre Nase war ein wenig zu dünn.

Was er jedoch nicht beurteilen konnte, war, was für eine Figur sie unter diesem Rock verbarg. Er wusste, dass ihre Beine lang sein mussten. Er wusste nur nicht, ob sie wohlgeformt waren.

Er hatte ihre Waden gesehen, wenn sie auf ihrem Fahrrad unterwegs war – *die ganze Stadt* hatte ihre Waden schon gesehen. Sie wiesen kein Gramm zusätzliche Polsterung auf.

Eine Frau sollte weich sein. Üppig. Etwas, an das ein

Mann sich kuscheln konnte. Nicht drahtig, hart und muskulös.

Oh, oben hatte sie schon Kurven. Nicht übertrieben große, aber auch nichts, das einen Brustvergrößerer nötig machen würde. Ihr Bauch hingegen war flach wie ein Stein. Ob er auch so hart war?

Er hätte heute beinahe die Hand ausgestreckt und sie berührt. Nur um es herauszufinden.

Aber diese Frau hörte schon die Hochzeitsglocken läuten. Am besten unternahm er überhaupt keine weiteren Schritte, solange er sich nicht sicher war. Absolut sicher, dass er den Rest seines Lebens mit einer Frau verbringen könnte, die er einfach nicht anziehend fand. Es gelang ihm, ihren Eigensinn während der Arbeitsstunden zu ertragen, aber konnte er das für den Rest seiner Tage auf Erden jeden Tag und jede Nacht aushalten?

Bei diesem Gedanken wurde er nachdenklich. Er wusste über herrschsüchtige Frauen bestens Bescheid. Seine Mutter hatte zu Hause das Zepter geführt und ihren Mann und ihre Söhne herumkommandiert, bis Hamilton es kaum noch hatte aushalten können. Er hatte sich fest vorgenommen, dass er nie im Leben eine dominante Frau heiraten würde.

Essie war nicht direkt dominant. Sie war einfach eigensinnig. Und festgefahren. Und hatte ein gewisses Alter erreicht. Ein Mann hatte gern ein junges, frisches Mädchen in seinem Arm. Ein Mädchen, das er formen konnte. Ein Mädchen, mit dem die Tage schnell und die Nächte langsam vergingen. Nicht eine Frau, die schon wenige Jahre nach der Hochzeit grau werden würde.

Wenn sein Gewissen es ihm erlauben würde, würde er eine Liste mit allen Vorteilen aufschreiben, die sie für ihn hatte, und mit allen Punkten, die ihr fehlten. Aber das wäre zu kalt. Zu geschäftsmäßig. Zu unverzeihlich.

Er konnte Essie im Lagerraum hören, wo sie einen Eimer Putzwasser auskippte. Die Melodie des Liedes, das sie dabei summte, war schief. Er hatte ein perfektes Gehör und stimmte jeden Sonntag vor dem Gottesdienst die Orgel. Er konnte einfach kein Instrument ertragen, das auch nur eine Achtelnote vom richtigen Ton abwich. Essie lag eine volle halbe Note daneben.

Vielleicht sollte er zu den Großhändlern nach Dallas fahren. Ein paar Tage fort von allem. Sich in Ruhe überlegen, was er wollte.

„Hamilton?"

Er drehte sich um. Vor einer Stunde hatte sie vielleicht noch nett ausgesehen, aber jetzt war sie völlig unansehnlich. Ihre blonden Haare waren leicht zerzaust, ihre Hände waren vom Schrubben gerötet, ihre Schürze war schmutzig und ihr Gesicht voller Schmutzflecken.

„Für heute haben wir genug gearbeitet", sagte er.

Sie faltete die Hände vor sich. Und wartete. Auf etwas. Er dachte lange nach. Heute war nicht Zahltag. Heute war … nichts.

„Wollten Sie noch etwas?", fragte er.

Sie benetzte ihre Lippen. „Wollten Sie etwas?"

„Nein. Nicht dass ich wüsste."

„Oh." Sie verlagerte ihr Gewicht. „Ich habe die oberen Regale alle sauber gemacht und die Hälfte der mittleren Regale."

„Ausgezeichnet."

„Den Rest mache ich dann morgen fertig."

„Das ist gut."

Sie stand immer noch da.

Er rückte seine Brille zurecht. „Also, dann noch einen schönen Abend."

Sie seufzte. „Schönen Abend, Hamilton. Bis morgen früh."

Als sie zu Hause vor ihrem Spiegel stand, zog sie die Nadeln aus ihren zerzausten Haaren. Die Kerze auf ihrem Toilettentisch flackerte leicht im Wind, der durch das offene Fenster wehte.

Er entglitt ihr. Sie spürte sein Zögern. Seine Zweifel. Sein Grübeln. Sie musste etwas unternehmen. Und zwar rasch.

Sie sprach ihr Abendgebet und legte sich ins Bett. Lag es daran, dass sie krank gewesen war? Dass sie Mr Owen beim Damespiel geschlagen hatte? War Hamilton immer noch wegen des Bärenfells ungehalten?

Was es auch war, sie wusste, dass der Weg zu seinem Herzen über seinen Laden führte. Sie musste etwas Drastisches unternehmen. Etwas, das die Bevölkerung von Corsicana in Scharen in seinen Laden locken würde.

Kapitel 4

Der Morgentau zierte die Gärten in Essies Nachbarschaft. Strahlendes Sonnenlicht ergoss sich aus dem Osten über die glitzernden Gräser, die wie ein endloser, grüner Teppich miteinander verknüpft waren.

Mit langen, kräftigen Schritten steuerte sie auf die „Tote Hose" zu und flehte Gott an, ihr eine Offenbarung zu schenken. Irgendeine Idee, irgendeine Inspiration, wie sie dafür sorgen konnte, dass die Kunden in der „Toten Hose" so zahlreich würden wie das Gras in diesen Gärten.

Die Schreie eines Kindes rissen sie aus ihren Gedanken. Sie schaute sich um und erblickte einen kleinen Jungen und ein Mädchen auf dem freien Grundstück am Ende der Straße.

Der Junge, der nicht älter als sechs oder sieben sein konnte, hatte sich zwischen das Mädchen und etwas gestellt, das den Kindern Angst machte. Er hatte die Arme beschützend ausgestreckt und taumelte rückwärts. Das Mädchen schrie immer noch und spähte über seine Schulter.

Essie hob ihre Röcke und sprintete auf die beiden zu. Als sie näher kam, erkannte sie Emily Wedick, eines der vielen Wedick-Mädchen, und Harley North, einen Waisenjungen, der im staatlichen Waisenhaus außerhalb der Stadt wohnte.

„Was ist denn?“, keuchte Essie. „Was ist passiert?“

Harley, dessen braune Augen vor Entsetzen ganz riesig waren, deutete auf einen großen, flachen Felsen, der von Unkraut überwuchert war. Oben auf dem glatten Felsen lag eine der faszinierendsten Prärie-Königsnattern, die sie je gesehen hatte.

„Still!“, flüsterte sie und legte Emily eine Hand auf die Schulter. „Du musst sofort still sein.“

Das Kreischen verwandelte sich augenblicklich in ein panisches Wimmern.

„Schnell, lauf ins nächste Haus und bitte Mrs Pennington um einen Mehlsack. Mach schnell.“

Das sommersprossige Mädchen stürmte los. Seine langen, roten Zöpfe flatterten hinter ihm her.

„Ist die Schlange giftig?“, erkundigte sich Harley, dessen nackte Füße unter seiner Hose, die gut zehn Zentimeter zu kurz war, herausragten.

„Nein, nein. Ganz im Gegenteil, es ist eine der schönsten Schlangen, die du je finden wirst.“

In den Tagen, in denen sie Schlangen gesammelt hatte, hatten sie und ihr Vater sich ein Bewertungssystem ausgedacht. Die Gelbbauch-Hausschlange stand höher als die Streifenstrumpfbandnatter. Die Hakennatter stand über der Hausschlange. Die Erdnatter über der Hakennatter. Die gesprenkelte Kettennatter über der Erdnatter. Und die Prärie-Königsnatter übertraf alle anderen.

Diese Schlange war ein ganz besonderes Exemplar. Sie wies glatte, trockene Stellen auf, die verrieten, dass sie sich vor Kurzem gehäutet hatte. Während die Natter im Morgenlicht glänzte, fielen Essie die schokoladenbraunen Flecken auf, die ihre schöne, braune Haut überzogen. Auf dem kleinen Kopf sah man braune Blitze.

Schließlich kehrte das Mädchen zurück und reichte Essie einen leeren Mehlsack. Diese hielt sich einen Finger an die Lippen und bedeutete den Kindern zu schweigen. Mit langsamen, ruhigen Schritten ging sie näher, lockerte den Griff um den Mehlsack, bis er weit offen stand, und packte mit ihrer freien Hand das ein Meter lange Reptil auf dem Felsen.

Emily stieß einen Schrei des Entsetzens aus. Die Schlange wand und drehte sich in Essies Hand und bespritzte sie mit Flüssigkeit, versuchte aber nicht, sie zu beißen.

Sie steckte die Natter in den Mehlsack und knotete ihn oben zu. Dann sagte sie mit beruhigender Stimme: „Still jetzt. Alles wird gut."

„Spitze, Miss Essie", rief Harley mit großen Augen. „Was machen Sie jetzt mit der Schlange?"

Die Schlange zischte und wand sich.

„Das weiß ich noch nicht genau. Ist mit euch alles in Ordnung?"

„Ja, Ma'am", antwortete er, obwohl das Mädchen immer noch hinter ihm kauerte.

„Was hältst du davon, wenn du Emily nach Hause begleitest, Harley? Meinst du, das könntest du für mich tun?"

„Denke schon."

„Also, dann geht mal. Ich kümmere mich um die Schlange." Sie winkte ihnen nach und kehrte dann noch einmal nach Hause zurück. Sie müsste sich die Spritzer von der Schlange abwaschen. Dadurch käme sie zu spät zur Arbeit. Aber sie machte sich deshalb keine Sorgen. Es war kein Zufall, dass der Herr dieses Manna vom Himmel fallen lassen hatte. Sie hatte um etwas gebetet, das besser wäre als ein Schwarzbärenfell. Und jetzt hatte sie eine Königsnatter.

Jetzt würde alles gut werden. Richtig gut.

Essie stellte den Mehlsack mitsamt der Schlange direkt vor die Hintertür der „Toten Hose".

„Entschuldigung, dass ich zu spät komme", sagte sie, als sie den Lagerraum betrat.

Hamilton hievte einen Sack mit Getreide auf seine Schulter und drehte sich dann um. „Ist alles in Ordnung? Sie sind doch nicht wieder krank, oder?"

„Meine Güte, nein. Ich werde nur sehr selten krank." Sie band sich ihre Schürze um. „Ich dachte, ich nehme am besten gleich die restlichen Regale in Angriff. Glauben Sie, Sie kommen eine Weile ohne mich im Laden zurecht?"

Er nickte. „Solange Miss Lizzie nicht noch mehr Stoff will, ist das kein Problem. Aber wenn das Geschäft lebhafter wird, kommen Sie bitte zu mir nach vorne."

Das Glöckchen über der Eingangstür klingelte und er trat durch die Abtrennung. Sobald er hinter dem Vorhang verschwunden war, nahm sie eine Pfirsichkiste, wischte diese sauber und legte sie mit Zeitungspapier aus. Sie suchte in den Regalen und fand eine kleine Schüssel, eine leere Keksschachtel und ein Stück engen Maschendraht.

Draußen suchte sie einen kleinen Ast, säuberte ihn und kehrte zurück, um die Kiste der Königsnatter fertigzustellen. Als sie alles fertig hatte, öffnete sie den Sack und kippte die leicht mit Mehl bestäubte Natter in die Kiste.

Die Natter wand sich sofort, hob den Kopf hoch in die Luft und klapperte wütend mit dem Schwanz.

Essie lächelte. „Mir machst du nichts vor. Ich kenne den Unterschied zwischen einer Klapperschlange und einer Königsnatter, seit ich ein kleines Kind war."

Das Reptil wand sich und schlängelte sich zischend in die Keksschachtel, die an beiden Enden offen war. Die Glocke über der Ladentür klingelte erneut.

Essie legte das Maschengeflecht über die Öffnung und beschwerte es mit ein paar großen Steinen.

„Hast du Hunger? Dann solltest du lieber aufhören, dich so aufzuführen. Ich habe nicht die Absicht, dir etwas zu fressen zu geben, solange du dich nicht beruhigst. Hörst du?"

Das Schwanzende schlug klappernd gegen die Schachtelwand.

❖

Essies Magen knurrte. Sie warf einen Blick auf die Uhr hinter der Theke. Fast Mittag. Für einen Dienstag lief das Geschäft ungewöhnlich gut. Weder sie noch Hamilton hatten Zeit gehabt, etwas anderes zu tun, als die Kunden zu bedienen, und der Kundenstrom riss immer noch nicht ab.

„Hmmm", sagte Mrs Lockhart und drehte den Katalog zu Essie herum. „Wie wäre es mit diesem Buch?"

Essie las den Titel, auf den Mrs Lockhart mit ihrem knorrigen, faltigen Finger deutete. Sie hatte „Clarabels Liebesgeschichte" an einem Tag ausgelesen und wollte einen anderen Roman von Bertha Clay bestellen.

„‚Jenseits des Sturmes'", las Essie. „Ich weiß nicht genau. Das klingt ein bisschen, hm, fragwürdig. Finden Sie nicht?"

Die Frau verzog enttäuscht das Gesicht.

Essie verbarg ihre Überraschung über Mrs Lockharts Vorliebe für so dumme Titel. Sie sollte lieber anspruchsvollere Bücher lesen. „Wie wäre es mit ‚Ivanhoe' von Sir Walter Scott?"

Mrs Lockhart rümpfte die Nase und schaute den Katalog mit gerunzelter Stirn durch ihre dicken Brillengläser an. „Wie wäre es mit ‚Nur eine einzige Sünde'?"

Gütiger Himmel. „Nun. Ich nehme an, jeder hat schon mindestens einmal gesündigt."

Die alte Frau richtete sich auf. Ein triumphierender

Blick legte sich auf ihr Gesicht. „Vielleicht auch schon zweimal!“

Essie nickte. „Soll ich es Ihnen bestellen?“

Ein Krachen, ein Schrei und ein schockierender Fluch aus dem hinteren Raum ließ alle erstarren. Der Vorhang wurde aufgerissen. Hamilton stand im Eingang. Sein Gesicht war gerötet, aus seinen Augen funkelte Zorn.

Er richtete den Blick wütend auf Essie. „Kommen Sie nach hinten.“

Sie blieb wie angewurzelt stehen.

„Sofort!“

Sie fuhr hoch. „Würden Sie mich bitte für einen Moment entschuldigen, Mrs Lockhart?“

Der Blick der Frau schoss zwischen Essie und Hamilton hin und her und ihre Augenbrauen zogen sich in die Höhe. „Natürlich, meine Liebe. Ich schaue mir einfach die Bücherliste noch ein wenig an. Aber Sie sollten jetzt lieber nach hinten gehen.“

Hamiltons Schultern hoben und senkten sich wie ein Blasebalg, der eine Flamme zum Leben erwecken will. Er umklammerte den Vorhang mit geballter Faust und ließ ihn erst los, als sie an ihm vorbeischlüpfte, sodass der Vorhang sie vor allen neugierigen Blicken verbarg.

Er packte ziemlich unsanft ihren Arm und schob sie um einige umgestürzte Eimer herum zur Pfirsichkiste. „Was zum Kuckuck ist das hier?“, zischte er.

„Eine Schlange?“

Er fluchte. „Ich weiß, dass das eine Schlange ist, Essie. Ich will wissen, was sie hier macht?“

Sie berührte seine Brust. „Hamilton! Sie sollten nicht fluchen.“

Er kniff die Augen zusammen. „Esther Spreckelmeyer, ich werde eine noch viel schlimmere Sünde begehen, wenn Sie mir nicht auf der Stelle eine Erklärung geben.“

Sie kniete neben der Kiste nieder und hob den Deckel nur einen Spaltbreit, damit er einen Blick auf den gesprenkelten Schatz werfen konnte, der sich darin befand. „Das ist unser Bärenfell."

„Wovon reden Sie da?"

„Wenn sich in der Stadt herumspricht, was wir haben, kommen die Leute von überall her, um die Schlange zu sehen."

„Sie erwarten, dass ich dieses Ding da draußen hinstelle, wo meine Kunden sind? Haben Sie den Verstand verloren oder sind Sie einfach nur dumm?"

Sie atmete hörbar ein. „Es besteht kein Grund, beleidigend zu werden, Hamilton. Das ist doch eine ausgezeichnete Idee." Sie schloss wieder den Deckel. „Es ist sogar eine Gebetserhörung."

„Eine Gebetserhörung? *Satan* gebraucht Schlangen, Essie, nicht Gott."

Sie richtete sich zu ihrer vollen Größe auf und wischte sich den Staub von den Röcken. „Seien Sie doch nicht albern. Gott hat dieses Tier geschaffen und er hat es mir gegeben."

„Dann können Sie es meinetwegen sofort mit nach Hause nehmen. Ich werde nicht das Risiko eingehen, dass meine Kunden verletzt werden."

„Nein, nein", entgegnete sie und faltete in dem Versuch, geduldig zu bleiben, die Hände. „Es ist keine Klapperschlange. Sie ist überhaupt nicht giftig. Es ist eine Prärie-Königsnatter. Sie sind ganz harmlos und bei Weitem nicht so reizbar wie andere Schlangenarten."

Sie standen sich gegenüber und schauten sich an. Das einzige Geräusch, das man hörte, war die Schlange, die mit ihrem Schwanzende in der Keksschachtel klapperte.

„Warum klappert sie dann?", wollte er wissen.

„Sie wackelt nur mit dem Schwanz und versucht, ihre

Feinde einzuschüchtern. Das würden Sie auch, wenn Sie die ganze Zeit in freier Natur gelebt hätten und dann plötzlich in eine Keksschachtel eingesperrt würden. Sie wird sich daran gewöhnen und beruhigen."

„Und wenn nicht?", fragte er mit lauter werdender Stimme.

„Still", flüsterte sie. „Sonst hört man Sie im Laden."

„Ich will, dass diese Schlange sofort von hier verschwindet."

Sie ergriff seinen Hemdsärmel. „Sehen Sie das denn nicht? Diese Schlange ist perfekt. Die meisten Schlangen haben von Begegnungen mit ihren Feinden Narben davongetragen. Aber die hier – diese Natter hat keinen gespaltenen Schwanz, keine klaffende Wunde, keine geheilte Narbe oder so etwas. Es ist, als hätte Gott sie die ganze Zeit nur für uns beschützt. Ich habe wirklich noch nie ein so schönes Exemplar gefangen."

„*Sie* haben dieses Ding gefangen?"

Sie neigte den Kopf zur Seite. „Aber natürlich. Woher sollte ich sie sonst haben? Aus dem Lebensmittel- und Spirituosenladen?"

Er riss sich von ihr los. „Sie wird mehr Kunden vergraulen, als sie in den Laden bringen wird."

„Das glaube ich nicht. Besonders dann nicht, wenn wir einen Schlangennamen-Wettbewerb veranstalten."

Er verschränkte die Arme vor sich.

„Jeder kann Namensvorschläge für die Schlange abgeben", erklärte sie. „Und dann werden wir einen Gewinner ziehen. Der Sieger bekommt einen Preis aus dem Laden." Sie tippte mit dem Fingernagel an ihre Schürze. „Aber es muss ein großer Preis sein. Etwas, das wirklich einen Anreiz darstellt ... und natürlich die Umsätze in die Höhe treibt."

„Einen Preis? Was zum Beispiel?"

„Ach, ich weiß nicht. Eine Taschenuhr oder eine Brosche oder eine ... eine Kamera! Das wäre perfekt. Das wäre für Männer, Frauen und Kinder gleichermaßen ein Anreiz."

„Eine Kamera? Das ist viel zu teuer. Ich verschenke doch keine Kamera."

„Ich spreche ja nicht davon, dass Sie eine neue Kamera bestellen sollen. Ich rede von etwas, das schon lange hier herumliegt. Sie haben doch hier rechts im Regal eine ‚Hawkeye Junior'. Sie ist noch originalverpackt. Ich habe sie gefunden, als ich gestern hier sauber machte."

Sein Blick wanderte über die Regale. Dann nahm er eine große, rechteckige Schachtel heraus. „Diese Kamera kostet sieben Dollar und zwanzig Cent."

„Ja, das stimmt, aber wenn der Gewinner sie benutzen will, muss er Glasplatten kaufen, von denen jede neunzig Cent kostet, oder eine Filmrolle, die fünfundfünfzig Cent kostet. Außerdem haben Sie zwei solche Kameras im Laden liegen, die keiner will."

Er schaute auf die Pfirsichkiste hinab und kratzte sich am Hinterkopf. „Ich weiß nicht, Essie."

„Aber ich schon. Wir werden die ganze Stadt mobilisieren. Wir können diese Woche Namensvorschläge annehmen und nächste Woche darf jeder seine Stimme abgeben. Am Samstag darauf wird der Gewinner bekannt gegeben. Die Leute in der Stadt werden in ihren Häusern, auf der Straße und in ihren Klubs von dem Wettbewerb sprechen. Und selbst wenn sie vielleicht nur aus Neugier kommen, werden sie in den Laden strömen, um die Schlange zu sehen."

Sie hielt den Atem an. Sie wusste, dass der Plan aufgehen würde. Dafür würde sie sorgen.

Er reichte ihr die Kamera und seufzte. „Einverstanden, aber für diese Schlange sind *Sie* verantwortlich. Ich werde weder den Käfig sauber machen noch das Tier füttern noch diesen Wettbewerb durchführen. Das müssen alles Sie machen. Und wenn meine Kunden sich darüber aufregen, verschwindet sie. Haben Sie mich verstanden?"

Sie umklammerte seinen Jackenaufschlag, gab ihm rasch einen Kuss auf die Wange und ließ ihn wieder los, bevor er auch nur blinzeln konnte. „Oh, danke, Hamilton. Sie werden es nicht bereuen. Das verspreche ich Ihnen."

Sie eilte aus dem Lagerraum und kehrte zur Theke zurück, unter der sie die Kamera verstaute. „So, Mrs Lockhart, ich glaube, Sie wollten ‚Nur eine einzige Sünde' von Bertha Clay bestellen. Ist das richtig?"

Aber Mrs Lockhart interessierte sich nicht für den Katalog. „Ist alles, ähm, in Ordnung, meine Liebe?"

„Oh ja." Essie warf einen Blick auf die anderen Kunden, die sie neugierig beobachteten. „Oh, Sie meinen *da hinten?*"

Mrs Lockhart nickte ernst.

„Ja, Madam. Wir haben alles geklärt."

„Wirklich?"

„Ja, Madam."

„Ausgezeichnet, ausgezeichnet!" Sie tätschelte Essies Hand. „Dann würde ich bitte gern ‚Nur eine einzige Sünde', ‚Jenseits des Sturmes' und ‚Wilde Liebe' bestellen."

Am nächsten Morgen traf Essie im Laden ein, noch bevor Hamilton nach unten kam. Sie schlüpfte durch die Hintertür, zündete eine Kerze an und stellte sie neben die Kiste der Königsnatter.

Nachdem sie ihren ersten Schock darüber, dass sie gefangen worden war, verdaut hatte, hatte sich die Schlange beruhigt und überhaupt nicht mehr mit dem Schwanz geklappert. Sie fing sogar schon an, ihr neues Zuhause aus

Holzwänden, dem Zweig und der Zeitung zu beschnuppern. Die große Frage war, ob sie etwas fressen würde oder nicht. Essie hatte schon früher Schlangen gehabt, die durch die Gefangenschaft so unter Schock gestanden waren, dass sie die Nahrungsaufnahme verweigert hatten.

Die junge Frau öffnete die Schnur an ihrem Münzbeutel und zog eine lebendige, weiße Maus am Schwanz heraus und legte sie in die Kiste.

Sobald sie die Zeitung berührte, raste die Maus zitternd in die Ecke. Die Schlange steckte den Kopf aus der Keksschachtel und untersuchte mit ihrer gespaltenen Zunge den Geruch, der in der Luft lag. Essie nickte und hoffte, sie würde zuschlagen. Die Königsnatter wurde steif, dann schoss sie vor, packte ihre Beute und verschlang sie in einem Stück.

Preis sei Gott, dachte Essie. *Alles wird gut.*

Kapitel 5

Hamilton wickelte zwei Dutzend Nägel ein. „Das macht dann zehn Cent, George."

Der junge Zimmermann steckte die Hand in eine tiefe Tasche an seinem braunen Arbeitsoverall und zog eine Handvoll Kleingeld heraus, ohne dabei den Blick von Essie abzuwenden.

Jungen in jeder Größe und Gestalt drängten sich um sie wie Dauben an der Seite eines Fasses. Sie hielt die Schlange in den Händen. Die Natter wand sich um ihr Handgelenk und schlängelte sich dann bis zu ihrer Schulter an ihrem Arm hinauf.

Die Jungen schauten mit großen Augen zu, während sie die Schlange am Hals packte und sie ihnen hinhielt, damit sie sie berühren konnten. Zwei von den mutigeren bewegten ihren Finger über die glatten, trockenen Schuppen.

„Das ist wirklich eine ungewöhnliche Frau", bemerkte George. „Es ist nicht normal, dass sie sich so viel traut."

Hamilton gab ihm im Stillen recht, verkniff es sich aber, dies laut zu sagen. Die Schlange erregte zweifellos Aufsehen, was gut für sein Geschäft war, aber weniger gut für Essie. Er fragte sich, wie es möglich war, dass ein Mädchen, das so klug war, einfach keinen Sinn für Anstand hatte. Ihre

Mutter war dafür bekannt, dass sie in jeder Hinsicht sehr korrekt war. Die arme Frau musste sicher wegen des Verhaltens ihrer Tochter regelmäßig in Ohnmacht fallen.

Trotzdem lockte die Schlange die Kinder scharenweise an. Mit ihnen kamen ihre Mütter, standen gemütlich herum, plauderten und tätigten ihre Einkäufe. Solange also die Kunden kamen, um sich dieses Spektakel anzuschauen, würde er die ungebührliche Seite des Ganzen ignorieren.

Er warf wieder einen Blick auf George und war überrascht, dass das Gesicht des Mannes knallrot angelaufen war.

„Ich wollte Sie nicht beleidigen", stammelte George.

„Haben Sie auch nicht."

Der Mann bezahlte schnell seine Nägel und eilte in dem Moment zur Tür hinaus, in dem ein Fremder eintrat. Ein groß gewachsener Cowboy. Er blieb an der Tür stehen und ließ seinen Blick durch den Laden schweifen. Die Schlange fiel ihm sofort auf, aber kurz darauf richtete er seinen Blick auf Mrs Tyner und ihre junge Tochter, Miss Sadie. Er ging auf die beiden zu, zog den Hut, legte ihn auf seine Brust und verbeugte sich leicht.

Beide Frauen lächelten einfältig. Der Cowboy blinzelte der älteren Frau zu und begutachtete dann die jüngere von Kopf bis Fuß.

„Guten Tag, die Damen", sagte er langsam und träge.

Miss Sadies Wangen röteten sich, und Mrs Tyner schob sie eilig nach hinten zu den Kurzwaren, wo Mrs Lockhart einen Baumwollstoff betrachtete.

Der Mann schlenderte durch den Laden, verbeugte sich, lächelte und begrüßte jede Frau unabhängig von ihrem Alter, ihrer Figur oder ihrer Größe. Seine Sporen klirrten bei jedem Schritt und zerkratzten Hamiltons sorgfältig polierten Fußboden.

Der Cowboy blieb am Ofen stehen und stellte sich Vandervoort und seinen Freunden vor. Der ganze Laden verstummte, da alle Kunden die Ohren spitzten, um zu hören, was die Männer besprachen. Die Damen taten, als konzentrierten sie sich auf verschiedene Waren, verfolgten dabei aber jede Bewegung des Cowboys und flüsterten eifrig miteinander.

Er legte seinen Hut zur Seite, nahm eine Blechtasse vom Haken an der Wand und schenkte sich Kaffee ein. Nachdem er einen Schluck getrunken hatte, wanderte er hinüber zu der Stelle, an der Essie Hof hielt. Hamilton freute sich schon jetzt mit Genugtuung darauf, wie Essie auf diesen Schürzenjäger reagieren würde. Sie war keine Frau, die sich von einem hübschen Gesicht und männlichem Charme einwickeln ließ. Nein, sie würde ihn sofort in seine Schranken weisen.

Der Cowboy stand breitbeinig wie ein Kapitän auf dem Achterdeck vor ihr. Er trank einen weiteren Schluck aus seiner Tasse. Essie blickte auf. Ihre Lippen öffneten sich, als sie den Cowboy anstarrte.

Die Schlange in ihren Händen war vergessen und glitt an ihrem Arm hinauf, über ihre Schulter, hinter ihren Nacken und auf der anderen Seite wieder hervor und wickelte sich wie ein Winterschal um sie. Sie glitt über ihre Brust hinab und lenkte die Aufmerksamkeit auf ihre weiblichen Rundungen, als sie den Kopf in die Luft streckte.

Der Mann verfolgte mit den Augen den Weg des Reptils. Seine Mundwinkel zogen sich nach oben. „Ich heiße Adam. Adam Currington. Und falls Sie Eva heißen, fürchte ich, stecke ich ziemlich in der Klemme."

„Sie heißt nicht Eva, Mister", mischte sich der junge Harley North ein. „Das ist Miss Essie."

Sein Lächeln wurde breiter und bildete tiefe Falten zu

beiden Seiten seines Gesichts. „Eva. Essie. Das klingt sehr ähnlich, finde ich."

„So dürfen Sie sie aber nicht ansprechen, solange sie Ihnen das nicht erlaubt. Sie sollten lieber ‚Miss Spreckelmeyer' zu ihr sagen."

Er zog die Brauen in die Höhe. „Spreckelmeyer? Die Tochter des Richters?"

Sie nickte und war immer noch ganz benommen.

Er stellte seinen Kaffee auf ein Fass und durchbrach den von den Jungen gebildeten Kreis. Dann hob er seine Handfläche wie ein Bettler und ließ die Schlange von ihrer Brust zu seiner Hand gleiten. Sie wanderte an seinem Arm hinauf, wo sie sein blaues Hemd zerknitterte und sich um die Muskeln schlängelte, die unübersehbar schwere Arbeit gewohnt waren.

„Ich glaube, das ist das Hübscheste, was ich seit langer, langer Zeit gesehen habe", sagte er mit tiefer Stimme.

Hamilton schaute finster. Der Cowboy schaute nicht die Schlange an. Er schaute Essie an. Was zum Kuckuck war mit ihr los? Konnte sie nicht sehen, dass das alles nur leeres Gerede war? Ein Mann mit einem solchen Aussehen konnte von einer alleinstehenden Frau nur eines wollen.

Hamilton trat hinter der Theke hervor, aber Mrs Lockhart fing ihn ab.

„Ich habe sehr unangenehme Kopfschmerzen, Mr Crook. Haben Sie vielleicht etwas, das dagegen hilft?", fragte sie.

Er zögerte, warf frustriert einen Blick zu Essie hinüber, änderte dann seine Richtung und begab sich zum Medikamentenschrank.

Der Cowboy aus Essies Kindheitsträumen stand lebensgroß vor ihr. Und, meine Güte, er sah noch besser aus als in ihren Träumen.

Die Königsnatter schlängelte sich vom Arm des Mannes

zu seinem Nacken hinauf. Ihr Kopf verschwand für einen Moment, als sie sich um seinen Nacken legte und dann auf der anderen Seite wieder auftauchte.

Das Ende der einen Meter langen Schlange hing immer noch an ihrem Nacken und verband sie unübersehbar mit Mr Adam Currington. Die Natter hob den Kopf und untersuchte mit ihrer gespaltenen Zunge die Luft. Essie streckte ihr die Hand hin und das Tier glitt auf ihre Hand hinüber. Currington trat näher, sodass die Schlange sie beide umschlang.

„Wie heißt sie?", flüsterte er.

„Sie hat noch keinen Namen. Wir befinden uns gerade mitten in einem Namenswettbewerb. Wollen Sie mitmachen?"

„Sind Sie die Schiedsrichterin?"

„Eine davon."

„Gibt es auch einen Preis zu gewinnen?"

Sie nickte.

Er streichelte mit dem Finger den Rücken der Schlange an der Stelle, an der sie Essies Schulter berührte. „Ja, Madam. Dann würde ich auf jeden Fall gern mitmachen."

Sein ausgebeulter Hut hatte einen Abdruck in seinen blonden Haaren hinterlassen. Sie waren von ein paar braunen Strähnen durchzogen, die die gleiche Farbe hatten wie die Brauen, die seine blaugrünen Augen umrahmten. Als er lächelte, zeigten sich Falten in der kupferfarbenen Haut um seine Augenwinkel.

„Ich fürchte, Sie werden schon wieder fort sein, wenn der Sieger bekannt gegeben wird", mischte sich Hamilton ein, der Essie so erschreckte, dass sie einen Schritt zurückwich.

Sie nahm die Schlange, die Mr Currington widerwillig losließ, und zwängte sich durch die Reihen der Kinder hindurch, um sie wieder in ihre Kiste zu legen.

Der Fremde hielt Hamilton die Hand hin. „Ich bin Adam Currington. Ich gehöre zu der Mannschaft, die der Verein der Geschäftsleute angestellt hat, um für Sie in der Stadt ein paar Wasserbrunnen zu graben."

Enttäuschung stieg in Essie hoch. „Sie sind kein Cowboy?", fragte sie und legte zwei Steine auf den Deckel mit dem Maschengitter.

Er nahm seinen Kaffee und verlagerte sein Gewicht auf ein Bein. „Doch, ich bin Cowboy, Madam. Aber draußen in der Prärie wird es ziemlich heiß und einsam. Deshalb habe ich beschlossen, dass ich eine kleine Abwechslung brauche."

„Dann sind Sie also ein Vagabund", mischte sich Hamilton erneut ein.

Essie runzelte die Stirn. „Mr Currington, das ist Hamilton Crook, der Besitzer dieses Ladens."

„Guten –"

„Schauen Sie, Miss Spreckelmeyer", schrie Jeremy Gillespie, der mit sechs von seinen zwölf Geschwistern im Schlepptau in den Laden stürmte, die alle aufgeregt durcheinanderplapperten. Er zog die Hände aus den großen Taschen seiner Jacke und hielt mit der einen Hand zwei und mit der anderen drei lebendige Mäuse am Schwanz in die Luft.

Sadie Tyner kreischte und erschreckte damit alle, einschließlich Jeremy, der vor Schreck die Mäuse losließ. Drei von den fünf Tieren fielen mit einem hörbaren Aufprall auf den Boden und rasten in alle Richtungen.

Eines der pelzigen Tierchen huschte zwischen Adams Beine. Er machte einen Satz zurück und schüttete dabei Kaffee auf seinen Ärmel. Die Richterstochter sprang mit einem Hechtsprung hinter der Maus her und streckte sich der Länge nach auf dem Fußboden aus. Dabei stieß sie gegen Adam, der nun vollends das Gleichgewicht verlor.

Er drehte sich rasch zur Seite, um nicht auf ihr zu landen, und spritzte dabei den Kaffee irgendwohin in Richtung Himmel. Als er auf dem Boden aufschlug, stieß seine Schulter gegen ein Fass, und er warf eine Kiste mit Kugellagern um. Die Metallkugeln ergossen sich über den Holzboden und klirrten beim Aufprall.

Während er den Kugeln aus dem Weg rollte, landete er plötzlich Wange an Wange neben Essie. Das Mädchen hatte es geschafft, einen der Flüchtlinge in ihren ausgestreckten Händen zu fangen. Dann sprang sie schneller als ein Floh in die Höhe und lief damit nach hinten, ohne Adam die geringste Beachtung zu schenken.

Die Kinder hatten wie Jagdhunde bei einer Fuchsjagd schreiend, kreischend und rufend die Verfolgung aufgenommen. Das dürre, kleine Fräulein, das mit seinem Schrei diesen ganzen Tumult ausgelöst hatte, schrie immer noch aus Leibeskräften. Sie war auf einen Tisch mit Konfektionskleidung geklettert und warf Schuhe, Herrenhüte, lange Unterhosen und Damenhüte auf den Boden. Einer der alten Männer schob die Mutter des Mädchens hinter sich und schirmte sie mit seinem Körper ab – als ob das irgendetwas nützen würde.

Adam sprang auf die Beine, rannte durch den Laden und packte die Frauen nacheinander an den Hüften und hob sie auf jede verfügbare Oberfläche, ob Tisch, Theke, Fass oder Stuhl. Bei der Frau mit dem Stock war er besonders vorsichtig und entschuldigte sich bei ihr, während er sie auf die Theke stellte.

Er hörte sie wie ein Schulmädchen seufzen, ehe er im nächsten Augenblick Essie mit einem kleinen Käfig und einer schwarzen Schüssel, an der ein Stab befestigt war, aus dem hinteren Raum stürmen sah. Sie stellte den Käfig vor dem Jungen, der die Mäuse gebracht hatte und an dessen Fingerspitzen immer noch zwei Mäuse baumelten, auf den Boden. Dann warf sie einem alten, krummbeinigen Mann, der mit großen Augen beim Damebrett stand, das Schüsselgerät in die Hand.

„Hier", rief sie über den Tumult hinweg. „Nehmen Sie das."

„Ich sehe eine!", brüllte einer der Jungen. Essie schob den Mann in die Richtung, in die der Junge deutete. Dann ließ sie auf der Suche nach der dritten Maus den Blick über den Boden wandern. Ihr Blick stockte abrupt. Im nächsten Moment sprang sie durch den Raum zu einer kleinen Lücke zwischen einigen Regalen und einer Wand aus Tonnen und Eimern.

Der Besitzer des Ladens stand in seiner schicken, steifen Hose benommen, regungslos und so nutzlos wie ein Milcheimer unter einem Ochsen da. Adam eilte hinüber, um die Maus zu fangen, die Essie entdeckt hatte, aber noch bevor er bei ihr angekommen war, kniete sie auch schon auf allen vieren und steckte ihren Arm in den Spalt zwischen den Regalen.

Der Spalt war zu dunkel und zu schmal, um hineinschauen zu können. Deshalb drückte sie ihr Ohr daran und tastete blind darin herum.

„Brauchen Sie Hilfe?", erkundigte er sich und ging neben ihr in die Hocke.

„Ich habe sie. Mehr oder weniger."

„Mehr oder weniger?"

„Die Spitze ihres Schwanzes liegt unter meinem Finger. Ich versuche nur noch …" Sie steckte die Zunge zwischen ihre Zähne. Dann entfuhr ihr ein Keuchen. „Verflixt!"

Sie sprang auf und suchte den Fußboden rund um sich herum ab. Eine Ausbeulung unter ihrem Rock erregte ihre Aufmerksamkeit. Das lästige Tier kletterte wie auf einer Leiter an ihren Unterröcken hinauf.

„Halten Sie still!", zischte er. Sie erstarrte. Er warf ihren

Rock in die Höhe und schob seine Hand zwischen den dunklen Stoff und den weißen Unterrock, bis er des Nagers habhaft wurde.

Als ihm dämmerte, wo seine Hand lag, schaute er in ihr Gesicht hinauf und versuchte, ihre Reaktion einzuschätzen. Er mochte sich schon lange im Sumpf der Sünde tummeln, aber sie sah aus, als hätte ihr gerade jemand ein fünftes Ass in einem Pokerblatt gezeigt.

Ein Stiefelpoltern auf dem Holzboden lenkte seine Aufmerksamkeit auf die andere Seite des Ladens. Der alte Knilch mit dem neumodischen Mäusefänger drehte sich wie ein Knopf an einer Toilettentür im Kreis und versuchte, das eigenwillige Tierchen zu fangen.

Die Kinder schrien. Eine der Frauen fiel in Ohnmacht. Ein kurzer Blick durch den Raum verriet ihm, dass niemand auf ihn und Essie achtete.

Er behielt seine eigene Maus fest im Griff und drehte seine Hand so, dass seine Fingerknöchel an ihrem Bein lagen. Die dicken Schichten aus weichen, gerüschten Unterröcken schirmten ihre Haut vor seiner Berührung ab. Er hatte es nicht eilig, als er seine Hand an ihrem langen, langen Bein nach unten bewegte.

Für einen Moment wurde ihr Gesichtsausdruck weich und verträumt. Sie war wie ein reifer Apfel. Aber sie war die Tochter des Richters und wahrscheinlich die Verlobte von Mister Steifhose. Das fiel ihr in diesem Moment augenscheinlich selbst auch ein, denn plötzlich riss sie sich von seiner Berührung los.

Er zog die Hand heraus, ließ ihren Saum fallen und begutachtete genüsslich die Vertiefungen und Ausbuchtungen ihrer Figur, während er ohne jede Eile aufstand.

„Haben Sie … haben Sie sie erwischt?“, flüsterte sie.

„Sie ist in meiner Hand, Süße.“

Ein triumphierendes Jubeln erscholl von der anderen

Seite. „Er hat sie erwischt! Er hat sie! Mr Vandervoort hat sie erwischt!"

Adam gab ihr die Maus und drückte sanft ihre Taille. „Man ruft nach Ihnen, Miss Essie. Sie werden gebraucht."

Essie half Mr Vandervoort, die letzte Maus in den Käfig zu stecken, während die Kinder alle durcheinanderplapperten. Der Cowboy ergriff die Frauen wieder an den Taillen und stellte sie nacheinander auf den Boden zurück. Beim Klang seiner befriedigten Stimme und bei seiner falschen Fürsorge drehte es Hamilton fast den Magen um.

Das letzte Mal hatte er einen solchen Ärger verspürt, als seine älteren Brüder die Spitze der Weide nach unten auf die Erde gebogen hatten und ihm gesagt hatten, er solle sich mit beiden Händen und Füßen daran festhalten. Dann ließen sie den Baum los, und er hing, wie ihm schien, stundenlang mit dem Kopf nach unten an der Baumspitze. Er erinnerte sich noch gut daran, wie hilflos er sich in jener Situation gefühlt hatte, als er oben an diesem Baum gehangen und keine Möglichkeit gehabt hatte, wieder nach unten zu kommen. Falls es überhaupt möglich war, war seine Wut jetzt noch größer.

Die Vordertür wurde schwungvoll geöffnet und Sheriff Dunn stapfte herein. „Was zum Kuckuck ist denn hier los?" Seine laute Stimme sorgte genauso schnell für Ruhe wie ein Richterhammer in einem lärmenden Gerichtssaal.

Dunn war ein kräftiger Mann. Nicht groß, nicht klein. Nicht fett, nicht dünn. Einfach kräftig. Sein grauer, buschiger Schnurrbart verbarg seinen Mund und weckte in Hamilton jedes Mal, wenn er ihn sah, den Wunsch, ihm einen Bartkamm und eine Schere zu verkaufen.

Dunn legte die Hand auf sein Gewehr und schaute sich im Raum um. Er betrachtete den Gillespie-Jungen, aber dann blieb sein Blick an dem Cowboy hängen.

„Onkel Melvin", rief Essie aus und lief auf ihn zu. „Es

besteht kein Grund zur Aufregung. Wir hatten hier nur ein kleines Katz-und-Maus-Spiel."

Vandervoort gab ein belustigtes Bellen von sich.

„Crook?", fragte der Sheriff und ließ Currington weiterhin nicht aus den Augen.

„Es ist alles in Ordnung", antwortete Hamilton.

Die Anspannung im Raum löste sich bei seinen Worten, wurde aber sofort durch eine neue Aufregung abgelöst, als Essie, Vandervoort und die Kinder alle gleichzeitig anfingen, dem Sheriff zu erklären, was passiert war. Der Cowboy half den letzten zwei Frauen wortlos von ihren Podesten, dann ergriff er seinen Hut und huschte zur Tür hinaus.

Hamilton bemerkte, dass dem Sheriff nichts davon entging, auch wenn er sich aufmerksam Essies Erklärung anhörte.

„Wie du siehst, war es also im Grunde meine Schuld", endete sie. „Ich hatte den Kindern gesagt, dass jeder, der eine Maus für unsere Schlange bringt, sie auch füttern darf."

Als Currington fort war, entspannte sich der Sheriff sichtlich und rieb sich den Nacken. „Hier drinnen sieht es aus, als wäre ein Wirbelsturm durchgezogen. Habt ihr sie alle eingefangen?"

„Ja, wir haben alle. Und ich werde diese Unordnung im Handumdrehen beseitigen."

Er lächelte. „Das weiß ich doch."

Sheriff Dunn war Mrs Spreckelmeyers Bruder und ein alter Freund von Mr Spreckelmeyer. Als Essies Onkel empfand er eine besonders große Zuneigung für sie. Hamilton unterdrückte den Wunsch, die Augen zu verdrehen. Die Voreingenommenheit des Sheriffs in Bezug auf Essie reizte ihn fast genauso sehr wie das arrogante Gehabe des Cowboys.

„Willst du die Mäuse sehen?", fragte sie.

„Eigentlich will ich lieber die Königsnatter sehen."

Sie nahm seine Hand und zog ihn zum Schlangenkäfig.

Nach einem langen Blick stieß der Sheriff einen bewundernden Pfiff aus. „Das ist wirklich eine Schönheit, Liebes. Und du hast sie ganz allein gefangen?"

„Und ob sie das getan hat", tönte der kleine Harley. „Dieses Ding hat Emily Wedick und mir furchtbare Angst eingejagt. Aber Miss Essie hat sie mit bloßen Händen gepackt und in einen Mehlsack gesteckt. Sie hat nicht gekreischt oder so etwas. Und sie hat auch noch zwei Mäuse gefangen."

Dunn schmunzelte. „Wenn sie so weitermacht, ernenne ich sie vielleicht noch zum Hilfssheriff."

Einige Frauen lachten hämisch. Mrs Tyner, die noch vor ein paar Sekunden auf der Theke gestanden war, stemmte die Hände in die Hüften und schnaubte.

„So etwas Lächerliches", knurrte sie. „Eine Frau als Hilfssheriff! Also wirklich!"

Sheriff Dunn richtete sich auf. Er duldete keine abfälligen Bemerkungen über seine Nichte.

Der alte Vandervoort mischte sich ein und fuchtelte triumphierend mit dem Brustvergrößerer durch die Luft. „Also eines muss ich sagen: Ich habe noch nie einen Mäusefänger gesehen, der so gut funktioniert hat wie der hier. Wo haben Sie das Gerät her, Miss Essie?"

Miss Sadie Tyner warf rasch einen Blick auf den Gegenstand, keuchte und hielt sich schnell eine Hand vor den Mund. Hamilton, dem in diesem Augenblick ein Licht aufging, begutachtete das Mädchen, errötete aber zutiefst, als Miss Sadie seinen forschenden Blick bemerkte. Das Blut wich aus ihrem Gesicht.

„Ich habe es hinten im Regal gefunden. Es war schon ganz eingestaubt", antwortete Essie. „Wollen Sie es kaufen?"

„Unbedingt", antwortete Vandervoort und klemmte sich das Teil wie einen eleganten Reitstock unter den Arm.

„Ich will auch einen", sagte Mr Owen. Jenkins und Richie schlossen sich ihm schnell an.

„Wunderbar. Hamilton?" Essie drehte sich begeistert zu ihm um. „Wenn Sie die Bestellungen für die Herren aufschreiben, fange ich schon einmal an, hier aufzuräumen."

Er riss Vandervoort den Brustvergrößerer aus den Händen. „Das ist unverkäuflich."

„Oh", sagte Essie. „Na ja, das macht auch nichts. Dann bestellen wir für Mr Vandervoort auch einen."

„Nein", sagte Hamilton, auf dessen Stirn sich Schweißperlen bildeten. Falls diese Damen herausfänden, um was es sich bei diesem Teil handelte, wäre er ruiniert.

Essie schaute ihn mit gerunzelter Stirn an.

Er zitterte und hätte ihr am liebsten einen Tritt in den Hintern verpasst und sie aus dem Haus geworfen. Er räusperte sich. „Es tut mir leid ... das ist, es tut mir wirklich leid, aber die Firma, die diese Teile produziert hat, ist ... ist bankrottgegangen."

Miss Sadie drückte sich ein Taschentuch auf die Stirn und sah aus, als würde sie gleich in Ohnmacht fallen, aber außer Hamilton bemerkte das niemand.

„Oh nein!", rief Essie enttäuscht aus. „Sind Sie sicher?"

„Ganz sicher." Er drehte ihr den Rücken zu, stapfte in den Lagerraum und stopfte den Brustvergrößerer wieder auf das oberste Regal.

❖

Essie setzte sich auf den Klavierhocker im Salon und ließ ihre Finger über die Tasten gleiten, während sie auswendig Beethovens „Für Elise" spielte. Seit ihrer Kindheit saß Essie manchmal stundenlang am Klavier. Dieses Stück spielte sie immer, wenn sie in eine besonderen Fantasievorstellung eintauchen wollte – ein idyllischer Nachmittag, an dem sie von ihrem Verehrer, den es nur in ihrer Einbildung gab, romantisch umworben wurde.

Während des Prélude picknickten sie am Two Bit Creek und hielten einander Brote mit Eiersalat hin. Seine Lippen streiften versehentlich ihre Finger. Sie zog errötend die Hand zurück.

Als das Zwischenspiel begann, schwangen sie sich auf ihre Pferde und galoppierten auf ihren eleganten, kräftigen Rössern nebeneinander um Waller's Bend herum. Im letzten Moment beugte sie sich vor und trieb ihr Pferd an, damit es vor dem ihres Kavaliers ankam. Ihr war natürlich nicht bewusst, dass er sein Pferd absichtlich ein wenig zurückgehalten hatte, damit sie gewann.

Das Stück ging in ein Crescendo über. Sie zog an den Zügeln ihres Pferdes und brachte es zum Stehen. Er lenkte sein Pferd neben das ihre und hob ihre Hand an seine Lippen, um ihre Fingerspitzen zu küssen.

Ein Klopfen an der Haustür unterbrach ihre Träumereien, aber nicht ihre Musik. Sie spielte etwas leiser weiter, während ihre Mutter die Tür öffnete.

„Hallo, Melvin. Sullivan ist hinten in seinem Büro."

„Hallo, Doreen", sagte er. „Ich habe gerade überlegt, dass wir das milde Wetter, das wir zurzeit haben, genießen könnten. Macht es dir etwas aus, ihm zu sagen, dass ich auf der Veranda auf ihn warte?"

„Nein, überhaupt nicht."

Essie kam bei den Schlussakkorden an. Ihre Mutter und Onkel Melvin hatten in dem Teil des Musikstücks miteinander gesprochen, in dem sie den Mann ihrer Träume heiratete. Jetzt saßen sie und ihr „Mann" von einer Horde Kinder umgeben an einem Esstisch. Er sprach ein Dankgebet. Für das Essen. Für ihre Kinder. Und für ihre ewige Liebe.

Sie ließ den Finger auf der Taste liegen, bis der letzte Ton verklungen war. Im vergangenen Monat hatte Hamilton die Rolle des Galanten in ihren Träumen gespielt, aber nun war er von Mr Adam Currington abgelöst worden. Der Cowboy verkörperte all das, was eine Frau sich erträumte. Außergewöhnliches Aussehen. Außergewöhnlicher Charme. Außergewöhnliches … alles. Ein Mann wie er liebte bestimmt die Natur. Tiere. Reiten. Angeln. Sie schloss die Augen und durchlebte noch einmal seine intime Berührung und fühlte erneut die Gänsehaut, die an diesem Morgen ihr Bein übergezogen hatte.

Die Abenddämmerung legte sich langsam über die Stadt, aber sie zündete keine Lampe an. Stattdessen blieb sie in der einbrechenden Dunkelheit ruhig und regungslos auf dem Klavierstuhl sitzen. Ein leichter Wind bewegte die Vorhänge an den Fenstern und trug die leisen Stimmen von Papa und Onkel Melvin von der Veranda ins Zimmer, während die beiden über die Prophezeiungen des Propheten Jesaja sprachen. Ihr Gespräch verlagerte sich schließlich von der Bibel auf die Geschehnisse in der Stadt. Als Adams Name fiel, wurde Essie hellhörig.

„Was weißt du über ihn?“, fragte der Sheriff.

„Er hat dem Verein gesagt, er habe so lange in der Wildnis gelebt, dass er schließlich alle Eidechsen beim Vornamen kannte und eine Abwechslung brauchte.“

Essie lächelte. Das klang so, als könnte Adam es wirklich gesagt haben.

„Er hat jedenfalls allen Damen in der ‚Toten Hose‘ den Kopf verdreht.“

„Das kann ich mir lebhaft vorstellen“, erwiderte Papa mit einem Lachen.

„Da wir gerade von Damen sprechen“, sprach der Sheriff weiter. „Wie läuft es zwischen Crook und unserem Mädchen?“

„Das ist wirklich seltsam“, erwiderte Papa. „Doreen war so sicher, dass Essie sich zum Narren machen würde, weil sie sich ihm in seinem Laden aufdrängt und so …“

„Ich würde nicht unbedingt sagen, dass sie sich ihm aufgedrängt hat.“

„… aber ob du es glaubst oder nicht: Er hat mich vergangenen Sonntag nach der Kirche angesprochen und gefragt, ob er diese Woche kommen und mit mir sprechen könne.“

Das Knarren von Onkel Melvins Schaukelstuhl brach abrupt ab. „Glaubst du, er will dich um die Erlaubnis bitten, mit ihr ausgehen zu dürfen?“

„Was sollte er sonst wollen?“

Essies Herz überschlug sich fast.

„Findest du, er ist gut genug für sie?“, fragte Onkel Melvin.

„Wenn Essie das findet, habe ich keine große Wahl.“

Der Schaukelstuhl begann wieder zu knarren. „Wahrscheinlich hast du recht. Er war zu seiner ersten Frau gut. Und er hat einen sauberen Laden.“ Er seufzte. „Ich hoffe aber, dass die Kinder nach Essie geraten.“

Papa schmunzelte. Essie huschte aus dem Salon und schlich in ihr Zimmer hinauf, um diese großartige Neuigkeit zu genießen. Sie verbannte alle Gedanken an Adam Currington vehement aus ihrem Kopf.

Mrs Hamilton Crook. Mrs Esther Crook. Mrs Crook.

Oh, Herr. Danke, danke, danke.

Kapitel 6

Hamilton verriegelte die Tür der „Toten Hose“ und genoss seufzend die Stille, die am Ende eines hektischen Tages einkehrte. Nach einer kurzen Pause drehte er sich zu Essie um, die damit beschäftigt war, die Stimmzettel auszuwerten. Der Namenswettbewerb hatte mehr Umsatz gebracht als jede Werbetaktik, die er in der Vergangenheit versucht hatte.

Sie ordnete die letzten Stimmzettel zu sauberen Stapeln auf dem Fass, auf dem normalerweise das Damebrett stand. Banjo, Willie Waddle, Laddie, Colonel und Butcher waren die Namen, die noch im Rennen waren.

„Es sieht nicht so aus, als würde der Stapel mit Willie Waddle weit kommen“, sagte sie.

„Gott sei Dank. Ich kann mir nicht vorstellen, wie ein so furchtbarer Name es in die besten Fünf geschafft hat.“

Sie lächelte. „Über Geschmack lässt sich ja nicht streiten.“

Er verkniff sich eine Antwort.

Sie trug eine marineblau und weiß gemusterte Bluse mit modernen Knöpfen und Puffärmeln. Ihre blonden Haare hatten sich ein wenig aus ihren Nadeln gelöst, aber seit der Katastrophe mit den flüchtigen Mäusen hatte sie ihr

Benehmen ein wenig gezähmt und verhielt sich größtenteils völlig damenhaft.

Diese Frau mochte unkonventionell sein. Sie mochte einen zu großen Hang zur Natur haben. Sie mochte durchschnittlich aussehen. Aber sie lockte eindeutig viele Kunden in seinen Laden.

Die Treppe knarrte und einen Augenblick später schaute Mrs Peterson herein. Er war sofort besorgt. Sie kümmerte sich seit dem Tod seiner Frau um die kleine Mae und störte ihn nur in sehr dringenden Fällen im Laden.

„Mrs Peterson?“, sagte er. „Ist alles in Ordnung?“

Die Frau betrat mit Mae auf dem Arm den Lagerraum. „Entschuldigen Sie, Sir, aber ich kann heute Abend nicht länger bleiben. Mein Enkelsohn wird heute zwei und meine Tochter hat mich zur Geburtstagsfeier eingeladen. Haben Sie das vergessen?“

Er atmete erleichtert aus. „Ach so. Ja, das hatte ich leider vergessen. Aber gehen Sie nur.“ Er nahm Mae und begleitete Mrs Peterson zur Tür.

Das Baby strampelte mit den Beinen und wedelte mit seinen fleischigen Armen durch die Luft. Irgendwann in den vergangenen sieben Monaten hatte sich Hamiltons Haltung zu ihm geändert. Er war jetzt nicht mehr wütend auf das Kind, weil es an Eleanors Tod schuld war, sondern liebte es, weil das Mädchen etwas war, das ihn mit seiner verstorbenen Frau verband.

„Oh, Hamilton“, rief Essie und betrachtete das Baby. „Schauen Sie nur, wie groß sie geworden ist.“

„Wirklich? Das fällt einem kaum auf, wenn man sie jeden Tag sieht.“

Essie rutschte auf ihrem Stuhl vor und breitete die Arme aus. „Darf ich?“

„Gewiss.“ Er reichte ihr das Baby.

Essie lächelte und streichelte Maes Wange. Das Baby

drehte den Kopf und steckte Essies kleinen Finger in den Mund. „Oh, meine Güte. Wie ich sehe, kannst du kräftig saugen."

Als er zuschaute, wie Essie mit Mae sprach und spielte, zog sich Hamiltons Brust unerwartet zusammen. Mrs Peterson war eine alte Frau. Mindestens fünfzig, vielleicht auch älter. Sie hatte nicht die geringste Ähnlichkeit mit Essie, wenn sie das Baby auf dem Arm hielt.

Essie sah sanft und fraulich aus und zum ersten Mal richtig attraktiv. Die Enge in Hamiltons Brustkorb verwandelte sich ein wenig in etwas, das er eine ganze Weile nicht mehr gefühlt hatte.

Mae ergriff ein paar von Essies Haaren. Sie zog daran und riss sie aus den Haarnadeln. Die junge Frau beugte sich lachend vor und rieb ihre Nase an der des Kindes.

„Hmmmm", meinte sie. „Es gibt nichts, das so weich ist wie ein Baby." Sie kitzelte mit der Nasenspitze Maes Nacken und entlockte dem Baby ein begeistertes Quietschen.

Hamilton schluckte.

„Sie riecht nach Haferbrei", fügte Essie hinzu. Als er nicht antwortete, blickte sie auf.

Mae trommelte an Essies Brust und drückte den Stoff ihrer Bluse eng um ihre Rundungen. Einzelne Haarsträhnen fielen ihr über die Schulter und auf den Rücken. Ihre blauen Augen, die, wie er erst jetzt feststellte, von ausgesprochen langen Wimpern gesäumt wurden, leuchteten vor Freude. Um ihren Mund bildeten sich Grübchen.

Er beugte sich vor, legte eine Hand auf die Rückenlehne ihres Stuhls und die andere auf das Fass und küsste sie, während sie sein Baby in den Armen hielt.

Es war ein flüchtiger Kuss, nur eine kurze Berührung. Aber als er den Kopf zurückzog, nahm er ihn nur wenige Zentimeter zurück. Nur so weit, dass er ihre Lippen sehen, ihren Duft riechen, ihren Atem fühlen konnte. Er spürte sein Verlangen und küsste sie erneut. Dieses Mal mit der Absicht, herauszufinden, aus welchem Holz die alte Jungfer geschnitzt war.

Mae begann zu protestieren und Essie wich zurück. „Hamilton“, flüsterte sie. „Ich bin nicht sicher, ob das schicklich ist.“

Ihn erfassten plötzlich Schuldgefühle. Ob sie daher rührten, dass er Verlangen nach einer Frau empfand, die er nicht liebte, oder dass er überhaupt das Verlangen nach einer Frau empfand, wusste er nicht.

„Sie haben recht.“ Er richtete sich auf und schob seine Brille auf seine Nase zurück. „Entschuldigen Sie.“

Ein verwirrter Blick trat in ihre Augen. „Oh, bitte entschuldigen Sie sich nicht. Bitte sagen Sie nicht, dass es Ihnen leidtut, Hamilton.“

Er nahm Mae auf seine Arme. „Es tut mir leid, dass ich Ihnen heute Abend nicht helfen kann, die Stimmzettel auszuzählen. Vielleicht können wir es auf morgen früh verschieben?“

Sie stand auf. Eine große Besorgnis sprach aus ihrer Miene. „Sind Sie wütend auf mich?“

„Nein, überhaupt nicht.“

„Sie benehmen sich aber so, als wären Sie verärgert.“

„Nein, das tue ich nicht. Sie wissen, wie ich bin, wenn ich mich ärgere, und so bin ich jetzt wirklich nicht.“

Sie steckte ihre Haare in ihre Nadeln zurück. „Ja, natürlich. Dann, ähm, gehe ich jetzt am besten. Gute Nacht, Hamilton. Gute Nacht, Mae.“

❖

Essie las den Absatz zum x-ten Mal, aber sie war in Gedanken nicht bei der Sache. Sie warf einen Blick auf ihre Mutter und beneidete diese um die Fähigkeit, ruhig auf ihrem Sessel zu sitzen und ein kunstvolles *S* in die Ecke ihres Taschentuches zu sticken, als würde sie nichts auf der Welt bekümmern. Als wäre es einfach ein gewöhnlicher Sonntagnachmittag.

„Entspricht das Buch nicht deinem Geschmack, Liebes?“, erkundigte Mrs Spreckelmeyer sich.

„Wo bleibt er nur, Mutter?“, fragte Essie.

„Ich habe nachgedacht“, erwiderte ihre Mutter. „Ich glaube, ich werde im nächsten Jahr an der vorderen Veranda keine Prunkwinde pflanzen. Ist dir aufgefallen, wie viele Bienen diese Blumen anziehen?“

Essie schaute aus dem Fenster und ließ sich den nicht gerade unauffälligen Themenwechsel ihrer Mutter widerspruchslos gefallen. „Mir gefällt ihr Summen. Es ist so beruhigend.“

„Es ist störend. Und es erinnert ständig daran, dass man jeden Augenblick gestochen werden könnte. Nein, ich werde sie nicht wieder so nahe ans Haus pflanzen. Hast du einen Vorschlag, was ich an ihrer Stelle pflanzen könnte?“

Essie seufzte. „Nein, Mutter. Ich habe nicht die leiseste Ahnung.“

Sie und Hamilton hatten am Vortag den Namen der Schlange und den Gewinner der Kamera mit viel Trara und vor einem großen Publikum verkündet. Als sie abends den Laden schlossen, hatten sie den erhofften Rekordumsatz erreicht. Aber Hamilton war zurückhaltend und distanziert gewesen.

Essie war vor Begeisterung außer sich gewesen. Er hatte sie geküsst. Jetzt fehlte nur noch, dass er ihren Vater um die Erlaubnis bat, sie ausführen zu dürfen. Er hatte den Kuss am Vortag mit keinem Wort erwähnt. Das war auch richtig so. Aber sie hatte ihn in Gedanken tausendmal wiederholt.

An diesem Morgen hatte sie sich große Mühe dabei gegeben, sich für die Kirche fertig zu machen. Er hatte sie ganz genauso behandelt wie immer und sie und ihre Familie mit der freundlichen Höflichkeit begrüßt, mit der er auch alle anderen begrüßte. Aber die ganze Zeit wusste sie, dass er an diesem Tag zu ihnen kommen würde, um seine Absichten zu erklären, denn er hatte Papa gegenüber erwähnt, dass er noch vor dem Abend kommen würde.

Sie blätterte auf die nächste Seite und strich verstohlen die Zettel glatt, die sie in das Buch gelegt hatte. *Fredrick Fouty, Charlie Wedick, Winston Peeples, Hamilton Crook.*

Essie hielt inne und las noch einmal die Vorzüge und Mängel, die sie unter Hamiltons Namen aufgeschrieben hatte. Wenn sie diese Liste jetzt neu schreiben würde, wüsste sie viel mehr Punkte, die sie in die Spalte der positiven Eigenschaften eintragen könnte.

„Hast du gehört, was man sich in der Kirche erzählt?", fragte ihre Mutter.

„Wie bitte?" Essie blickte auf. „Gibt es etwas Neues?"

„Ja. Ich habe gehört, dass Ewing nach Hause kommt."

„Ewing? Ewing Wortham?"

„Mm-hmm. Er macht in ein paar Monaten seinen Abschluss an dieser angesehenen Bibelschule in Nashville, und unsere Kirche zieht ihn als Nachfolger für Pastor Bogart in Erwägung, wenn dieser in den Ruhestand geht."

„Das wäre ziemlich komisch, findest du nicht?" Essie schüttelte den Kopf. „Es kommt mir vor, als wäre es erst gestern gewesen, als er in kurzer Hose herumlief und die Mädchen an den Zöpfen zog. Ich kann ihn mir nicht so recht auf einer Kanzel vorstellen. Kannst du das?"

Das Klopfen kam völlig überraschend. Essie fuhr in die Höhe. In einer langsamen, unbeeindruckten Haltung legte ihre Mutter ihre Stickarbeit beiseite und ging zur Tür.

„Guten Abend, Mr Crook. Bitte treten Sie doch ein."

„Danke, Mrs Spreckelmeyer. Ich wollte, äh, fragen, ob ich den Richter ein paar Minuten sprechen könnte."

Der Klang seiner Stimme berührte Essie. Sie schloss die Augen und wollte jedes Detail dieser Minuten, die ihr Leben verändern würden, in Erinnerung behalten.

„Ja, er erwartet Sie. Wenn Sie möchten, kommen Sie doch ins Wohnzimmer. Essie leistet Ihnen bestimmt gern Gesellschaft, während ich ihm sage, dass Sie hier sind."

Essie stand auf, als er eintrat.

Er trug immer noch seinen Sonntagsanzug und hielt seinen Hut fest in den Händen. „Miss Spreckelmeyer."

„Mr Crook", grüßte Essie. „Bitte setzen Sie sich doch."

Sie setzten sich beide, während ihre Mutter ging, um Papa zu holen.

„Der gestrige Gewinner unseres Wettbewerbs war heute Morgen in der Kirche ein wichtiges Gesprächsthema, habe ich festgestellt", sagte sie.

Er nickte. „Ich bin wirklich froh, dass ‚Willie Waddle' nicht gewonnen hat. Eine Schlange als Haustier zu haben ist schon schlimm genug, aber eine Schlange als Haustier zu haben, die auch noch Willie Waddle heißt, wäre mehr, als ich ertragen könnte, fürchte ich."

„Ja, Colonel ist ein großartiger Name."

„Ja. Ja, das sehe ich auch so." Sein Blick blieb an ihrem Buch hängen. „Ist das einer von Mrs Lockharts Romanen?"

Essie seufzte und legte das geschlossene Buch neben sich auf den Tisch. „Leider ja. Sie hat es mir aufgedrängt und darauf beharrt, dass ich es lesen soll. Ich versuche schon seit einer Stunde, über die ersten paar Seiten hinauszukommen, aber bis jetzt hatte ich kein Glück."

„Das hoffe ich doch."

Schweigen.

„Wie geht es Mae heute?"

Er lächelte. „Gut. Wirklich gut. Sie ist ein so liebes Baby."

Essie erwiderte sein Lächeln. „Sie ist hübsch, Hamilton. Sie hat viel Ähnlichkeit mit Ihnen."

Seine Augen wurden größer. Essie hätte sich auf die Zunge beißen können. Oh, wo blieb nur Mutter? „Darf ich Ihnen etwas zu trinken holen? Eine Limonade vielleicht?"

„Ja, bitte. Wenn es keine Umstände macht."

Sie eilte aus dem Zimmer und schenkte mit zittrigen Fingern Limonade ein. Als sie zurückkehrte, sah sie, dass Hamilton Mrs Lockharts Roman in der Hand hielt. Sie erstarrte mit dem Tablett in der Hand.

Hamilton klappte das Buch zu, aus dem die Ränder ihrer persönlichen Zettel herausschauten. „Ich muss zugeben, dass es trotzdem eine sehr interessante Lektüre ist."

„Hamilton", sagte sie und stellte das Tablett auf einen Beistelltisch neben sich. „Lassen Sie mich bitte erklären."

„Mr Crook?"

Als die Stimme ihrer Mutter erklang, zuckten beide zusammen.

„Mein Mann möchte Sie jetzt sprechen. Kommen Sie bitte hier entlang?"

Essie legte eine Hand auf seinen Arm. „Hamilton, bitte warten Sie ..."

Er schüttelte ihre Hand von sich ab. Seine Augen waren kalt und abweisend. Mutters Blick wanderte zwischen den beiden hin und her, bevor sie ihn hinausbegleitete und nur noch ihre Schritte auf dem Flur zu hören waren.

Wenige Augenblicke später kehrte ihre Mutter zu ihrem Stuhl zurück und warf Essie einen kurzen, fragenden Blick zu, bevor sie wieder ihre Nadel in die Hand nahm.

Essie hob das Buch auf. Ihre Hände zitterten so stark, dass sie sich sofort wieder setzte und den Roman auf ihren Schoß legte. Die Uhr schlug „viertel", dann „halb".

Die Tür ihres Vaters ging auf.

„Vielen Dank, dass Sie Zeit für mich hatten, Herr Richter."

„Jederzeit, Crook. Jederzeit. Dann guten Abend."

„Ja, guten Abend, Sir. Und danke."

Die Haustür ging auf und fiel wieder ins Schloss. Hamiltons Schritte auf den Verandastufen drangen an die Ohren der im Wohnzimmer sitzenden Frauen. Als alles still war, trat Papa ins Zimmer.

Mutter ließ ihre Stickarbeit sinken. Essie umklammerte ihr Buch.

Er schaute zuerst ihre Mutter und dann Essie an. „Er hat gefragt, ob die ‚Tote Hose' die Lizenz bekommen könnte, als Postamt zu fungieren."

Essie wartete, aber mehr sagte er nicht. „Ist das alles, was er gewollt hat, Papa?"

Sein Gesicht verriet seine Traurigkeit. „Leider ja."

„Ein Postamt", wiederholte Essie. „Und, gibst du ihm die Lizenz?"

„Die endgültige Entscheidung darüber liegt nicht bei mir. Aber ich habe eingewilligt, die Papiere zu unterzeichnen und ihn beim Bundesstaat zu empfehlen."

Sie nickte. „Gut. Das ist … das ist eine wunderbare Nachricht. Ich weiß, dass er sich darüber sehr freut. Danke, Papa."

„Fatzke", knurrte er.

Aber sie hatte das Zimmer bereits verlassen.

❖

„Ich fahre für ein paar Tage nach Dallas auf den Großmarkt", verkündete Hamilton. „Glauben Sie, Sie kommen allein zurecht, während ich fort bin?"

Essie hielt inne, bevor sie einen Stoffballen aufs Regal schob. „Natürlich. Wann wollen Sie aufbrechen?"

„Jetzt."

„Jetzt! Aber … was ist mit Mae?"

„Mrs Peterson hat sich bereit erklärt, bei ihr zu bleiben, während ich fort bin. Ich habe meinen Koffer schon zum Bahnhof bringen lassen."

„Oh." Essie schaute sich im Laden um und versuchte, einen kühlen Kopf zu bewahren. Seit dem Vorfall in ihrem Wohnzimmer wusste sie nicht genau, was sie tun oder sagen sollte. Er war völlig unnahbar. Entweder fuhr er sie an oder er ignorierte sie völlig.

„Hamilton, wegen gestern …"

„Ich bin nicht länger als zwei oder drei Tage fort und komme auf jeden Fall vor Samstag zurück."

„Ja, gut." Sie ordnete einen Stapel Taschentücher auf dem Tisch.

„Also … auf Wiedersehen." Er schob die Brille höher.

„Auf Wiedersehen, Hamilton. Gute Fahrt."

❖

„ES: Heimkehr verzögert stop Bin Montag zurück stop Habe große Überraschung HC"

Essie drückte sich das Telegramm ans Herz. Seine Abwesenheit zeigte ihr, dass ihr wirklich etwas an ihm lag. Sie schob das Telegramm wieder in den Umschlag und steckte es in ihre Schürzentasche.

Sie hatte noch nie zuvor ein Telegramm bekommen. Es war berauschend, so etwas zu bekommen. Und er war nicht mehr sauer. Er brachte ihr sogar eine Überraschung mit, um ihr kleines Missverständnis wiedergutzumachen.

Sie zog die Jalousie hoch und schob die Tür zur „Toten Hose" auf.

❖

Essie hielt den Mäusefänger hoch über ihrem Kopf und drehte ihn vorsichtig in einer kreisenden Bewegung. Jeder der Jungen, die sich um sie drängten, hatte seinen Namen auf einen Zettel geschrieben und ihn in die schwarze Schüssel am Ende des Stabes geworfen.

„Mr Vandervoort?", fragte Essie. „Würden Sie bitte den Gewinner ziehen?"

Er schaute vom Damebrett auf. „Aber mit Vergnügen, Miss Essie." Er stand auf, zog seine Hosenträger nach oben und ließ seinen Blick über die Gruppe wandern. „Diese Jungen haben alle eine Maus gebracht?"

„Das ist richtig. Sie ziehen einen Namen aus der Schüssel, und der Junge, dessen Namen Sie ziehen, darf dann Colonel füttern."

Vandervoort hob die Hand und tauchte sie in die Schüssel mit den Zetteln.

„*Essie!* Was zum Kuckuck machen Sie denn da?"

Essie fuhr erschrocken zusammen. Vandervoort fuhr zusammen. Die Kinder fuhren zusammen.

„Hamilton! Sie sind wieder zu Hause!"

Er schritt auf sie zu. Seine Haare waren zerzaust, sein Gesicht war vom Wind gerötet, seine Augen funkelten vor Wut. Er riss ihr den Mäusefänger aus der Hand und schüttete dabei ein paar Namenszettel aus der Schüssel.

Sie hatte keine Ahnung, was ihn so wütend machte, und es interessierte sie auch nicht. Sie freute sich so sehr, ihn zu sehen. „Mr Vandervoort?", sagte sie, ohne den Blick von ihm abzuwenden. „Wessen Namen haben Sie gezogen?"

„Lawrence."

Sie konzentrierte ihre Aufmerksamkeit auf Lawrence. Er war ungefähr sechs Jahre alt und stammte aus einer der besseren Familien in der Stadt. „Gratuliere, Lawrence. Du hast gewonnen! Soll ich dir zeigen, wie du Colonel füttern musst?"

„Er wird etwas warten müssen", erklärte Hamilton schroff. „Ich muss Sie hinten sprechen."

Sie lächelte. Es war so schön, ihn wieder zu Hause zu haben. „Natürlich." Sie schaute Lawrence an. „Ich bin gleich wieder da."

Hamilton packte sie am Arm und schob sie zum Lagerraum. Sobald sie hinter dem Vorhang waren, drehte er sie unsanft zu sich herum.

„Was ist denn?", fragte sie.

Er drückte ihr den Mäusefänger in die Hand. „Halten Sie das."

Sie ergriff den Gegenstand.

„Bleiben Sie hier stehen."

Er verschwand im Laden und kam kurz darauf mit einem Katalog in der Hand zurück. Er knallte ihn auf ein Fass. „Seite zweihunderteinunddreißig", stieß er hervor und rauschte dann in den Laden zurück.

Mit gerunzelter Stirn legte sie den Mäusefänger weg und blätterte auf Seite 231 im Katalog. In großen Lettern standen oben auf der Seite die Worte: *Prinzessinnen-Brustvergrößerer und Brustcreme.*

Sie legte die Hand an die Lippen und überflog rasch die Anzeige. Eine Zeichnung von dem Mäusefänger stand neben einer ausführlichen Beschreibung des Produkts. *Eine neue wissenschaftliche Hilfe, die die Natur unterstützt … bringt die gewünschten Ergebnisse … ist in zwei Größen lieferbar …*

Ihr Blick wanderte weiter zur zweiten Hälfte der Seite. *Brustcreme … entzückende Cremezubereitung … genau die richtige Formel für schlaffes Gewebe … fantastischster Toilettenartikel, der je angeboten wurde …*

Sie schloss entsetzt die Augen. Das konnte doch nicht wahr sein. Oh, wie sollte sie ihm je wieder unter die Augen treten? Irgendeinem von ihnen. Aber nein, die anderen wussten ja auch nicht, was dieser Mäusefänger in Wirklichkeit war. Sie hatten das Teil sogar bestellen wollen.

Was für ein Skandal wäre es gewesen, wenn diese alten Herren Brustvergrößerer gekauft und in der ganzen Stadt damit Mäuse gejagt hätten. Mit einem schweren Schlucken schlug sie die Augen wieder auf und nahm das Gerät in die Hand und betrachtete es. Sie legte es bei sich an, riss es dann schnell wieder weg. Beschämt. Entsetzt. Fasziniert.

Funktionierte dieses Gerät wirklich? Wer hatte es bestellt? Und warum hatte die Kundin es nie abgeholt? Sie ging im Geiste die Frauen in der Stadt durch, konnte sich aber keine vorstellen, die so etwas Lächerliches bestellen würde. Essie schob den Artikel wieder auf das oberste Regal zurück.

Nichts in ihrem ganzen Leben hatte sie darauf vorbereitet, wie sie mit einer solchen Situation umgehen sollte. Aber Hamilton war zu Hause und er hatte eine Überraschung für sie. Und nichts würde sie von dieser Überraschung abhalten – nicht einmal sein verständlicher Ärger über ihren unschuldigen Fehler.

Sie trat hinter dem Vorhang hervor. Hamilton kümmerte sich um eine zierliche Frau, die Essie noch nie zuvor gesehen hatte. Er blickte auf und lief rot an. Sie spürte, wie ihre eigene Haut sich ebenfalls färbte.

Er entschuldigte sich und kam auf sie zu. Eine leichte Aufregung erfüllte sie. Sie hatte gesehen, wie Ehepaare solche Momente erlebten. Wie sie quer durch einen Raum auf einer Ebene miteinander kommunizierten, die niemand sonst verstehen konnte.

So verlegen sie auch war, genoss sie trotzdem diesen vertrauten Moment mit ihm. Er blieb vor ihr stehen und schirmte sie damit vor den Augen der anderen ab.

„Ich weiß nicht, was ich sagen soll, Hamilton. Ich bin entsetzt."

„Sie wussten es nicht."

„Natürlich nicht. Aber wem gehört dieses Teil?"

Seine Wangen liefen wieder dunkelrot an. „Die Bestellung wurde ohne mein Wissen getätigt. Die Lieferung traf nach Eleanors Tod ein, und ich konnte nicht herausfinden, wem sie gehört."

„Haben Sie gesehen, wie viel dieses Teil kostet?"

„Ich weiß. Ich kann es nicht wegwerfen, weil jemand in dieser Stadt viel Geld dafür bezahlt hat. Also muss ich es einfach in diesem Regal aufheben, bis jemand kommt und es abholt. Aber trotzdem sollten wir es nicht benutzen, um damit Mäuse zu fangen oder Lose zu ziehen."

Essie konnte sich ein leises Schmunzeln nicht verkneifen. „Natürlich nicht."

Er runzelte die Stirn. „Das ist überhaupt nicht lustig, Essie."

„Miss Spreckelmeyer?"

Essie schaute um Hamilton herum und sah Lawrence, der die Maus schon startbereit in der Hand hielt. Sie winkte ihn mit dem Finger herbei und nahm seine freie Hand. „Würden Sie uns bitte einen Moment entschuldigen, Hamilton?"

„Ja, ja. Machen Sie schnell, bevor er sie fallen lässt."

Sie lächelte und führte Lawrence zu Colonels Käfig.

„Zuerst", erklärte sie dem Jungen, „musst du das Maschengitter von der Kiste entfernen."

Die anderen Jungen drängten sich um die beiden. Lawrence reichte ihr die Maus, dann legte er die zwei Steine auf den Boden und hob den Maschendrahtdeckel. Colonel untersuchte mit seiner gespaltenen Zunge die Luft, rührte sich aber ansonsten nicht.

Lawrence nahm die Maus wieder und hielt sie an ihrem Schwanz fest.

„Lass sie hineinfallen", wies Essie ihn an.

„Tut das der Maus weh?", fragte er.

„Gott hat bestimmt, wie Tiere ihr Essen bekommen", erwiderte sie. „Er hat die Maus geschaffen und er hat die Schlange geschaffen. Wir müssen darauf vertrauen, dass er wusste, was er tat."

„Kommt die Maus in den Himmel?"

Sie zögerte nur einen Moment. „Ich bete dafür."

Er ließ die Maus in die Kiste fallen. Colonel packte sie mit dem Maul und schluckte sie dann als Ganzes. Die Jungen gaben zustimmende Töne von sich.

Ein Geräusch hinter ihnen veranlasste Essie, sich umzudrehen. Die neue Kundin, die Hamilton bedient hatte, fiel in Ohnmacht. Jeremy Gillespie fing die Frau auf. Ihre alabasterfarbene Haut war so glatt und weiß wie die einer Porzellanpuppe und bildete einen starken Kontrast zu ihren dichten, schwarzen Haaren.

Hamilton eilte an ihre Seite. „Liebling? Liebling? Geht es dir gut?" Er nahm sie Jeremy ab und tätschelte ihre Wangen. „Katherine? Kannst du mich hören?"

Essie wurde eiskalt ums Herz. Die Eiseskälte breitete sich zu ihren Gliedmaßen aus. Sie erhob sich.

Hamilton suchte Essie mit seinem Blick. „Können Sie etwas tun? Sie ist in Ohnmacht gefallen."

Essie bewegte sich mechanisch zum Medizinschrank und holte Riechsalz aus dem mittleren Fach und goss dann kaltes Wasser in eine Blechtasse. Eine Cousine. Eine Verwandte. Eine Schwester. *Bitte, Herr. Lass sie seine Schwester sein.*

Die anderen standen um die Frau herum. Essie machte sich bemerkbar, und man machte ihr den Weg frei. Hamilton nahm das Salz und wedelte es unter Katherines Nase.

Sie war eine gut gebaute Frau. Weich und üppig, wo Essie hart und kräftig war. Klein und zierlich, wo Essie groß und lang war. Blass und zerbrechlich, wo Essie von der Sonne gebräunt und robust war.

Ihre Augen öffneten sich zittrig. „Hamilton?"

„Ich bin hier, Liebling. Ich bin hier."

Sie lächelte ihn an. Das war keine Cousine oder Verwandte oder Schwester.

Zitternd kniete Essie gegenüber von Hamilton nieder. Sie tauchte ihre Schürze in die Wassertasse und tupfte der Frau das Gesicht ab.

Ein wenig Farbe kehrte in deren Wangen zurück. „Danke."

„Gern geschehen", sagte Essie. „Geht es Ihnen wieder besser, Madam?"

„Ja. Aber ich glaube, ich muss mich noch ein wenig erholen. So ein Schock, wissen Sie. Diese arme kleine Maus."

Essie hob den Blick und sah Hamilton an.

Er schluckte und schaute auf die Frau hinab. „Katherine? Ich möchte dir meine Verkäuferin vorstellen, Essie Spreckelmeyer. Essie? Das ist meine Frau, Katherine Crook. Wir haben vor ein paar Tagen geheiratet."

Kapitel 7

Essies Herz drohte stehen zu bleiben. Auch das Atmen fiel ihr schwer. Das Blut schoss von ihrem Kopf in ihren Magen. Ihr wurde schwindlig und übel.

Aber sie würde nicht in Ohnmacht fallen. Sie weigerte sich, sich geschlagen zu geben. Ihr Verstand gab ihrem Körper die strenge Anweisung, sich zu beruhigen, aber er wollte nicht gehorchen. Sie betupfte sich das Gesicht mit dem Zipfel der Schürze, mit dem sie gerade noch Katherine Crooks Gesicht abgewischt hatte. *Mrs* Katherine Crook.

Wie konnte er nur?, dachte sie. Er hatte sie erst vergangene Woche geküsst. Er war doch sicher nicht die ganze Zeit verlobt gewesen?

„Meine Güte", brachte sie mühsam über die Lippen und hoffte, ihre Stimme würde nicht verraten, wie es in ihrem Inneren aussah. „Das ist aber eine Überraschung."

Mrs Crook hatte die Augen wieder geschlossen und bemerkte nichts von der Wirkung, die diese Nachricht auf Essie ausübte.

Hamiltons Brille war auf seine Nasenspitze gerutscht und ermöglichte Essie dadurch einen ungehinderten Blick in seine Augen. Er sah ohne seine Brille so anders aus. So jung.

Er hatte beide Hände voll, deshalb beugte sich Essie vor und schob seine Brille dorthin, wohin sie gehörte.

„Gratuliere", flüsterte sie.

„Essie", sagte er, aber sie berührte mit dem Finger leicht seinen Mund und brachte ihn zum Schweigen.

„Ich glaube, Ihre Frau ist wieder in Ohnmacht gefallen. Vielleicht sollten Sie sie nach oben tragen, und wenn sie aufwacht, sie Ihrem … Ihrem Baby vorstellen."

Zu ihrem Entsetzen legte sich ein Tränenschleier über ihre Augen. Sie wagte nicht zu blinzeln, da ihr die Tränen sonst über die Wangen laufen würden und ihre Demütigung für alle sichtbar werden würde.

„Katherine und ich kennen uns seit unserer Kindheit", erklärte Hamilton. „Wir begegneten uns zufällig in Dallas. Es war, als wären wir nicht länger als einen oder zwei Tage voneinander getrennt gewesen, so schnell verstanden wir uns wieder. Ich hatte keine Ahnung, dass sie verheiratet gewesen und jetzt verwitwet war. Und, nun ja, eines führte zum anderen, und …"

„Hamilton", wiederholte Essie und deutete mit dem Kopf auf die Leute, die um sie herum standen.

Er schaute nach oben und runzelte die Stirn. Dann schob er die Hände unter seine Frau und erhob sich. „Essie, würden Sie mir bitte folgen?"

Nein, Hamilton, nein. Du kannst von mir nicht verlangen, dir zu folgen, während du deine Braut die Treppe hinauf und über die Schwelle in deine Wohnung trägst. Aber sie erhob sich und ging mit ihm bis zur Treppe.

„Hamilton", sagte sie.

Er blieb stehen. Seine Frau lag regungslos in seinen Armen. Der goldene Ring an seinem Ringfinger strahlte Essie regelrecht entgegen. Sie warf einen Blick auf Katherines Hände, aber sie waren noch in ihren Handschuhen versteckt.

„Ich denke, es ist besser, wenn ich im Laden bleibe“, erklärte Essie. „Mrs Peterson wird wissen, was zu tun ist. Wenn Sie einen Arzt brauchen, soll Mrs Peterson kommen und es mir sagen. Dann kümmere ich mich darum.“

Sein Adamsapfel hüpfte auf und ab. „Essie, ich weiß nicht, was ich sagen soll.“

„Gehen Sie. Wir kommen hier unten schon klar.“

„Sind Sie sicher?“

„Absolut.“

„Sie sind eine erstaunliche Frau. Jeder Mann könnte von Glück sagen, wenn er Sie bekommt.“ Er zögerte und wog seine nächsten Worte lange ab. „Ich weiß, dass Sie gern wetteifern, aber wenn ich Ihnen einen Rat unter Freunden geben darf: Ich denke, Sie sollten wissen, dass der Mann gern der Eroberer ist, Essie.“

Er drehte sich um, ging die Treppe hinauf und verschwand über seine Türschwelle.

Essie saß an ihrem Platz am Fenster, wohin sie sich schon als Kind gern zurückgezogen hatte. Es war ein winziger Erker, der aus ihrer Zimmerwand ragte, mit einem weichen Sitzkissen und flauschigen Kissen, an die sie sich lehnen konnte. Es war ihre Zuflucht, ein Platz, an dem sie sich unter Gottes Fittichen bergen konnte.

Sie schob einige Papiere beiseite, wickelte eine Häkeldecke um ihre Füße und schaute aus dem Fenster auf den Blumengarten, der darunter lag. Diese Beete hatten sie und ihre Mutter gepflanzt und die Blüten nach Farben angeordnet. Sie sollten, wenn alle aufgeblüht waren, ein hübsches Bild abgeben. Aber der Sommer und die heiße Texassonne hatten die Blüten ausgedörrt und braune, schrumpelige Blätter anstelle der vorher leuchtenden Farben hinterlassen.

Sie berührte die Glasscheibe, die sie von der Natur trennte. Die Natur verschwamm vor ihren Augen, als sich ihr Blick auf ihre Hand heftete. Auf ihre ringlose Hand.

Er hatte innerhalb weniger Tage eine Jugendfreundin geheiratet. Eine Witwe.

Warum, Herr? Warum bekommt sie zwei Männer, wenn ich mir nichts mehr wünsche als einen einzigen Mann?

Es ergab einfach keinen Sinn. Sie wäre eine so gute Ehefrau und Mutter. Warum hinderte Gott sie daran, das zu tun, wozu er sie geschaffen hatte? Das konnte doch sicher nicht daran liegen, dass sie eine dumme, kleine Liste geschrieben hatte.

Sie lehnte die Stirn auf ihre angezogenen Knie. Was sollte sie jetzt tun? Sie konnte ihre Stelle im Laden nicht von heute auf morgen kündigen. Das wäre zu offensichtlich. Zu demütigend.

Aber Essie sah den Laden schon so lange als *ihren* Laden an, dass sie sich schwertäte, dort einige Dinge zu ändern, nur weil es die neue Herrin so wollte.

Aber Hamiltons Frau hatte bestimmt ihre eigenen Vorstellungen. Und ob es Essie gefiel oder nicht, sie müsste ihre Anweisungen befolgen. Vielleicht könnte sie dafür sorgen, dass man ihr kündigte. Aber nein, sie wollte weder die „Tote Hose" noch Hamilton hintertreiben.

Sie würde also bleiben. Und sie würde arbeiten. Und sie würde kündigen, sobald es möglich wäre, ohne dass sie ihre Würde verlor.

Essie schob das Fenster auf und holte tief Luft. Der Wind hob die Zettel hoch, die vor ihren Füßen verstreut waren. Sie drückte sie mit der Hand nach unten, bevor sie wegflogen. Dann sammelte sie sie auf.

Hamilton Crook:

Vorzüge:
– hat ein Baby, das eine Mutter braucht
– hat einen neuen Laden und braucht eine Gehilfin
– hat seine Frau geliebt, möge sie in Frieden ruhen
– geht in die Kirche
– würde davon profitieren, wenn er eine Frau aus der Stadt in seinem Laden hätte

Mängel:
– schrecklicher Nachname
– jünger als ich
– man sieht ihn nie in der Natur
– arbeitet bis spät in die Nacht (aber das würde sich ändern, wenn er mich heiratet und Unterstützung hat)
– hat keine Haustiere

Sie faltete die Zettel in der Mitte zusammen und riss sie dann entzwei, ohne noch einmal einen Blick auf die Listen der anderen Männer zu werfen.

❖

Es wäre so viel leichter gewesen, wenn Essie die neue Mrs Crook hätte hassen können. Aber niemand, der richtig im Kopf war, konnte Katherine Crook hassen. Die zierliche Frau war der Inbegriff von Freundlichkeit und Aufrichtigkeit. Sie hatte eine sympathische Stimme. Hörte aufmerksam zu. Lachte gern.

Essie war völlig eingeschüchtert. Hamilton war völlig fasziniert.

Es war erst eine Woche vergangen, aber Katherine hatte bereits die alten Stammkunden für sich gewonnen.

Ihre einzige Unzulänglichkeit war ihre Haltung zu Colonel.

In Katherines Augen waren Schlangen ein anderer Begriff für den Teufel. Colonel musste das irgendwie spüren, denn er weigerte sich zu fressen.

Die Schlange war zwei Zentimeter gewachsen und sie war ruhig und tolerant geblieben – sie schlug nie wütend zu. Doch dann hörte sie ohne ersichtlichen Grund plötzlich auf zu fressen. Essie lockte Colonel mit mehreren Mäusen zu verschiedenen Tageszeiten. Ohne Erfolg.

Vielleicht war die Kiste zu eng geworden. Sie wusste es nicht, aber sie musste die Schlange freilassen. Und sie musste es jetzt machen, solange das Wetter noch so mild war.

Die Jungen in der Stadt, die Colonel in ihr Herz geschlossen hatten, waren am Boden zerstört. Besonders der kleine Waisenjunge Harley North. Er hatte so große Fortschritte gemacht, seit sie ihn an jenem Morgen vor langer Zeit aus Angst vor der Schlange schreien gesehen hatte. Jetzt konnte er von der Prärie-Königsnatter nicht genug bekommen.

Er, Lawrence und Jeremy betraten die „Tote Hose" mit so ernsten Mienen, als wäre jemand gestorben.

„Hallo, Jungen", begrüßte Essie die drei.

Sie versammelten sich um Colonels Kiste.

„Können wir ihn noch ein letztes Mal halten?", fragte Harley.

„Natürlich", antwortete Essie und hob das Maschengitter. Während die Jungen nacheinander die Schlange auf dem Arm hielten und sie streichelten, brachte sie die Kiste nach hinten und machte sie sauber.

„Geht es Ihnen gut?", erkundigte sich Hamilton, der die große Tür schloss, die die Lieferanten der Pökelsalzfässer weit aufgerissen hatten.

Essie nahm einen leeren Mehlsack. „Ich schätze, ich bin ein wenig traurig. Colonel ist eine wunderbare Schlange."

„Es tut mir leid."

Was tut dir leid?, dachte sie. *Dass du mich die ganze Zeit hier um dich hast? Dass wir nicht wissen, wie wir miteinander umgehen sollen? Dass du mich überhaupt jemals eingestellt hast?*

„Ich habe nachgedacht, Hamilton", sagte sie und spielte mit der Schnur an dem Jutesack. „Da Colonel jetzt geht, dachte ich, es wäre vielleicht ein guter Zeitpunkt, dass ich ebenfalls weiterziehe."

„Was meinen Sie mit ‚weiterziehen'?"

„Kündigen", flüsterte sie.

Er schwieg. Sie blickte auf und spürte einen Anflug von Schuldgefühlen. Er sah so hin und her gerissen aus. Er musste doch wissen, dass sie nicht bleiben konnte, gleichgültig, wie gut sie es verstand, seine Waren zu verkaufen.

„Sie müssen nicht gehen", entgegnete er schließlich.

„Doch, Sie wissen, dass ich das muss. Aber ich danke Ihnen. Ich hatte seit Langem nicht mehr so viel Spaß."

„Wann wollen Sie ... gehen?"

„Ich bleibe bis Samstag."

„So bald schon?"

„Ich halte es für das Beste. Aber falls Sie irgendwann etwas brauchen, falls Katherine krank wird oder so etwas, dann geben Sie mir einfach Bescheid."

Er blickte sich im Lagerraum um, als würde er hoffen, seine Regale würden ihm irgendwie einen Kompromiss zuflüstern.

Die Jungen legten Colonel in den Sack, und Essie knotete diesen oben zu.

„Vielleicht sollten wir die Mäuse auch mitnehmen", schlug Jeremy vor. „Wir könnten sie in der Nähe der Stelle freilassen, an der wir Colonel aussetzen. Dann muss er nicht so lange suchen, um etwas zu fressen zu finden."

Die kleine Gruppe marschierte traurig durch die Stadt. Jeremy trug die Schlange und Lawrence den Sack mit den Mäusen. Dabei kamen sie an den Männern vorüber, die die neuen Wasserbrunnen der Stadt gruben. Adam Currington nahm seinen Hut ab, wischte sich mit dem Handrücken über die Stirn und winkte zum Gruß. Er stach groß und schlank vom blauen Himmel ab. Seine Hemdsärmel waren nach oben gerollt, seine Hüfte vorgeschoben. Er setzte sich den Hut wieder auf den Kopf und rückte ihn zurecht, bis er genau im richtigen Winkel saß.

Die Jungen winkten zurück und grüßten ihn mit lauten Rufen. Essie senkte das Kinn. Sie gingen fast einen Kilometer weit, bis sie das Ufer des Two Bit Creek erreichten.

Die Geräusche der Stadt waren verstummt und wurden durch das Gurgeln des Baches, einen Specht, der auf der Suche nach Käfern war, und zwei Eichhörnchen, die Fangen spielten, ersetzt. Vögel in kräftigen Blau-, Gelb- und Rottönen flatterten von einem Ast zum anderen und übertrumpften sich gegenseitig mit ihrem Zwitschern.

„Was haltet ihr von dieser Stelle?“, erkundigte Essie sich und blickte ihre Begleiter fragend an.

Die Jungen schauten sich um. „Das ist ein richtig schöner Platz, Miss Essie“, meinte Jeremy.

Lawrence kippte die Mäuse auf die Erde, wie ein Schuljunge seine Murmeln aus einem Beutel schüttet. Die Tiere flitzten in alle Richtungen davon. Jeremy löste die Schnur am Mehlsack, hob Colonel heraus und legte ihn auf die Erde. Die Schlange erstarrte, streckte die Zunge in die Luft und glitt dann durch das Gras zum Bach und verschwand unter einem Busch.

Essie beneidete Colonel um die Freiheit, dort hinzugehen, wohin er wollte. Tun zu können, wozu er Lust hatte. Sich vor niemandem rechtfertigen zu müssen.

Harley vergrub sein Gesicht in ihrem Rock.

Sie streichelte seinen Kopf. „Vielleicht gehe ich bald mit euch Jungen einmal auf Schlangenjagd. Hättet ihr Lust dazu?“

Lawrence seufzte. „Meine Mama wird mir das wahrscheinlich nicht erlauben. Bei ihr muss ich Mädchensachen machen wie Klavierspielen.“

Jeremy stieß ihn an die Schulter.

Sein Freund blickte sie mit großen Augen erschrocken an. „Oh. Ich wollte damit nichts Abfälliges sagen, Miss Essie. Sie sind nicht wie andere Mädchen.“

Ich weiß, Lawrence. Ich weiß. „Kommt mit. Wir sollten jetzt lieber wieder zurückgehen.“

Sie hatten gerade den Schotterweg außerhalb der Stadt erreicht, als das Rumpeln eines Wagens Essie veranlasste, ihre Augen gegen die Sonne mit der Hand zu beschirmen und Ausschau zu halten, woher das Geräusch kam.

„Schauen Sie, Miss Essie!“, schrie Harley. „Es ist der fliegende Händler!“

Die Jungen begannen zu laufen. Essie folgte ihnen dicht auf den Fersen. Levi Baumgartner brachte sein Pferd zum Stehen. Die Töpfe und Pfannen in seinem Wagen schepperten und klirrten. „Halt, Clara. Halt.“

Ein schwarz und weiß gesprenkelter Hund legte zwei Pfoten auf das Seitenbrett des Wagens, bellte und wedelte mit dem Schwanz.

„Hallo, Mr Bum!“

„Das ist ja Lawrence, der kluge *Schegez**. Was machst du denn mit deinen Freunden hier draußen vor der Stadt?“

„Wir haben unsere Schlange freigelassen, weil sie im Käfig nichts mehr fressen wollte“, erzählte Harley und rang nach Luft.

Mr Baumgartner schmunzelte und tippte dann an sei-

* Jiddische Bezeichnung für einen nichtjüdischen Jungen oder nichtjüdischen jungen Mann.

nen Hut. „Miss Spreckelmeyer. Eine wunderbare Überraschung." Er war kein alter Mann, aber er sah aus wie einer und sprach wie einer. Er hatte ein faltiges, gebräuntes Gesicht und einen dichten, schwarzen Bart, der sein Kinn bedeckte.

„Hallo, Mr Baumgartner", sagte sie. „Willkommen in der Stadt."

„Danke. Wie geht es Pegasus?", fragte er mit einem Augenzwinkern.

„Wunderbar. Sie erfreut sich bester Gesundheit."

Jeremy, der die Nüstern des Pferdes streichelte, schaute sie fragend an. „Wer ist Pega Siss?"

„Das, mein Junge, ist der Name von Miss Spreckelmeyers Fahrrad."

„Ihr Fahrrad hat einen Namen?", staunte Harley.

„Natürlich", antwortete sie. „Mein Pferd hat auch einen Namen. Warum sollte mein Fahrrad keinen Namen haben?"

Der Hund bellte und lenkte die Aufmerksamkeit der Kinder auf sich.

„Können wir mit Schadrach spielen?", fragte Lawrence.

Mr Baumgartner zog den Bremshebel an und gab einen Befehl auf Jiddisch. Der Collie sprang vom Wagen und lief mitten zwischen die Jungen hinein. Sie jagten den Hund, dann lachten sie, als der Hund ihnen nachlief. Nach einer Weile legte sich Schadrach keuchend vor die Füße seines Herrchens, streckte die Hinterbeine aus und ließ die Zunge wie ein Glockenseil heraushängen.

„Was haben Sie dieses Mal?", fragte Jeremy.

Mr Baumgartner öffnete die Rückseite seines Wagens und schob Besen, Blechwaren und eine ganze Wanne mit Schuhen zur Seite. „Ich habe ein Jagdmesser mit einer achtzehn Zentimeter langen Klappklinge", sagte er und reichte Jeremy das Messer.

Der Jugendliche hielt es ehrfürchtig in den Händen und berührte mit dem Daumen die Spitze. Sofort erschien ein Blutstropfen auf seinem Daumen. „Ist das klasse!“ Er gab es dem Händler zurück, ohne nach dem Preis zu fragen, denn gleichgültig, was es kostete, es wäre für ihn zu teuer.

„Und ich? Haben Sie auch was für mich?“, fragte Harley.

Mr Baumgartner reichte ihm einen Porzellanhund, der nicht größer war als sein kleiner Finger.

„Das ist ja Schadrach!“, rief Harley aus und zeigte den anderen Jungen diesen Schatz. „Du solltest deinem Pa sagen, dass er dir das kaufen kann, Lawrence. Er könnte dir doch alles kaufen, was du willst.“

Lawrence runzelte die Stirn. „Er hat gesagt, wir kaufen nichts von fliegenden Händlern.“

Jeremy stieß ihn in die Seite.

„Was ist?“, fragte Lawrence verwirrt. „Was habe ich denn getan?“

„Nichts, mein Junge“, beruhigte Mr Baumgartner ihn und zerzauste ihm die Haare. „Du hast gar nichts getan. Aber du hast auch nicht danach gefragt, ob ich nicht zufällig etwas für Miss Spreckelmeyer habe. Glaubst du nicht, dass sie auch gern sehen würde, was ich in diesem Wagen habe?“

Harley verzog das Gesicht. „Oh, fangen Sie gar nicht erst an, ihr all Ihre Schleifen und solches Zeug zu zeigen. Sonst stehen wir heute Abend noch hier.“

„Ah, aber Miss Spreckelmeyer ist eine ganz besondere Frau. Sie interessiert sich nicht für Schleifen. Nur für die Sachen, die aufregend sind oder ein Abenteuer versprechen, reizen unsere liebe deutsche *Schickse**.“

* Jiddische Bezeichnung für ein nichtjüdisches Mädchen oder eine nichtjüdische junge Frau. Weibliches Pendant zu Schegez.

Die Jungen spähten neugierig in den Planwagen. Essie ging auf sein Necken ein. „Haben Sie mir etwas Aufregendes oder Abenteuerliches mitgebracht, Mr Baumgartner?"

Er verbeugte sich. „Für Sie habe ich die ganze Welt dabei."

Harley schnaubte. „Die würde nicht in Ihren Wagen passen!"

Mr Baumgartners Augen funkelten verschmitzt, als er hinter seiner Wagenplane verschwand. Sie hörten, wie er Truhen und Waren zur Seite schob und etwas in einer Sprache murmelte, die sie nicht verstanden, die sie aber alle gern hörten.

Schließlich sprang er wieder vom Wagen herab. „Ich habe etwas Besonderes für Sie."

Essie nahm den Gegenstand entgegen und betrachtete ihn. Der Holzblock war etwa zwanzig Zentimeter lang und zwölf Zentimeter breit. Er hatte Lederriemen mit Schnallen und ein langes Seil an jeder Seite. Außerdem befanden sich an den Seiten vier Rollen aus Buchsbaumholz – zwei auf jeder Seite.

„Was ist das?", fragte sie.

„Rollen für die Füße", antwortete er.

„Was?"

Er holte einen zweiten Holzblock heraus, der ganz genauso aussah wie der, den sie bereits in der Hand hielt. „Sie binden sich die Bretter an die Schuhe. Wie ein Fahrrad, nur für die Füße."

Essie unterdrückte ein Kichern. „Wirklich? Das ist wirklich dafür gedacht?"

„Probieren Sie sie aus."

„Aber wo sind die Pedale?"

„Man braucht keine. Man ... geht einfach."

Ihr Blick wanderte zwischen ihm und dem Holzblock mit den Rädern hin und her. Die Versuchung war sehr groß. Sie waren noch außerhalb der Stadt, und niemand außer den drei Jungen würde sie sehen.

„Ihr müsst mir aber schwören, dass ihr nichts verratet", sagte sie.

Jeremy grinste. Lawrence machte mit den Fingern ein X über seinen Lippen. Harley salutierte.

Sie schaute Mr Baumgartner an. „Ich breche mir damit bestimmt den Hals."

„Das haben Sie bei dem Fahrrad auch gesagt." Er strich über das Wagenbett. „Setzen Sie sich hierhin. Ich helfe Ihnen, sie anzuziehen."

Jeremy verschränkte seine Hände zu einem Steigbügel und half ihr auf den Wagen. Mr Baumgartner legte einen der Holzblöcke an seinen Schenkel, führte ihren Stiefel auf den Block und schnallte ihn fest.

Als er fertig war, reichte Mr Baumgartner ihr die Seile, die an jeden Block befestigt waren. „Halten Sie sich daran fest."

Er und Jeremy stellten sie auf den Boden und hielten sie an den Ellbogen fest.

Sie hob die Seile des einen Blocks wie bei einer Marionette hoch. „Das kann irgendwie nicht richtig sein", meinte sie schließlich.

Mr Baumgartner kratzte sich am Bart. „Vielleicht sollten wir die Seile nehmen, um Sie zu ziehen."

„Sie haben noch nie gesehen, wie jemand diese Fußräder benutzt hat?", gab sie entsetzt zurück.

„Wer muss das schon sehen? Sie haben Räder. Sie schnallen sie sich an, und los geht es."

Sie zog eine Braue in die Höhe. „Wie?"

„Geben Sie mir die Seile. Ich bin das Pferd. Sie sind der Wagen."

„Auf keinen Fall. Sie ziehen mir ja die Füße vom Boden weg."

„Dann beugen Sie die Knie und lehnen sich nach vorne. Jeremy? Du gehst hinter sie und schiebst sie an. Geben Sie mir die Seile, *Schickse*."

Sie reichte ihm die Seile. Jeremy hielt sie von hinten.

„Fertig?", fragte Baumgartner.

Essie biss sich auf die Unterlippe. „Los geht's!"

Jeremy schob, der Händler zog, und Essie schrie und landete mit einem dumpfen Knall und flatternden Röcken auf ihrem Hinterteil.

Mr Baumgartner ließ eine jiddische Schimpftirade los und tadelte Jeremy offensichtlich dafür, dass er sie fallen gelassen hatte.

Essie hielt beschwichtigend die Hände hoch. „Mir ist nichts passiert. Alles in Ordnung. Helft mir bitte auf."

Sie halfen ihr auf die Beine.

„Du ziehst, Jeremy", sagte Mr Baumgartner und hielt sie jetzt von hinten fest. „Halten Sie sich an mir fest, Miss Spreckelmeyer."

Essie umklammerte seine Handgelenke. „Los!"

Jeremy zog sie, Mr Baumgartner stützte sie. Sie rollten ungefähr einen halben Meter weit, bevor ihre Röcke sich in den Rädern verfingen und sie und der Händler auf der Erde landeten.

„Verflixt!", rief Essie. „Ich brauche meinen Fahrradrock. Helft mir bitte auf."

Sie halfen ihr erneut auf die Beine. Die junge Frau knüllte eine Seite ihrer Röcke zusammen und reichte das Stoffbündel Harley. Die andere Seite drückte sie Lawrence in die Hand und wies die Jungen an, ihren Rocksaum von den Rädern fernzuhalten.

Sie versuchten es erneut, aber sobald Jeremy sein Tempo erhöhte, riss es ihr die Füße weg, und die drei landeten auf der Erde.

Mr Baumgartner pfiff seinen Hund heran und befahl

diesem, sich vor Essie zu stellen. „So, Jeremy. Gib Miss Spreckelmeyer die Seile und nimm meinen Platz hinter ihr ein. *Schickse,* halten Sie sich an Schadrachs Schwanz fest. Er wird Sie gleichmäßiger ziehen, glaube ich."

„Tut ihm das nicht weh?"

„Nein, nein. Das tut ihm nicht weh. Jungen, nehmt ihre Röcke."

Als alle fertig waren, gab Mr Baumgartner Schadrach den Befehl zu laufen, und los ging es. Dieses Mal schafften sie fast zwei Meter, bevor sie hinfielen.

„Ja! Ja!", sagte Mr Baumgartner. „Jetzt haben Sie es heraus. So, jetzt noch einmal ohne mich. Ich hole meinen Wagen."

Als sie den Stadtrand erreichten, konnte Essie fast acht Meter weit rollen, ohne zu stürzen.

„Wir müssen jetzt aufhören, Jungen. Sonst kommt unser Geheimnis heraus", sagte sie und atmete schwer.

„Oh, nur noch ein einziges Mal, Miss Essie!", rief Jeremy. „Hier kann uns noch niemand sehen. Bitte?"

„Einverstanden. Aber dann müssen wir wirklich aufhören."

Es war ihr bester Versuch. Schadrach lief so schnell, dass Essie schließlich seinen Schwanz losließ. Jeremy ließ ihre Hüfte los und die Jungen ihren Rock. Freiheit. Herrliche Freiheit. Doch dann schlug die Realität erbarmungslos zu.

„Ich kann nicht bremsen!", rief sie, während sie um eine Kurve in der Straße rollte. „Aufpassen!", schrie sie.

Aber es war zu spät. Sie war mit voller Wucht mit Adam Currington zusammengestoßen und hatte ihn zu Boden geworfen.

Kapitel 8

Essie lag mit dem Gesicht nach unten auf der Erde. Ihr aufgeschürftes Kinn pochte vor Schmerz, in ihren Handflächen steckten kleine Steinchen, und am Ellbogen ihrer Bluse hatte sie einen Riss. Aber ihr Stolz erlitt einen viel schlimmeren Schlag als all das zusammengenommen.

Schadrach erreichte sie als Erster. Er schnupperte und winselte. Jeremy, Lawrence und Harley trafen gleich nach dem Hund bei ihr ein.

„Ist alles in Ordnung, Miss Essie?"

„Mannomann, Sie waren aber schnell!"

„Glauben Sie, Mr Bum lässt es mich auch einmal versuchen?"

Essie legte die Handflächen auf den Boden und schob sich in die Höhe. Sie war noch nicht weit gekommen, als starke Hände sie an der Taille packten und auf die Füße stellten.

Ihre Beine zitterten. Adam drückte sie an sich. „Frau, was zum Kuckuck machen Sie denn da?"

Sie schob sich eine Haarsträhne aus dem Gesicht. „Es tut mir furchtbar leid, Mr Currington. Habe ich Sie verletzt?"

Er schmunzelte und strich ihr die restlichen Haare aus

dem Gesicht. „Also, Miss Essie, ich muss schon sagen: Sie verstehen es, einen Mann umzuhauen."

Das Funkeln in seinen blaugrünen Augen verriet ihr, dass er sie nur gut gelaunt necken wollte. In seinem Gesicht war keine Spur der arroganten Duldung zu sehen, mit der die meisten Stadtbewohner ihr begegneten.

Sie musste unwillkürlich lächeln. „Ich versichere Ihnen: Das war nicht meine Absicht."

Er berührte ihr Kinn mit einem Finger. „Sie sehen aus, als hätten Sie in einem Dornengestrüpp mit einem Rotluchs gerauft."

„Mir geht es gut, danke. Sie können mich jetzt loslassen."

Er hielt sie weiter fest. „Was ist das für ein Zeug, das Sie an den Füßen haben?"

„Rollschuhe."

„Sie hätten sie sehen sollen, Mister", rief Harley. „Schadrach hat sie gezogen und …"

Jeremy stieß ihn kräftig in die Seite. „Klappe halten. Du hast geschworen zu schweigen."

Harley schlug sich die Hand vor den Mund und sah Essie entschuldigend an.

Adam zog eine Braue in die Höhe. Langsam trat ein Lächeln auf sein Gesicht und grub tiefe Grübchen auf beide Seiten seines Mundes. „So, so, ich mag Frauen, die ein paar Geheimnisse haben." Er beugte sich vor, um einen Blick auf ihre Schuhe zu werfen, ergriff ihre Röcke und wollte sie hochheben.

Sie schlug nach ihm.

„Aber, Miss Essie", sagte er mit gespielter Empörung und zog die Hand zurück. „Sie haben mich so hoch in die Luft geschleudert, dass ich fast mein letztes Gebet hätte sprechen müssen. Da haben Sie doch sicher nichts dagegen, wenn ich mir diese Rollschuhe anschaue?"

„Ich bin nicht ganz sicher, ob das schicklich ist, Mr Currington."

Er zog sie enger an sich heran. „Sagen Sie ‚Adam' zu mir", flüsterte er ihr ins Ohr. Dann legte er den Arm unter ihre Knie, schwang sie in die Höhe und setzte sie auf die Erde. „So, jetzt zeigen Sie mir die Dinger."

Aber das war nicht nötig, denn die großen Holzblöcke lugten bereits unter ihren Röcken hervor.

Adam schob ihre Röcke beiseite und drehte ihren Fuß erst in die eine und dann in die andere Richtung. „Frau, ist Ihnen die Hitze in den Kopf gestiegen? Es wäre sicherer, im Treibsand zu marschieren, als sich diese Dinger an die Füße zu schnallen."

Er begann, die Schnallen zu lösen.

Mr Baumgartner kam um die Kurve und brachte seinen Wagen abrupt zum Stehen. „Nehmen Sie die Hände von ihr", befahl er und sprang herab.

Adam hielt inne und erhob sich. Schadrach knurrte.

„Ist schon in Ordnung, Mr Baumgartner", sagte Essie. „Mr Currington hat mir nur bei den Schnallen geholfen."

„Jeremy wird Ihnen helfen", erklärte der Händler.

Der Junge löste sogleich die Schnallen und reichte Essie die Rollschuhe.

Diese rappelte sich auf die Beine, ohne ihren schmerzenden Muskeln Beachtung zu schenken. „Ich habe Mr Currington versehentlich umgefahren."

„Was machen Sie hier draußen?", wollte Mr Baumgartner wissen.

„Ich war auf der Suche nach dem Richter." Adam richtete seine Aufmerksamkeit wieder auf Essie. „Ich habe Sie vor einiger Zeit hier vorbeigehen sehen und dachte, Sie wüssten vielleicht, wo er ist."

„Er ist nicht in seinem Büro?"

„Nein, Madam."

„Was ist denn los?"

„Wir haben gebohrt, und als wir dreihundert Meter tief waren, füllte sich das Wasserloch mit Öl. Wir haben versucht, es zu versiegeln, aber es läuft weiter nach oben, und es ist so viel, dass man dringend etwas unternehmen muss."

„Gütiger Himmel!" Sie reichte dem Händler die Rollschuhe. „Können Sie uns in die Stadt mitnehmen?"

„Ja."

„Kommen Sie, Mr Currington." Sie lief zur Rückseite des Wagens, Adam folgte ihr. „Jeremy, lauf zu meiner Mutter, und sag ihr, dass Mr Baumgartner in der Stadt ist und dass sie zum Abendessen einen Teller mehr auflegen soll", rief sie nach hinten.

Adam schwang sie in den Wagen, schloss die Klappe und sprang dann mit geschlossenen Knien und Füßen darüber. Noch nie hatte Essie eine so geschmeidige Bewegung gesehen. Sie brauchte einen Moment, bis ihr bewusst wurde, dass seine Stiefel ölverschmiert waren.

Sie nahm schnell eine Pfanne, die in der Nähe hing, und stellte sie unter seine Füße, damit er nicht den ganzen Wagen ruinierte. Die Waren, die um sie herum gestapelt waren, bildeten eine hohe, abgetrennte Nische. Die Räder des Wagens ächzten aus Protest gegen das Tempo, das der Händler anschlug, und zogen eine Staubwolke hinter ihnen her.

Adam stützte seine Hand auf die Bretter hinter ihr, wobei seine Schulter bei jeder Bewegung des Wagens an die ihre stieß. Er betrachtete sie, aber sie blickte auf ihren Schoß hinab, schaute aus dem Wagen oder betrachtete die verschiedenen Truhen neben sich, bevor sie sich schließlich zu ihm umdrehte.

„Ich muss schrecklich aussehen", meinte sie.

„Ich glaube, Sie haben die längsten Wimpern, die ich je in meinem Leben gesehen habe."

„Wirklich?“

„Ja, Madam. Wirklich.“

Der Wagen schaukelte weiter, und ihre Röcke rutschten bei jedem Stoß näher auf ihn zu. Es war kein Platz, um von ihm wegzurutschen. Deshalb zog sie ihren weiten Saum an sich heran und steckte ihn unter ihre Beine, um zu verhindern, dass er seine Hose berührte.

„Wer ist der fliegende Händler für Sie?“, fragte er.

„Wie bitte?“

„Warum darf er heute Abend bei Ihnen essen?“

„Das weiß ich nicht“, sagte sie. „Papa hat großen Respekt vor Gottes auserwähltem Volk. Mr Baumgartner wohnt immer bei uns, wenn er in der Stadt ist.“

„Er wohnt bei Ihnen? Er übernachtet auch bei Ihnen?“

„Ja.“

Adam betrachtete das Innere des Wagens. „Ich könnte mir glatt überlegen, fliegender Händler zu werden, wenn das bedeutet, dass ich beim Essen neben Ihnen sitzen und nachts in Ihrer Nähe schlafen darf.“

Essie richtete sich auf. „Mr Currington. So etwas dürfen Sie nicht sagen.“

„Jetzt werden Sie nicht gleich so steif, Essie. Ich bin nur ein wenig eifersüchtig. Das ist alles.“

Eifersüchtig? Worauf? Der Wagen hielt an, bevor sie die Frage aussprechen konnte.

Adam steckte hinten den Kopf hinaus. „Ich muss los, meine Süße.“

Sie hatten am Feld angehalten, das an die Zwölfte Straße grenzte, wo der Wasserbrunnen gebohrt wurde. Ihr Vater stand bereits mit mehreren anderen führenden Männern der Stadt um den Brunnen herum.

Adam lief auf die Männer zu. „Vielen Dank fürs Mitnehmen, Mister“, rief er nach hinten.

Essie wollte auch aus dem Wagen klettern, aber Mr

Baumgartner kam nach hinten und hielt sie zurück. „Sie sollten lieber sitzen bleiben, *Schickse*. Das da ist kein Platz für eine Frau."

„Papa stört das nicht."

„Nein, aber einige dieser anderen *Gojim** vielleicht schon."

Sie zögerte, weil sie gern mit eigenen Augen sehen wollte, was hier los war. Aber vielleicht hatte der Händler recht. Sie war die Zielscheibe vieler Spekulationen, seit Hamilton mit einer Ehefrau nach Hause gekommen war. Und ihr zerzaustes Aussehen würde sicher für einige hochgezogene Augenbrauen sorgen. Sie hatte keine Lust, noch mehr unvorteilhaftes Geschwätz auszulösen.

Sie musste einfach warten, bis Papa nach Hause kam, um zu erfahren, was genau los war.

❖

Mutter gab sich große Mühe, Mr Baumgartners Speisevorschriften einzuhalten. Sie bereitete die Kekse ohne Schweineschmalz zu und achtete darauf, dass die Milch nicht mit dem Fleisch in Berührung kam.

Essie schluckte ihren Bissen hinunter und tupfte sich dann mit einem Tuch die Mundwinkel ab. „Wie viel Öl kommt aus dem Brunnen?"

„Es fließt überallhin", antwortete Papa. „Die Erde ist so sehr davon getränkt, dass sie heute zweimal Feuer fing."

„Wie ist das denn passiert?", fragte sie.

„Humphrey warf sein Streichholz auf den Boden, nachdem er sich seine Zigarre angezündet hatte. Kaum hatten wir dieses Feuer gelöscht, entfachte ein Funke von der Schmiede den nächsten Brand."

* Jiddische Bezeichnung für Nichtjuden.

„Meine Güte", rief Mutter besorgt.

„Die Männer graben ein paar Meter vom Brunnen entfernt ein großes Auffangbecken, damit sie das Öl dort auffangen können. Hoffentlich hilft das."

„Ist der Wasserbrunnen jetzt ruiniert?", fragte der fliegende Händler.

„Nein, wir müssen einfach weiterbohren. Wenn wir an dieser Ölschicht vorbei sind, müssten wir Wasser finden. Aber dadurch verzögert sich alles."

„Möchten Sie noch etwas essen, Mr Baumgartner?", fragte Essie.

Er lehnte sich zurück und strich über seinen Bauch. „Nein danke, *Schickse*. Es hat ausgezeichnet geschmeckt. Wie immer. Danke."

Sie räumte seinen Teller weg, während Mutter zur Anrichte ging und Pfirsichauflauf in Schüsseln füllte.

„Jeder ist wegen der Verzögerung nervös", fuhr Papa fort. „Aber ich werde eine Probe unseres Rohöls zur Untersuchung nach Pennsylvania schicken."

Mr Baumgartner streichelte seinen Bart. „Haben Sie vor, statt nach Wasser nach Öl zu bohren?"

„Ich denke, eine Untersuchung lohnt sich auf jeden Fall."

„Und wenn das Öl gut ist, was machen Sie dann?"

Papa lächelte den Händler an.

„Findet dieses Jahr nicht eine Wahl statt?"

„Allerdings."

„Denken Sie daran, Ihre Robe an den Nagel zu hängen und ein Ölbaron zu werden?"

Mutter hielt mit dem Befüllen der Dessertschalen inne.

„Das wäre im Moment vielleicht ein wenig verfrüht", antwortete Papa.

Aber Essie konnte er nichts vormachen. Die Männer tauchten ihre Löffel in die warme Pfirsichnachspeise, deren süßer Duft das Esszimmer erfüllte.

„Du wirst nach Öl bohren, nicht wahr, Papa?“

Er gab keine Antwort. Sie war nicht sicher, ob das daran lag, dass sein Mund voll war, oder daran, dass Mutter im Raum war. Aber seine Augen leuchteten, als er zu Essie blickte.

Sie füllte sich eine Schale und setzte sich.

„Was ist denn mit deinem Kinn passiert?“, fragte Papa.

„Ich bin heute Nachmittag gestürzt.“

„Im Laden?“

„Nein.“

„Von deinem Fahrrad?“

„Nein.“

„Wo dann?“

Sie warf rasch einen Blick zu Mr Baumgartner. Dieser beschäftigte sich angestrengt mit seinem Dessert.

„Draußen beim Bach“, antwortete sie. „Wir haben Colonel freigelassen, und ich, ähm, bin gestolpert.“

Mutter schüttelte missbilligend den Kopf. „Um Himmels willen, Essie.“

„Du konntest die Schlange nicht mehr dazu bringen, etwas zu fressen?“, fragte Papa.

„Leider nicht.“

„Schade. Colonel war so eine schöne Natter.“

Essie kauerte an dem massiven Mahagonischreibtisch und addierte die Zahlen in den Spalten noch einmal. Papa steckte über beide Ohren im Wahlkampf für eine neue Amtsperiode, sodass die Aufgabe, Informationen über die Ölproduktion einzuholen, an ihr hängen blieb.

Der „Wasserbrunnen“ förderte 150 Gallonen* Öl am Tag,

* 1 Gallone entspricht 3,785 Litern.

und die Analyse aus Pennsylvania hatte ergeben, dass das Rohöl „eindeutig kommerziellen Wert" habe. Also hatte Papa die Sullivan-Ölgesellschaft gegründet und umfangreiche Verträge für die Erdölrechte in der Nähe des Wasserbrunnens abgeschlossen. Essie hatte versucht, ihn zu überreden, die Gesellschaft Spreckelmeyer-Öl zu nennen, aber er fand, sein Vorname klinge besser.

Er betrat das Büro, lockerte seine Krawatte und ließ sich gegenüber von Essie auf einem Stuhl nieder. Sein fröhliches Gesicht zeigte Spuren von Müdigkeit, und seine blauen Augen funkelten nicht so lebhaft wie gewöhnlich.

„Hattest du einen anstrengenden Tag?"

„Mir tut vom vielen Lächeln der Mund weh", antwortete er. „Und wie war es bei dir?"

„Ich habe endlich die Ergebnisse bekommen, auf die wir gewartet haben." Die junge Frau schob ihm die Papiere zu, an denen sie gerade arbeitete. „Das Öl zu fördern wäre ziemlich einfach. Du könntest mit zwei Männern ein Bohrloch graben. Das Problem ist nur, was du dann mit dem Rohöl anfangen willst."

Er betrachtete aufmerksam ihre Zahlen. „Hier steht, dass wir ein Bohrloch für ungefähr fünfhundert Dollar fertigstellen können."

„Das ist jedenfalls meine Schätzung, aber dazu kommen noch die Kosten für Lagertanks, Pipelines, eine Raffinerie und die Arbeitskräfte, die du brauchst."

Er gab ihr die Papiere zurück. „Wir brauchen nur auf eine oder zwei Springquellen zu stoßen. Wenn das passiert, spricht es sich herum, und die Ölleute kommen angerannt."

„Und was wollen wir bis dahin mit dem Öl machen?"

„Es mit allem auffangen, was wir finden können, oder noch ein paar Auffangbecken graben. Zu schade, dass wir es nicht in Nebletts altem Saathaus lagern können."

„Papa, es gibt keine Garantie dafür, dass du noch mehr Öl findest."

„Das stimmt, aber angenommen, wir finden noch mehr. Stell dir nur einmal vor, was das für unsere Stadt bedeuten würde. Für ganz Texas."

Essie lehnte sich auf dem riesigen Lederstuhl zurück. „Öl ist nutzlos, solange nicht Petroleum daraus gemacht wird. Aber die Raffinerien befinden sich oben im Norden."

„Ich weiß." Er wickelte seine Krawatte um seine Hand. „Diese Sache reizt mich einfach. Das ist alles. Draußen arbeiten. Meine Hände schmutzig machen. Auf einen großen Fund stoßen."

Sie stützte ihre Arme auf den Schreibtisch. „Aber du wirst bald sechzig. In deinem Alter kannst du doch mit so etwas nicht mehr anfangen."

„Wer sagt das? Noah war fünfhundert, als er in den Schiffsbau einstieg." Er zuckte die Achseln. „Außerdem finde ich, dass der Fund in der Zwölften Straße es wert ist, genauer untersucht zu werden." Vater und Tochter waren sich sehr ähnlich. Sie verstand seinen Wunsch, ein Risiko einzugehen, etwas zu wagen, etwas Neues auszuprobieren.

„Das ist ein bisschen ernster, als ein wenig Taschengeld auf Mr Mittons Pferde zu setzen", warnte sie.

„Ein bisschen."

„Wie willst du das alles machen und dabei trotzdem deine Pflichten als Richter erfüllen?"

„Vielleicht hat Gott für uns beide etwas anderes im Sinn."

Mehr sagte er nicht. Er sah sie nur ruhig an.

Sie begann, den Kopf zu schütteln. „Oh nein. Ich bin eine Frau. In einem Laden zu arbeiten ist eine Sache. Eine Ölgesellschaft zu leiten ist eine ganz andere Sache. Mutter bekäme einen Anfall."

„Du bist der beste Mann für diese Arbeit. Mit Mutter werde ich schon fertig."

„Und was ist mit den Männern in der Stadt?"

„Mit denen werde ich auch fertig." Er deutete mit dem Kopf auf ihr Kinn. „Willst du mir erzählen, was wirklich passiert ist, als ihr Colonel freigelassen habt?"

Sie berührte den Schorf, der sich inzwischen an ihrem Kinn gebildet hatte. „Ich habe Rollschuhe ausprobiert, die Mr Baumgartner in seinem Wagen hatte."

Er grübelte über diese Information nach. Das Funkeln, das sie vermisst hatte, als er das Büro betreten hatte, kehrte in seine Augen zurück. „Du hast dein Fahrrad gegen Rollschuhe eingetauscht?"

„Nein. Ich habe es um die Rollschuhe ergänzt."

Er schmunzelte. „Du solltest dich dabei aber lieber nicht von deiner Mutter erwischen lassen."

Sie zog eine Braue in die Höhe. „Ich dachte, du würdest mit Mutter fertig?"

„Ja, schon ... aber nur bis zu einem bestimmten Punkt." Er erhob sich und ging zur Tür. „Ich habe dafür gesorgt, dass ein Mann namens Davidson kommt und sich das Ölfeld anschaut."

„Woher kommt er?"

„Aus Pennsylvania. Er will noch diese Woche anreisen."

Falls Mr John Davidson überrascht war, dass Essie ihren Vater und ihn auf die Felder begleitete, sagte er es nicht. Er bezog sie jedoch in keines der Gespräche ein.

Aber Essie war das ohnehin lieber. Unsichtbar zu sein hatte seine Vorteile. Es erlaubte ihr, sich ein Bild von ihm zu machen, während sie die kurze Strecke vom Bahnhof zur Zwölften Straße zu Fuß zurücklegten. Papa schätzte die Eindrücke immer sehr, die sie dadurch, dass sie nicht beachtet wurde, sammeln konnte.

Der Ölscout trug keinen Anzug, kein Jackett und keine Krawatte, sondern ein Baumwollhemd und eine Hose mit Gürtel. An seinen Stiefeln und seinem Hut klebte Schmutz, während sein gepflegter Schnurrbart ihn älter aussehen ließ, als er wahrscheinlich in Wirklichkeit war.

„Werden Sie Probebohrungen vornehmen oder Tests durchführen?", fragte Papa.

„Weder noch. Ich schaue mich nur um."

„Wonach?"

„Es gibt keine wissenschaftliche Vorgehensweise. Ich wende ein wenig Geologie, ein wenig die Wünschelrute und ein wenig gesunden Menschenverstand an."

„Wünschelrute?"

„Das ist eine Methode, bei der Ölscouts Stöcke, Astgabeln und solches Zeug benutzen." Der Fachmann lächelte. „Ein gewisser Griffith steckt sich ein flaches Ding in den Mund, von dem Spiralfedern abstehen. Ich kann nicht sagen, wie es funktioniert, aber er hat einen kleinen Hebel, der sich dreht, wenn er über Öl steht. An dieser Stelle empfiehlt er seinen Kunden dann zu bohren."

Essie und Papa wechselten vielsagende Blicke.

„Ich schaue mir hauptsächlich die Oberfläche eines Feldes und die Vegetation in der Umgebung an. Sie können zu jedem beliebigen Ölfeld gehen und werden überall feststellen, dass es sich immer ein wenig von der übrigen Landschaft unterscheidet."

Ein starker, unangenehmer Geruch, der vom Öl ausging, durchzog die Luft, als sie die Kreuzung von Dallas Street und der Zwölften Straße erreichten. Die kleine Gruppe bog in der Zwölften Straße in Richtung Süden ein und ging dann auf dem hölzernen Gehweg weiter, vorbei am „Poker Palace" und an „Rosenburgs Saloon".

Überall waren viele Männer unterwegs, Pferde warteten geduldig an den Pfosten, und jemand spielte auf einem Klavier ein fröhliches Lied. Mr Riddles kam aus einem Spielsaloon, schaute sie von der Seite kritisch an und tippte grüßend an seinen Hut. Die meisten anständigen Frauen sah man nicht östlich der Beaton Street, aber sie war bei ihrem Vater, und die Leute waren es gewohnt, dass sie kam und ging, wie es ihr gefiel.

Irgendwann endete der Gehweg, und schon nach wenigen Metern begann das trostlose Feld. Mr Davidson stapfte zielstrebig über den mit Öl bedeckten Boden. Eine riesige Erdgrube an der Ostseite des Feldes enthielt bereits mehrere Tausend Gallonen Öl, und es sickerte Tag für Tag immer mehr hinein.

Mr Davidson marschierte das Feld der Länge nach ab und hob dann ein Stück Holz in der Größe eines Besenstiels auf. Er schälte die Rinde ab und begann, es in die Erde zu bohren und so weit hineinzustecken, wie er konnte, bevor er zur nächsten Stelle weiterging.

Der Wasserbrunnen war an dieser Stelle inzwischen fertiggestellt, nachdem die Ölschicht endlich durchbrochen war und man in ungefähr 850 Metern Tiefe auf Wasser gestoßen war. Adam und die übrige Bohrmannschaft waren weitergezogen, um auf der anderen Seite der Stadt den zweiten und dritten Brunnen zu graben.

Mr Davidson warf seinen Stock weg und ging auf Essie und ihren Vater zu.

„Was meinen Sie?“, erkundigte Papa sich schließlich ungeduldig.

Der Ölmann schaute wie eine Mutterhenne, die über ihre Küken wacht, auf das Feld hinaus. „Also, Richter Spreckelmeyer, wenn es mir gehören würde, würde ich noch diese Woche anfangen zu bohren.“

Kapitel 9

Essie fuhr holpernd durch die Beaton Street und radelte mit Pegasus – oder kurz Peg – über die alten Holzbohlen, mit denen die Straße gepflastert war. Der Holzbelag verringerte ein Problem – den trockenen Staub –, schuf aber gleichzeitig ein anderes: Er war unangenehm für jedes Fahrzeug, das über die holprige Straße fuhr.

Sie bog nach Osten in die Jefferson Avenue ein und winkte Mr Mitton zu, als sie an seinem Kutschhof vorbeifuhr. Sie sehnte sich danach, stehen zu bleiben und die Vollblüter zu bewundern, die er in seinen Ställen untergebracht hatte und die so schön waren, dass die Stadtbewohner sie als „Mittons Hotel" bezeichneten, aber sie musste mit den Männern sprechen, die den Wasserbrunnen bohrten. Sie fuhr weiter, am Eishaus, am Bezirksgefängnis und am Anheuser-Busch-Bierlager vorbei, wo der Pferdegeruch vom Kutschhof immer noch in der Luft lag.

Am Stadtrand erblickte sie zwei Männer, die an einem Brunnen arbeiteten, während Adam ihnen zuschaute und sich den Nacken mit einem Tuch abwischte. In Strömen lief der Schweiß an den Männer herab. Sie hatten einen Fuß in den Fußhalterungen, die von einem fünf Meter langen Balken hingen. Der Balken lag unter einem hohen Dreifuß aus drei Masten und sah aus wie eine Kinderwippe, die statt aus einem flachen Holzbrett aus einem Baumstamm gefertigt war. Essie stellte fest, dass der Drehbalken außermittig angebracht war und dass ein Ende des Balkens auf dem Boden befestigt war.

Das andere Ende des Balkens – dort, wo sich die Fußhalterungen für die Männer befanden – ragte ungefähr in einem Dreißig-Grad-Winkel in die Luft und war so weit vom Drehbalken entfernt, dass er eine überraschend starke Schwungkraft besaß. Die Männer hielten sich am Balken fest, warfen sich mit ihrem ganzen Gewicht in die Fußhalterung und trieben dadurch einen schweren eisernen Meißel, der zwischen ihnen an einem Seil hing, in den Boden, um ein Stück Erde aufzubrechen.

Diese Bewegung wurde in kurzen Abständen ständig wiederholt, bis einer der Männer eine Pause machte und Adam seinen Platz einnahm. Schweißflecken waren auf dem Hemd unter Adams Armen und zwischen seinen Schulterblättern zu sehen.

Essie hielt Peg an und legte sie auf den Boden. Sie wischte den Staub von ihrem wadenlangen Hosenrock und ging auf die Männer zu. „Guten Tag“, rief sie.

Das Bohren wurde unterbrochen. Adam sprang von der Fußhalterung und kam auf sie zu. „Miss Essie! Sie sind so hübsch wie ein kleiner roter Wagen.“

Sie lächelte. „Ich glaube, ich wurde noch nie zuvor mit einem Wagen verglichen, Mr Currington.“

Er versuchte nicht zu verbergen, dass er sie von ihrem rot verzierten Benwood-Hut bis hinunter zu ihren Fahrradstiefeln genau musterte. „Haben Sie schon einmal einen kleinen roten Wagen gesehen?“, fragte er.

„Natürlich.“

„Dann wissen Sie, dass es nichts Hübscheres gibt.“

„Nein, woher sollte ich das wissen“, entgegnete sie

kopfschüttelnd und marschierte an ihm vorbei, ohne stehen zu bleiben.

Er beschleunigte seine Schritte, um ihr folgen zu können. „Sind Sie mit diesem Ding den ganzen Weg von Ihrem Elternhaus bis hierher gefahren?“, erkundigte er sich und schaute über seine Schulter ihre Fahrmaschine an.

„Gewiss bin ich das.“ Sie blieb ein paar Meter vom Bohrturm entfernt stehen. „Guten Tag.“

Die anderen beiden Männer zogen ihre Hüte.

„Miss Essie, das sind Mr Pugh und Mr Upchurch. Männer, das ist Miss Spreckelmeyer, die Tochter des Richters.“

Mr Upchurchs zaundürrer Körper überraschte Essie. Sie hätte gedacht, dass man zum Brunnenbohren mehr Muskeln brauchte. Vielleicht waren ja seine Beine, die in seinem weiten Arbeitsoverall steckten, kräftiger als sein übriger Körper. Als er den Hut abnahm, kam darunter ein Kopf zum Vorschein, der wie ein Ei geformt und genauso glatt war. Was ihm oben an Haarpracht fehlte, machte er jedoch mit seinem Schnurrbart wett.

Mr Pugh, ein untersetzter, kräftiger Mann, blickte sie finster an und kniff seine schwarzen Augenbrauen so zusammen, dass sie nicht sagen konnte, wo eine Braue endete und die andere anfing.

„Meine Herren“, sagte sie. „Entschuldigen Sie bitte die Störung, aber ich wollte Sie für einen anderen Auftrag unter Vertrag nehmen, wenn Sie mit diesem hier fertig sind.“

Sie schauten einander an.

„Ich hätte gern, dass Sie ungefähr siebzig Meter südlich des Brunnens in der Zwölften Straße ein weiteres Loch graben. Dieses Mal jedoch nicht, um Wasser zu fördern, sondern Öl.“

Alle schwiegen. Mr Pugh erholte sich als Erster. „Wir haben schon einen anderen Vertrag unterschrieben. Drüben in Waco. Außerdem bohren wir nach Wasser und nicht nach Öl." Er knallte sich den Hut wieder auf den Kopf und begann, lose Steine und Erde aus dem Bohrloch zu holen.

„Wie lang haben Sie in Waco zu tun?", fragte sie.

„Länger, als Sie warten wollen", antwortete Pugh.

Mr Upchurch blieb mit dem Hut in der Hand regungslos stehen.

Essie wandte sich an Adam. „Ich brauche zwei Männer. Wissen Sie, wo ich welche finden könnte?"

„Von wem kommt die Kohle?"

Sie zögerte. „Sie meinen, wer Ihren Lohn zahlt? Mein Vater, aber das Projekt werde ich leiten."

Er rieb sich nachdenklich übers Kinn. „Meinen Sie nicht, Ihr Pa könnte dabei vom Pferd fallen? Texas ist Baumwoll- und Viehland. Der Richter wird mit Öl genauso wenig Glück haben wie ein Einbeiniger bei einem Wettrennen. Wenn er sich für Öl interessiert, wäre er wohl mit Baumwollöl besser beraten."

„Wir sind nicht auf der Suche nach einem Ratgeber oder Geschäftspartner, Mr Currington. Wir sind auf der Suche nach Bohrleuten."

Die Männer wechselten erneut Blicke.

„Vergessen Sie es", seufzte die junge Frau. „Entschuldigen Sie die Störung."

Adam ergriff ihr Handgelenk. „Langsam, Mädchen. Nicht so schnell. Rufus?", fragte er, ohne sie loszulassen. „Was würdest du davon halten, wenn du und Arnold ohne mich nach Waco geht? Dann könnte ich schauen, ob ich noch jemanden auftreibe, der mir bei Miss Spreckelmeyers Bohrung hilft. Was meint ihr?"

Upchurch rieb sich mit einem Taschentuch über seinen eierförmigen Kopf und sah Pugh an.

„Willst du damit sagen, dass du für eine *Frau* arbeiten willst?", fragte Pugh.

Adam maß sie erneut. Sie riss ihre Hand los.

„Na ja, Rufus. Für irgendeine Frau würde ich nicht arbeiten. Aber für diese Frau hier schon. Und ich muss sagen, dass mir dieser Gedanke gefällt. Gut sogar."

Mr Pugh gab ein verächtliches Schnauben von sich. „Und was sollen Arnold und ich dann tun?"

„Ihr werdet jemanden finden. Genauso wie ich."

„Und womit willst du bohren?"

Adam dachte eine Minute nach. „Damit hat er recht, Miss Essie. Sie nehmen diesen Bohrturm mit. Ich müsste Ihnen einen eigenen bauen."

„Das wäre ausgezeichnet, Mr Currington. Könnten Sie morgen zu uns kommen, damit wir über die Details sprechen können?"

„Mit dem größten Vergnügen."

❖

Adam kam am späten Nachmittag und stand in einem gestärkten, weißen Hemd, einem roten Halstuch und einer Jeans mit Messingnieten sauber herausgeputzt auf Essies Veranda.

Er zog seinen Cowboyhut. „Guten Tag, Miss Essie."

„Mr Currington. Bitte treten Sie doch ein."

Sie führte ihn in Papas Büro und schenkte ihnen beiden ein Glas Limonade ein. „Danke, dass Sie gekommen sind."

Adam stürzte das Getränk in einem einzigen langen Schluck hinab. Er legte beim Trinken den Kopf nach hinten, schloss die Augen, und sein Adamsapfel hüpfte. Dann wischte er sich mit dem Ärmel den Mund ab und seufzte. „Ah, Mädchen, meine Kehle war so trocken wie eine Tabakdose. Danke."

Sie nahm sein leeres Glas. „Möchten Sie noch mehr?"

„Im Augenblick nicht.“

„Gut.“ Sie nippte an ihrem Glas und stellte es dann aufs Tablett. „Ich habe eine Materialliste zusammengestellt, die wir meiner Meinung nach für den Bau eines Bohrturms brauchen, aber ich dachte, Sie sollten sie sich anschauen und überprüfen, ob ich etwas vergessen habe.“

Er legte seinen Hut auf einen Stuhl und betrachtete die Liste, die sie ihm gab.

„Das Holz kaufe ich von Mr Whiteselle“, erklärte sie. „Das Metallseil und der Bohrer können unten in der Schmiede angefertigt werden.“

„Und die Fußhalterungen?“

„In der Sattlerei.“

Er gab ihr das Blatt Papier zurück. „Sie müssen sich vom Schmied noch ein paar andere Werkzeuge zum Bohren anfertigen lassen“, sagte er.

„Welche?“ Sie nahm die Feder ihres Vaters und tauchte sie in ein Tintenfass.

„Metallverbindungsstücke, Seilhalterungen, ein Senkblei, Blechbehälter und einen Bohrerstiel.“

Essie beugte sich über den massiven Schreibtisch und kritzelte eilig alles auf das Papier, ohne an die zierliche, korrekte Schrift zu denken, die sie am Corsicana-College für Mädchen gelernt hatte.

Adam stand über ihr und sah ihr zu. „Achten Sie darauf, dass Sie vom Sägewerk Schierling, Esche oder Nussbaum für den Schwingbalken bekommen und etwas Festeres wie Eiche für den Drehbalken.“

Nach einigen Sekunden legte sie Papas Feder zur Seite und blies über das Papier. Als sie sich aufrichtete, stand Adam immer noch unbeweglich da. Seine Augen waren ein durchscheinendes Mosaik aus Blau und Grün.

„Warum machen Sie das?“, fragte sie verwirrt.

„Was?“

„Mich bedrängen."

„Bedränge ich Sie?"

„Sie wissen, dass Sie das machen."

„Das war nicht meine Absicht. Es ist nur so, dass ich den Klee riechen kann, den Sie in Seife und Parfüm benutzen, wenn ich so nahe neben Ihnen stehe."

Sie warf einen Blick zur Tür, die nur einen Spaltbreit offen stand. „So etwas sollte Ihnen nicht auffallen", flüsterte sie.

Seine Mundwinkel verzogen sich zu einem Lächeln. „Mir fällt alles an Ihnen auf, Miss Essie."

„Warum?"

Er schüttelte den Kopf und trat einen Schritt zurück, um einen gebührlichen Abstand zwischen beiden herzustellen. „Die Männer in dieser Stadt sind entweder blind oder dumm. Vielleicht auch beides."

Sie runzelte die Stirn und schaute ihn fragend an. „Wie bitte?"

Er deutete auf die Liste auf dem Schreibtisch. „Wir brauchen ein Gewicht, um das Ende des Schwingbalkens zu verankern. Wenn Sie nicht das Geld ausgeben wollen, um sich vom Schmied etwas Passendes anfertigen zu lassen, kann ich versuchen, ob ich einen schweren Felsen oder so etwas finde."

„Meinen Sie, Sie könnten mich begleiten, wenn ich diese Sachen bestelle?", fragte sie, ohne den Blick von ihrem Papier abzuwenden. „Auf diese Weise bekommen wir wenigstens sicher genau das, was wir brauchen."

„Sagen Sie mir wann, dann bin ich da."

❖

Schon lange bevor sie Mr Fowlers Schmiede erreichten, drang das Klirren von Eisenteilen an Essies und Adams

Ohren. Sie blieben innerhalb des dunklen, höhlenähnlichen Gebäudes sogleich stehen, da ihre Augen sich erst an das schwache Licht gewöhnen mussten. Eine Decke aus Hitze und Rauch hüllte sie ein, begleitet vom Geruch von brennenden Kohlen.

Mr Fowler stand mit dem Rücken zu ihnen und bearbeitete einen Blasebalg, während die Spitze seines Schürhakens sich von Rot zu Weiß färbte und die Flammen tanzten. Ein schmutziges, früher einmal weißes Schürzenband wand sich wie Kleopatras Schlange um Fowlers Bauch und trennte sein blaues Hemd von seiner Arbeitshose. Er ließ den Blasebalg los, nahm das Eisen aus dem Feuer und hämmerte so kräftig auf das heiße Metall, dass die Funken in alle Richtungen stoben. Er hatte höchstens ein halbes Dutzend Schläge geschafft, als er den Haken wieder ins Feuer halten musste.

„Hallo, Miss Spreckelmeyer“, grüßte er, als er aufblickte und seine Gäste entdeckte. Er kam auf sie zu und blickte Adam forschend an. „Sie sind einer dieser Bohrleute, die den Wasserbrunnen gegraben haben, nicht wahr?“

„Guten Morgen, Mr Fowler“, sagte Essie. „Ja, das ist Mr Currington. Er bleibt noch länger in der Stadt und stellt einen neuen Bohrturm auf, aber dieses Mal für meinen Vater.“

Als die Männer einen Schritt vortraten, um sich die Hand zu geben, war Essie überrascht, dass Adam so viel größer war als Mr Fowler. Sie hatte Mr Fowler immer für einen riesigen Mann gehalten. Aber jetzt begriff sie, dass er eher durch seine harte Arbeit mit dem Amboss so kräftig wirkte und weniger aufgrund seiner Körpergröße.

„Ihr Vater will sich wohl in seinem Garten einen Brunnen graben lassen?“

„Nicht direkt“, antwortete sie mit einem kurzen Blick auf Adam. „Er will nach Öl bohren.“

Mr Fowler starrte sie eine Sekunde sprachlos an, dann schüttelte er sich vor Lachen. Sie verzog das Gesicht und wusste sehr wohl, dass seine Reaktion ganz anders ausgefallen wäre, wenn ihr Vater derjenige gewesen wäre, der ihre Absichten verkündet hätte.

„Nun, Mr Fowler …“, begann sie.

Er machte eine beschwichtigende Geste, wurde allmählich wieder ernster und verbarg seine Belustigung hinter einer professionellen Miene. Sie deutete auf Adam, der ihre Listen und Diagramme in der Hand hielt, aber aus dem Augenwinkel sah sie, dass Mr Fowler wieder zu grinsen begann.

Sie zog eine Augenbraue in die Höhe.

„Entschuldigen Sie“, sagte er.

Es gab noch andere Schmiede in der Stadt, aber J. T. Fowler gehörte zu den fähigsten und geschäftstüchtigsten. Wenn er endlich begriff, dass es ihr ernst war, würde er nicht nur ihre Bestellung ausführen, sondern dies auch schnell, fachmännisch und respektvoll erledigen.

„Hier ist eine Liste mit allem, was wir brauchen“, sagte Adam. Er breitete das Blatt Papier auf einem groben Holztisch aus und begann, alles zu erklären. Mr Fowler nickte und stellte Fragen. Seine Belustigung schwand, sobald er sich auf die Details konzentrierte. Als sie fertig waren, bedachte er Essie mit einem versöhnlichen Lächeln.

„Ich fange sofort damit an“, versprach er.

Draußen schien die Sonne so hell, dass Essie sich die Hand an die Stirn hielt, um ihre Augen abzuschirmen. Adam schaute mit einem Kopfschütteln zur Schmiede zurück.

„Danke, Mr Currington.“

„Sagen Sie ‚Adam‘ zu mir. Und es war mir ein Vergnügen“, meinte er augenzwinkernd, während sie die Elfte Straße entlanggingen.

„Gehen wir gleich weiter und bestellen die Fußhalterungen?“, erkundigte sie sich.

„Das können wir gern tun, aber Mr Weidmanns Konditorei ist ganz in der Nähe in der Collin Street. Was halten Sie von einem kleinen Umweg, um seinen guten Obstkuchen zu probieren? Ich kann ihn bis hierher riechen.“

Als er das sagte, stieg ihr auch schon ein köstlicher Geruch nach frischem Brot und etwas Süßem in die Nase.

„Es ist noch mitten am Morgen. Verderben Sie sich damit nicht den Appetit auf das Mittagessen?“

„Nein, Madam. Ich habe festgestellt, dass Mr Weidmanns Konditorei zu jeder Tageszeit einen Abstecher wert ist.“

Die Geschäftigkeit in der Stadt hatte im Laufe des Vormittags zugenommen. Wagen rollten in beide Richtungen durch die Straße und wirbelten Staub auf. Dazwischen waren mehrere Reiter auf Pferden unterwegs. Die herrenlose Katze huschte an Essie und Adam vorbei. Die Männer unterhielten sich über alles, angefangen beim Baumwollpreis über die Wahlen im November bis zum leer stehenden Saathaus.

Als Tochter des Richters kannte Essie fast jeden, und so waren sie gezwungen, einige Male stehen zu bleiben und zu plaudern. Sie stellte Adam als einen der Bohrleute vor, die die Brunnen in der Stadt gebohrt hatten, und erklärte, dass er beschlossen habe, noch ein wenig länger in der Stadt zu bleiben.

Die Stadtbewohner schauten ihn misstrauisch von der Seite an und behandelten ihn mit gezwungener Höflichkeit.

„Ich glaube, die Leute in Ihrer Stadt mögen mich nicht besonders“, raunte er ihr zu, als sie sich nach einem Gespräch mit dem Schuldirektor und dem Wagenbauer verabschiedet hatten.

„Das ist es nicht. Man würde es nur einfach vorziehen, wenn Sie hier geboren wären."

„Wie lange dauert es schätzungsweise, bis man mir diesen Fehler vergibt?"

„Ach, ich denke, zwanzig Jahre müssten genügen."

Er schüttelte den Kopf. „Wahrscheinlich eher vierzig."

Sie lächelten, und er hielt ihr die Tür zur Bäckerei auf.

„Sieh einer an, welches schöne deutsche Mädchen heute zu mir kommt!" Mr Weidmann ging um die Theke herum, ergriff Essies Schultern und küsste sie auf beide Wangen. „Wie geht es Ihnen, Fräulein Spreckelmeyer?"

„Sehr gut, Mr Weidmann. Danke. Und Ihnen?"

„Mir geht es gut. Sehr gut." Er drehte sich um, umarmte Adam und begrüßte ihn genau so, wie er Essie begrüßt hatte. Die Wangen des Cowboys röteten sich leicht. „Passen Sie auf diesen Mann auf, Fräulein Spreckelmeyer. Er hat ständig Hunger nach meinem Obstkuchen. Er lässt mir deshalb Tag und Nacht keine Ruhe."

„Stimmt das, Mr Currington?"

„Ich fürchte ja, Madam", sagte Adam und strich über seinen Bauch.

„Ja, das stimmt", nickte Mr Weidmann. „Ich bringe Ihnen gleich ein Stück Kuchen."

Die Konditorei glich eher einer Küche, aber in einer Ecke stand ein kleiner Tisch. Adam zog einen Stuhl für sie heran, und sie setzte sich und genoss den Duft von Vanille, Aprikosen, Datteln und Ananas.

Mr Weidmann brachte jedem ein großes Stück Kuchen auf einem braunen Stück Papier. „Tut mir leid, aber ich habe keine Teller und keine Gabeln."

„Das macht nichts. Wir kommen schon zurecht." Essie brach sich mit den Fingern eine Ecke ab, während Adam sein ganzes Stück in die Hand nahm und einen großen Bissen abbiss.

„Also, Mr Currington, erzählen Sie mir, wie kommt ein Cowboy dazu, Brunnen zu bohren?"

„Ich habe einfach beschlossen, etwas anderes zu machen."

„Aber warum?"

Er nahm einen weiteren großen Bissen und kaute langsam. Die lässige Sorglosigkeit schwand aus seinen Zügen. „Das ist schon eine Weile her."

Mr Weidmann wusch auf der anderen Seite des Raumes Kirschen und entsteinte sie. Er beachtete sie nicht weiter. Somit waren die beiden im Moment ungestört.

„Was ist schon eine Weile her?", fragte sie.

„Ich wuchs auf einer Ranch auf. Mein Vater war Cowboy, und mein Großvater war vor ihm auch Cowboy. Ich habe Stiere mit dem Lasso eingefangen, seit ich ein kleiner Junge war."

Sie nahm ein weiteres kleines Stück von dem Kuchen und wartete.

„Vor ein paar Jahren bot mir ein großer Rancher in Gonzales County an, seinen jährlichen Viehtrieb von San Antonio nach Abilene, Kansas, zu leiten. Es war meine Aufgabe, die Route zu planen, zu entscheiden, wann wir Halt machten, wo wir schliefen, wo wir Bäche überquerten, und lauter solche Sachen."

„Ich habe gehört, dass nur die besten Cowboys solche Viehtriebe machen."

„Das kann schon sein." Er kratzte an einem Holzsplitter auf dem rauen Tisch. „Wir hatten zwei Männer, die vorne ritten und den Leitstier antrieben, an den Seiten waren die anderen Männer, und einige bildeten hinten die Nachhut und sorgten dafür, dass alle Tiere da waren."

„Wie groß war die Herde?"

„Achtzehnhundert Tiere. Alles lief gut, bis wir nach Waco kamen. Dann begann es zu regnen. Es schüttete so heftig und so lange, dass jeder wünschte, er hätte Schwimmhäute an den Füßen."

„Was haben Sie dann gemacht?"

„Wegen des vielen Regens war es zu gefährlich, den Brazos zu überqueren. Uns blieb keine andere Wahl, als zu warten, bis der Fluss wieder weniger Wasser führte. Wir verloren so viel Zeit, dass ich beschloss, nach Osten nach Shreveport statt nach Kansas weiterzuziehen. Ich wollte auf keinen Fall mitten im Winter stecken bleiben. Einige der anderen Cowboys waren anderer Meinung. Also habe ich ihnen gesagt, dass ich die Herde wohlbehalten dorthin bringen würde. Sonst würde ich meine Sporen abnehmen und nie wieder als Cowboy arbeiten."

Sie legte die Hände in ihren Schoß. Plötzlich erschien ihr das Stück Obstkuchen, das vor ihr lag, gar nicht mehr so interessant.

Er kratzte sich am Kopf. Seine blonden Haare standen an einer Seite ein wenig in die Höhe. „Wir kamen gut über den Brazos, aber dann grassierte das Spanische Zeckenfieber unter der Herde, und je weiter wir kamen, umso mehr Tiere blieben zurück. Tot."

„Oh nein."

„Als wir den Trinity River erreichten, hatten wir nur noch fünfhundert." Er schluckte. „Und als wir in Shreveport ankamen, waren es nicht einmal mehr hundert."

„Aber das war doch nicht Ihre Schuld."

„Ich war der Leiter dieses Viehtriebs, und ich hatte mein Wort gegeben. Also verkaufte ich mein Pferd und den Sattel."

Sie faltete ihre Hände und barg sie in den Falten ihres Rocks. Das Pferd eines Cowboys war mehr als ein Transportmittel. Es war sein ständiger Begleiter. Ein Freund, mit dem er sprechen und dem er vertrauen konnte.

Aber noch höher als sein Pferd schätzte ein Cowboy seinen Sattel – der oft mehr kostete als das Pferd. Der Sattel war unbestreitbar das Letzte, von dem er sich trennte.

„Das tut mir so leid, Adam."

Er schob die Krümel seines Obstkuchens mit dem Finger über das Papier. „Essen Sie das noch?", fragte er und deutete auf ihr angefangenes Stück.

Sie schob es ihm hin. „Haben Sie daraufhin angefangen, Brunnen zu bohren?"

„Nein. Ich hatte einen Job in einem Wagenzug, der Waren nach Memphis, Tennessee, brachte. Dann begann ich, die Flussdampfer zu beladen und zu entladen. Das habe ich bis vor ungefähr einem halben Jahr gemacht."

„Was ist dann passiert?"

„Ich lernte Pugh und Upchurch kennen."

Augenblicke später war auch der Rest des Kuchens vernichtet. Essie faltete ihr Papier in der Mitte und dann noch einmal, sodass die Krümel darin blieben. Das Gleiche machte sie mit seinem Papier. Sie fragte sich, wie wohl sein Vater und sein Großvater darauf reagiert hatten.

Wenn sie ihn alles gelehrt hatten, was sie wussten und konnten – wie konnten sie dann zulassen, dass er etwas aufgab, das er so unübersehbar liebte? Aber es wäre wohl unhöflich, diese Frage laut auszusprechen.

Eine Frau betrat die Konditorei und bestellte etwas bei Mr Weidmann. Adam legte eine Münze auf den Tisch und verließ mit Essie den Laden. Dieses Mal tadelte Essie ihn nicht, als er ihren Ellbogen ergriff und so dicht neben ihr ging, dass er den Kleeduft riechen konnte, den sie in ihrem Badewasser benutzte, und dass sie seine Yankee-Rasierseife riechen konnte, die in der „Toten Hose" verkauft wurde.

Kapitel 10

Als sie zusah, wie Adam in den letzten Wochen den Bohrturm errichtete, musste Essie an ihre Stickarbeiten denken. Genauso wie jeder Stich, den sie stickte, das endgültige Bild immer deutlicher zum Vorschein brachte, verriet auch jedes Holzstück, das Adam hinzufügte, immer ein Stückchen mehr, wie der fertige Bohrturm aussehen würde.

Sie schlug vor, dass sie Jeremy als seinen Gehilfen einstellen könnten. Wenn der dürre Mr Upchurch diese Arbeit bewältigen konnte, könnte Jeremy das gewiss auch. Adam widersprach ihr jedoch und sagte, Jeremy sei nur ein Bauernjunge.

Ihre verschränkten Arme verrieten ihre feste Entschlossenheit. „Dann müssen Sie es ihm eben beibringen."

Jeremy war eifrig und fleißig, genau wie sie erwartet hatte, und stolz, dass er zehn ganze Cent am Tag verdienen konnte. Trotz seiner anfänglichen Proteste begann Adam, den Jungen anzuleiten, als wollte er ihn zu einem erstklassigen Arbeiter machen. Er schikanierte und beschimpfte ihn nicht, sondern beantwortete geduldig alle seine Fragen und sprach ihm Mut zu.

Gerade zog Adam die zweite Fußhalterung fest, die sie

auf den Schwingbalken gehängt hatten. „Bist du bereit, es auszuprobieren, Junge?"

Jeremy klammerte sich an den Balken. „Wann?"

„Jetzt!"

Sie sprangen in die Fußhalterungen, und der Balken glitt im Rhythmus ihren Bewegungen auf und nieder. Der Schatten eines weit herabhängenden Baums am Rand des Feldes erreichte die beiden Arbeiter nicht ganz. Einige der leuchtenden, gelben Blätter fielen auf die Erde, viele wurden in ein frisch ausgehobenes Ölauffangbecken neben ihrem neuen Bohrturm geweht.

Essie schaute zu, wie der Mann und der Junge noch einige Male auf und nieder hüpften. Dann klatschte sie. „Es funktioniert! Jetzt brauchen wir nur noch die Seilwerkzeuge."

Die beiden stiegen aus den Fußhalterungen.

„Wie lang dauert es noch, bis Mr Fowler sie fertig hat?", erkundigte Jeremy sich. Er sah aus, als wäre er im Sommer zehn Zentimeter gewachsen, aber nur in die Länge. Seine spindeldürre Gestalt hatte kein Fleisch und keine Muskeln zugelegt, und seine lockere Kleidung ließ ihn noch dünner aussehen, als er war.

„Er hat gesagt, dass er die Sachen Anfang der Woche fertig hat", antwortete Adam.

Die drei bewunderten ihre Arbeit, bevor Essie die Sprache wiederfand. „Also, Jeremy, ich schätze, du hast ein paar Tage frei, bevor die eigentliche Arbeit beginnt." Sie reichte ihm seinen ersten Lohn.

„Das ist richtig", stimmte Adam ihr zu und grinste. „Ab Montag wirst du schwitzen wie ein Schweinemetzger im Winter."

„Ich bin am Montag hier, und Sie werden von mir keine Klagen hören." Jeremy legte den Beutel mit den Münzen auf seine Handfläche und wog ihn ab. „Aber jetzt gehe ich zur ‚Toten Hose' und kaufe für die Kleinen eine Tüte Bonbons. Junge, werden die Augen machen!"

Er lief davon. Sein Hemdzipfel flatterte im Wind, während er mit seinen dürren Beinen weit ausholte. Sie schauten ihm nach, wie er über das freie Feld, dann auf die Straße und schließlich in die Stadt hineinlief.

„Sie hatten recht, Essie. Der Junge ist wirklich fleißig und packt kräftig an. Gerade wäre er vor Stolz fast geplatzt. Haben Sie es gemerkt?"

„Er wirkte sehr zufrieden, ja. Ich würde gern die Gesichter der Kinder sehen, wenn er mit den Bonbons nach Hause kommt. Ich könnte mir vorstellen, dass es die ersten Bonbons in ihrem Leben sind."

„Die ersten? Sie hatten noch nie Bonbons?"

„Ich glaube nicht."

Adam löste das Tuch von seinem Hals, wischte sich das Gesicht ab und schaute dann auf die leere Straße. „Ja, dieser dürre Knabe ist wirklich nicht schlecht."

Sie lächelte. „Wollen Sie mich nach Hause begleiten? Dann kann ich Ihnen auch gleich Ihren Lohn geben."

Er verzog verschmitzt das Gesicht. „Ehrlich gesagt, würde ich viel lieber etwas anderes machen. Ich würde gern auf Ihrem Fahrrad fahren. Darf ich?"

Sie warf einen Blick auf Peg und kaute nachdenklich auf der Unterlippe herum. „Es ist nicht so einfach, wie es aussieht. Sie können sich nicht einfach auf den Sattel schwingen und ‚Hü' rufen."

„Dann bringen Sie es mir bei."

„Was?"

„Zeigen Sie mir, wie es geht."

„Hier?", fragte sie entsetzt.

Er schaute sich um. „Nein, wahrscheinlich sollten wir lieber dort hingehen, wo Sie auf Ihren Rollschuhen üben, wenn Sie glauben, niemand würde Sie sehen."

Sie atmete scharf ein. „Woher wissen Sie das?"

Mit einem verschmitzten Lächeln nahm er ihren Ellbogen und führte sie zu ihrem Fahrrad. „Ich habe es Ihnen doch schon gesagt: Mir entgeht nichts, was Sie betrifft."

❖

„Das Einzige, was man wirklich *lernen* muss, ist, das Gleichgewicht zu halten", erklärte Essie, während sie Peg am Lenker festhielt. „Der Rest kommt durch Geduld, Ausdauer und Übung."

Adam hatte eine Hüfte vorgeschoben, die Arme vor sich verschränkt und ein nachsichtiges Lächeln auf den Lippen. Der Wind wehte ein paar abgefallene Blätter durch die Luft und schüttelte von den Zweigen über ihnen noch mehr Blätter.

„Sie gehen diese Sache nicht mit dem nötigen Ernst an", ermahnte sie ihn. „Ich will nicht, dass Sie stürzen und sich verletzen."

„Zeigen Sie mir einfach, wie es geht, Essie."

Er rollte die Ärmel seines blauen Baumwollhemdes hoch und vergewisserte sich, dass es fest in der Jeanshose steckte, die seine Hüften eng umschmiegte. Eine Staubschicht trübte den Glanz der großen Silberschnalle an seinem Gürtel, aber die Schnalle fing trotzdem ein paar Strahlen der untergehenden Sonne ein. Daran, wie er den Daumen in seinen Gürtel steckte, sah sie, wie stolz er auf diesen Gürtel war.

Sie fragte sich, ob er je Hosenträger trug wie die anderen Männer. Wenn ja, dann hatte sie ihn noch nie damit gesehen.

„Also, für den Anfang", sagte sie, „rollen Sie diesen kleinen Hang hinab. Wenn Sie sich auf den Sattel setzen und losfahren, dann sollten Sie den Lenker nicht zu verkrampft festhalten. Und *auf keinen Fall* dürfen Sie sich darauflehnen."

Die Sonne beschien den grasbedeckten Hang, aber die Erde war von den letzten Regenfällen immer noch ein wenig feucht.

Adam setzte sich breitbeinig auf das Fahrrad und packte die Lenkergriffe, als wären es die Hörner eines Stiers, mit dem er ringen wollte.

„Das ist kein Stier, Adam. Lockern Sie Ihren Griff." Er tat, was sie sagte. „Wenn Sie das Gleichgewicht verlieren und merken, dass Sie fallen, dann berühren Sie auf der Seite, auf die das Gefährt fällt, mit den Fußspitzen den Boden, um das Gleichgewicht wiederzuerlangen." Er nickte. „Benutzen Sie noch nicht die Pedale. Durch das Gefälle bekommen Sie genug Geschwindigkeit, um das Gleichgewicht halten und lenken zu können."

„Die Hände locker lassen und die Steigbügel nicht benutzen."

„Genau. Sind Sie so weit?"

Ein aufgeregtes Lächeln legte sich auf sein Gesicht. „Mein Herz hüpft schneller als ein Grashüpfer in einem Hühnerhof."

„Sie müssen es nicht versuchen, Adam."

„Gehen Sie zur Seite, Madam. Ich fahre los."

Sie ließ den Lenker los und trat zur Seite. In einer einzigen geschmeidigen Bewegung breitete er die Beine weit auseinander und rollte perfekt im Gleichgewicht den Hügel hinab, als würde er schon seit Monaten Rad fahren.

Ihr war nie in den Sinn gekommen, dass er es schaffen würde, so lange das Gleichgewicht zu halten. Aber er war sehr weit gekommen. Noch ein paar Meter, dann würde der leichte Hang richtig steil werden.

„Juhu!", brüllte er, als er immer schneller wurde. Er hielt sich aufrecht, auch als seine Geschwindigkeit noch mehr zunahm, bevor er schließlich in ein Schlagloch fuhr und mitsamt dem Fahrrad durch die Luft flog.

Er verstärkte seinen Griff und versuchte, seinen Körper an die Maschine zu drücken, wie man es macht, wenn man mit einem Pferd über einen Graben springt.

„Nicht auf den Lenker lehnen!", schrie Essie. „Beine ausbreiten! Das Rad gerade halten!"

Aber er lehnte sich auf das Fahrrad, als wären Mann und Gerät eins, und knallte schließlich unsanft auf den Boden. Das Klirren des Metalls vermischte sich mit seinem schmerzverzerrten Keuchen, als der abrupte Aufprall der Räder auf der Erde ihm die Luft raubte.

Er schlingerte gefährlich, stürzte kopfüber und rutschte den Hügel hinab, bevor er knapp vor einem Baumstamm endlich liegen blieb.

Essie nahm ihre Röcke in die Hand und rannte, so schnell sie auf dem feuchten Gras konnte, zu ihm. „Oh du meine Güte!"

Er lag regungslos auf dem Rücken. Seine silberne Schnalle funkelte in der Sonne.

„Adam, Adam!" Sie kam rutschend zum Stehen und sank auf die Knie. Feuchtigkeit drang von der Erde durch den Stoff ihres braunen Rockes und ihrer Unterröcke. „Können Sie mich hören? Sind Sie verletzt?" Sie berührte seine Stirn und wischte ihm die Haare aus den Augen.

Er stöhnte und versuchte, ein Blatt auszuspucken. Sie wischte es weg.

„Ihr Sattel hat mir alles kaputt gemacht und mich bis zum Mond geschossen."

„Nicht bewegen", seufzte sie erleichtert. „Sagen Sie mir einfach, wo es wehtut."

Er öffnete zögerlich ein Auge. „Mir tun viele neue Stellen weh."

Sie ließ ihren Blick schnell und prüfend über ihn gleiten,

aber sie sah keine offensichtlichen Verletzungen. „Irgendwo besonders?“

Beide Augen öffneten sich. Das Licht der Sonne ließ seine Pupillen zu winzigen Punkten schrumpfen. Seine blaugrüne Netzhaut erinnerte sie an die ausgebreiteten Federn eines Pfaus.

„Wollen Sie die Stelle küssen, damit es nicht mehr so wehtut?“, fragte er.

Ihre Hand erstarrte, aber ihr Herz schlug schneller. „Ich meinte es ernst, Adam.“

„Und Sie meinen, ich hätte es nicht ernst gemeint?“ Er drehte den Kopf und berührte sanft das Innere ihres Handgelenks und löste damit an Stellen, die weit von ihrer Hand entfernt waren, eine unerwartete Reaktion aus.

Sie riss ihre Hand zurück. „So etwas dürfen Sie nicht sagen ... oder tun.“

„Warum nicht? Weil ich der Angestellte bin und Sie die Tochter des Chefs sind?“

„Weil ich eine Frau bin und Sie ein Mann und weil nur verlobte Paare solche Dinge tun.“

„Das stimmt nicht, Essie. Das machen viele Paare, und nicht, weil sie verlobt sind, sondern weil sie sich mögen. Und es fühlt sich sehr schön an. Und es vertreibt die Einsamkeit. Sind Sie manchmal einsam, Essie?“

Ja.

Er nahm wieder ihre Hand und schnupperte wie ein Pferd auf der Suche nach einem Zuckerstück daran. Dabei kratzten die Stoppeln auf seiner Wange über ihre Handfläche.

„Die verheirateten Leute“, sagte er. „Sie denken nie an uns. Wie das Leben ist, wenn einen nie jemand berührt. Wenn man nicht geliebt wird.“ Er setzte sich auf. „Wurden Sie schon einmal geküsst?“

Einmal.

„Ich würde dich wirklich gern küssen, Mädchen."

Sosehr sie es auch versuchte, sie konnte nicht leugnen, dass sie es auch gerne einmal probieren würde. Wie sollte sie auch? Sie hatte noch nie einen besser aussehenden Mann getroffen. Und noch nie hatte ein Mann in ihrem Inneren das ausgelöst, was er auslöste. Hamilton gewiss nicht. Kein einziges Mal.

Adam hatte recht. Sie war es allmählich müde, nur bei streunenden Tieren und hin und wieder einem Kind ein kleines bisschen Zuneigung zu bekommen. Sie sehnte sich nach mehr. Nach viel mehr. Aber gleichgültig, was er sagte: Es gab keinen persönlichen Kontakt, solange der Mann nicht vorher mit dem Vater der Frau gesprochen hatte.

Aber sie hatte sich von Hamilton küssen lassen, ohne dass er mit Papa gesprochen hatte … oder mit ihr. Vielleicht teilten Liebespaare wirklich solche Intimitäten, ohne vorher die Erlaubnis der Eltern einzuholen.

Sie ging im Geiste einige der jungen Liebespaare in der Stadt durch. Shirley Bunting und Charlie Ballew. Flossie Shaw und Dewey Taylor. Lillie Sue Gulick und Hugh Grimmet. Jedes dieser Mädchen wurde mit solchen Augen angeschaut, mit denen Adam sie jetzt anschaute.

Er legte eine Hand an ihren Hinterkopf, schob seine Finger in ihren Haarknoten und zog sie zu sich heran. Sie wehrte sich nicht.

„Mach die Augen zu", flüsterte er, bevor er ihre Lippen mit seinem Mund bedeckte.

Das hatte *nichts* mit dem Kuss gemeinsam, den Hamilton ihr gegeben hatte. Er war lockend, spielend und lebendig. Sie legte die Hände auf seine Schultern, um nicht umzufallen.

Er umfasste ihre Taille und zog sie nahe an sich heran. Das geschah so schnell, dass sie keine Zeit hatte, einen Gedanken zu fassen oder zu protestieren.

Adam legte die Arme ganz um sie und ließ ihre Lippen nur so lange los, wie er brauchte, um den Kopf auf die andere Seite zu legen und sie erneut zu küssen.

Essie gab sich völlig dieser neuen Erfahrung hin und genoss die Wärme und das Vergnügen, das dieser Kuss bei ihr auslöste.

„Mach den Mund auf", murmelte er.

„Wa-?" Sie kam nicht dazu, diese Frage zu beenden, sondern verstummte erschrocken. Er gab ihr keine Zeit, sich darauf einzustellen, keine Zeit zu reagieren. Er nahm einfach und gab. Er gab und nahm. Und, meine Güte, ihr wurde ganz schwindelig.

Er brach die Verbindung zwischen ihren Lippen und vergrub das Gesicht in ihrem Nacken. Er roch nach Salz und Schweiß und Mann. Sie drückte seinen Kopf an sich und spürte seinen dichten Haarschopf, seinen Tagesbart, der über ihre Haut kratzte.

„Auch wenn man mich dafür henkt, aber du bist so süß", murmelte er, als er sie schließlich losließ.

Plötzlich meldete sich ihr Verstand wieder. Sie wich zurück, sank zu Boden. Dann berührte sie ihre Haare und stellte entsetzt fest, dass sie über ihre Schultern hingen.

„Es ist alles gut, Liebling", sagte er und rutschte wieder näher zu ihr heran. „Ich tue dir nicht weh."

Er wollte sie berühren.

Sie hielt ihn am Handgelenk fest. „Nein", keuchte sie. „Wir müssen aufhören."

Er erstarrte. Sein Arm hing regungslos zwischen ihnen in der Luft und wurde von ihrer Hand festgehalten. „Es wird nichts passieren, Essie. Ich will dich nur noch ein bisschen länger küssen."

„Nichts wird passieren?" Sie ließ ihn los und drückte sich eine Hand auf die Brust. „Es passiert doch schon etwas."

Stöhnend zog er sie in seine Arme zurück. „Sag nicht Nein, Mädchen. Bitte.“ Er bedeckte ihren Haaransatz mit schnellen Küssen und knabberte an ihrem Ohrläppchen.

Essie schloss die Augen und sehnte sich danach, sich ihm hinzugeben. Er berührte mit dem Mund ihren Nacken. Die köstliche Reaktion, die er damit auslöste, war beängstigend und unerwartet.

Sie stieß ihn weg, sprang auf die Füße und taumelte nach hinten.

Adam blieb auf dem Boden sitzen und blickte sie an. Er stützte sich mit einer Hand auf, und seine Augen lockten sie mit sinnlichen Versprechen. Sie drehte sich um und rannte den Hang hinauf und ließ ihn, das Fahrrad und eine Versuchung zurück, die so stark war, dass sie sicher in der Hölle schmoren würde, weil sie auch nur daran gedacht hatte, ihr nachzugeben.

❖

Essie musste sich zwingen, um nicht, so schnell sie konnte, über die verlassene Straße nach Hause zu laufen. Sie huschte hinter einen Baum, um ihre losen Haare in Ordnung zu bringen – aber ihr loses Verhalten beunruhigte sie so sehr, dass ihre Hände zitterten.

Ihre Mutter würde auf der Stelle tot umfallen, wenn sie das je herausfände. Essie konnte sich nicht einmal vorstellen, was für eine Strafe eine so ruchlose Tat nach sich ziehen würde.

Als kleines Mädchen hatte sie einmal gehört, wie ein Mann in der Stadt sagte, Witwe Edmundson steche der Hafer. Alle Männer hatten daraufhin gelacht.

Später hatte sie gesehen, wie ihr Papagei, Joe, sich mit seinem Schnabel kratzte. Sie hatte ihm beigebracht zu sagen: „Joe sticht der Hafer.“

Joe sagte diesen Satz den ganzen Tag. Jedes Mal, wenn er das sagte, lief Mutter knallrot an, und Papa hatte Mühe, seine Belustigung zu verbergen. Essie musste eine Rute von einer Weide holen und ihn ihrer Mutter bringen, damit sie sie damit auspeitschen konnte.

Essie hatte nie begriffen, was sie angestellt hatte. Sie hatte Joe viele Sprüche beigebracht und deshalb nie Schwierigkeiten bekommen. Aber jetzt, da die Nachwirkungen dieses Kusses immer noch in ihrem ganzen Körper zu spüren waren, hatte sie eine ziemlich gute Vorstellung davon, was damit gemeint sein könnte.

Sie fühlte sich tief gedemütigt. Was wäre, wenn Adam den Männern in der Stadt erzählte, dass *sie*, die alte Jungfer der Stadt, der Hafer gestochen hatte? Tränen traten ihr in die Augen. Das würde er doch sicher nicht tun.

Lieber Herr, bitte, bitte, mach, dass er das niemandem erzählt. Ich verspreche dir, dass ich so etwas nie, nie wieder tue. Aber mach, dass es niemand herausfindet. Besonders nicht Mutter.

Essie hatte fast die Biegung erreicht, die sie in die Stadt hineinführte. Sie verlangsamte ihre Schritte, da ihr klar war, dass sie nicht einfach kühn durch die Stadt marschieren könnte. Jemand würde sie sehen und würde es wissen. Er würde wissen, was sie getan hatte.

Die junge Frau wischte sich den Schmutz von ihrem Rock, konnte aber nichts gegen die zwei feuchten Flecken tun, die ihre Knie bedeckten. Genauso wenig konnte sie die Scham wegwischen, die sie wegen ihrer begierigen Reaktion auf Adams Küsse empfand.

Sie blieb stehen und sah sich um, aber Adam war nirgends zu sehen. Sie hatte fast erwartet, dass er auf ihrem Fahrrad angeradelt käme und sich über sie lustig machen würde.

Denn er hatte eindeutig schon früher Frauen geküsst. Wahrscheinlich sogar schon sehr oft. Und sie hatte das eindeutig noch nie gemacht. Warum schämte sie sich deswegen, wenn sie doch immer gelehrt worden war, dass eine solche Tugend ein Ehrenzeichen sei?

Aber sie kannte den Grund. Es lag in ihrer Natur, dass sie immer die Beste sein wollte. Bei allem. Einschließlich beim Küssen. Und sie würde nie erfahren, wie gut sie gewesen war, weil sie ihn nie fragen würde. Und sie würde es nie wieder machen.

Kapitel 11

Da sie durch den Wald gelaufen war, der die Stadt umgab, war Essies Heimweg dreimal so lang ausgefallen, aber sie bereute keinen einzigen Schritt. Im Gegenteil, sie war dankbar für den Schutz, den die Bäume und die Sträucher ihr geboten hatten. Sie stand unter dem Schutz der überhängenden Zweige und schätzte die letzte Strecke ihres Weges ab. Es waren noch gut dreißig Meter zu ihrem Haus, ohne jeden Sichtschutz.

Sie zog die wenigen Haarnadeln, die sie noch in den Haaren hatte, heraus, steckte sie sich in den Mund und kämmte sich dann noch einmal mit den Fingern durch die Haare und zog sie hinten zusammen.

Als sie alle fest in der Hand hatte, drehte sie sie, bis sie sich wie eine Schlange an ihrem Hinterkopf wanden, und steckte dann die Nadeln an strategisch günstigen Stellen fest. Der Stil war streng und ein wenig schief. Jeder, der sie besser kannte, wusste, dass sie ihre Haare nie so trug, aber besser gelang es ihr im Augenblick nicht.

Essie trat aus dem Schutz der Bäume hinaus. Genau in diesem Moment kam Mrs Lockhart um die Ecke. Würde der alten Frau auffallen, dass etwas an ihr anders war? Dass sie etwas getan hatte, das sie nicht hätte tun sollen?

Essie zwang sich, mit gesetzten Schritten ihren Weg zu gehen.

„Mein liebes, liebes Mädchen“, rief Mrs Lockhart. „Wie geht es Ihnen?“

„Oh, sehr gut, danke. Und Ihnen?“

Die alte Frau berührte Essies Arm. „Was für eine Überraschung, dass Mr Crook so schnell diese Frau aus Dallas geheiratet hat. Ich hatte seitdem keine Gelegenheit mehr, mit Ihnen allein zu sprechen. Wie kommen Sie ohne ihn zurecht?“

„Meine Arbeit in der ‚Toten Hose‘ war von Anfang an zeitlich befristet. Ich half nur aus, bis er jemanden fand, der ihn auf Dauer unterstützen würde.“

Mrs Lockhart schüttelte ungläubig den Kopf. „Mir müssen Sie diesen Unsinn nicht erzählen. Ich erkenne eine aufkeimende Liebe auf den ersten Blick.“ Sie schüttelte den Kopf. „Ach, schauen Sie sich nur an. So steif und ernst.“ Sie tätschelte Essies Hand. „Mir gefielen schon immer die Geschichten besser, in denen die Frau den Mann verletzt und nicht umgekehrt.“

Essie warf einen Blick zu ihrem Elternhaus hinüber. So nah, aber so fern. „Ja, vielleicht kann die neue Mrs Crook Ihnen ein Buch aus dem Katalog empfehlen.“

„Sehr anerkennenswert, dass Sie das sagen. Wirklich sehr anerkennenswert.“ Die alte Frau neigte den Kopf zur Seite. „Haben Sie das Buch gelesen, das ich Ihnen geliehen habe?“

„Nein, Madam. Noch nicht.“

Die Frau sah sie vielsagend an. „Dann müssen Sie das so bald wie möglich nachholen. Dort lernen Sie vielleicht das eine oder andere darüber, wie man einen Mann hält, wenn man ihn einmal hat.“

Essie wagte nicht, sich zu rechtferigen und ihr zu erklären, wer heute wen sitzengelassen hatte.

„Geben Sie nicht auf, meine Liebe. Aber diesen lächerlichen Haarstil müssen Sie aufgeben. Viel zu streng, um einen Mann anzulocken." Sie ließ ihren Blick über Essies Figur wandern. „Und Sie benehmen sich schon viel zu lang wie ein Junge. Schauen Sie sich nur Ihren Rock an! Er ist völlig zerknittert. Ich bestehe darauf, dass Sie Bertha Clays Roman lesen. Sie kennt sich mit solchen Sachen ganz genau aus." Mrs Lockhart unterstrich ihre Worte mit einem vehementen Klopfen ihres Stockes. Dann ging sie weiter.

Essie gab es auf, noch länger vorgeben zu wollen, sie würde mit gesetzten Schritten nach Hause gehen. Den Rest des Heimwegs legte sie fast im Lauftempo zurück. Sie riss die Haustür auf und stieß direkt mit ihrer Mutter zusammen.

„Was in aller Welt ist denn?"

„Oh, tut mir leid, Mutter. Ich habe nicht aufgepasst."

Ihre Mutter schaute Essie mit einem schnellen Blick von oben bis unten an. Ihre Augen verrieten ihre Missbilligung. „Was ist passiert?"

„Nichts. Überhaupt nichts."

„Was ist mit deinen Haaren passiert?"

Essie berührte ihren Haarknoten. Er war noch intakt. „Er löste sich, als ich unterwegs war, und ich habe einige Haarnadeln verloren. Besser konnte ich sie unter diesen Umständen nicht hochstecken."

Mutters Mund wurde hart. „Du bist von deinem Teufelsfahrzeug gefallen, nicht wahr?"

Essie entgegnete nichts.

„Wo? In der Stadt?"

„Nein."

„Gott sei wenigstens dafür Dank." Sie schaute Essie weiterhin durchdringend an. Die Enttäuschung war ihrer Miene abzulesen. „Ich bete immer wieder, dass du es endlich aufgibst, auf diesem Ding durch die Stadt zu fahren. Hast du denn überhaupt kein Schamgefühl? Fragst du dich eigentlich nie, warum dich kein Mann will?"

Essie atmete verletzt ein.

„Entschuldige, dass ich das so unverblümt sage, aber es ist Zeit, die Tatsachen beim Namen zu nennen. Schau dich nur an: dreißig Jahre alt und kein Mann in Sicht. Und keiner will dich haben. Das ist auch kein Wunder, wenn du mit einem schmutzigen Rock und zerzausten Haaren herumläufst."

Essie schluckte. Die Worte ihrer Mutter verletzten sie zutiefst. „Meine Haare sind nicht zerzaust."

„Doch! Aber interessiert dich das überhaupt? Ist dieses Fahrrad so wichtig, dass du lieber das Rad hast als einen Mann? Ist dir das Radfahren wichtiger als eigene Kinder?"

Essie wand sich innerlich. Natürlich hätte sie lieber einen Mann und eine Familie, aber musste sie sich wirklich zwischen einer Familie und ihrer Liebe zur Natur entscheiden? Es ging hierbei doch sicher nicht um ein Entweder-oder.

„Liegt es an mir, dass du dich so benimmst?", fragte Mutter weiter.

„Natürlich nicht. Das hat nichts mit dir zu tun."

„Natürlich hat es mit mir zu tun. Du bist meine Tochter. Ein Spiegelbild von mir und allem, wofür ich stehe. Und was ist mit deinem Vater? Wenn es dich schon nicht interessiert, was die Leute über dich oder über mich denken, was ist mit ihm? Er nimmt in dieser Stadt eine sehr wichtige Stellung ein. Würdigst du es denn überhaupt nicht, dass er so viel arbeitet? Dass er deinetwegen ständig irgendwelche Andeutungen über sich ergehen lassen muss?"

So sehr sie es auch versuchte, Essie konnte den Schmerz nicht leugnen, den die Worte ihrer Mutter ihr verursachten.

Sie wusste aus langer Erfahrung, dass sie diese „Diskussionen“ am schnellsten beenden konnte, wenn sie schwieg. Aber sie taten trotzdem jedes Mal weh. Sehr weh sogar.

Mutter seufzte. „Dein Vater will dich umgehend in seinem Büro sprechen, aber komme ja nicht auf die Idee, dort hineinzugehen, ohne vorher deine Haare in Ordnung zu bringen.“

„Ja, Mutter.“ Essie eilte die Treppe hinauf.

❖

Essie saß auf einem gepolsterten Stuhl vor dem Schreibtisch ihres Vaters und brachte ihn auf den neuesten Stand, was ihre Fortschritte auf dem Ölfeld betraf.

Mutter steckte den Kopf zur Tür herein. „Mr Currington ist hier.“ Sie trat zurück und ließ ihn eintreten, bevor Essie eine Chance hatte, sich zu fangen.

Er hatte sich gewaschen, rasiert und seine Haare zurückgekämmt, obwohl sie immer noch nass waren. Wie viele solcher Jeanshosen mit Nieten und doppeltem Saum besaß dieser Mann?

Die junge Frau wischte sich ein Stück getrocknete Erde vom Ärmel und wünschte, sie hätte mehr Zeit gehabt und sich nicht nur die Haare wieder hochgesteckt und einen frischen Rock angezogen. Aber Papa hatte nach ihr gerufen, bevor sie Gelegenheit gehabt hatte, sich zu waschen. Deshalb kam sie sich jetzt neben Adam, dem Schwan, wie eine graue Gans vor.

Seine Cowboystiefel knarrten auf dem Holzboden, als er den Raum durchquerte, um Papa die Hand zu schütteln. „Sir.“

„Essie hat mir erzählt, dass Sie schon weit gekommen sind.“

„Ja, Sir.“ Er schien sie mit seinem Blick regelrecht zu

durchbohren. „Es freut mich, dass Ihre Tochter mit mir zufrieden ist."

Sie fühlte, wie eine leichte Röte an ihrem Hals hinaufzog, und warf rasch einen Blick auf ihren Vater. Er bemerkte zum Glück nicht, dass die Bemerkung doppeldeutig war, und sah nicht einmal in ihre Richtung.

„Sie lobt Sie in den höchsten Tönen", fuhr er fort.

„Wirklich? Es freut mich sehr, das zu hören."

Essie betrachtete eingehend die Papiere, die sie in der Hand hielt, und betete, dass sie dieses Gespräch überstehen würde, ohne ihre Gefühle zu verraten.

„Setzen Sie sich doch, junger Mann."

„Danke, Sir." Adam setzte sich neben ihren Stuhl, die Stiefel zusammen und die Knie weit auseinander. „Ich war auf dem Weg hierher kurz beim Schmied."

Adam erklärte Papa, wie die Bohrwerkzeuge funktionierten, wann Mr Fowler sie fertiggestellt hätte und wann sie mit dem Bohren beginnen könnten.

„Glauben Sie, dass Jeremy Sie Zeit kostet?", fragte Papa.

„Der Junge ist so dürr wie eine Zaunlatte, aber er kann kräftig anpacken. Und ich habe lieber so einen als jemanden, der nur immer faul herumsitzt. Wir kommen gut miteinander zurecht, würde ich sagen."

„Ausgezeichnet. Essie? Hast du noch etwas?"

„Ich glaube, es ist alles gesagt." Sie erhob sich, ging um den Schreibtisch herum und holte Adams Lohn aus der Schublade.

Beide Männer standen auf.

„Bitte sehr, Mr Currington", sagte sie. „Danke für Ihre Arbeit."

Er nahm den Beutel. „Es ist mir eine Freude, Miss Spreckelmeyer."

„Ja. Nun. Dann begleite ich Sie zur Tür."

„Nicht nötig, Madam."

„Ich bestehe darauf." Sie führte ihn durch den Flur, trat mit ihm auf die Veranda hinaus und schloss die Tür hinter sich. Sie legte einen Finger auf ihre Lippen und deutete mit dem Kopf zu den offenen Fenstern.

Sie gingen zum weißen Palisadenzaun, der den Garten umgab. Erst als sie das Tor erreichten, wagte sie es, etwas zu sagen, und selbst hier nur in einem Flüstern. „Wo ist mein Fahrrad?"

„Es war ziemlich verbogen, Mädchen. Ich habe es zu Fowler gebracht."

„Warum? Was war denn kaputt?"

„Der Rahmen war etwas verzogen. Er will es bald reparieren."

Sie stemmte sich die Hand in die Hüfte und schaute in die Richtung, in der sich die Schmiede befand. „Was hast du ihm gesagt?"

„Die Wahrheit."

Sie schaute ihn entsetzt an. „Du hast *was?*"

„Ich habe ihm gesagt, was passiert ist, Essie. Ich habe gelernt, dass es am besten ist, bei der Wahrheit zu bleiben."

„Aber ... aber ... Oh, meine Güte. Wir sollten lieber wieder hineingehen und mit meinem Vater sprechen. Er wird wissen, was zu tun ist."

Sie drehte sich um, aber er hielt sie am Handgelenk fest. „Immer mit der Ruhe, Mädchen. Ich habe ihm gesagt, dass ich dein Gefährt ausprobiert habe und dass ich damit hingefallen bin."

„Oh. Das war alles?"

„Das war alles."

„Sonst nichts?"

„Sonst nichts."

Es dauerte einen Moment, bis ihr bewusst wurde, dass er immer noch ihr Handgelenk festhielt. Sie zog es zurück und betrachtete ihre Fingernägel.

„Ich kann dich nicht offiziell ausführen, weil du die Tochter des Richters bist und ich nur ein einfacher Arbeiter."

Sie schaute ihn an. „Was hat das damit zu tun?"

„Ich bin nicht sesshaft, Essie. Niemand will, dass ein Vagabund zu Besuch kommt."

Sie zögerte nur einen Moment. „Ich schon."

Seine Miene wurde weicher. „Dein Pa würde so viel Blei in mich jagen, dass es sich lohnen würde, mich einzuschmelzen."

„Du kennst ihn doch gar nicht."

„Ich weiß, dass er wiedergewählt werden will. Ich weiß, dass er in dieser Gegend ziemlich mächtig ist. Ich weiß, dass er und der Sheriff denselben Zahnstocher benutzen. Ich weiß, dass einer von ihnen nur mit dem Kopf zu nicken braucht, und ich baumle an einem Ast."

Vor Enttäuschung sackten ihre Schultern nach unten. Sie glaubte nicht, dass es so schlimm werden würde. Mutter wäre wahrscheinlich eher ein Problem als Papa. Auch wenn sie so tat, hatte sie es doch nicht so eilig, ihre Tochter zu verheiraten, dass sie sich mit jedem x-beliebigen Mann zufriedengeben würde. Und ein Herumtreiber würde eindeutig in diese Kategorie fallen.

Essie wusste auch, dass Papas Toleranzgrenze vor einer Wahl ziemlich niedrig war. Wenn Adam jetzt um die Erlaubnis bäte, sie auszuführen, und Mutter sich deshalb aufregen würde, würde Papa kapitulieren, einfach weil es leichter war.

„Ich will damit nicht sagen, dass wir uns nicht sehen können", sagte Adam.

„Ich dachte, du hättest gesagt ..."

„Ich sagte, wir können uns nicht offiziell sehen. Ich habe nichts davon gesagt, dass wir uns nicht heimlich treffen können."

„Du meinst, dass ich mich hinter dem Rücken meiner Eltern heimlich davonschleiche? Damit niemand etwas davon erfährt?"

„Ich weiß nicht, ob ich es so ausdrücken würde. Sagen wir einfach, wir könnten es eine Weile für uns behalten."

„Du meinst bis nach der Wahl?"

„Das wäre wahrscheinlich besser."

„Ich weiß nicht, Adam. Vielleicht, wenn ich zuerst mit Papa spreche."

„Nein! Nein, mach das bloß nicht. Das ist nicht richtig. Das ist die Aufgabe des Mannes. Wenn es so weit ist, werde ich zu ihm gehen. Versprich mir, dass du nichts sagst."

Die Haustür ging auf, und Papa kam die Stufen herab und setzte im Gehen seinen Hut auf. „Sie sind immer noch hier, Currington?"

„Ich spreche nur noch ein paar Details mit Ihrer Tochter ab, Sir."

Sie traten auseinander, und Papa schritt zwischen ihnen durch. „Dann auf Wiedersehen."

„Auf Wiedersehen, Sir."

„Bis später, Papa."

Sie warteten, bis er mehrere Häuser weiter gegangen war. Dann drehte sich Adam wieder zu ihr um. „Versprich es mir, Essie. Das ist mein Ernst."

„Nein, Adam. Tut mir leid. Entweder sprichst du mit meinem Vater und gehst mit mir aus, so wie es sich gehört, oder wir treffen uns überhaupt nicht."

Er trat durch das Tor. „Wie du meinst."

Er ging den Gehweg hinab. Sein lässiger Gang erregte ihre Aufmerksamkeit und ihre Fantasie. Panik ergriff sie. Sie wusste ohne jeden Zweifel, dass er nicht nur aus ihrem Garten hinausmarschierte, sondern dass er auch im Begriff war, aus ihrem Leben zu verschwinden.

Er sah gut aus. Er war charmant. Er liebte die Natur. Und wenn sie sein Angebot nicht annahm, bekäme sie vielleicht nie wieder eines. Von niemandem.

„Adam?“, rief sie.

Er zögerte und wartete dann, während sie ihm nacheilte.

„Vielleicht habe ich ein wenig überstürzt reagiert“, meinte sie beschwichtigend.

Er schob den Rand seines Hutes zurück und verlagerte sein Gewicht auf einen Fuß, ermutigte sie aber nicht, weiterzusprechen.

„Wenn ich dieser, ähm, privaten Beziehung zustimme, dann sprichst du nach den Wahlen mit meinem Vater?“

Er nickte langsam. „Ja, Madam. Das werde ich auf jeden Fall tun.“

Ihr Blick wanderte nach links und rechts. Ihr Vater war längst um die Ecke verschwunden. Es waren keine Kutschen, keine Pferde, keine Menschen auf der Straße, die Zeugen ihrer Kapitulation wurden.

Der Wahltag war in knapp sieben Wochen. Was konnte es schon schaden, wenn sie ihre Beziehung für ein paar Wochen geheim hielt?

„Also gut. Aber ich will mein Fahrrad selbst abholen, wenn es fertig ist.“

„Wie du willst. Wenn wir am Montagmorgen alles andere holen, hat Fowler es vielleicht schon fertig.“

Sie nickte.

Er rieb sich den Nacken. „Es tut mir leid, dass ich es kaputt gemacht habe.“

Die Anspannung, die sie noch wenige Momente zuvor empfunden hatte, ließ nach. „Es war nicht deine Schuld. Ich habe nicht damit gerechnet, dass du den Berg so weit hinunterfährst.“

„Ich war also gut?“

„Du warst umwerfend.“

„Oh, danke, Madam.“ Er zwinkerte, berührte kurz ihr Kinn und setzte dann seinen Weg fort. Dann wandte er sich noch einmal kurz um. „Ich bin dann am Montagmorgen in aller Frühe hier“, rief er.

❖

Eine unerwartete Lethargie legte sich über Essie. Sie dachte über die Tirade ihrer Mutter nach. Sie war schärfer gewesen als üblich. Sie hatte tatsächlich die Worte in den Mund genommen, die bis jetzt in diesem Haus tabu gewesen waren. *Alte Jungfer. Kein Mann in Sicht.*

Aber es war ein Mann in Sicht. Sie dachte ständig an ihn und erinnerte sich an ihre erste Begegnung in der „Toten Hose“. Sein unerwartetes Interesse an ihr. Seine Desillusionierung wegen jenes Viehtriebs. Die Hingabe, mit der er ihr einen Bohrturm baute. Seine Fahrt mit dem Fahrrad. Seine Küsse.

Essie rückte ihre Manschetten gerade. In diesem Punkt hatte Mutter sich geirrt, denn genau dieses Fahrrad hatte sie und Adam zusammengebracht.

Sie fragte sich, wo er war. Was er machte. Wofür er seinen Lohn ausgab. Dachte er genauso oft an sie, wie sie an ihn dachte?

Das Wochenende zog sich hin, während sie darauf wartete, dass der Montag kam. Am Samstag wusch und bügelte sie die gesamte Wäsche, half Mutter, Kürbisse einzumachen, und backte Brot.

Essie fragte sich, welcher Denomination Adam angehörte, denn sie hatte ihn noch nie in der Kirche gesehen, und der heutige Morgen bildete davon keine Ausnahme. Das war noch ein Punkt, über den ihre Mutter sich beklagen würde, wenn er in ein paar Wochen seine Absichten äußerte.

Ohne ihr Fahrrad wurde Essie ruhelos. Sie könnte auf ihren Rollschuhen üben, aber sie war nicht in der Stimmung dazu. Sie könnte mit dem kleinen Harley auf Schlangenjagd gehen, aber danach stand ihr an diesem Tag auch nicht der Sinn. Sie hatte Papa vorgeschlagen, angeln zu gehen, aber er und Mutter gingen zu ihrem wöchentlichen Bibelstudium zu den Dunns.

Im Haus war es still, seit sie fort waren. Kein Windhauch bewegte die Vorhänge. Sie saß eine Weile auf der Veranda vor dem Haus und winkte ihren Nachbarn zu, die immer paarweise an ihr vorbeischlenderten.

Sie ging hinein und spielte Klavier, aber auch dafür konnte sie sich nicht lange begeistern. Als sie Mrs Lockharts Roman auf dem Tisch liegen sah, blätterte sie darin und fragte sich, welche Geheimnisse dieses Buch wohl enthielt – wenn überhaupt.

Essie nahm es mit hinauf in ihr Zimmer, schüttelte ihr Kissen auf, legte sich aufs Bett und begann, *Clarabels Liebesgeschichte* zu lesen.

Clarabel war eine zähe, leidenschaftliche Frau, die von einem Mann, den sie liebte, verlassen wurde, weil er zu arm war, um sie zu heiraten. Deprimiert heiratete sie den ersten „akzeptablen" Mann, der um ihre Hand anhielt – einen langweiligen Oxford-Absolventen. Die Ehe lief so schlecht, dass sie nach nur drei Tagen Ehe in getrennte Häuser zogen.

Clarabel bewies Stärke und verdiente sich ihren Lebensunterhalt selbst, konnte aber ihren ersten Freund nie vergessen. Später kehrte er als reicher Mann zurück, und sie ließ sich auf eine verbotene Affäre mit ihm ein. Die Liebe triumphierte erst, als der Oxford-Absolvent starb.

Essie klappte das Buch zu. In ihrem Kopf drehte sich alles. Die Gefühle, die in diesem Roman zum Ausdruck kamen, waren in dem Leben, so wie sie es kannte, völlig inakzeptabel. Aber Mrs Lockhart war eine geachtete Frau, die zur Kirche ging. Und sie hatte Essie dieses Buch absichtlich gegeben und vorgeschlagen, dass Essie Clarabel sogar nacheifern sollte.

Aber fand Mrs Lockhart das nicht schockierend? In dem Roman ging es darum, dass die Gefühle auf Kosten der Moral mehr Raum bekommen sollten.

Vielleicht hatte Adam recht. Vielleicht gab es wirklich Paare, die so etwas machten. Sogar hier in Corsicana.

Hatte sie deshalb nie geheiratet? Hatte sie die Männer mit ihren moralischen Vorstellungen abgeschreckt? Sie dachte an all die Hochzeiten, die in diesem Sommer stattgefunden hatten. Hatten sich diese Bräute ihren Männern schon hingegeben, bevor sie vor den Traualtar getreten waren?

Essie schob das Buch auf den Nachttisch, legte sich auf ihrem Bett zurück und sah zu, wie das Licht und die Schatten der Dämmerung miteinander um die Vorherrschaft an ihrer Zimmerdecke kämpften.

Am Ende gewann die Dunkelheit.

Kapitel 12

Als Adam und Jeremy mit dem Bohren anfingen, war Essies Anwesenheit auf dem Feld überflüssig. Sie könnte ihnen jeden Tag Essen bringen, aber sie wollte nicht, dass Adam dachte, sie würde ihm hinterherlaufen. Deshalb brachte sie ihnen nur freitags etwas zu essen.

Dieser Freitag bildete keine Ausnahme davon. Sie zog sich unauffällig, aber mit großer Sorgfalt an und schlüpfte in das neue Fahrradkleid, das sie sich genäht hatte. Die dunkle, weite Hose fiel bis unter ihre Knie und war so weit, dass sie wie ein Rock aussah, wenn sie stand.

Essie knöpfte eine dazu passende, zweireihige Jacke über ihre Weste, ihren Kragen und die Schleife, um sich gegen das kühlere Wetter zu schützen, das sich allmählich über das Land legte. Sie schob die Zunge zwischen die Zähne und steckte einen relativ bescheidenen, mit Pelz verzierten Hut mit zwei kurzen Pfauenfedern in der Farbe von Adams Augen an ihren Haaren fest und schaute sich dann im Spiegel an.

Modisch, aber nicht übertrieben auffällig. Der Inbegriff einer modernen Frau.

Sie hüpfte die Treppe hinab und strich mit dem Finger über das Geländer. Dabei stieß sie gegen mehrere alte

Nägel, die alle paar Zentimeter aus dem Geländer herausragten. Als Jugendliche war sie oft auf dem Geländer hinabgerutscht. Einmal war sie auf halbem Weg gestürzt und hatte sich das Kinn aufgeschnitten. Mutter hatte Papa dazu gebracht, Nägel ins Geländer zu hämmern und jeweils zwei Zentimeter herausschauen zu lassen. Die Familie hatte sich so sehr an die Nägel gewöhnt, dass sie sie nicht einmal mehr bemerkten. Sie sollte Papa wirklich bitten, sie wieder zu entfernen.

In der Küche nahm Essie einige gekochte Eier aus dem Eisschrank, dazu drei Schraubgläser mit Tee und legte sie zu den Froschschenkeln, dem Käse, den Kartoffelkroketten, den eingelegten Okraschoten und dem Feigenkuchen in einen Korb. Sie hatte das ganze Essen selbst zubereitet.

Nachdem sie den Korb an ihr Fahrrad gehängt hatte, eilte sie zur Zwölften Straße. Seit Pegs Reparatur waren zwei Wochen vergangen. Genug Zeit, um sich an das neue klickende Geräusch zu gewöhnen, das Peg bei jeder Radumdrehung machte.

Aber sie hörte das Geräusch immer noch. Statt sich deshalb Sorgen zu machen, erinnerte Essie sich bei diesem Geräusch jedoch an Adam und seine leidenschaftlichen Küsse. Weder sie noch Peg waren seither dieselben wie zuvor.

Essie blickte zum Himmel hinauf. Wolken zogen sich wie der Schaum in einem Waschzuber zusammen, schoben sich vor die Strahlen der Sonne und tauchten die Stadt in ein fahles Licht. Auf den Hauptstraßen war sie vor dem Wind geschützt. Aber sobald sie den Schutz der Gebäude verließ, drohte das stürmische Wetter, sie und Peg umzuwerfen.

Sie zog das Kinn ein, klammerte sich an den Lenker und kämpfte bei jeder Umdrehung gegen den Wind an. Der Wind fing sich in ihrem Hut, peitschte gegen den Rand und zerrte an den Stellen, an denen ihre Haare hochgesteckt waren, aber sie wagte es nicht, die Hände vom Fahrrad zu nehmen. Die ersten dicken Regentropfen fielen vom Himmel, als sie das Feld erreichte.

Adam sah sie kommen, verließ den Bohrturm und lief auf sie zu. „Steig lieber von deinem Sattel, Mädchen, bevor das Gewitter loslegt."

Sie überließ ihm das Fahrrad. Beide suchten eilig einen Unterstand und schlüpften unter die dichten, überhängenden Zweige einer alten Magnolie, die eine Kuppel aus Blättern bildeten, die bis zum Boden reichten.

Er lehnte Peg eilig an den Baumstamm, packte Essie an der Taille und zog sie eng an sich heran. „Schnell, bevor der Junge kommt."

Adam legte seine Lippen auf ihren Mund und gab ihr einen hastigen, aber intensiven Kuss. „Mann, habe ich dich vermisst", seufzte er und ließ sie wieder los, als Jeremy näher kam.

„Hallo, Miss Essie", grüßte Jeremy und bückte sich unter die schattige Kuppel. Ein feuchter Geruch stieg von der schlummernden Erde unter den überhängenden Zweigen auf. Auf den schützenden Blättern vernahm man das leise Tropfen des Regens.

Sie hatte immer noch Mühe, ihre Haltung wiederzuerlangen, und konnte ihm zum Gruß nur zunicken.

Jeremy konzentrierte sich sofort auf den Korb, der an ihrem Fahrrad hing. „Sie bringen uns Mittagessen?"

Essie schaute ihn an und brachte kein einziges Wort über die Lippen.

Ein langsames, verführerisches Lächeln legte sich über Adams Gesicht. „Halten Sie uns nicht noch länger hin, Miss Essie. Dieser Junge hier ist viel zu schmal um den Äquator, und ich habe einen solchen Hunger, dass ich eine ganze Sau und neun Ferkel verspeisen könnte."

Sie blinzelte. „Was? Oh. Natürlich. Bedient euch."

Jeremy löste die Schnur, mit der der Korb an ihrem Fahrrad befestigt war, und drehte ihnen dabei den Rücken zu. Adam ließ, ohne sein Interesse zu verbergen, seinen Blick genüsslich über ihren Körper wandern, von ihrem zerfledderten Hut zu ihren Fahrradstiefeln und wieder nach oben.

Essie errötete. Ihr wurde zuerst heiß und dann kalt, doch dann versuchte sie, sich zu erinnern, was Clarabel in einem solchen Fall tun würde. Und im nächsten Moment betrachtete sie ihn mit derselben Kühnheit, die er ihr gegenüber an den Tag gelegt hatte.

Er war vorher ruhig gewesen, aber jetzt beobachtete sie, dass sich seine Muskeln leicht anspannten, als sie ihn begutachtete. Seinen Cowboyhut. Die hochgezogenen Brauen. Die breiten Lippen. Das im Schatten liegende Kinn. Breite Schultern. Gut geformter Oberkörper. Silberne Schnalle. Vorstehende Hüfte. Muskulöse Schenkel. Cowboystiefel.

Aus dem Augenwinkel sah sie, dass Jeremy den letzten Knoten am Korb löste, und wandte ihren Blick schnell zu Adams Augen hinauf und vergaß zu atmen. Sie hatte noch nie eine solche Hitze, ein solches Verlangen, eine solche Ungeduld in den Augen eines Mannes gesehen.

Das gab ihr ein plötzliches Gefühl von Macht. Jetzt hatte *sie* die Oberhand und nicht mehr er. Das wusste sie. Das wusste er. Und es löste in ihr etwas aus, von dem sie gar nicht gewusst hatte, dass sie es besaß.

Verruchtheit?, dachte sie. Vielleicht.

„Ich habe euch heute etwas Süßes mitgebracht", sagte sie.

Adams Lippen öffneten sich.

Jeremy drehte sich um. „Sie bringen uns immer etwas Süßes mit, Miss Essie."

Sie hielt Adams Blick stand. „Das ist wahr, das ist wahr."

Adam schluckte.

Essie nahm Jeremy den Korb aus der Hand. „Wollen wir uns setzen?"

Jeremy ließ sich auf den Boden fallen.

Adam sprang vor und hielt ihren Ellbogen fest. „Sie machen Ihren Rock schmutzig."

„Das macht nichts", sagte sie.

„Wenn ich eine Jacke hätte, würde ich sie für Sie ausbreiten."

Sie atmete seinen Geruch ein, eine Mischung aus Schweiß, Salz und Rasierseife. „Ich weiß."

Er verstärkte nur einen kurzen Augenblick lang den Druck auf ihren Ellbogen, bevor er ihr half, sich auf den Boden zu setzen. Verschwunden war das lockere Necken, das so typisch für ihn war. An seine Stelle war eine Intensität getreten, die sie ausgelöst hatte, das wusste sie genau.

Ihre Mutter irrte sich. Sie war begehrenswert. Sie mochte schon dreißig sein und sie mochte Rad fahren, aber sie hatte nicht die Aufmerksamkeit irgendeines Mannes erregt, sondern die Aufmerksamkeit eines faszinierenden Mannes. Eines Mannes, der sich jede Frau aussuchen konnte, die er wollte.

„Oh, schauen Sie nur", rief Jeremy begeistert aus. „Froschschenkel. Mein Lieblingsessen."

Essie breitete ein kleines, quadratisches Tuch über ihren Rock. „Ich wusste nicht, dass du sie so gern magst. Warum hast du mir das nicht früher gesagt?"

Jeremy nahm einen großen Bissen. „Hmmm. Wo haben Sie die Frösche gefangen?"

„Nicht weit von der Stelle, an der wir Colonel freigelassen haben."

Adam hielt inne. „*Sie* haben die Frösche gefangen?"

„Natürlich", erwiderte sie und schraubte das Glas mit den eingelegten Okraschoten auf und schob sich ein Stück in den Mund. „Ich bin aber nicht so gut darin, Frösche zu fangen, wie Jeremy."

„Sie machen das sehr gut, Miss Essie", antwortete Jeremy.

Ein Windstoß drang in ihren Schutzraum und hob das Tuch von ihrem Schoß hoch. Adam legte eine Hand auf ihr Bein, um zu verhindern, dass die Serviette davonflog.

Er streichelte sie unauffällig durch ihre Röcke. „Aufpassen, Mädchen. Sie verlieren sonst etwas."

Sie schaute zu Jeremy hinüber, hob dann ihr Tuch und tupfte sich die Mundwinkel ab. „Ich werde aufpassen."

Adam lächelte. „Wo haben Sie gelernt, Frösche zu fangen?"

„Auf der Farm meines Großvaters. Er hat einen Hof in der Nähe von Quitman. Ich war jeden Sommer dort."

„Allein?"

„Meine Mutter brachte mich hin, aber sie blieb nie so lange wie ich. Am ersten Tag in den Sommerferien weckte sie mich früh am Morgen, und wir fuhren mit dem Zug nach Quitman. Großvater holte uns in einem Wagen vom Bahnhof ab, der von zwei Palominos gezogen wurde."

„Ich bin noch nie Zug gefahren", seufzte Jeremy.

„Wohin würdest du denn fahren, wenn du die Möglichkeit hättest?", fragte Essie.

Er steckte sich ein Käsestück in den Mund. „Weiß ich nicht genau", antwortete er mit vollem Mund.

„Was haben Sie den ganzen Sommer da oben gemacht?", wollte Adam wissen.

„Alles Mögliche. Großvaters Sirupmühle gefiel mir allerdings am besten. Das Pferd ging den ganzen Tag im Kreis herum, trieb das Mühlrad an und drückte den süßen Saft aus dem Zuckerrohr. Manchmal half ich, den Saft in große Fässer zu füllen. Dann wurde er langsam gekocht. Das blubberte, und ein wunderbarer Duft stieg auf."

„Haben Sie von diesem Sirup auch etwas probiert?", wollte Jeremy wissen.

„Ja. Er wurde in Becher oder Blecheimer gefüllt, und zu Hause durfte ich den Sirup auf Großmutters heißen Waffeln essen, die vorher mit Butter bestrichen wurden."

Der Regen tropfte allmählich durch ihr Blätterdach, sodass die drei näher an den Baumstamm heranrutschten.

„Mein Opa ist ganz anders. Er macht den ganzen Tag nichts anderes als trinken."

Essie kannte Jeremy, seit er ein kleines Baby war, aber es war das erste Mal, dass er seinen Großvater auch nur erwähnte – Corsicanas stadtbekannten Trinker.

„Haben Sie auch einen Opa, Adam?", fragte er.

„Na klar."

„Trinkt er?

„Na klar."

Jeremy nahm einen Schluck Tee aus seinem Glasbehälter. „Ist er ein Trinker?"

Adam wühlte im Korb nach einem gekochten Ei, als hätte Jeremy ihn lediglich gefragt, ob der Himmel blau sei. „Nein. Er schaut den Mond gern durch einen Flaschenhals an, aber er kennt seine Grenzen. Er ist der beste Cowboy, der je gelebt hat."

„Hat er Ihnen beigebracht, wie man mit dem Lasso umgeht?"

„Er und mein Pa."

„Haben Sie Adam schon einmal mit einem Lasso gesehen?", fragte Jeremy Essie.

„Nein, noch nicht."

„Sie müssen es ihr zeigen, Adam. Miss Essie wäre beeindruckt. Aber sie würde natürlich wollen, dass Sie es ihr beibringen."

Adam sah zu ihr hinüber. „Ich kann es ihr schon beibringen. Ich kann ihr jede Menge Tricks beibringen."

Er nahm einen Bissen von seinem Ei. Essie senkte den Blick. Irgendwie lag der Vorteil jetzt wieder bei ihm.

Der Regen ließ nach, aber ein paar Windstöße brachten die großen, glänzenden Blätter um sie herum zum Rascheln und lösten einige Wassertropfen. Sie aßen alles auf und ließen keinen einzigen Krümel übrig.

„Das war wirklich lecker, Miss Essie“, sagte Jeremy.

„Danke.“

Sie trank einen Schluck Tee und griff dann nach dem Deckel, um das Glas wieder zu verschließen. Aber Adam nahm ihr das Glas ab, drehte es genau zu der Stelle, an der sie es mit ihren Lippen berührt hatte, nahm einen kräftigen Schluck und trank alles leer, was noch übrig war.

„Das war sehr süß“, sagte er, während er ihr das Glas zurückgab und sich mit dem Ärmel den Mund abwischte.

Ein Donner krachte über ihnen.

„Du kannst ruhig nach Hause laufen, Jeremy“, sagte Adam. „Solange der alte Mann da oben die Funken fliegen lässt, haben wir unter diesem Dreifuß mit den Masten nichts verloren.“

Jeremys Augen leuchteten auf. „Sind Sie sicher?“

„Natürlich bin ich sicher. Aber wenn das Gewitter aufhört, kommst du zurück. Verstanden?“

„Das mache ich.“ Er zögerte. „Was ist mit Miss Essie?“

„Keine Sorge, ich bleibe hier bei ihr, bis das Gewitter sich verzogen hat.“

„Ist Ihnen das recht, Miss Essie?“

Sie zwang sich, nicht zu zeigen, wie sehr sie Adams Worte aufwühlten. „Natürlich. Ich warte hier.“

Jeremy erhob sich und wischte sich die Rückseite seiner Arbeitshose ab. „Noch mal danke, Miss Essie. Dann bis später, Adam.“

Er duckte sich und trat auf das Feld hinaus. Sie hörte ihn mit schnellen Schritten durch die Pfützen laufen.

Adam sagte nichts, sondern sah sie nur an. Ihre innere Anspannung wuchs. Sie dachte daran, wie kühn sie vorhin gewesen war, und merkte, dass sie errötete. Was in aller Welt hatte sie sich nur dabei gedacht?

Er ergriff einen Zipfel ihres Rockes und zupfte leicht daran. „Komm näher."

Sie hatte die Wahl. Sie konnte ihr Fahrrad nehmen und nach Hause fahren, oder sie konnte näher zu Adam hinüberrutschen und einige neue, unergründliche Dinge lernen. Dinge, die sie vielleicht nie erfahren würde, wenn sie diese Gelegenheit jetzt nicht nutzte.

Steif. Streng. Alte Jungfer. Keiner will dich haben.

Das war sie, und das würde sie bleiben, wenn sie das Interesse dieses Mannes nicht fesselte. Und wenn das bedeutete, dass sie ihm erlaubte, ihr hin und wieder einen Kuss zu stehlen, dann sollte es eben so sein. Im Gegenteil, sie fand diesen Gedanken sogar ziemlich aufregend.

Sie rutschte auf den Knien hinüber. Sobald sie in seiner Reichweite war, zog er sie zu sich heran und ließ sich mit ihr zu Boden gleiten.

„Ich hatte solche Angst, du würdest Nein sagen", flüsterte er und bedeckte dann mit seinem Mund ihre Lippen.

Ihr Hut zwang ihren Kopf in einen unbequemen Winkel. Seine Gürtelschnalle kniff sie in der Magengegend. Ihre Schulter landete in einer kleinen Wasserpfütze. Aber das alles war unwichtig.

Sie legte die Arme um seinen Nacken und erwiderte seine Küsse mit allem, was in ihr war. Er hielt sie eng umschlungen, eine Hand hatte er zwischen ihren Schulterblättern, die andere unten an ihrem Rücken liegen.

Ein Donner krachte in der Ferne und wurde dann immer leiser. Es folgte eine kurze Pause, als die Erde in der Erwartung darauf, dass ihr Durst wieder gestillt würde, stillhielt. Das langsame Platschern auf den Blättern über ihnen und auf der Erde außerhalb ihres Unterschlupfes nahm an Lautstärke und Geschwindigkeit zu und endete in einem regelrechten Wasserfall, als immer mehr Regen vom Himmel prasselte. So viel Wasser. So schnell. Die Erde konnte das gar nicht alles auf einmal aufsaugen.

„Deine Haare", sagte er. „Kann ich deine Haare sehen?"

Sie zog die Nadel aus ihrem Hut und setzte sich auf. Sie zog an ihren Nadeln, bis die Haare über ihren Rücken fielen, und strich dann mit den Fingern hindurch und genoss die Freiheit, sie lose zu tragen.

Adam setzte sich auf, nahm ihr Gesicht in seine beiden Hände und schaute sie mit glühenden Augen an. „Du bist so schön."

Er küsste sie wieder mit einer sanften Zärtlichkeit, die sie mehr für ihn einnahm als die Ungeduld, die er zuvor an den Tag gelegt hatte. Er schmeckte jeden Zentimeter ihrer Haut, den er berühren konnte. Als er mit ihrem Gesicht und Nacken, ihren Händen und Fingern fertig war, als er ihre Haare gerochen, gestreichelt und bewundert hatte, legte er ihre Hand über die Knöpfe ihrer doppelreihigen Jacke und ließ sie dort liegen.

Wenn sie die Jacke auszog, wäre sie immer noch züchtig gekleidet, da sie darunter ihre Weste und ihre Bluse trug. Langsam öffnete sie die Knöpfe. Er schob die Jacke von ihren Schultern und ihren Armen. Dann wartete er.

Sie öffnete die Weste.

Er befreite sie davon, dann löste er ihre Schleife und schob sie von ihrem Kragen. Nichts, das sie auszog, gewährte ihm Zugang zu mehr Haut, als er zuvor schon gesehen hatte. Aber das Ausziehen gab ihr das Gefühl, verwundbar zu sein. Schamlos.

Er küsste sie erneut. Seine Hände erlaubten sich Freiheiten, und sie ließ ihn gewähren. Genoss es. Wollte mehr. In diesem Augenblick hörte sie Papas Stimme.

„Er und Jeremy haben sich bestimmt irgendwo untergestellt", sagte Papa. „Aber so wie ich Adam kenne, kommen sie später wieder zurück. Er verschenkt keine Minute Tageslicht."

Essie stieß ein Keuchen aus. Adam legte einen Finger auf ihre Lippen und drückte sie dann fest an sich. Wann hatte es aufgehört zu regnen?

„Ich muss zugeben, dass du recht hattest und dass ich mich geirrt habe. Currington scheint grundehrlich zu sein."

Es war Onkel Melvin. Sie spürte, wie Adam sich anspannte. Panik erfüllte sie. Wenn sie hier erwischt würden, könnte man mit Papa vielleicht noch vernünftig reden. Aber Onkel Melvin schlug zuerst zu und stellte erst hinterher Fragen.

Die zwei Männer sprachen über die Fortschritte und darüber, was sie tun würden, wenn sie auf eine sprudelnde Ölquelle stoßen sollten. Was sie machen würden, wenn sie auf keine stießen. Wie weit sie mit dem Bohren schon waren. Wie tief sie noch bohren müssten.

Adams Daumen bewegte sich in einer kreisenden Bewegung über ihren Rücken. Sein Atem berührte ihre Haare. Nach einer halben Ewigkeit verließen Papa und Onkel Melvin das Feld wieder und gingen ganz nahe an ihrem Baum vorbei.

Essie und Adam blieben noch mehrere Minuten still aneinandergeschmiegt sitzen. Als sie sicher waren, dass die Luft rein war, setzte Adam sich zurück, ließ sie aber nicht los.

„Alles in Ordnung?", fragte er.

„Ich glaube, mir reicht es."

Er lächelte. „Mir auch." Er küsste sie auf die Lippen. „Komm, ich helfe dir."

Er erlaubte ihr nicht, irgendetwas selbst zu machen.

Er schloss alle Haken und Ösen, knöpfte alle Knöpfe zu und band alle Schleifen. Als er fertig war, waren beide erschöpft.

Er fuhr mit den Händen durch ihre Haare, nahm ihren Kopf und küsste sie. Ausgiebig.

„Mann, du bist süßer als eine Honigwabe." Er küsste ihre Nasenspitze. „Ich fürchte, deine Haare musst du selbst hochstecken. Das kann ich nicht für dich tun."

„Meine Mutter wird es wissen."

Er suchte nach ihren verstreuten Haarnadeln und hob sie vom Boden auf. „Nein, das wird sie nicht. Ich werde dafür sorgen, dass du genauso züchtig ausschaust wie eine Pfarrersfrau, wenn du gehst."

Sie gab sich dieses Mal bei ihren Haaren mehr Mühe und steckte sie zu einem französischen Knoten zusammen. Adam schaute ihr ungeniert zu und reichte ihr die Nadeln. Sie hob ihren Hut auf.

„Warte", sagte er und half ihr auf die Beine. Er zog sie an sich und küsste sie erneut . „Komm mit mir zur Show."

„Was?"

„Heute Abend ist im Theater eine Show."

Sie atmete hörbar ein. „Eine Show? Aber das sind billige Aufführungen. Ich war in meinem ganzen Leben noch nicht bei einer solchen Show. Außerdem dachte ich, du hättest gesagt, dass wir uns erst einmal nicht in der Öffentlichkeit treffen können."

„Das können wir auch nicht, aber wir könnten uns dort treffen. Ganz zufällig." Er rieb mit dem Daumen über ihr Kinn. „Bitte?"

Sie schwankte und hatte Angst, was passieren könnte, wenn sie hinging. Angst, was passieren könnte, wenn sie nicht hinging. Sie könnte ihn leicht verlieren, wenn sie sich weigerte. Und ihn jetzt zu verlieren wäre unerträglich.

Die Worte ihrer Mutter hallten erneut in ihrem Kopf

wider. *Niemand wird für deinen Korb bieten … kein Mann in Sicht … alte Jungfer … keiner will dich.*

„Ich komme", flüsterte sie.

Er küsste sie wieder, half ihr, ihren Hut gerade aufzusetzen, und sandte sie ihres Weges.

Kapitel 13

Essie hatte keine Ahnung, was man zu einer solchen Show anzog. Wenn Papa mit ihr und ihrer Mutter anlässlich eines Konzert ins Theater ging, trugen sie und Mutter immer ihre schönsten Kleider. Das wäre bei diesen billigen Shows sicher nicht angebracht.

Aber gleichzeitig wollte sie für Adam hübsch aussehen. Es war ihr erstes offizielles Treffen, auch wenn es nur heimlich stattfand. Sie warf das nächste Kleid auf ihr Bett und holte ein hellblaues aus Crêpe de Chine heraus. Es hatte schwarze Tupfen aus Chenille. Um die Taille war es eng geschnitten, und die Weste hatte am Hals eine weiße Spitze, die sich an den Ärmeln und in den Rüschen unten am Rock wiederholte.

Sie schlüpfte hinein, drehte sich um und schaute sich über die Schulter im Spiegel an. Sie könnte ihren blauen Tüllhut mit den schwarzen Chenille-Tupfern und einem schwarzen Paradiesvogel dazu tragen. Sie hatte ihn speziell zu diesem Kleid anfertigen lassen.

„Essie?" Ihre Mutter klopfte an die Tür.

„Komm rein."

Mutter öffnete die Tür und betrachtete die verstreuten Kleider. „Was machst du da?"

„Ich spiele heute Abend mit dem Orchester im Theater Klavier. Vor der Aufführung und zwischen den einzelnen Akten."

„Du spielst im Theater? Aber warum? Was ist mit Mr Graham?"

„Er spielt zwischen den einzelnen Akten auf seinem Blashorn und während des eigentlichen Programms Klavier."

„Das verstehe ich nicht. Du hast seit Jahren nicht mehr für sie gespielt."

„Nein, aber du weißt doch, wie sehr Mr Creiz versucht, mich, seit Mrs Graham krank geworden ist und Mr Graham davon spricht, sich zur Ruhe zu setzen, zu überreden, festes Mitglied des Orchesters zu werden."

„Nun ja, aber du ziehst das doch nicht wirklich in Erwägung, oder?"

„Nein, nein. Ich helfe nur heute Abend aus." Essie hob ein braunes Kleid aus Veloursamt auf und hängte es an einen Kleiderbügel.

„Ich dachte, du würdest heute Abend mit uns zum Spieleabend nach Pinkston fahren."

„Das ist leider nicht machbar", entgegnete Essie. „Ich müsste selbst reiten, da ihr die Kutsche habt, und wenn ich ankomme, hätte ich nur ungefähr eine Stunde Zeit, bevor ich wieder zurückreiten müsste."

„Ich hätte gewünscht, dass du das vorher mit mir absprichst. Dein Vater steht gerade im Wahlkampf. Es ist wichtig, dass die ganze Familie bei solchen gesellschaftlichen Veranstaltungen erscheint."

Essie legte einen Schleifenkragen in ihre Schublade und schob diese zu. „Ich bin dreißig. Eine alte Jungfer. Weißt du noch? Vielleicht sollte ich anfangen, mich auch wie eine zu benehmen."

Mutter versteifte sich. „Was soll das heißen?"

Ein leichter Wind wehte durch das Fenster und beförderte eine gestärkte Leinenmanschette auf den Boden. „Alte Jungfern fragen ihre Mütter nicht mehr um Erlaubnis. Sie verplanen ihre Zeit selbst. Sie führen ihr eigenes Leben. Du weißt schon. Wie Tante Zelda.“

„Mach dich nicht lächerlich.“ Mutter hob die Manschette auf und legte sie auf den Toilettentisch zurück. „Zeldas exzentrische Art war eine Schande für die ganze Familie. Sie hat uns ständig in Verlegenheit gebracht.“

„Wirklich? Ich habe sie als amüsante Frau in Erinnerung.“

„Du wohnst immer noch unter meinem Dach, junge Dame“, entgegnete ihre Mutter, während sie ans Fenster trat und die dünnen Vorhänge zuzog.

„Ich bin keine *junge* Dame mehr.“

Mutter runzelte die Stirn. „Trotzdem wirst du mir die nötige Höflichkeit erweisen und dich mit mir absprechen, bevor du irgendwelche Pläne triffst.“

Essie faltete ein Korsett zusammen. „Ich werde dir die nötige Höflichkeit erweisen und dich von meinen Pläne *in Kenntnis setzen,* wenn ich entschieden habe, wie sie aussehen.“

„Mir gefällt dein Ton nicht, Esther.“

Essie richtete sich auf. „Nein? Entschuldige bitte.“

Mutter kniff die Augen zusammen. „Was ist mit dir los?“

„Nichts. Ich schätze, dein kleiner Vortrag vor ein paar Wochen hat mich veranlasst, darüber nachzudenken, wie meine Rolle jetzt aussieht. Und meine Verantwortung.“

„Es hat sich nichts geändert, meine Liebe.“

Essie strich einen Pelz glatt, mit dem einer ihrer Mäntel gesäumt war. „Du irrst dich. Es hat sich alles geändert.“

Essie führte Cocoa auf die linke Seite hinüber, als sie die Zehnte Straße erreichte und auf „Molloys Pferdestall" zusteuerte. Sie hatte berücksichtigt, was Adam darüber gesagt hatte, dass man seine Geschichten nicht breiter treten solle, als sie lang seien, und war am Nachmittag auf dem Rückweg vom Ölfeld direkt zum Theater gegangen. Sie hatte Mr Creiz, den Leiter des Orchesters, gefragt, ob sie heute Abend mitspielen könne.

Er hatte sofort zugestimmt. Sie hatte erklärt, dass sie während der eigentlichen Aufführung nicht spielen wolle, da sie nicht mit den anderen geprobt habe, sondern nur am Anfang und bei den Zwischenstücken. Er war begeistert gewesen.

Sie brachte Cocoa im Inneren des Stalltors zum Stehen. Ein Junge von zwölf oder dreizehn Jahren kam angelaufen, um ihr beim Absteigen zu helfen.

„Ich bin nicht sicher, wie spät es werden wird", sagte Essie.

„Das macht gar nichts, Miss", erwiderte er. „Ihr Pferd ist hier, wenn Sie zurückkommen, egal, wie spät es ist. Wie heißt Ihre Stute?"

„Cocoa."

„Ich werde mich gut um sie kümmern."

Essie drückte ihm eine Münze in die Hand und ging dann zur Hunt Avenue und näherte sich dem Haupteingang des Theaters. In diesem Moment trat das Orchester mitsamt seinen Instrumenten aus der Tür und alle unterhielten sich lebhaft. Die Männer trugen dunkelblaue Anzüge und Hüte mit einem hellblauen Band und hatten eine rote Schärpe um die Taille gebunden.

Sie hielt den Posaunenspieler an, einen kräftigen Mann, der immer freundlich lächelte. „Mr Collier?"

„Oh, hallo, Miss Spreckelmeyer. Tony sagt, Sie spielen heute Abend mit uns."

„Nur bei den Zwischenspielen. Was machen Sie hier draußen?"

„Wir machen uns bereit, um durch die Beaton Street zu ziehen."

„Wirklich? Das wusste ich nicht."

Er beugte sich vor und flüsterte: „Das machen wir immer vor den Shows, bei denen Frauen auftreten. Dadurch werden die Leute auf der Straße aufmerksam, und es kommt mehr Publikum."

Essie errötete. „Ich hatte ja keine Ahnung. Ich ... ich fürchte, darauf war ich nicht vorbereitet."

Er lachte. „Oh, wir erwarten nicht, dass unsere Gastmusiker das auch machen. Nur die Stammbesetzung."

Als sie die Beaton Street erreichten, lenkte Mr Creiz die Blicke der Musiker auf sich, hob seinen Taktstock und gab ein Zeichen. Sie begannen mit „Sweet Rosie O'Grady" und marschierten die Straße entlang. Essie trat zurück und war unsicher, was sie jetzt tun sollte.

Mr Crockets Trommel gab den Rhythmus vor, während die durchdringenden Töne der Blechinstrumente alle anderen Instrumente übertönten. Sie marschierten am Barbier, am Juwelier und am Eisenwarenladen vorüber. Aus dem Bismarck-Saloon strömten Männer, feuerten das Orchester lautstark an und marschierten hinter ihm her.

Essies gesellschaftlicher Kreis war so klein, dass sie oft diese Seite der Stadt vergaß. Die Seite, die fromme Frauen selten betraten. Schon gar nicht ohne Begleitung. Sie kannte außer den Mitgliedern des Orchesters keine einzige Seele. Die Orchestermitglieder hatten sich jedoch immer als achtbare Menschen gezeigt.

Sie begann, sich zu fragen, ob ihr Vorhaben wirklich so weise war. Vielleicht sollte sie lieber in den Stall zurückgehen und mit Cocoa nach Pinkston reiten. Statt Adam heute Abend zu treffen, könnte sie mit Männern und Frauen

Karten spielen, die so alt waren wie ihre Eltern. Einige waren auch in ihrem Alter – aber sie hatten alle Ehepartner und Kinder und ein eigenes Zuhause.

„Einen Penny für deine Gedanken."

Sie drehte sich um. Adam stand dicht hinter ihr. Er war sauber herausgeputzt und roch nach Yankeeseife. Sein steifes, weißes Hemd bildete einen starken Kontrast zum tiefen Goldbraun seiner Haut. Sein Cowboyhut konnte das Strahlen seiner klaren, blaugrünen Augen nicht verdecken.

Sie konnte immer noch nicht ganz glauben, dass sie erst vor wenigen Stunden eng umschlungen mit ihm unter der Magnolie gestanden hatte. Wie sehr sie sich auf die Zeit freute, wenn sie sich offiziell treffen konnten. Wenn sie am Arm des attraktivsten Mannes der ganzen Stadt in die Kirche schreiten würde. Sie, die alte Jungfer Essie Spreckelmeyer.

„Hallo", begrüßte sie ihn und war plötzlich ein wenig scheu.

Er zog seinen Hut. „Du siehst sehr hübsch aus."

„Danke." *Du auch.*

Er blieb schweigend stehen und sah sie ernst an. „Ich habe den ganzen Tag an dich gedacht."

Ihr wurde bei seinen Worten ganz warm.

„Ich habe überlegt, ob du wohl kommen würdest. Ich habe überlegt, dass ich, wenn du nicht kommen würdest, keine Lust hätte, mir die Show anzuschauen. Und ich habe überlegt, wie ich es wohl schaffen soll, meine Hände bei mir zu behalten, wenn du kommen würdest."

Ihr Herz schlug schneller.

„Ich hatte nicht damit gerechnet, dass du vor mir hier bist. Wartest du schon lange?"

Sie schüttelte den Kopf. „Ich habe es so eingerichtet, dass ich heute Abend mit dem Orchester Klavier spiele. Ich musste also früher kommen."

Seine gute Laune verschwand. „Die ganze Zeit?“

„Nein, nein. Nur zwischen den Akten.“

Sie standen auf den Stufen und versuchten, das Neue, das zwischen ihnen war, zu verstehen.

„Hast du deinen Leuten gesagt, wohin du gehst?“

„Ja. Sie spielen heute Abend mit Freunden in Pinkston Karten. Sie ahnen nichts.“

„Wann kommen sie zurück?“

„Spät.“

Die Worte legten sich wie die letzten Farben des Sonnenuntergangs kurz vor Einbruch der Nacht über sie.

„Ich würde dich am liebsten küssen. Jetzt. Hier.“

Zu ihrer eigenen Überraschung antwortete sie: „Ich dich auch.“

Er schob seine Hand in die ihre. „Kommen Sie, Miss Spreckelmeyer. Wir sollten uns unter die Leute mischen. Sonst verpassen wir die Show.“

„Was ist, wenn uns jemand sieht?“

Er neigte den Kopf zur Seite. „Würdest du dich unter die Leute mischen, wenn Jeremy bei dir wäre?“

„Aber sicher.“

„Dann brauchen wir uns keine Sorgen zu machen.“

Er zog sie an der Hand die Stufen hinab und auf die Straße. Sie genoss diese Intimität. Noch nie hatte ein Mann sie an der Hand irgendwohin geführt. Sie hielten sie immer am Ellbogen fest. Gelegentlich berührte jemand ihre Taille. Aber das jetzt … das war viel persönlicher.

Sie hob ihren Rock, um mit seinen langen Schritten mitzuhalten. Das Orchester spielte jetzt „Daddy Wouldn’t Buy Me a Bow Wow“. Das Publikum war zahlreicher und lauter geworden. Adam führte sie mitten in den dichtesten Trubel hinein. Von allen Seiten wurden sie gestoßen und gedrückt.

Adam hielt ihre Hand fest und verbarg ihre beiden

Hände in den Falten ihrer Jacke. Sie betrachtete die Männer und Frauen, die sich um sie herum drängten, und bemerkte, dass George Bunert, der Sattler, sie anstarrte.

Sie entzog Adam ihre Hand. „Hallo! Guten Abend“, rief sie über den Lärm hinweg und winkte.

Der Sattler schob ein paar Leute zur Seite, um sie zu erreichen, und zog dann seinen Hut. „Ich habe nicht erwartet, Sie hier zu sehen, Miss Spreckelmeyer.“

Sie mussten schreien, um sich verständlich zu machen. „Mein Vater musste heute Abend nach Pinkston. Deshalb bin ich in seinem Namen hier, um seine Wähler in der Stadt zu begrüßen.“

„Ganz allein?“

„Nein, nein. Mr Currington, der Bohrarbeiter meines Vaters, ist hier bei mir.“

Sie versuchte, die beiden Männer einander vorzustellen, aber der Geräuschpegel machte das fast unmöglich, und die Menschenmenge trennte Mr Bunert schon bald von ihnen. Sie verlor ihn aus den Augen, als Adam an ihrer Jacke zupfte und seinen Kopf zu ihrem Ohr hinabbeugte.

„Trägst du dieses ganze Zeug, um dich vor mir oder vor dem Wetter zu schützen?“

Sie lächelte. Sie hatte sich entschieden, ihren dreiviertellangen Mantel anzuziehen, da sie wusste, dass es spät werden könnte und dass der Ritt nach Hause kalt werden würde.

Statt ihm zu antworten, deutete sie auf seine Hemdsärmel. „Ist dir nicht kalt?“

Er ergriff wieder ihre Hand. „Nein, Ma'am. Nicht, wenn ich bei dir bin, Süße. Nicht, wenn ich bei dir bin.“

Sein Daumen malte einen Kreis auf ihre Handfläche. Sie sah sich schnell um, aber niemand schenkte ihnen Beachtung. Man würde auch nichts sehen. Er streichelte ihre

Hand im Verborgenen weiter, und obwohl es nicht mehr als eine einfache Geste war, bewegte diese Heimlichkeit an einem so öffentlichen Ort sie in vielerlei Hinsicht stärker als das, was sie unter der Magnolie gemacht hatten.

Er zwinkerte und begann, mit der Menschenmenge mitzusingen. Dann hob er ihre Hand über ihren Kopf und drehte sie zur Melodie im Kreis herum. Als sie sich einmal ganz um die eigene Achse gedreht hatte, stand sie vor ihm. Die Menschenmenge war noch zahlreicher geworden und drängte sich immer dichter zusammen. Adam legte die Hände auf ihre Hüfte. Seine Oberschenkel stießen immer wieder gegen ihre Beine, während sie im Rhythmus zur Musik weitergingen.

Das Orchester machte einen Bogen und kehrte zum Theater zurück. Sie genoss die Ausgelassenheit der Männer. Die Aufregung, diesen Cowboy an ihrer Seite zu haben. Die Vorfreude auf das, was der Abend bringen würde.

Als sie die Stufen erreichten, blieb das Orchester vor der Tür stehen und lockte noch mehr Leute an.

Essie drehte ihren Kopf und blickte Adam an. „Ich muss gehen. Wo treffe ich dich?"

„Was?", fragte er.

Sie sah, dass sein Mund das Wort formte, konnte aber bei dem Lärm nichts hören.

Er beugte sich vor und hielt sein Ohr an ihre Lippen. Dabei verbarg sein Cowboyhut sie vor fremden Blicken. Statt ihre Worte zu wiederholen, nahm sie sein Ohrläppchen in den Mund und zupfte daran. Sein Griff um ihre Hand lockerte sich. Sie huschte davon und lief die Treppe hinauf und schaute nur noch kurz zurück, bevor sie das Theater betrat.

Sie lächelte bei sich. Nach seinem Gesichtsausdruck zu urteilen, müssten sie keinen Treffpunkt ausmachen. Er würde sie finden.

Kapitel 14

Mr Mirus nahm Essie ihren Mantel ab und winkte sie die Stufen der breiten Treppe hinauf, die vom Parkett zum ersten Rang führte. Mehrere Büros und Klubräume führten von diesem ersten Rang ab und waren durch tragbare Wände getrennt, die abgenommen werden konnten, um für den jährlichen Feuerwehrball eine große Tanzfläche zu bilden. Sie rechnete damit, dass sie gemeinsam mit Adam am nächsten Feuerwehrball teilnehmen würde.

Essie ging weiter die Stufen hinauf bis zur dritten Ebene und betrat das Theater. Mit seiner hellen Beleuchtung und dem weidlich verwendeten Blattgold konnte dieses Gebäude es mit jedem Theater in Dallas oder Houston aufnehmen. Ein Teppich bedeckte den gesamten Boden und ließ den Saal prunkvoll wirken. In der Mitte der Decke hing eine sogenannte „Sonne“ – eine große Ansammlung von Gaslampen und elektrischen Lampen, die sich in den ebenfalls dort angebrachten Spiegeln reflektierten.

Essie ging durch den Seitengang hinab und genoss die Stille des Zuschauerraumes. Es gab keine Bänke, nur Korbstühle mit Rückenlehnen. Sie sah zur Loge ihres Vaters hinauf. Heute würde sie sich das erste Mal eine Aufführung mit jemand anderem als ihrem Vater anschauen.

Als sie die leeren Reihen erreichte und in den Orchestergraben hinabstieg, öffneten sich am hinteren Ende des Saales die Türen, und die Zuschauermenge stürmte ins Theater. Die Männer waren lärmend, rüpelhaft und ganz anders als die Herren, die sie gewohnt war. Sie erblickte auch keine einzige Frau.

Essie war unsicher und fürchtete, dass sie zu sehr aus der Menge herausstach, während sie die Notenblätter auf dem Klavier in die Hand nahm und sich auf die Stücke konzentrierte, die sie vorher kurz überflogen hatte. Einige Minuten später gesellte sich das restliche Orchester zu ihr, nahm sich aber nicht die Zeit, die Instrumente aufeinander abzustimmen. Stattdessen wurde die Beleuchtung zurückgedreht und Mr Creiz dirigierte das Vorspiel.

Die Musik war schnell und kräftig. Essies Finger flogen über die Tasten. Als sie das Crescendo erreichten, war sie außer Atem. Die Männer pfiffen und stampften. Die Lichter gingen ganz aus. Der Vorhang hob sich.

Essie schlüpfte durch eine Seitentür am Rand des Orchestergrabens, ging am Rand um die Zuschauerplätze herum und betrat die leere Lobby, die von Statuen und Friesen geziert wurde, auf denen Nymphen, Cherubim und Flügelgestalten zu sehen waren. Der goldene Teppich dämpfte das Klappern ihrer Absätze.

Sie fand Adam bei den Stufen zur Galerie. Er winkte sie mit dem Kopf zu sich und sie eilte an seine Seite.

„Komm“, sagte er und bückte sich, um unter dem Seil hindurchzuschlüpfen, das den Zugang zur Galerie abtrennte.

„Die Galerie ist geschlossen“, wandte sie ein. „Da oben ist sonst niemand, oder?“

„Nein, Madam.“ Er hob das Seil hoch. „Die Galerie ist reserviert. Für uns beide. Jetzt schnell, bevor uns jemand sieht.“

Sie schlüpfte ebenfalls unter dem Seil hindurch und folgte ihm die Stufen hinauf. Als sie oben ankam, musste sie sich in der plötzlichen Dunkelheit erst orientieren. Er nahm ihre Hand und zog sie mit sich. Doch statt sie in die erste oder wenigstens in die zweite Sitzreihe zu führen, setzte er sich mit ihr auf den letzten Platz ganz am hintersten Rand der leeren Galerie.

Die Bühne war in einen eleganten Ballsaal verwandelt worden, einschließlich üppiger Wandleuchter, Kerzenleuchter, großer Gemälde und gigantischer Fenster. Eine hübsche Frau in einem auffallenden Kleid saß in der Mitte der Bühne und unterhielt sich mit einem nicht zu sehenden Herrn.

Ihre Stimme war hoch, affektiert und hatte einen übertriebenen Südstaatenakzent. „Ah, das ist wirklich *sehr* nett von Ihnen, diese charmante Nische für mich zu finden, Mister Rushah. Ich fühle mich jetzt schon ein *bisschen* besser. Danke. Und ich glaube, ich *hätte* gern eine Tasse Schokolade." Sie winkte mit ihrem Taschentuch und rief dem nicht vorhandenen Mann hinterher: „Eine sehr *leichte* Erfrischung, Mister Rushah. *Sehr* leicht!"

Adam legte seinen Arm auf die Rückenlehne von Essies Sitz und strich mit einem Finger über ihre Schulter. Sie tat, als würde sie es nicht bemerken. Aber hinter ihrer gelassenen Miene schenkte sie seiner Berührung sehr große Beachtung.

Als der unsichtbare Herr die Bühne verließ, veränderte sich das Verhalten der Südstaatenschönheit schlagartig. Sie lehnte sich auf dem Sofa zurück, seufzte und sprach mit natürlicher Stimme zum Publikum: „Gott sei Dank, ist dieser fade Typ endlich weg. Dieser alte Trampel ist mir voll auf den Fuß getreten!"

Sie schob ihren Fuß vor. „Diese Schuhe sind mehrere Nummern zu klein, aber sie kommen aus Paris, wissen

Sie." Sie setzte sich auf und blickte sich flüchtig um. „Ich glaube, im Moment schaut niemand her. Dann kann ich den Schuh ausziehen – ich *muss* meine armen Zehen einfach ein wenig ausstrecken!"

Die Frau legte die Beine übereinander und begann, langsam den Saum ihres Rocks zu heben. Die Männer im Publikum riefen und pfiffen begeistert. Als ein Bein bis zu ihrem Knie unter dem Rock hervorschaute, beugte sie sich vor.

Der Ausschnitt ihres Mieders stand offen und löste bei den Männern erneut lautstarke Begeisterung aus. Sie fuhr sich mit den Händen über die Wade und machte eine große Schau daraus, ihren Schuh auszuziehen.

Essie sah mit Entsetzen und Faszination zu. Ihr Herz hämmerte laut. Adams Hand bewegte sich zu ihrem Nacken. Er schob einen Finger in den oberen Rand ihres Kragens und bewegte ihn langsam hin und her.

„Meine Güte!", rief die Frau auf der Bühne aus. „Ich habe ein Loch so groß wie ein Dollar in meinen Strumpf getanzt." Sie lehnte sich zurück und hielt ihren Fuß in die Luft, zeigte ihre Zehen und drehte ihren Knöchel hin und her. Ein Wirrwarr an Unterröcken reizte die Männer und bot ihnen kurze Blicke auf ihre Beine.

„Ah! Herrlich, nicht mehr in diesem unbequemen Schuh zu stecken!", seufzte sie.

Adam beugte sich zu ihr und gab Essie einen Kuss auf den Nacken. Sie hielt den Atem an. Dann schloss sie die Augen, während er seinen Eroberungsfeldzug fortsetzte, und öffnete sie erst wieder, als die Schauspielerin mit ihrem Monolog fortfuhr.

„Hier kommt ein englischer Herr", sagte die Schauspielerin gerade. „Er stolziert wie ein Pfau daher und nimmt sich schrecklich wichtig."

Adam berührte Essies Kinn, drehte es zu seinem Gesicht herum und hatte nun ihre gesamte Aufmerksamkeit. Er senkte seinen Mund auf ihre Lippen.

„Ich werde ihn jetzt schockieren", sprach die Schauspielerin. „Und seine zarten englischen Nerven strapazieren. Ich spiele das wilde Mädchen aus dem Westen."

Der Kuss vertiefte sich und Adam legte beide Arme um Essie. Sie berührte sein Gesicht und erforschte es, als wäre sie blind. Sie erkundete die Beschaffenheit seiner Haut, die Form seines Kinns, die Weichheit seiner Augenbrauen.

„Wir glauben an die Rechte der Frauen, Lord Catchum." Die Stimme der Schauspielerin klang jetzt laut und geziert. „Abscheulich? Keineswegs. Haben Sie je Frauen aus dem Westen getroffen? Nicht? Dann haben Sie etwas Wichtiges verpasst. Sie sind schrecklich klug. Ich bin ein Beispiel dafür."

Die Armlehne drückte sich in Essies Seite. Adam nahm ihre Hände und legte sie hinter seinen Nacken. Dann begann er, *ihr* Gesicht zu erforschen, aber mit den Lippen.

„Sie verstehen von Geschäften genauso viel wie Männer. Ja, Sir, sie arbeiten als Arzt, sprechen Recht und ziehen Zähne. Und sie heizen den Leuten in den Saloons richtig ein – besonders in Texas."

Die Männer im Zuschauerraum pfiffen und johlten.

Adams Hände wanderten weiter und lösten in ihr ein starkes, tiefes Verlangen aus. Sie tadelte ihn nicht wegen seiner Kühnheit, sondern fragte sich, was er machen würde, wenn sie bei ihm genauso kühn wäre.

„Wie die Frauen aussehen? Ziemlich gut. Die meisten haben eine ziemlich breite Taille, aber da draußen in Texas gibt's viel zu tun, und sie könnten das nicht alles schaffen, wenn sie in einen schmalen Gürtel gepresst würden."

Adam stöhnte und lehnte seine Stirn an ihre. „Ich weiß nicht, wie lang ich das noch ertragen kann, Süße", flüsterte er.

„Du willst gehen?“, fragte sie. „Warum?“

Er nahm ihren Kopf in seine Hände und küsste sie intensiv auf die Lippen. „Komm, verschwinden wir von hier.“

„Aber das Orchester –“

„Vergiss es. Für eine solche Show solltest du sowieso nicht spielen.“

Er nahm seinen Hut vom Sitz neben sich, setzte ihn auf und führte sie zum Ausgang. Dort blieb er stehen, zog sie an sich heran und küsste sie noch einmal leidenschaftlich, solange sie noch im Dunkel des Theaters verborgen waren.

„Ich übersehe großzügig Ihren fehlenden Anstand, weil Sie mir keinen Antrag machen“, schimpfte die Schauspielerin. „Sie sehen verwirrt aus, Mr Catchum.“

Der Cowboy ließ Essie los. „Komm“, flüsterte er.

Sie hatten es fast die Treppe hinuntergeschafft, als Adam abrupt stehen blieb.

Onkel Melvin stand in der Lobby und beobachtete mit immer größer werdenden Augen, wie sie die Treppe hinuntergingen. Sein Sheriffstern funkelte im Licht der Gaslaterne. Für einen Moment war er starr wie eine der Statuen, aber dann erwachte er rasch zum Leben.

„Was macht ihr zwei hier?“, fauchte er und schritt mit unübersehbarem Missfallen auf die beiden zu.

Essie hielt den Atem an. Ihr Pulsschlag schlug nun mit einer besorgniserregenden Geschwindigkeit. Sie berührte schnell die Haare in ihrem Nacken, um sich zu vergewissern, dass ihre Frisur in Ordnung war.

Adam hielt das Seil hoch.

Sie verdrängte mühsam ihre Panik und schlüpfte unter dem Seil hindurch. „Guten Abend, Onkel.“

„Komm mir nicht mit ‚Guten Abend‘. Was ist hier los?“

„Nichts ist los. Ich spiele mit dem Orchester, aber Adam sagte mir, dass er es für keine gute Idee halte, dass ich hierbleibe.“

„Was habt ihr da oben gemacht?"

„Ich konnte mich doch schlecht zu all den Männern ins Publikum setzen."

Onkel Melvin blickte von einem zum anderen. „Warum bist du nicht im Orchestergraben geblieben?"

„Das habe ich versucht, aber als die Frau auf der Bühne begann, ihre Schuhe auszuziehen, fühlte ich mich nicht mehr wohl und zog mich auf die Galerie zurück."

Er hörte sich stumm ihre Erklärungen an. Sie hoffte, das Verhör wäre jetzt zu Ende und er würde sie nicht ihrer Lügen überführen. Sie war nicht sicher, wie lange sie noch Antworten erfinden könnte, ohne sich zu verzetteln.

„Was ist mit Ihnen?" Nun wandte der Sheriff sich an Adam.

„Ich habe Miss Spreckelmeyer draußen bei der Parade vor der Show gesehen. Als sie den Orchestergraben verließ, bin ich ihr gefolgt, um sicherzustellen, dass ihr nichts passiert."

In diesem Augenblick trat Mr Garitty, der Präsident des Theaters, zu ihnen. Seine weißen Haare bildeten einen Ring um seinen Kopf. Die kahle Mitte dieses Rings glänzte im Licht. „Gibt es ein Problem, Sheriff?"

Onkel Melvin drehte sich um. „Wussten Sie, dass Essie heute Abend mit dem Orchester spielt?"

Er schüttelte den Kopf. „Erst als ich sie während des Vorspiels sah und Mirus fragte."

„Sie hat hier nichts zu suchen."

„Ich stimme Ihnen zu. Wenn ich es vorher gewusst hätte, hätte ich sie gewarnt."

Essie berührte Onkel Melvin am Ärmel. „Es tut mir leid. Das nächste Mal werde ich mich vorher erkundigen, welche Art von Stück aufgeführt wird. Aber es ist ja nichts passiert. Adam hat gesagt, dass es ihm nichts ausmacht, mich nach Hause zu begleiten."

Der Sheriff sah sie durchdringend an. Nach einem Moment verlagerte sich seine Aufmerksamkeit auf Adam. „Ich bringe meine Nichte nach Hause, Currington. Sie können zur Show zurückgehen."

„Es macht mir wirklich nichts aus, Sir", wandte Adam ein.

„Mir auch nicht."

Adam blickte Essie an. „Nun, dann noch einen schönen Abend, Miss Spreckelmeyer." Er tippte an seinen Hutrand und ging durch den Haupteingang in den Theatersaal. Die Tür fiel hinter ihm ins Schloss.

❖

Essie führte Cocoa aus dem Pferdestall zu der Stelle, an der Onkel Melvin wartete. Bis jetzt war es ihr gelungen, ihren Unmut zu zügeln. Aber sie war alles andere als begeistert darüber, dass der Abend, der so vielversprechend begonnen hatte, so abrupt beendet wurde.

Sie ritten schweigend nebeneinander her. Als sie auf die Straße zu ihrem Elternhaus einbogen, begann die zu erwartende Gardinenpredigt.

„Das war sehr dumm, was du dort gemacht hast, Mädchen."

Sie schwieg.

„Was ist nur in dich gefahren?"

„Ich war noch nie bei einer solchen Show. Woher hätte ich wissen sollen, wie so eine Show abläuft?"

Er schob seinen Hut zurück und blickte zum Himmel hinauf. „Du redest hier nicht mit deinem Pa. Du sprichst mit mir. Also hör auf, mir etwas vormachen zu wollen. Du weißt ganz genau, dass es einen Grund dafür gibt, warum du nie bei einer solchen Show warst. Also, was hast du dort gewollt?"

„Ich ging dorthin, um mich heimlich mit einem unstandesgemäßen Mann zu treffen", fauchte sie. „Was denkst du denn, warum ich dort war?"

Ihr Onkel brachte sein Pferd abrupt zum Stehen. Essie ritt weiter.

„Du solltest lieber sofort damit aufhören oder ich lege dich übers Knie."

Nun hielt auch sie ihr Pferd an.

Er ritt neben sie. „Deine Mutter hat meiner Verdie erzählt, dass du dich in letzter Zeit furchtbar benimmst. Ich hätte es nie geglaubt, wenn ich es heute nicht mit eigenen Augen gesehen hätte. Was ist nur in dich gefahren?"

„Entschuldige. Ich wollte dich nicht so anfahren."

Er drückte die Knöchel an die Flanken seines Pferdes. Sie tat das Gleiche.

„Willst du darüber reden?", fragte er.

„Nicht unbedingt."

„Ich weiß nicht, ob ich dir diesmal eine Wahl lasse."

Sie schaute auf die Zügel in ihren Händen hinab. „Ich bin nur müde. Das ist alles."

„Müde? Wovon?"

„Ich bin es müde, ständig kritisiert zu werden, weil ich Rad fahre. Mir Vorwürfe anzuhören, ich würde mich wie ein Mann benehmen, obwohl ich nur Papa bei seinem Geschäft helfe. Dass jeder Schritt, den ich mache, kritisiert wird. Mutter hat mich als ‚alte Jungfer' bezeichnet."

Er atmete hörbar ein. „Das ist nicht wahr."

„Oh doch." Neuer Ärger erfüllte sie. „Und deshalb habe ich beschlossen, dass ich, wenn ich den Rest meines Lebens in diesem Haus verbringen werde, einige Änderungen vornehmen will. Angefangen bei Mutter."

Sie ritten in den Garten. Er beobachtete nachdenklich, wie sie sich aus dem Sattel schwang. „Und was hast du jetzt vor?"

„Ich bin kein Kind mehr, Melvin. Ich bin dreißig. Es wird Zeit, dass ich mich vom Rockzipfel meiner Mutter löse. Dass ich mein eigenes Leben führe. Und wenn das bedeutet, dass ich in einer solchen Show Klavier spiele, dann werde ich das tun. Und es ist mir egal, was Mutter oder sonst irgendjemand sagt."

Essie führte Cocoa zum Stall und konnte den Drang, noch mehr zu sagen, nur mühsam unterdrücken. Melvin stieg ab und folgte ihr. Er hielt Cocoa, während Essie den Riegel nach oben schob und die schwere Stalltür aufzog.

„Danke", meinte sie und wollte Cocoas Zügel nehmen.

Er ließ die Zügel nicht los. „Geh ins Haus, Mädchen. Ich kümmere mich um das Pferd."

„Nein. Ich weiß, dass du zu tun hast. Ich kann das selbst erledigen."

Melvin berührte ihren Ellbogen. „Du ruinierst dein Kleid. Geh jetzt."

Sie zögerte. „Bist du sicher?"

Er nickte. Als sie die Hintertür erreichte, wandte sie sich zu ihrem Onkel um. Er stand beim Stall und beobachtete sie.

„Wirst du Mutter erzählen, wo ich war?"

„Ich dachte, dich interessiert ihre Meinung nicht mehr."

Sie spielte nervös mit den Knöpfen an ihrem Mantel. „Das ist auch so. Aber das ist trotzdem kein Grund, unnötig Schwierigkeiten heraufzubeschwören."

Er ließ sich Zeit mit einer Antwort. „Diese billigen Shows können ziemlich rau werden, Essie. Die Show heute Abend war noch nicht so schlimm. Aber die meisten Mädchen da oben auf dieser Bühne – oder, noch schlimmer, die Mädchen im Publikum – sind nicht einmal für einen Trinker gut genug. Wenn du für sie Klavier spielst, werden die Männer glauben, du wärst etwas, das du nicht bist."

Sie senkte den Blick.

„Willst du das? Willst du, dass dein Name in einem Atemzug mit den Namen dieser leichten Mädchen genannt wird, die mehr Haut zeigen als ein Indianer?"

„Natürlich nicht", flüsterte sie.

„Dann solltest du Creiz lieber sagen, dass du für diese Shows nicht mehr spielst."

„Ja, Sir", antwortete sie. Dann huschte sie ins Haus und schloss leise die Tür hinter sich.

❖

Melvin versorgte Cocoa und kehrte dann zum Theater zurück. Als Sheriff versuchte er, sich in der Nähe dieser Shows aufzuhalten, um eingreifen zu können, falls es Schwierigkeiten gab. Aber er hätte nie damit gerechnet, dort seine Nichte anzutreffen.

Er trat in die Lobby und begab sich zum Westende des Raumes. Dort dachte er über all das nach, was sie gesagt hatte. Ihm gefiel das alles nicht besonders.

Melvin wünschte, er hätte ihr seine Anwesenheit nicht verraten. Auf diese Weise hätte er ihnen folgen und mit eigenen Augen feststellen können, was los war, falls etwas los war. Da Currington im Spiel war, war jedoch alles von vorneherein verdächtig.

Essie war vielleicht dreißig. Sie hielt sich vielleicht für ganz erwachsen. Aber sie sah immer nur das Gute in den Menschen. Nie das Schlechte. Und falls Currington es auf sie abgesehen haben sollte, wäre sie eine leichte Beute.

Melvin lehnte sich an eine Säule und wartete. Als die Show vorüber war, strömten die Männer aus dem Saal. Adam war leicht zu finden, da er mit seiner Körpergröße die meisten anderen überragte.

Melvin schob sich durch die Menge und packte Adam am Arm. „Haben Sie einen Moment Zeit?"

Sie traten auf die Seite, damit die anderen an ihnen vorbeigehen konnten.

„Guten Abend, Sheriff", begrüßte Adam ihn.

Nach Aussage des Richters war dieser Junge fleißig, verantwortungsbewusst und nett zu Jeremy. Was passte hier also nicht?

„Ich war nicht glücklich darüber, dass ich meine Nichte heute Abend hier antraf", begann Melvin.

„Nein, Sir. Mir ging es genauso, als ich sie sah." Adam schüttelte den Kopf. „Sie ist in manchen Dingen sehr klug, aber ich glaube, sie könnte ein Stinktier nicht von einer Hauskatze unterscheiden."

Melvin zog einen Zahnstocher aus seiner Brusttasche und schob ihn zwischen seine Zähne. „Und was sind Sie, Currington? Ein Stinktier oder eine Hauskatze?"

Adam blickte den Sheriff fest an. „Ich fasse das nicht als Beleidigung auf, weil ich weiß, dass Sie sich nur Sorgen um Miss Spreckelmeyer machen. Aber wenn jemand anders mir diese Frage gestellt hätte, hätte ich ihn so weit durch die Luft geschleudert, dass die Bluthunde sechs Wochen bräuchten, um ihn zu finden."

„Sie drohen mir, Junge?"

„Ich stelle nur etwas klar, Sir."

„Dann will ich auch etwas klarstellen", erwiderte er und deutete mit dem Zahnstocher auf Adam. „Ich halte sehr viel von meinem Mädchen. Falls ich herausfinde, dass jemand mit ihr spielt, hat sein letztes Stündlein geschlagen. Das kann ich Ihnen versprechen."

„Ich werde das auf jeden Fall weitergeben, Sir." Adam tippte grüßend an seinen Hut und ging die Treppe hinab auf die Straße.

Kapitel 15

Essies Gedanken kreisten ständig um Adam, aber sie zwang sich trotzdem, sich bis zum darauffolgenden Freitag vom Ölfeld fernzuhalten. Sie wusste, dass Jeremy ihrem Besuch keine besondere Beachtung schenken würde, aber sie wollte nicht das Risiko eingehen, dass jemand etwas herausfand, und sie wollte auch nicht riskieren, zu aufdringlich zu erscheinen und Adam damit zu vergraulen.

Hamilton hatte gesagt, dass Männer gern die Rolle des Eroberers spielten. Also hatte sie entschieden, dass Adam schon einen Weg finden würde, falls er sie wirklich sehen wollte. Aber er hatte nichts unternommen.

Vielleicht hatte er beschlossen, nachdem sie im Theater fast ertappt worden waren, sich zurückzuhalten. Was auch immer seine Gründe waren, sie hatte ihn nicht mehr gesehen.

Aber das spielte jetzt keine Rolle, denn heute war Freitag, und heute würde sie den beiden ihr Mittagessen bringen. Sie beschloss, statt ihres Fahrradkostüms einen Rock zu tragen, deshalb brach sie rechtzeitig auf, um genug Zeit zu haben, zu Fuß zu den Feldern hinauszugehen.

Die Sonne wärmte trotz der kühlen Oktoberluft. Die

wenigen Bäume, die die Stadt durchzogen, leuchteten mit ihren roten, gelben und orangefarbenen Blättern.

Sie hoffte, dass sie sich nicht zu sehr herausgeputzt hatte. Das graugrüne Kleid, das sie trug, hatte einen kurzen, eleganten Mantel, der oben weit ausgeschnitten war, wodurch eine doppelreihige, weiße Weste mit zwei Knopfreihen zum Vorschein kam. Eine große Krawatte aus weißem Chiffon zierte ihre Brust, und ein grüner, mit Schleifen und schwarzen Federn geschmückter Strohhut saß elegant auf ihrem Kopf.

Adam versuchte nicht einmal, seine Freude zu verbergen, als er sie erblickte. Er trat vom Bohrturm weg, wischte sich mit seinem großen, roten Tuch den Nacken und die Stirn und verfolgte mit den Augen ihre Schritte, als sie näher kam.

Er betrachtete ihre Kleidung und ihren Hut. Sie spürte einen Anflug von Stolz. Hüte waren ihre einzige Schwäche. Je breiter, je größer, je kunstvoller, umso besser gefielen sie ihr.

Und einen fantastischen Hut zu tragen wäre ausgesprochen sinnlos, wenn ihre übrige Kleidung nicht dazu passte. Und so kleidete sie sich immer nach der neuesten Mode.

„Miss Essie“, begrüßte er sie. „Sie sind das Hübscheste, was ich je gesehen habe.“

„Hallo, Adam. Danke.“

„Was bringen Sie uns mit?“, erkundigte Jeremy sich.

Sie reichte ihm den Korb. „Was hältst du davon, wenn du uns schon einmal einen schönen schattigen Platz suchst? Wir sind gleich bei dir.“

Jeremy nahm den Korb und lief zu einem großen Baum, der in der Nähe stand.

„Wo warst du?“, fragte Adam. „Warum warst du die ganze Woche kein einziges Mal hier?“

„Ich wollte nicht stören."

Er warf einen Blick zu Jeremy hinüber. „Ich würde sagen, im Moment stört nur der Junge."

Das würde ich auch sagen, dachte sie.

Er blickte sie erneut von oben bis unten an. „Hast du eigentlich eine Ahnung, wie gern ich dich jetzt küssen würde?"

Ja.

„Wir müssen endlich etwas dagegen unternehmen. Ich halte es nicht länger aus, dich tagelang nicht zu sehen. Und wenn ich dich dann endlich sehe, muss ich mich anständig benehmen."

„Hey!", unterbrach Jeremy seinen Boss. „Kommt ihr jetzt?"

Adam nahm seinen Hut ab und machte eine tiefe Verbeugung. „Miss Spreckelmeyer? Geben Sie mir die Ehre?"

Der Cowboy hielt ihr den Arm hin und sie legte ihre Hand auf seinen Unterarm. Er zog seinen Arm näher, legte eine Hand auf ihre Finger und führte sie zum Baum. Statt den erforderlichen Abstand zu ihm zu halten, lehnte sie sich an ihn. Bei jedem Schritt streifte ihr Körper seinen Oberarm. Er strich mit dem Daumen über ihre Fingerknöchel.

Jeremy hatte die Decke gefunden, die sie mitgebracht hatte, und hatte sie ausgebreitet, damit sie sich daraufsetzen konnten. „Sie hat uns belegte Brote gebracht."

„Was für welche?", erkundigte Adam sich, während er Essie half, sich zu setzen.

„Fischbrote, so wie es aussieht."

Sie strich ihre Röcke glatt. „Einen Moment, Jeremy. Adam will sicher vorher das Dankgebet sprechen."

Jeremy zog seine Hand zurück.

Adam sah ein wenig verwirrt aus. Dann neigte er den Kopf. „Gott segne das Essen. Amen."

„Amen."

Essie runzelte bei seinem sehr knappen, unbeholfenen Gebet die Stirn. Selbst wenn er Hunger hatte, hätte er sich doch die Zeit nehmen sollen, Gott angemessen zu danken.

Die beiden Männer schien das jedoch nicht zu stören. Sie machten sich über das Essen her, tranken kräftig von dem Tee und aßen innerhalb kürzester Zeit alles auf, was sie mitgebracht hatte. Ihr Gespräch beschränkte sich hauptsächlich auf Lobesäußerungen für das Essen. Aber das war ihr ganz recht.

Eine verheiratete Frau bekam solche Komplimente so oft, dass sie sie vielleicht als selbstverständlich hinnahm, für Essie hingegen war das eine seltene Gelegenheit. Selbst wenn sie für ihre Kochkünste ein freundliches Wort erntete, musste sie das Lob normalerweise mit ihrer Mutter teilen. Diese Brotzeitkörbe am Freitag bereitete sie immer ganz allein zu, und zuzuschauen, wie Adam ihr Essen verschlang, war ein besonderes Vergnügen.

„Gehen Sie zum Herbstfest, Miss Essie?", fragte Jeremy, der jetzt sein Esstempo verlangsamte. Sobald nur noch die Nachspeise übrig war, versuchte er normalerweise, es, solang er konnte, hinauszuzögern, bis er zu seiner Arbeit zurückkehren musste.

„Natürlich. Das lasse ich mir nicht entgehen."

„Ich habe gehört, dass dieses Jahr ein Mann kommt, der über ein Hochseil geht. Wussten Sie das?"

„Papa hat mir erzählt, dass er ein Holzbein hat und dass er mit einem Küchenofen auf dem Rücken über das Seil gehen will."

„Im Ernst? Wussten Sie das auch schon, Adam?"

„Na klar." Er hatte ebenfalls das Essen beendet, lag jetzt auf der Seite und stützte sich auf seinem Ellbogen auf. Er machte kein Hehl daraus, dass er sie forschend betrachtete.

„Adam wurde gefragt, ob er mit seinem Lasso etwas vorführt. Er wird auch bei dem Fest auftreten.“

„Wirklich?“ Sie warf Adam einen fragenden Blick zu. „Das hatte ich allerdings nicht gewusst.“

„Ja. Er übt jeden Tag dafür.“ Jeremy vergrub seine Zähne in einem riesigen Keks. „Sie könnten Miss Essie doch ein paar von Ihren Tricks zeigen.“

Ein Lächeln überzog Adams Gesicht. „Wollen Sie das, Essie? Wollen Sie ein paar von meinen Tricks sehen?“

„Sagen Sie Ja, Miss Essie“, rief Jeremy. „Sie werden begeistert sein. Glauben Sie mir.“

Ihr wurde warm. „Ich glaube, du hast recht, Jeremy. Ich glaube, das würde mir wirklich sehr, sehr gut gefallen. Bitte, Adam. Würden Sie mir Ihre Tricks zeigen?“

„Mit dem größten Vergnügen, Madam.“ Er rührte sich jedoch nicht von der Stelle. „Holst du mir mein Seil, Jeremy?“

Der Junge sprang auf und lief zum Bohrturm hinüber.

„Wie lange ist es noch bis zum Wahltag?“, fragte Adam mit leiser Stimme.

„Die Wahl findet nach dem Herbstfest statt.“

„Ich halte das nicht einen Monat länger aus. Ich will dich heute Abend sehen. Und morgen Abend. Und am Abend danach.“

Ihr Puls begann zu rasen. Was sagte er da? Dass er noch vor der Wahl mit Papa sprechen wollte oder dass er sich regelmäßiger heimlich mit ihr treffen wollte?

Jeremy kam mit einem ungefähr sieben Meter langen Seil zurück. Adam wickelte es sich lose um die Hand und trat dann unter dem Baum hervor. In dem Augenblick, in dem er das Seil warf, begann es, zu wirbeln und zu kreisen, ohne ein einziges Mal den Boden zu berühren.

Er richtete den Blick nicht auf das, was er tat, sondern hatte seine ganze Aufmerksamkeit auf sie konzentriert. Das Seil reagierte auf die kleinste Bewegung seines

Handgelenks. Er hielt es tief und parallel zum Boden, wirbelte es um seinen Körper herum – vorne, an der Seite, hinten. Dann nahm er es in die andere Hand und drehte das Seil auf die andere Seite und zurück und dann wieder nach vorne, wo erneut seine rechte Hand das Seil übernahm.

Er hielt die Schlinge tief vor sich und sprang mit beiden Füßen hinein und hinaus. Dann blieb er innerhalb der Schlinge stehen und führte sie über seinen Körper nach oben, bis das Seil hoch über ihm kreiste. Er bildete Achten neben sich. Er machte die Schlinge größer und größer, bevor er sie wieder zu einem normalen Kreis zurückführte. Er rollte es über sein linkes Bein gleich über dem Knie und dann unter dem Knie.

Er wirbelte die Schlinge hoch über seinem Kopf und hielt sie so lange dort, dass sie den Blick vom Seil nach unten in sein Gesicht bewegte. Überrascht stellte sie fest, dass er sie immer noch anschaute.

„Kommen Sie", sagte er.

Sie konnte ihm genauso wenig widerstehen, wie wenn er der Rattenfänger von Hameln gewesen wäre. Sie erhob sich und stellte sich vor ihn.

„Näher", erklärte er.

Sie ging einen Schritt vor.

„Noch näher", flüsterte er.

Sie bewegte sich in seinen Raum hinein.

Das Seil kam nach unten, legte sich um sie beide und fing sie in seinem Zauber ein.

„Ich will dich sehen", flüsterte er.

„Wann?"

„Heute Abend."

„Wo?"

„Im Theater?"

Sie schüttelte leicht den Kopf. „Zu riskant."

„Am Bach?", fragte er, immer noch ganz leise.

„Jeremy und einige andere Jungen angeln nachts da draußen."

Er dachte kurz nach. „Unter dem Magnolienbaum?"

Ihr Herz begann zu hämmern. „Um wie viel Uhr?"

„Um acht." Er peitschte das Seil wieder nach oben über ihre Köpfe, und sie kehrte zur Decke zurück.

❖

Sie saß mit Korsett und langer Unterhose da und betrachtete sich im Spiegel über dem Toilettentisch. Das war etwas ganz anderes, als ins Theater zu gehen. Im Theater könnte sie so tun, als wäre sie mit der Absicht hingegangen, sich die Aufführung anzuschauen.

Aber im Schutz dieses Magnolienbaumes konnte man nur eines machen. Und der Himmel stehe ihr bei, sie wollte es … und sie wollte es wieder doch nicht.

Vielleicht lautete die Frage eher, *wie viel* sie tun wollte. Ihr gefiel das Küssen. Das Gefühl, wenn er seine Arme eng um sie legte. Der Geruch seiner Seife. Die Berührung seiner Haut. Die erstaunlichen Töne, die er von sich gab, wenn sie sich küssten.

Aber jedes Mal wurden seine Hände kühner. Und sie wusste instinktiv, wenn sie zu ihm ginge, dann würde er sich dieses Mal nicht damit zufriedengeben, sie nur durch ihr Kleid hindurch zu berühren.

Sie strich mit den Händen über ihre Figur. Clarabel hätte es vielleicht erlaubt. Andere Mädchen in Corsicana hatten es vielleicht erlaubt. Aber konnte *sie* es erlauben? Und wenn sie es nicht erlaubte, würde sie dann ihn und ihre Aussicht, je zu heiraten, verlieren?

Aber er hatte nie von Heiraten gesprochen. Und auch nicht davon, was er tun wollte, um für ihren Lebensunterhalt zu sorgen. Er hatte auch nicht von Liebe gesprochen.

Vielleicht sollten sie heute Abend über diese Dinge sprechen. Zuerst. Und dann was? Wenn er tatsächlich von Ehe und Verbindlichkeit und Liebe sprach? Was dann?

Sie strich mit einer Bürste durch ihre Haare. Dann musste er eben bereit sein zu warten.

Warum dachte sie dann darüber nach, ob sie das Korsett anziehen sollte, das in ihrer Aussteuertruhe lag? Das Korsett, das sie sich vor vielen Jahren gemacht hatte und seitdem für ihre Hochzeitsnacht aufbewahrte?

Sie legte die Bürste zur Seite, zog ihr Alltagskorsett aus einer Schublade in ihrer Kommode und knöpfte es entschlossen zu.

❖

Aus dem Haus zu schlüpfen war kein Problem gewesen. Mutter und Papa hatten den Bürgermeister und seine Frau zum Dominospiel eingeladen.

Sie hatte Papa gesagt, dass sie am Bach angeln wollte, und sie hatte auch die feste Absicht, das zu tun.

Nach ihrem Treffen mit Adam.

Dass sie einen alten, abgetragenen Rock und eine alte Bluse trug, die zum Angeln geeignet waren, beruhigte ihr Gewissen. Sie hatte sich weder bei ihren Haaren noch bei ihrer Toilette Mühe gegeben. Sie trug keinen Hut.

Und sie trug die hässlichste, fadenscheinigste Unterwäsche, die sie besaß. Lieber würde sie sterben, als zuzulassen, dass irgendjemand diese Sachen sah. Das würde dafür sorgen, dass sie züchtig blieb.

Das Ölfeld lag verlassen und dunkel da. Die Grillen zirpten so laut, dass sie die anderen Insekten fast völlig übertönten. Aber die Frösche machten ihnen ernsthafte Konkurrenz. Eine Drossel, die noch nicht schlafen gegangen war, spielte ihr flötenähnliches Lied.

Essies Stiefel knirschten auf dem trockenen Gras. Ihre Angelrute und ihren Spinnerkasten hatte sie fest in der Hand. Sie atmete tief ein, bückte sich unter die Zweige der Magnolie und blieb abrupt stehen.

Adam lehnte am Baumstamm, aber ihr Blick wanderte zu der Decke und den Kissen, die er auf dem Boden ausgebreitet hatte.

„Wie ist es dir gelungen, diese Sachen hierherzubringen, ohne dass jemand etwas bemerkt hat?"

Er trat einen Schritt vor und nahm ihr die Angelrute und den Kasten aus der Hand. „Gehen wir angeln?"

„Ich gehe angeln. Das heißt ein wenig später."

Er legte die Sachen auf den Boden und führte sie zur Decke. „Ich wollte nicht, dass du etwas erklären musst, falls dein Kleid schmutzig wird. Deshalb habe ich uns eine Decke mitgebracht."

„Und die Kissen?"

Er lächelte sie an und zuckte die Achseln.

Sie schluckte. „Adam, ich …"

„Schhh. Setz dich, und erzähl mir, was du diese Woche gemacht hast. Ich will wissen, was du jede Minute gemacht hast, die du fern von mir warst."

Sie setzten sich wie Indianer mitten auf die Decke und schauten einander an.

„Aber unsere Stimmen sind weit zu hören", flüsterte sie. „Jemand könnte uns hören und kommen und nachschauen."

„Wir würden es hören, lange bevor man uns hört. Aber wir können flüstern, wenn du dich dann besser fühlst", beruhigte er sie und nahm ihre beiden Hände in seine.

„Ja, bitte."

„Also, was hast du vergangene Woche getan?", flüsterte er. „Fang bei dem Abend an, an dem der Sheriff dich nach Hause geschleppt hat."

Sie senkte den Kopf. „Er war sehr besorgt."

„Weswegen?"

„Weil ich bei dieser Show war."

„Er versucht nur, dich zu beschützen."

„Ich weiß. Mir wäre nur einfach lieber, wenn sie mich alle in Ruhe ließen."

„Hat er irgendetwas über mich gesagt?"

„Nein. Ich bin sicher, dass ihm nie in den Sinn kam, dass wir auf die Galerie gegangen waren, um, ähm, allein zu sein."

Er schob ihr eine Haarsträhne aus dem Gesicht. „Ich habe unsere Zeit im Theater hundertmal in Gedanken durchlebt."

„Wirklich?"

„Ja, natürlich. Du nicht?"

Sie nickte langsam.

Er hob ihre Hände an seine Lippen und küsste ihre Fingerknöchel. „Ich erinnere mich an den honigsüßen Geschmack deiner Lippen." Er knabberte sanft an einer Fingerspitze. „Den Kleegeruch in deinen Haaren." Nächster Finger. „Das Gefühl deiner Hände auf meinen Schultern." Dritter Finger. „Das Gefühl meiner Hände auf deinem ..."

Sie riss ihre Hand los, legte sie auf seine Wangen und zog seinen Mund zu ihren Lippen.

Er schob sie auf seinen Schoß. „Ah, genauso süß wie in meiner Erinnerung", murmelte er.

Es gab kein Er. Kein Sie. Nur sie beide. Es dauerte ewig. Es dauerte nicht lang genug.

„Oh, Essie. Du bringst mich um den Verstand", stöhnte er.

Sie versuchte, in der Dunkelheit seine Augen zu sehen, konnte sie aber nicht erkennen. „Wie bitte?"

„Ich will dich so sehr, Mädchen." Er hob ihr Kinn hoch. „Weißt du, was ich damit meine?"

„Ich glaube schon."

„Lass mich es dir zeigen."

Sie entgegnete nichts.

„Bitte."

„Wir sind nicht verheiratet."

Sie flüsterten immer noch. Die Geräusche der Nachttiere verstummten bei dem lauten Toben in ihrem Inneren, als Richtig und Falsch miteinander rangen.

„Aber das werden wir sein", erwiderte er.

„Wirklich?"

Er ergriff ihre Schultern und beugte sich so weit zurück, dass er sie sehen konnte. „Aber natürlich. Was denkst du denn?"

Euphorie erfüllte sie. „Du hast nie etwas gesagt."

„Vielleicht nicht mit Worten, aber ich habe es dir doch eindeutig gezeigt."

Sie legte die Arme um seinen Nacken. „Oh, Adam. Ich liebe dich."

Er bedeckte ihre Lippen mit seinem Mund. Sie rollten auf die Erde und streckten sich auf der Decke aus. Es verging viel, viel Zeit, bis ihr bewusst wurde, dass er nie gesagt hatte, dass er sie auch liebte.

Kapitel 16

Melvin steuerte auf die Zwölfte Straße zu. Eine dunkle Laterne in der einen Hand, ein Gewehr in der anderen Hand. Er hatte eigentlich viel früher da draußen sein wollen, aber er war durch zwei Raufereien in einer Bar und ein durchgegangenes Pferd aufgehalten worden.

Er zog den Hut tief in die Stirn. Er wurde allmählich zu alt für so etwas.

Die Nacht war für Oktober ungewöhnlich warm, aber trotzdem angenehm kühl. Er hatte Currington an diesem Abend mit einem Beutel gesehen, den er über die Schulter geworfen hatte, und hatte gedacht, der Streuner hätte beschlossen, weiterzuziehen, ohne dem Richter Bescheid zu geben. Also war Melvin ihm gefolgt.

Was er entdeckte, war viel schlimmer, als wenn der Cowboy einfach die Stadt verlassen hätte. Denn er entdeckte, dass dieser Nichtsnutz ein kleines Liebesnest vorbereitete.

Melvin fragte sich, welches arme, leichtgläubige Ding es wohl dieses Mal war. Er hatte schon Hunderte Male Mädchen fallen gesehen und würde in seinem Beruf wahrscheinlich noch hundert mehr sehen, bevor er sich zur Ruhe setzte. Aber es machte ihn jedes Mal furchtbar zornig.

Er dachte an die jungen Mädchen in der Stadt, die in letzter Zeit mit dem Feuer gespielt hatten – Ruth Smothers, Carrie Quigley, Lorna Wedick. Currington hatte viele zur Auswahl. Mädchen, deren Eltern blind dafür waren, was ihre „kleinen, unschuldigen Engel" im Schilde führten.

Ihm fiel immer die undankbare Aufgabe zu, der Überbringer der schlechten Nachricht zu sein. Verdammter Currington, dass er ihn in diese Situation brachte. Er hatte geplant, in dem Versteck zu sein, bevor das Paar auftauchte. Auf diese Weise würde er das Unheil abwenden können. Er könnte sicherstellen, dass das Mädchen wusste, dass es in einem Klapperschlangennest besser aufgehoben wäre als in der Gesellschaft eines nichtsnutzigen Streuners. Und er würde Currington hochkant aus der Stadt jagen.

Dafür war es jetzt leider zu spät. Jetzt müsste er Currington und sein Mädchen zu ihrer Mutter und ihrem Vater nach Hause bringen. Er hoffte, es war nicht das Smothers-Mädchen. Ihre Mutter hatte mit ihren Söhnen schon genug Sorgen, ohne dass sie auch noch Probleme mit einem ihrer Mädchen brauchte.

Er verlangsamte seine Schritte und ging leise näher, aber diese Vorsichtsmaßnahme hätte er sich sparen können. Die beiden unter dem Baum machten so viel Lärm, dass davon Tote wach würden. Er blieb direkt vor dem Baum stehen, angewidert von den Geräuschen, die er hörte.

„Currington?", knurrte er und legte sein Gewehr an.

Ein Keuchen und ein hektisches Rascheln.

„Kommen Sie heraus."

Keine Antwort.

Melvin stellte die Laterne auf den Boden, zündete ein Streichholz an und entfachte den Docht.

„Ich komme schon", antwortete Currington.

Er trat unter dem Baum hervor. Das Hemd hing über seiner Hose, eine offene Silberschnalle schaute zwischen den Hemdzipfeln hervor.

Melvin konnte sich kaum noch zurückhalten. „Wen haben Sie da drinnen?"

„Woher wissen Sie, dass wir hier sind?", knurrte der junge Mann. Er kochte vor Wut.

Gut. Damit waren sie schon zu zweit.

„Wen haben Sie da drinnen?", wiederholte Melvin.

Currington betrachtete das Gewehr und kniff die Lippen zusammen. Melvin konnte hektische Bewegungen im Inneren dieses Liebesnestes vernehmen. Wer auch immer dieses Mädchen war, es hatte offensichtlich einiges in Ordnung zu bringen.

„Kommen Sie sofort heraus", befahl Melvin nicht besonders sanft.

Noch mehr hektisches Rascheln.

„Wer ist da drinnen, Currington?"

Der Mann weigerte sich zu antworten.

„Entweder kommen Sie von selbst heraus, Mädchen, oder ich komme hinein und ziehe Sie heraus."

Sie jammerte.

„Geben Sie ihr eine Minute, Sheriff", sagte Adam. Sein Tonfall klang eher drohend als respektvoll.

Melvin zügelte seine Ungeduld. Nach einem weiteren Moment entschied er, dass er lange genug gewartet hatte. „Das reicht." Er zog die Zweige zurück.

Mit einem Kreischen zog das Mädchen die Knie unter ihren Röcken an, legte die Arme um seine Beine und verbarg den Kopf. Lange, blonde Haare fielen lose über den Rücken der abgetragenen Bluse. Die Kleine blickte nicht auf.

Er kniff die Augen zusammen und betrachtete sie prüfend. Das Mädchen kam ihm bekannt vor, aber da es das

Gesicht verborgen hatte, wusste er nicht sofort, wer es war. Er nahm die Laterne und hielt sie hoch. Beweise für ihre verlorene Unschuld befleckten die Decke.

Verdammt.

„Kommen Sie", sagte Melvin jetzt etwas sanfter. „Kommen Sie heraus."

Sie hob den Kopf. Ihm stockte der Atem. Nein! Nicht *Essie*!

Traurigkeit, Demütigung und blankes Entsetzen zogen in schneller Reihenfolge über ihr Gesicht.

Er stellte die Laterne ab, ließ die Zweige fallen und senkte das Gewehr. „Sie verdammter …"

Currington wich einen Schritt zurück und hob die Fäuste, aber nicht schnell genug. Melvin holte aus und landete einen Schlag mitten im Gesicht des Mannes.

„Nein!", kreischte Essie.

Adam taumelte nach hinten, aber Melvin packte ihn am Hemd, zerrte ihn in die Höhe und verpasste ihm den nächsten Haken. Diesem Hieb folgte ein befriedigendes Knacken und der Cowboy landete unsanft auf der Erde.

„Aufhören! Hör sofort auf!", schrie Essie. „Das ist mein Ernst!"

Sie warf sich auf Melvin und versuchte, ihn zurückzuhalten.

Er ergriff ihre Schultern. „Hat er dich dazu gezwungen?"

Ihre Augen wurden groß. „Nein, nein. Natürlich nicht."

„Das kann nicht dein Ernst sein, Essie."

„Es ist wahr." Sie ließ den Kopf hängen und wich seinem Blick aus.

Er schaute hinter sie. Adam kniete auf der Erde und hielt sich das Gesicht. Blut tropfte aus seiner Nase.

Melvin zog sie an seine Brust und drückte sie fest an sich. „Was zum Kuckuck hast du dir dabei gedacht? Du schleichst dich davon, um dich mit einem nichtsnutzigen Streuner zu treffen? Er ist keinen müden Cent wert. Was ist nur in dich gefahren?"

Sie weinte. Bitterlich. Er weinte selbst auch fast.

„Ich liebe ihn", sagte sie. „Wir werden heiraten."

„Allerdings wirst du ihn heiraten! Wenn ich diese Schlange nicht vorher umbringe."

Melvin schloss die Augen. Vor seinem geistigen Auge sah er Essies Verfassung. Offene Haare. Zerknitterter Rock. Falsch zugeknöpfte Bluse. Wie hatte das nur passieren können? Wie sollte er das seiner Schwester beibringen? Seinem besten Freund?

Sein Zorn kochte fast über. Er schaute Currington finster an, aber der Cowboy war klug genug, ihm nicht in die Augen zu blicken. Essie schniefte und atmete stoßweise ein.

Melvin streichelte ihren Kopf. „Geh wieder unter diesen Baum und bring dich in Ordnung. Du siehst furchtbar aus."

Sie löste sich aus seiner Umarmung, hob aber nicht den Kopf.

„Nimm die Laterne", fügte er hinzu.

Sie drehte sich um, sah, dass Currington blutete, und eilte zu ihm. „Geht es dir gut?"

Er gab ihr keine Antwort.

„Lass mich mal schauen." Sie zog seine Hand von seiner Nase weg und atmete erschrocken ein. „Oh, Adam. Oh, Liebling. Ist sie gebrochen?"

Er zuckte die Achseln und verzog dann das Gesicht.

Sie hob ihren Rock und riss ein Stück von ihrem Unterrock ab. „Hier. Drück das auf die blutende Stelle."

Er nahm den Stoff und drückte ihn sich vorsichtig auf die Nase.

Sie fuhr zu Melvin herum und ging wütend auf ihn los. „Wie konntest du nur? Wie *konntest* du nur?"

„Du kannst von Glück sagen, dass ich ihn nicht umgebracht habe!"

Sie kniff die Augen zusammen. „*Du* kannst von Glück sagen, dass du ihn nicht umgebracht hast."

Sie hob die Laterne und verschwand unter dem Baum.

Ihr Verrat traf ihn wie ein Schuss zwischen die Augen. Seit dreißig Jahren kannte er sie, liebte er sie, beschützte er sie. Und von einer Sekunde auf die andere wechselte sie die Seiten. Und hielt zu diesem Nichtsnutz. Jetzt würden sie auch noch heiraten. Er müsste sich für den Rest seiner Tage mit diesem Weiberhelden abfinden. In der Kirche. Bei Festen. Am Esstisch. Melvin knurrte wütend.

Currington blickte ihn an. Ihm war anzusehen, dass er Schmerzen hatte. Dann rappelte er sich mühsam auf die Beine. Er knöpfte sein Hemd zu, steckte es in die Hose und zog seinen Gürtel zu.

Melvin hätte ihn töten sollen. Er hätte ihn hängen sollen. Er hätte ihn totschlagen sollen. Er hätte ihm mehr verpassen sollen als nur zwei gut platzierte Fausthiebe.

Essie kam wieder unter dem Baum hervor. Ihre Haare waren hochgesteckt, ihre Bluse war wieder in Ordnung. Sie hatte ihre Angelrute und ihren Spinnerkasten in der Hand.

Ein trotziges Funkeln leuchtete aus ihren Augen. Keine Träne war zu sehen.

„Gehen wir", fuhr Melvin die beiden wütend an.

Adams Blutung hatte fast aufgehört. Essie riss einen frischen Streifen von ihrem Unterrock ab. Er nahm den Stoff und presste ihn an seine Nase. Dann nahm er ihr die Angelrute und den Spinnerkasten ab.

Der Heimweg war ihr noch nie so lange erschienen. Ihre Gefühle schwankten zwischen Beschämung, Wut und grenzenloser Angst. Zu ihrer Überraschung fürchtete sie sich weniger davor, ihrer Mutter unter die Augen treten zu müssen. Es war ihr Vater. Sie wusste, dass er am Boden zerstört wäre. Er wäre bodenlos enttäuscht von seiner Tochter, die – in seinen Augen – nie in ihrem Leben etwas Schlimmes angestellt hatte.

Die Dinge, die Mutter immer an ihr kritisierte, waren genau die Dinge, auf die Papa besonders stolz war. Aber dieses Mal nicht. Dieses Mal waren gewiss beide schockiert. Entsetzt. Wütend.

Sie wollte ihnen nicht unter die Augen treten. Wie konnte sie das tun, wenn sie genau wusste, dass sie herausfinden würden, was sie getan hatte?

Sie machte sich so große Sorgen wegen der bevorstehenden Konfrontation, dass sie nicht einmal Zeit gehabt hatte, alles zu verarbeiten, was zwischen ihr und Adam vorgefallen war. Die Geheimnisse, die sie entdeckt hatte. Die Geheimnisse, die sie nicht entdeckt hatte.

Würden sie noch heute Abend heiraten? Würde ihr Vater die Trauung vollziehen? Würde Adam zu ihr in ihr Zimmer ziehen? Und morgen früh mit ihrer Familie am Frühstückstisch sitzen? Das wäre für alle eine unangenehme Situation.

Sie blickte zu ihm. Er schaute weder nach links noch nach rechts, sondern stur geradeaus. Seine Miene war hart, seine Nase geschwollen. Sie schob ihre Hand in seine.

Er schaute nach unten. Sein Blick wurde ein wenig sanfter und er drückte ihre Hand.

Sie liebte ihn. Er liebte sie. Was auch passieren würde, sie würden es gemeinsam durchstehen.

Als sie sich dem Haus näherten, fluchte Onkel Melvin.

„Der Bürgermeister ist noch da“, knurrte er. Dann warf

er einen finsteren Blick auf ihre Hände. „Lassen Sie sie los! Das Reden übernehme ich."

Adam ließ Essies Hand los und ging etwas auf Abstand. Sie betraten das Haus. Die beiden Ehepaare schauten von ihrem Dominospiel auf.

Bürgermeister Whiteselle war der Besitzer der Ziegelei und des Sägewerks im Süden der Stadt. Er gehörte zu den seltenen Menschen, die ihre Mitmenschen wirklich mochten, die aber trotzdem sie selbst blieben. Er war von mittlerem Körperbau, seine Ohren standen von seinem Kopf ab, sein Haaransatz zog sich immer weiter nach hinten zurück, und seine Lippen zierte ein dichter, brauner Schnurrbart. Er und Papa erhoben sich.

„Hallo", sagte Mutter. „Guten Abend. Kommt doch ..." Sie entdeckte Adams verletzte Nase und das Blut, das an seinem Hemd klebte. Sie sprang auf. „Was ist denn passiert?"

„Seine Nase stieß mit einer Faust zusammen", antwortete der Sheriff.

„Oh, du meine Güte!"

„Essie hat angeboten, dass sie ihn versorgt", sprach Onkel Melvin weiter.

Alle äußerten sich besorgt und mitfühlend. Bis auf Papa. Er kannte Onkel Melvin zu gut, um sich etwas vormachen zu lassen.

„Essie, bring Adam doch in die Küche", schlug Papa vor. „Wir anderen sollten unseren Dominoabend lieber beenden."

Sie räumten ihr Spiel weg, während Adam Essie aus dem Zimmer folgte.

Sobald sie in der Küche und außer Hörweite waren, ergriff er ihre Hand. „Das tut mir sehr leid, Mädchen. Ich habe keine Ahnung, wie der Sheriff das herausgefunden hat."

Sie unterdrückte die in ihr aufsteigende Panik und zwang sich zu einem tapferen Lächeln. „Es hat keinen Sinn, uns jetzt darüber den Kopf zu zerbrechen. Am Anfang wird es sicher schlimm sein, aber meine Eltern lieben mich. Sie werden sich beruhigen, wenn der Schock sich gelegt hat. Gemeinsam werden wir diesen Sturm schon überstehen."

Ihr fiel plötzlich auf, dass seine Nase schief war. Vorher war sie nicht schief gewesen.

„Geht es dir gut?", fragte er. „Ich meine, habe ich ... dir sehr weh getan?"

Sie schaute verlegen nach unten. „Ich komme schon klar", flüsterte sie.

Er drückte ihre Hand. „Tut mir leid."

Sie biss sich auf die Unterlippe. „Wie geht es deiner Nase?"

„Dieser Sheriff ist vielleicht ein Menschenfresser, aber an mir beißt er sich die Zähne aus."

„Setz dich", forderte sie ihn auf und ließ seine Hand los. „Ich hole dir ein paar Eisstückchen."

Sie hatte gerade Eisstückchen in ein Tuch gewickelt, als sie den Bürgermeister und seine Frau das Haus verlassen hörte. Ihre Eltern und der Sheriff waren im nächsten Moment bei ihnen in der Küche.

„Ist die Nase gebrochen?", fragte Mutter.

„Ich habe sie noch nicht untersucht", antwortete Essie, die Adam nicht beunruhigen wollte.

„Setz dich, Doreen."

Mutter zögerte, als sie Onkel Melvins ernsten Befehl hörte. Ihr Blick wanderte zwischen den vieren hin und her. „Was? Was ist denn?"

Papa zog ihr den Stuhl heraus, der gegenüber von Adam stand, und ließ die Hände auf der Rückenlehne liegen, auch nachdem Mutter sich daraufgesetzt hatte. Essie reichte Adam die Kompresse und stellte sich hinter ihn, während er sich das Eis auf die Nase drückte.

„Es tut mir leid, dass ich euch diese Nachricht überbringen muss, Doreen, aber ich habe Currington und Essie heute Abend in einer kompromittierenden Situation angetroffen."

Mutter runzelte die Stirn. „Essies Verhalten ist immer kompromittierend."

„Nun ja." Onkel Melvin räusperte sich. „Zum Glück hat *das* heute niemand gesehen. Nur ich."

„Was ist dann so schlimm?"

Papa richtete sich langsam auf. Er blickte seinen Schwager mit großen Augen an.

Onkel Melvin nickte. „Sie hat ihre Unschuld verloren, Sullivan. Tut mir leid."

Die Knöchel an Papas Händen wurden weiß, weil er die Stuhllehne so fest umklammert hielt. Sein Gesicht spannte sich an, und er durchbohrte Adam mit einem tödlichen Blick, bevor er wieder Onkel Melvin anschaute. „Gewaltsam?"

Melvin schüttelte den Kopf. Papa öffnete schockiert den Mund.

Mutter drehte sich auf ihrem Stuhl herum und sah Papa an. „Was ist hier los, Sullivan? Ich verstehe kein Wort."

„Ist das wahr, Essie?", fragte Papa.

Sie schluckte, als ihr Vater sie ungläubig anschaute. „Ja", flüsterte sie, da sie die Wahrheit nicht leugnen konnte.

Etwas Wildes und Angsteinflößendes trat nun in seine Augen. Sein stahlharter Blick wanderte zu Adam. „Und ich habe Ihnen vertraut! Ich bin für Sie eingetreten, als andere Sie vorschnell verurteilten. Und Sie zahlen mir das damit heim, dass Sie das Kostbarste besudeln, was ich habe?"

Seine Stimme wurde mit jedem Satz lauter. Adam

erwiderte Papas Blick, ohne mit der Wimper zu zucken, aber er versuchte nicht, ihm zu widersprechen.

Mutter dämmerte allmählich, wovon die anderen sprachen. „Nein. Nein. Ihr wollt damit doch nicht sagen …?“ Sie schaute Essie entsetzt an. „Du hast doch nicht … Du hast ihn doch nicht … Oh, Essie. Nein! Nicht einmal du kannst so dumm sein!“

Essie richtete sich stolz auf und holte tief Luft. „Ich liebe ihn und er liebt mich.“

„Meine Güte! Was sollen wir jetzt machen, Sullivan?“

„Die Faust, die ihn getroffen hat, war also deine?“, fragte Papa Melvin.

„Ja.“

„Ich wünschte, es wäre meine gewesen.“

Essie presste die Hand auf den Mund. *Oh, Papa.*

Mutter stand auf. „Sie müssen heiraten. Sofort.“

Aber Papa schüttelte den Kopf. „Nein. Dann wäre sie für den Rest ihres Lebens an ihn gebunden.“

„Sie ist bereits an ihn gebunden! In Gottes Augen sind sie eins.“

Essies Gesicht errötete. Sie warf einen Blick zu Adam. Er hatte sich immer noch nicht gerührt und kein Wort gesagt. Er hielt nur die Eiskompresse an seine Nase und beobachtete stumm, was um ihn herum geschah.

Papa schlug mit der Faust auf den Tisch. „Nein, Doreen. Ihn nur zu heiraten, weil sie miteinander geschlafen haben, ist ein sinnloser Grund für eine Ehe. Wir würden sie an einen Weiberhelden ketten. Das mache ich nicht. Wir jagen ihn aus der Stadt.“

„Nein!“, schrie Essie.

„Und was ist, wenn sie schwanger ist?“, rief Mutter gleichzeitig.

Eine bedrückende Stille folgte auf ihre Frage. Mutter wurde knallrot und auch Papa und Melvin. Essie öffnete verblüfft den Mund. So vieles war in so kurzer Zeit passiert, dass sie diese Möglichkeit nicht einmal in Erwägung gezogen hatte.

Sie warf erneut einen Blick auf Adam. Dieser beobachtete sie prüfend. Sie berührte ihren Bauch und lächelte zitternd.

„Sag es ihm, Melvin", forderte Mutter. „Sag Sullivan, dass sie heiraten müssen."

Aber Onkel Melvin sagte kein Wort.

Papa stürmte aus dem Zimmer und stapfte wütend in sein Büro. Mutter folgte ihm mit raschen Schritten. Essie blieb wie erstarrt stehen und hörte zu, wie die beiden sich anschrien, obwohl sie nicht verstehen konnte, was sie genau sagten. Noch nie in ihrem ganzen Leben hatte sie erlebt, dass ihre Eltern sich anschrien.

Adam nahm den Stuhl, der neben ihm stand, und zog ihn für sie heraus. Sie setzte sich langsam. Dann nahm auch er Platz.

Onkel Melvin schritt zum Fenster über der Spüle und schaute hinaus. Die Fensterscheibe spiegelte seinen harten Blick wider.

Einige Minuten später kamen Mutter und Vater zurück.

Papas Gesicht war gerötet, seine Augen schossen tödliche Pfeile ab. Er knallte die Bibel auf den Tisch. „Steht auf, ihr beiden, und bereitet euch darauf vor, euch das Jawort zu geben."

Kapitel 17

Adam nahm die Kompresse von seiner Nase und erhob sich. „Darf ich etwas sagen?“

Papa gab ihm keine Antwort. Das musste er auch nicht. Wäre er ein Drache gewesen, hätte er Feuer gespuckt.

„Bei allem gebührlichen Respekt, Sir“, fuhr Adam fort. „Ich glaube, es wäre ein Fehler, wenn wir heute Abend heiraten.“

Mit einem lauten Knurren machte Papa einen Satz auf ihn zu, aber der Tisch stand zwischen ihnen. Onkel Melvin hielt Papa fest.

Essie sprang ebenfalls auf.

„Verstehen Sie mich nicht falsch, Sir“, sagte Adam und wich einen Schritt zurück. „Ich will sie schon heiraten. Aber ich will keine Schande über sie bringen.“

„Dafür ist es jetzt wohl ein bisschen zu spät!“, fuhr Papa ihn wütend an.

„Papa, bitte!“, rief Essie.

„Halt den Mund!“, brüllte Papa sie an und riss sich von Melvin los.

Sie atmete erschrocken ein und konnte die Tränen nicht zurückhalten. Noch nie hatte Papa so etwas zu ihr gesagt oder ihr gegenüber die Stimme erhoben.

„Was ich sagen will, Sir: Wenn wir so überstürzt heiraten, dann wird das einiges Gerede verursachen. Und es besteht kein Grund dazu. Die einzigen Leute, die wissen, dass Essie und ich unsere Hochzeitsnacht schon vor der Hochzeit hatten, befinden sich hier in diesem Raum."

Papa knirschte mit den Zähnen.

„Wenn wir heute Abend heiraten, wird es die ganze Stadt wissen. Und ich sehe nicht ein, dass wir Essie das antun müssen."

Mutter berührte vorsichtig Papas Arm. „Damit hat er recht, Sullivan."

„Was schlagen Sie vor?", fragte Onkel Melvin Adam.

„Dass wir unsere Absichten bekannt geben. Dass ich Essie offiziell den Hof mache. Und dass wir am Ende des Monats oder so heiraten."

Essies Herz schlug höher. Er war bereit, auf sie zu warten, um sie vor den bösen Zungen zu beschützen.

„Das wäre vielleicht das Beste", überlegte Mutter.

Papa sah aus, als würde er jeden Augenblick explodieren. Er schaute Adam finster an. „Sie werden sich völlig anständig benehmen. Sie werden sie nicht einmal küssen, solange Sie sie nicht geheiratet haben."

„Papa", rief Essie aus.

„Ich habe dir gesagt, dass du ruhig sein sollst!", fuhr er sie an.

Adam versteifte sich. Essie wich zurück.

„Sullivan", zischte Mutter leise. „Sei vernünftig."

„Sei vernünftig? *Sei vernünftig!?*" Er deutete mit dem Finger auf Adam. „Er hat unsere Tochter entehrt, und du willst, dass ich *vernünftig* bin?"

Mutter keuchte. „Das genügt!"

„Das genügt noch lange nicht! Genügen würde es, wenn wir ihn am nächsten Baum aufknüpfen würden!"

Mutter drückte sich eine Hand an den Hals.

„Sullivan", sagte Onkel Melvin mit leiser Stimme.

Die zwei Freunde wechselten einen Blick. Essie wischte sich eine Träne weg, aber der folgte rasch die nächste.

„Es ist mein Ernst, Melvin." Papa atmete tief ein. „Wenn sie schon heiraten müssen, dann lasse ich nicht zu, dass er sie noch einmal anrührt, bevor die Trauung vollzogen ist."

„Ich respektiere Ihre Wünsche, Sir", entgegnete Adam. „Ich werde Ihre Tochter nur im Beisein von anderen treffen."

Papa stand da und schnaufte wie ein Pferd, das eine weite Strecke gelaufen war.

„Also gut", meinte Mutter und zupfte ihre Manschetten gerade. „Dann ist das ja geklärt. Jetzt suchen wir einen Termin aus. Ich finde, er sollte lieber früher als später sein – für den Fall, dass Essie ein Kind erwartet."

Alles geschah so schnell. Niemand fragte sie, was sie wollte. Immerhin ging es um ihre Hochzeit.

„Wie wäre es mit dem Tag, an dem das Herbstfest stattfindet?", schlug Onkel Melvin vor. „Die ganze Stadt wird dort sein und die Hochzeit wäre sozusagen nicht die einzige Attraktion. Dadurch haben die Leute andere Dinge, über die sie reden können, als die Hochzeit."

Essie runzelte die Stirn. Sie *wollte*, dass über ihre Hochzeit geredet wurde. Sie wollte, dass es eine große Sache wäre, nicht ein Randgeschehen, das neben dem Herbstfest die zweite Geige spielte.

„Also gut, beim Herbstfest", nickte Papa. „Jetzt verschwinden Sie aus meinem Haus."

„Papa!"

Adam drückte schnell ihren Arm. „Ja, Sir." Er drehte sich zu ihr um.

Sie zwang sich, sich zu entspannen. Die Einzelheiten der Hochzeit könnten später geklärt werden. Im Moment wollte sie Adam beruhigen.

Sie hatte immer gehört, dass die Augen das Fenster zur Seele seien. Deshalb zeigte sie ihm ihr Herz und gewährte ihm einen Blick in ihr Innerstes. *Ich liebe dich.*

Seine Miene wurde sanfter. „Ich sehe dich morgen, Mädchen“, flüsterte er und zwinkerte ihr zu.

Onkel Melvin folgte Adam zur Haustür. Ihre Schritte hallten auf dem Holzboden wider. Als beide Männer fort waren, drehte Papa sich zu ihr um.

„Geh auf dein Zimmer“, stieß er wütend hervor. „Sofort. Bevor ich etwas sage, das ich später bereue.“

Sie nahm ihre Röcke in die Hand, lief die Treppe hinauf in ihr Zimmer und knallte die Tür hinter sich zu.

❖

Essie kroch unter ihre Decke, zog sie sich bis zum Hals hoch und suchte Trost in der Wärme ihres Zimmers. Weder Mutter noch Papa war bis jetzt nach oben gekommen. Sie fragte sich, worüber sie sprachen. Über Adam. Über sie. Über das, was passiert war.

Sie dachte an die zahlreichen Male zurück, in denen ihr Vater sich in brisanten Situationen befunden hatte. Als Richter erlebte er so etwas oft. Aber niemals, kein einziges Mal, hatte sie erlebt, dass er die Beherrschung verloren hatte – obwohl es bei mehreren Fällen sehr verständlich gewesen wäre.

Das jetzt zu erleben und zu wissen, dass sie die Ursache dafür war, erfüllte sie mit großem Bedauern. Sie hatte nicht darüber nachgedacht, wie sich ihre Entscheidung, sich Adam hinzugeben, auf andere auswirken würde. Sie hatte naiv angenommen, das ginge nur sie selbst und Adam etwas an. Jetzt war es zu spät. Für den Rest ihres Lebens würden Adam und Papa diese Nacht in Erinnerung behalten. Und sie ebenfalls.

Jetzt, da sie allein war, ließ sie ihren Tränen, die sie schon den ganzen Abend nur mit Mühe zurückgehalten hatte, freien Lauf. Sie wollte, dass Adam und Papa miteinander klarkämen. Dass sie einander mochten. Dass sie einander respektierten. Dass sie Freunde würden.

Wie lange würde die Kluft zwischen ihnen bestehen? Ein Leben lang? Sicher nicht. Aber Papa war von Beruf Richter. Wenn er ein Urteil fällte, tat er dies mit Bestimmtheit und mit Endgültigkeit.

Würde diese Bitterkeit sich auch auf seine Enkelkinder auswirken? Sie konnte sich dies nicht vorstellen. Andererseits hätte sie sich auch nicht vorstellen können, dass Papa so reagieren würde, wie er das heute Abend getan hatte.

Sie dachte an das beruhigende Lächeln und Zwinkern, mit dem Adam sie bedacht hatte, bevor er gegangen war. Würden genau die Dinge, die sie an ihm charmant fand, Papa am meisten abstoßen? Oh, hoffentlich nicht. Denn wenn Adam versuchen würde, diese Dinge zu unterdrücken, würde er sich selbst unterdrücken.

Die Treppe knarrte. Essie hielt den Atem an.

„Oh, Sullivan“, kam Mutters ersticktes Schluchzen, als sie und Papa oben ankamen und an Essies Tür vorübergingen. „Was machen wir nur, wenn …?“

„Schhh“, beruhigte er sie, obwohl seine Stimme heiser klang, als er flüsterte: „Wir setzen unser Vertrauen auf Gott. Und wir beten …“ Ihre Tür fiel leise ins Schloss und Essie hörte nichts mehr.

Sie rollte sich auf die Seite, schob sich ihr Kissen unter den Kopf und schloss die Augen, als eine neue Tränenflut sie überrollte. Eine Grille vor ihrem Fenster rief laut und sehnsüchtig nach ihrem Partner.

Zum ersten Mal in ihrem Leben erkannte Essie, wie traurig das Tier war. Die Verzweiflung, die in dem Zirpen mitschwang. Sie begriff, dass nach dem heutigen Abend niemand sie so trösten könnte, wie Adam es konnte. Niemand. Oh, sie wünschte sich so sehr, jetzt von ihm in den Armen gehalten zu werden.

Sie erlaubte sich, in ihren Gedanken Revue passieren zu lassen, was unter dem Magnolienbaum geschehen war, bevor Onkel Melvin aufgetaucht war. Da es so dunkel gewesen war, gab es keine Bilder, an die sie sich erinnern konnte. Nur Geräusche. Berührungen. Gefühle.

Anfangs war es faszinierend gewesen. Aber nach einer Weile hatte sie festgestellt, dass einige der Intimitäten ihr nicht gefielen. Einige waren richtiggehend schmerzhaft gewesen. Aber sie hatte Adam nicht enttäuschen wollen. Also hatte sie ihn gewähren lassen. Doch wenn sie ehrlich war, hatte sie sich eher wie eine Märtyrerin gefühlt und nicht wie eine Partnerin.

Vielleicht wurde dieser Akt deshalb als „eheliche Pflicht" bezeichnet. Sie seufzte. Was für eine Schande, denn es hatte so wunderbar begonnen.

Sie berührte durch ihr Nachthemd ihren flachen Bauch. Konnte es sein … War es möglich, dass sie tatsächlich schwanger war? Würde die Intimität, die sie miteinander erlebt hatten, ihr das Wunder eines Babys schenken? Ein Teil von ihr? Ein Teil von ihm?

Sie fragte sich, wie ihr Kind wohl aussehen würde. Sie malte sich aus, wie sie zu dritt gemeinsam zur Kirche gingen.

Während sie allmählich einschlummerte, wurde ihr bewusst, dass sie Adam nie gefragt hatte, welcher Denomination er angehörte. Das müsste sie morgen früh gleich als Erstes tun.

Essie konnte nicht glauben, dass sie so lang geschlafen hatte. Die Entscheidung, was sie an dem Tag anziehen sollte, an dem die Stadt von ihrer Verlobung erfuhr – während sie selbst gleichzeitig wusste, dass es der Tag war, nachdem ihre Eltern sie mit ihrem Liebhaber erwischt hatten –, war äußerst schwierig.

Sie wollte etwas Leichtes, Sorgloses und Schmeichelndes anziehen. Aber das wagte sie nicht. Also wählte sie ein maulwurfgraues Kaschmirhauskleid, das perfekt geeignet war, um es zu Hause zu tragen, das ihr aber gleichzeitig sehr gut stand. Es hatte eine kleine, eng sitzende Passe aus schwarzem Samt um die Taille und einen züchtigen hohen Kragen aus demselben Samt. Die Ärmel saßen eng und hatten spitze Manschetten an den Handgelenken.

Mit Ausnahme der gedämpften Stimmen, die aus der halb offenen Tür zu Papas Büro drangen, war es still im Haus. Sie holte tief Luft, ging daran vorbei, ohne hineinzuschauen, und begab sich geradewegs zur Küche.

„Essie?“, rief Papa.

Sie blieb stehen, drehte sich um und drückte die Tür auf. Mutter und der Sheriff saßen auf der anderen Seite von Papas großem Schreibtisch. Mutters Augen waren rot. Als sie Essie anschaute, schossen ihr Tränen in die Augen. Sie bedeckte sie mit einem Taschentuch, erhob sich und eilte aus dem Zimmer.

Onkel Melvin stand langsam von seinem Stuhl auf. „Guten Morgen.“

Ein deutlich spürbarer Ärger auf ihren Onkel, dessen sie sich nicht einmal bewusst gewesen war, drang an die Oberfläche. Sie gab Melvin keine Antwort auf seinen Gruß.

Er warf einen Blick auf Papa. „Bis später“, sagte er. Dann blieb er zögernd vor ihr stehen. „Essie, ich …“

Sie hob das Kinn, wandte ihren Blick aber nicht von einem Punkt hinter seiner Schulter ab.

„Ich musste tun, was ich getan habe“, meinte er entschuldigend. „Das siehst du bestimmt ein.“

Aber sie sah nur, dass ihr geliebter Onkel Adam die Nase gebrochen hatte. „Soll ich dich zur Tür begleiten?“, fragte sie. Ihr Tonfall war beherrscht.

Mit einem hörbaren Seufzer setzte er seinen Hut auf. „Nein danke. Ich finde allein hinaus.“

Sie trat zur Seite, damit er an ihr vorbeigehen konnte. Dann schaute sie ihrem Vater in die Augen. Er sah aus, als wäre er in einer einzigen Nacht um zehn Jahre gealtert. Zum ersten Mal fiel ihr auf, dass er fast genauso viele weiße wie graue Haare hatte. Seine Wangen hingen schlaff nach unten. Sein Blick war trüb.

„Komm herein“, forderte er sie auf. „Und mach die Tür hinter dir zu.“

Ihr Magen verkrampfte sich. Sie schloss die Tür.

„Setz dich.“

So formell. Sie strich ihren Rock glatt und setzte sich ihm gegenüber auf den gepolsterten Stuhl.

„Ich will sofort zur Sache kommen.“ Er holte tief Luft. „Currington hat die Stadt verlassen.“

Sie runzelte die Stirn. „Was?“

„Er ist fort, Essie. Er hat die Flucht ergriffen. Er hat das Weite gesucht.“

Sie schüttelte den Kopf. „Du irrst dich.“

„Leider nicht.“

Sie dachte an das Lächeln und das Zwinkern, mit dem Adam sie angeschaut hatte. „Ich glaube dir nicht.“

„Jeremy kam heute Morgen, weil Currington nicht zur Arbeit erschien. Also schickte ich Melvin zu seiner Pension. Mrs Williams sagte, Currington habe gestern Nacht seine Sachen gepackt, die restliche Monatsmiete gezahlt und sei verschwunden. Wir haben die Stadt nach ihm abgesucht. Er ist fort.“

„Es muss eine andere Erklärung dafür geben. Das weiß ich ganz sicher.“ Aber mit einem Mal war sie sich gar nicht mehr sicher.

Papa lehnte sich auf seinem Stuhl zurück, legte die Fingerspitzen vor seiner Brust zusammen und wartete. Er wartete darauf, dass sie die Wahrheit akzeptierte.

Aber das konnte sie nicht. Adam liebte sie. Das wusste sie. Sie kramte in ihrem Gedächtnis und versuchte, sich zu erinnern, wann er ihr das gesagt hatte. Ihr drehte sich fast der Magen um. Denn obwohl sie ihm ihre Liebe bekundet hatte, hatte er diese Worte nie tatsächlich zu ihr gesagt. Er hatte sie nur impliziert. Durch sein Tun.

Sie atmete tief ein, um neuen Mut zu fassen. „Er hat gesagt, dass er mich heute besuchen kommt. Das hat er auch so gemeint. Ich habe keinen Zweifel, dass er jeden Augenblick hier sein wird.“

„Das Wort eines Mannes, der hilflose Frauen ausnutzt, ist wertlos.“

Sie sprang auf. „Du hast etwas getan“, schrie sie. „Als ich gestern Abend ins Bett ging. Du hast ihn bedroht, nicht wahr? Oder ihm Geld gegeben. Sag es mir.“

Papas Gesicht verriet keine Regung. „Bei meiner Ehre, ich habe nichts dergleichen getan. Und auch deine Mutter nicht. Und dein Onkel auch nicht. Dieser Hund hat den Schwanz eingezogen und das Weite gesucht. Er hat dich vor dem Altar stehen lassen, ohne sich darum zu scheren, ob du ein Kind von ihm erwartest oder nicht.“

Sie verschränkte die Arme über ihrem Bauch und fragte sich, wer da gerade gestöhnt hatte. Nach einer Weile wurde ihr bewusst, dass sie es gewesen war.

Papa blieb sitzen. Auf seinem Gesicht zeigte sich keine Spur von Mitgefühl oder Mitleid. „Du bist von deinen Aufgaben bei ‚Sullivan Oil‘ entbunden.“

Sie sank zurück und schüttelte den Kopf. „Was?“

„Deine Mutter hatte recht. Es ist meine Schuld, dass das alles passiert ist. Ich habe dir viel zu viel Freiheiten gelassen und habe dich ermutigt, die gesellschaftlichen Regeln zu missachten. Damit ist jetzt Schluss."

„Nein, Papa!"

Er beugte sich vor und stützte seine Arme auf den Schreibtisch. „Ich übergebe dich deiner Mutter. Sie wird bestimmen, was du tust. Und ich werde hinter jeder Entscheidung, die sie trifft, stehen und sie unterstützen."

Essie umklammerte die Armlehnen des Stuhls. „Bitte, Papa, bitte. Tu das nicht. Ich … ich weiß, dass ich dich verletzt habe. Ich weiß, dass ich dich beschämt habe. Aber bitte! Mutter wird mich erdrücken. Sie wird jedes Vergnügen, das ich im Leben habe, auslöschen."

Ein harter Zug trat auf sein Gesicht. „Ich würde sagen, du hattest in letzter Zeit so viel *Vergnügen*, dass es für ein ganzes Leben lang reicht."

Sie atmete hörbar ein. Eine Ohrfeige hätte sie nicht tiefer verletzen können. Aber statt der Tränen, die sie erwartete, meldete sich Wut.

„Wie kannst du es wagen?", fauchte sie ihren Vater an.

Er erhob sich langsam, warf die Schultern zurück und ließ sie die Macht sehen, von der sie immer gewusst hatte, dass ihr Vater sie besaß. Aber nie zuvor war sie gegen sie gerichtet gewesen.

„Nein", sagte er. „Wie kannst *du* es wagen?"

❖

Sie wartete den ganzen Tag, aber Adam kam nicht.

Am nächsten Morgen ließ sie das Frühstück ausfallen und wühlte wütend in der Werkzeugkiste ihres Vaters. Als sie einen Hammer fand, nahm sie diesen, holte einen kleinen Holzkeil aus dem Holzstoß und stürmte ins Haus.

Lautstark knallte sie die Tür hinter sich zu. Sie warf einen Stuhl um, der ihr im Weg stand. Dann stapfte sie zur obersten Treppenstufe und begann, die Nägel aus dem Geländer zu entfernen.

Sie konnte kaum sehen, was sie tat, weil Tränen der Verzweiflung und der Wut ihren Blick trübten. Aber gleichgültig, was es sie kostete, diese Nägel kämen heraus. Heute. Jetzt. Noch in dieser Minute.

Einen nach dem anderen löste sie aus dem Geländer und ließ sie durch die Luft fliegen. Sie war enttäuscht, dass die Nägel bei der Landung auf dem Boden nur ein kümmerliches Geräusch von sich gaben. Mutter kam aus dem hinteren Teil des Hauses und blieb abrupt stehen.

Essie hielt inne und durchbohrte sie mit einem Blick, der ihre dominante Mutter zwang, einen Schritt zurückzuweichen.

„Eines will ich klarstellen, Mutter", sagte Essie und versuchte nicht, ihren Tränenstrom zu verbergen. „Wenn ich das Geländer hinunterrutschen will, werde ich auch hinunterrutschen. Wenn ich einem Papagei das Fluchen beibringen will, werde ich einem Papagei das Fluchen beibringen. Wenn ich mich jedem Mann im Land hingeben will, dann werde ich mich jedem Mann im Land hingeben. Und ich fordere dich heraus – nein, ich *bitte* dich, hier heraufzukommen und zu versuchen, mich aufzuhalten."

Traurigkeit und Zärtlichkeit traten auf Mutters Gesicht. Papa riss die Tür seines Büros auf. Sein Blick war wutentbrannt.

„Nein", sagte Mutter zu ihm.

Er blieb abrupt stehen, aber sein Brustkorb hob und senkte sich so stark wie die Seilvorrichtung an Adams Bohrturm. „Ich werde nicht ..."

Ihre Mutter kniff die Augen zusammen und brachte ihren Mann mit ihrem Blick zum Schweigen. Er fuhr herum, kehrte in sein Büro zurück und knallte die Tür hinter sich zu. Mutter verschwand auf demselben Weg, auf dem sie gekommen war. Essie setzte ihre Arbeit fort, wenn auch mit ein bisschen weniger Dampf.

Einige Momente später kam Mutter wieder und schritt geradewegs zur untersten Stufe. Mit einem Hammer und einem Holzkeil begann sie, die Nägel aus dem unteren Teil des Geländers zu entfernen.

Essie schluckte. Nach einem kurzen Blick machte sie unbeirrt weiter. Jeder Nagel brachte sie dem Ende ihrer Arbeit und ihrer Mutter näher. Mutter entfernte den letzten Nagel aus dem Holz.

Die beiden standen mitten auf der Treppe und schauten einander an. Die weiße, glatte Haut, auf die ihre Mutter so stolz war, war fleckig und geschwollen.

Sie hielt Essie mit offener Hand den Nagel hin. Essie nahm ihn und schleuderte ihn trotzig durch die Eingangshalle. Er flog von einer Wand gegen die andere und dann auf den Boden und blieb schließlich rollend liegen.

„Oh, Essie", seufzte Mutter. „Es tut mir so, so leid, mein Schatz."

Was? Das mit den Nägeln? All die Verbote? Die kritischen Dinge, die sie im Laufe der Jahre immer wieder über Essie gesagt hatte? Oder tat es ihr leid, dass die Träume und die Hoffnungen ihrer Tochter durch einen Mann zerschlagen worden waren, der sie nur benutzt und dann sitzengelassen hatte, um zu grüneren, jüngeren Weiden aufzubrechen?

„Was?", keuchte Essie.

„Alles", antwortete Mutter. Dann breitete sie die Arme aus.

Essie zögerte nur einen Moment, bevor sie sich in ihre Arme fallen ließ, schluchzte, jammerte und den ganzen Kummer, der sie quälte, aus sich herausweinte.

Mutter hielt sie fest. Wiegte sie. Streichelte ihren Kopf.

Sie hörte, wie Papas Bürotür aufging. Und sie wusste, dass die beiden einander über ihre Schulter anschauten und trauerten, einfach, weil ihre Tochter trauerte.

Kapitel 18

Essies Beine begannen einzuschlafen. Aber sie gab ihre kniende Haltung dennoch nicht auf.

Wenn du Adam zurückbringst, verspreche ich dir, dass ich mehr Zeit mit deinem Wort verbringe. Ich werde mehr darin lesen, mehr Stellen auswendig lernen, mich mehr damit befassen.

Sie zermarterte sich den Kopf auf der Suche nach den Dingen, die Gott gefallen würden.

Ich arbeite mehr für die Kirche. Ich putze den Gottesdienstraum, bringe Pflanzen hin, um ihn zu verschönern, unterrichte in der Sonntagsschule. Wenn du nur Adam zu mir zurückbringst.

Sie lehnte die Stirn an ihre Bettkante.

Ich verbringe mehrere Tage in der Woche im Waisenhaus. Ich kümmere mich um die Kinder, lehre sie einige Fertigkeiten, überschütte sie mit Zuneigung. Bitte, Herr. Bring Adam zurück.

Sie fragte sich, ob sie wohl ein Kind von Adam erwartete. Einerseits wollte sie so sehr ein Baby, dass sie es kaum glauben konnte. In diesem Augenblick war es ihr völlig gleichgültig, was die Leute in der Stadt dazu sagen würden, wenn sie erfuhren, dass sie ein Kind erwartete, obwohl sie unverheiratet war. Aber sie wusste, dass ihr das eines Tages nicht mehr gleichgültig sein würde.

Sie wollte nicht, dass das Kind mit dem Stigma aufwüchse, ein Bastard zu sein. Sie hatte nie persönlich ein uneheliches Kind kennengelernt, aber sie hatte gehört, dass diese Menschen wie Ausgestoßene behandelt wurden. Sie konnte sich nicht vorstellen, dass ihre Freunde und Nachbarn das tun würden. Andererseits konnte sie es sich vielleicht doch vorstellen.

Aber sie konnte sich nicht überwinden zu beten, dass sie kein Baby erwartete. Stattdessen lag sie Gott weiterhin mit der Bitte in den Ohren, Adam zu ihr zurückzubringen.

Sie dachte daran, ihre Sünde zu bekennen, zu beichten, dass sie Unzucht getrieben hatte, aber sie war nicht sicher, ob sie es wirklich bereute. Sie wusste, dass sie es sollte. Aber es tat ihr nicht nur leid.

Oh, ihr tat es leid, dass sie ihren Eltern dadurch so viel Schmerz zugefügt hatte. Ihr tat es leid, dass sie ihrem ungeborenen Kind so viel Leid zufügen würde – falls es ein Kind gab –, und die Schande, die das für ihre Eltern bedeuten würde. Aber es tat ihr nicht leid, dass sie gelernt hatte, was zwischen einem Mann und einer Frau geschah.

Sie hatte sich das immer gefragt und jetzt wusste sie es.

„Es tut mir leid, dass es mir nicht leidtut", flüsterte sie. „Aber bitte, bitte, könntest du nicht trotzdem Adam zu mir zurückbringen?"

Ihr Verhandeln verwandelte sich in Betteln.

Ein Klopfen ertönte an ihrer Zimmertür. „Essie?"

Essie blieb knien, wo sie war. Die Tür wurde knarrend geöffnet.

Ihre Mutter trat ein und ließ sich auf den Rand ihrer Matratze sinken. „Komm und setzt dich einen Moment zu mir."

Ein schmerzhaftes, eisiges Prickeln schoss durch ihre Beine und Füße, als sie sich zu ihrer Mutter aufs Bett setzte. Vielleicht sollte das ihrer Buße dienen.

„Du musst nach unten kommen und etwas essen."

„Ich habe keinen Hunger."

„Trotzdem. Du hast den ganzen Tag nichts gegessen."

Essie fragte sich, ob sie für den Rest ihres Lebens an den Tagesplan ihrer Mutter gebunden wäre. Ob sie bis zum Tod ihrer Eltern und schließlich bis zu ihrem eigenen Tod in diesem Haus, in diesem Zimmer leben würde.

Es war kein schlechter Ort, aber sie wollte nicht im Haus ihres Vaters wohnen. Sie wollte sein wie andere Frauen. Sie wollte ihr eigenes Leben führen. Aber es gab nur eine einzige Möglichkeit, das zu erreichen. Und ihre Fahrkarte in die Freiheit hatte sie sitzengelassen.

Bitte, Gott. Bitte.

„Die Frauen aus der Kirche verkaufen beim Herbstfest selbst gebackene Kuchen", erklärte Mutter. „Sie brauchen noch Damen, die am Tisch die Sachen verkaufen. Ich habe versprochen, dass du helfen würdest."

Am Vortag hätte Essie ohne das geringste Zögern zugestimmt. Heute störte es sie, dass ihre Mutter sie verplante.

„Ich bin nicht sicher, ob ich zum Herbstfest gehe."

„Natürlich gehst du."

„In Zukunft möchte ich nicht, dass du ohne meine Erlaubnis irgendjemandem meine Dienste anbietest."

Mutter seufzte. „Wenn du jetzt nach Mr Curringtons plötzlichem Verschwinden zu Hause bleibst und Trübsal bläst, werden die Leute eins und eins zusammenzählen. Du musst so tun, als sei nichts gewesen."

„Das kann ich nicht."

„Du musst."

„Das werde ich nicht tun."

Mutter erhob sich. „Doch, das wirst du tun, Esther. Doch, du tust es."

Essie weigerte sich, etwas zu sich zu nehmen.

„Ich faste", teilte sie ihrer Mutter mit und schloss die Tür hinter dieser. Dann klemmte sie einen Stuhl unter den Türgriff und las in ihrer Bibel.

Sie las das Buch Prediger.

Alles ist vergänglich und vergeblich ... Ich gönnte mir alles, was meine Augen begehrten, und erfüllte mir jeden Herzenswunsch ... Mein Lachen erschien mir töricht und das Vergnügen – was hilft es schon?

Sie lernte Verse auswendig. Dann ganze Kapitel. Sie achtete nicht auf die Bitten ihrer Mutter, aus ihrem Zimmer zu kommen. Auf die Befehle ihres Vaters, die Tür aufzuschließen.

Aus Stunden wurde ein Tag, dann zwei Tage. Sie las immer noch. Lernte immer noch Verse auswendig. Fastete. Jesus hatte es vierzig Tage ohne Essen ausgehalten. Sie konnte dieses Opfer doch sicher auch bringen.

Sie machte sich keine Sorgen wegen ihres Babys – falls es überhaupt eines gab. Sie hatte den festen Glauben, dass Gott sich darum kümmern würde. Immerhin fastete sie. Eine Anstrengung, die Gott sicher damit belohnte, dass er das Baby, das er vielleicht geschaffen hatte, beschützen würde.

Papa trat schließlich die Tür auf. Sein Gesicht war knallrot. Ob aus Ärger oder wegen der körperlichen Anstrengung konnte sie nicht genau sagen. Sie starrte ihn an, ungerührt und unnachgiebig. Mutter führte sie in die Küche und gab ihr etwas zu essen.

Das Essen bekam ihr nicht und verließ ihren Magen, kaum dass es ihn erreicht hatte. Sie hatte keine Energie. Kein Interesse, Fahrrad zu fahren. Keinen Willen, etwas anderes zu tun, als zu schlafen und in ihrer Bibel zu lesen. Zum ersten Mal wurde ihr bewusst, was für eine Last sie für ihre Eltern sein musste. Sie hatte immer nur Fehler gemacht und wahrscheinlich würde sie nie etwas anderes machen. Sie hätte schon längst flügge werden müssen. Aber sie saß immer noch in ihrem Nest, immer noch im Haus ihrer Eltern. Aß das Essen ihrer Eltern. Störte deren Privatsphäre. Gab das Geld ihrer Eltern für schöne Kleider aus.

In den folgenden Wochen beschränkte sie sich auf schlichteste Kleidung. Dunkle Röcke, weiße Blusen, keine Hüte. Sie versuchte, nicht zu viel zu essen, um ihnen keine Last zu sein. Sie arbeitete viel im Haus und im Garten. Sie sammelte alle ihre Hüte ein und steckte sie in Jutesäcke.

„Was machst du denn da?“, fragte ihre Mutter.

„Ich gebe meine Hüte den Armen“, entgegnete sie, als sie mit drei vollen Säcken die Treppe herabkam.

Mutter deutete auf eine Ecke im Flur. „Stell sie dorthin. Ich habe auch noch einiges, das ich weggeben will. Ich stecke deine Sachen zu meinen dazu.“

Am nächsten Tag waren die Säcke verschwunden. Essie fragte sich, wie es wohl wäre, wenn sie eine andere Frau in der Stadt mit einem ihrer Hüte auf dem Kopf sähe. Sie fragte sich, ob ihr das etwas ausmachen würde.

Sie trug einen Korb Bettwäsche hinaus zur Wäscheleine. Ihre Mutter trat zu ihr und half ihr, sie aufzuhängen.

„Ich bekomme kein Kind“, verkündete Essie, während sie die Ecke eines Lakens auf der dort gespannten Leine mit einer Klammer befestigte, bevor sie die zweite Ecke feststeckte.

Mutter hielt mit einem Kissenbezug in der Hand inne. Sie sagte nichts. Weder etwas Gutes noch sonst etwas.

❖

Essie nahm die nächste Pekannuss aus dem Eimer, knackte die Schale und begann dann, die Nuss herauszuholen. Die

Sonne war vor über einer Stunde aufgegangen, aber sie hatte schon, lange bevor der erste Lichtstrahl den Himmel berührt hatte, auf der Veranda gesessen und knackte seither Nüsse.

In dem Versuch, den kühlen Wind abzuwehren, rückte sie eine Decke zurecht, die sie sich über die Schultern geworfen hatte.

Ihre Mutter drückte die Mückengittertür auf und trat auf die hintere Veranda hinaus. „Heute findet das Herbstfest statt."

Der Tag, an dem Essie Adam hätte heiraten sollen. Die junge Frau legte eine geschälte Nuss in die Schüssel, die neben ihr stand.

„Hast du schon entschieden, was du anziehen willst?", erkundigte sich ihre Mutter.

„Ich werde nicht hingehen." Sie knackte die nächste Nuss.

„Dann verpasst du den Mann auf dem Hochseil."

„Ich habe kein Interesse mehr an solch oberflächlichen Vergnügungen."

Mutter setzte sich auf einen Schaukelstuhl. „Essie, Liebes. Ich glaube, es ist Zeit, dass wir miteinander reden."

Essie zog eine Braue in die Höhe. „Ich glaube, es ist ein bisschen zu spät, um mir zu erklären, wo die kleinen Babys herkommen. Findest du nicht?"

Mutter errötete, blieb aber ruhig. „Ehrlich gesagt, vermute ich, dass es da noch einiges gibt, das du nicht weißt, aber darüber wollte ich jetzt nicht mit dir sprechen."

Die Sonne berührte eine Ecke der Veranda, konnte aber die Kälte, die in der Luft lag, noch nicht vertreiben. Essies Finger schmerzten vor Kälte. Sie achtete nicht darauf und knackte die nächste Nuss.

Mutter befeuchtete sich die Lippen. „Man bringt jungen Frauen bei, dass sie, wenn sie ihre Unschuld verlieren, damit gleichzeitig ihr Recht auf eine Heirat verlieren." Sie machte eine Pause. „Du sollst wissen, dass dein Vater und ich diese Einstellung nicht teilen."

Die Nuss, die Essie gerade öffnete, zerbrach. Sie steckte sich die kaputte Nuss in den Mund, aber die trockene Oberfläche war rau und schwer zu schlucken.

„Was ich dir damit zu sagen versuche: Falls du denkst, du könntest wegen der Sache, die zwischen dir und diesem jungen Mann vorgefallen ist, nicht mehr heiraten, wirst du feststellen, dass dies nicht stimmt."

„Oh, Mutter", seufzte Essie und schüttelte traurig den Kopf. „Welche Meinung du und Papa zu solchen Dingen habt, ist ohne Bedeutung. Es geht doch darum, was der infrage kommende Mann denkt. Und ich würde vermuten, dass kein Mann Ware aus zweiter Hand haben will. Außerdem kann ich nicht glauben, dass irgendein Mann mich will, gleichgültig, ob ich nun unberührt bin oder nicht."

„Ich glaube fest daran, dass Gott jemanden für dich hat."

Essie verdrehte die Augen. „Gibt es sonst noch was?"

„Du darfst deine Lebensfreude nicht aufgeben", sprach Mutter weiter und beugte sich vor. „Du brauchst auch deine Hüte nicht aufzugeben, nur weil du einen Fehler gemacht hast."

„Vielleicht *will* ich ja diese Dinge aufgeben. Vielleicht habe ich genug von Abenteuern, extravaganten Hüten und wildem Leben. Das alles hat mir nichts als Spott und Schande eingebracht. Ich kann nicht glauben, dass ausgerechnet du versuchst, mir ein züchtiges Leben auszureden."

„Oh, Essie. Ich versuche doch nur, dir klarzumachen, dass der Versuch, dich in das Bild zu zwängen, das die Stadt von einer ‚anständigen Frau' hat, dir nicht hilft,

Gottes Gnade zu erfahren. Du hast einen Fehler gemacht. Es war nicht dein erster Fehler und es war bestimmt auch nicht dein letzter Fehler."

„So hast du mich aber nicht erzogen. Woher kommt dieser plötzliche Sinneswandel?"

„Vielleicht habe ich erkannt, dass es unter den gegebenen Umständen eigentlich kein Grund zur Besorgnis ist, wenn du Fahrrad fährst und das Treppengeländer hinabrutschst."

„Das spielt jetzt sowieso keine Rolle mehr", erklärte Essie. „Mein neues Ich mit all den guten Werken und einem stillen Leben wird Gott gefallen. Ich werde keine Fehler mehr machen."

Die Sonnenstrahlen wanderten weiter und berührten nun den Saum von Essies Rock.

„Du kannst dich nicht selbst gerecht machen, indem du einfach dein Verhalten änderst", erwiderte Mutter.

Essie versteifte sich. „Ich weiß nicht, was du meinst."

„Als Jesus am Kreuz starb, hat er deine Sünde auf sich genommen. Genau die Sünde, die du mit Mr Currington begangen hast. Und auch alle anderen Sünden, die du in der Vergangenheit begangen hast und die du in der Zukunft noch begehen wirst."

Essie knackte die nächste Nuss und schluckte den Kloß hinunter, der sich in ihrer Kehle bildete.

„Schätzst du Jesu Opfer so gering, dass du versuchst, dir selbst den Weg in den Himmel zu verdienen, und es ihm dadurch ins Gesicht schleuderst?" Mutter erhob sich.

Essies Finger hielten inne.

„Sag mir eines, Liebes: Was würde Gottes Gnade helfen, wenn wir sie nie bräuchten?"

Sie kehrte wieder ins Haus zurück und ließ Essie allein. Die Hände der jungen Frau lagen ruhig in ihrem Schoß. Eine halb geschälte Nuss rollte aus ihren Fingern und landete klappernd auf der Veranda. Die Sonne kroch langsam an ihrem Rock hinauf und auf ihren Schoß und schenkte ihr zum ersten Mal seit langer, langer Zeit Wärme.

❖

Kutschen füllten die Straßen. Einspänner, Zweispänner und sogar einige dieser winzigen Wagen, in denen kaum genug Platz für zwei Personen war. Pferde tänzelten durch die Straßen und wirbelten Staub auf, während sie sich klappernd durch die Menge vorwärtsbewegten.

Ein riesiges Zelt war in der Neunten Straße aufgestellt worden. Unter seinem Schutz standen lange Reihen mit Tischen und Verkaufsbuden, an denen alle nur erdenklichen Waren feilgeboten wurden. Kinder verlangten Karamellbonbons. Frauen standen um Quiltdecken herum. Männer wetteten auf das Pferderennen, das später an diesem Tag stattfinden würde.

Mr Lyman hatte seinen alten Wagen neben dem Zelt aufgestellt. Der Geruch seines würzigen Chilis erfüllte die Luft. Er rührte das Essen in einem großen eisernen Topf über einem Holzkohlenfeuer um. Eine Schüssel Chili wurde für fünf Cent verkauft. Dazu gab es kostenlos so viele Kräcker, wie man essen konnte. Sein Hund, Wolf, lag neben seinem Herrchen und wich keinen Augenblick von seiner Seite.

Hoch oben in der Luft war ein Seil gespannt, das sich zwischen den Balkonen von „Keber & Cobb's Konditorei" und „Castle's Drogerieladen" über die Straße erstreckte. Ein von einem Maultier gezogener Straßenwagen warb lautstark um Fahrgäste.

Die aufregende Atmosphäre zog Essie allmählich in ihren Bann. Sie trug einen dunklen Wollrock und eine weiße Bluse unter ihrem einfachen Tuchumhang mit Samtkragen. Ihr Hut war dunkel und schlicht.

Als sie an diesem Morgen in ihr Zimmer zurückgekehrt war, hatten zwei der Säcke, die sie vor einigen Tagen ausgeräumt hatte, wieder an ihrem Bett gelehnt. Darinnen befanden sich die Hüte, die ihre Mutter hatte weggeben sollen. Den fehlenden dritten Sack hatte Mutter vermutlich tatsächlich für wohltätige Zwecke gespendet.

Essie schlängelte sich durch die Reihen im Zelt und suchte den Tisch, an dem sie arbeiten sollte. Die Frauen aus ihrer Kirchengemeinde hatten einen Stand mit Backwaren aufgebaut und Essie sollte ein paar Stunden beim Verkauf an diesem Stand helfen. Genau wie sie Gott versprochen hatte. Nur dass er seinen Teil des Handels nicht eingehalten hatte.

Sie ging an Mr Weidmanns Stand vorbei, an dem die Leute Schlange standen, um einen Obstkuchen zu kaufen. Sie winkte ihm zu, aber er war so von Kunden umringt, dass er sie nicht sah.

Schließlich fand sie ihren Tisch. Und dahinter saß Katherine Crook. Hamiltons Frau. Sie trug ein teures Kleid aus Breitschwanzfell und Moiré, die kunstvoll miteinander kombiniert waren. Unter einem hohen Chinchillakragen lag ein tieferer Kragen aus russischem Zobel. Beide Kragen umrahmten ihr zierliches Gesicht.

Ihr Hut erfüllte jedoch die hohen Ansprüche ihres Kleides bei Weitem nicht. Das flache Modell mit sehr wenig Schmuck stand im Widerspruch zum Rest ihres Kostüms. Trotzdem sah Essies Konfektionskleidung daneben armselig aus.

„Oh, hallo“, begrüßte Essie sie.

„Miss Spreckelmeyer.“ Ihr Ton war höflich, aber kühl.

„Ich soll helfen, an diesem Stand zu verkaufen. Sind Sie schon fertig oder gerade erst gekommen?“, erkundigte Essie sich, während sie hinter den Tisch trat.

„Ich bin gerade erst gekommen. Ich wusste nicht, dass

Sie mit mir hier arbeiten würden. Ich habe gehört, Sie seien, ähm, indisponiert."

„Wirklich? Wer erzählt denn so etwas?" Essie betrachtete aufmerksam die Waren auf dem Tisch und begann, sie neu anzuordnen.

„Was machen Sie denn da?"

„Ich ordne die Waren so, dass sie schöner anzuschauen sind und für den Kunden mehr Sinn ergeben." Essie legte das Schaumgebäck auf eine Seite des Tisches und die glasierten Kuchen auf die andere.

„Du solltest gut aufpassen, Liebling", sagte Hamilton, der in diesem Moment an den Tisch trat. „Essie hat eine große Begabung dafür, Dinge zu verkaufen. Ich zweifle nicht daran, dass die Stunden, in denen sie hier arbeitet, den größten Umsatz bringen werden."

Katherine gab ein verächtliches Schnauben von sich. „Also wirklich, Hamilton. Du sagst manchmal unglaublich lächerliche Dinge."

Essie blickte überrascht auf. „Hamilton. Meine Güte. Wie geht es Ihnen?"

Eine gesunde Farbe lag auf seinen runden Wangen, zweifellos von dem kalten Wetter. Aber in seinem Blick lag nichts Kühles. Er vermittelte Wärme und Herzlichkeit. Sie lächelte ihn an.

Seine eckige Brille war von seiner Nase gerutscht, und der obere Rand der Brillengläser teilte seine Augen in der Mitte. Sie verspürte den Wunsch, sie wieder nach oben zu schieben, damit sie seine braunen Augen sehen könnte, ohne von etwas anderem abgelenkt zu werden.

Er tippte an den Rand seiner Melone. „Sie waren seit Ewigkeiten nicht mehr in der ‚Toten Hose'. Haben Sie mich denn nicht vermisst, Essie? Ich habe Sie jedenfalls sehr vermisst."

Aus den Augenwinkeln heraus sah sie, dass Katherine

sich versteifte. Essie fühlte sich geschmeichelt, wusste aber nicht, was sie darauf antworten sollte.

Denn wenn sie ehrlich war, musste sie zugeben, dass sie ihn überhaupt nicht vermisst hatte.

Kapitel 19

Hamilton genoss Essies Anblick sehr. Etwas war anders an ihr. Sie war zurückhaltender. Umsichtiger. Verletzlicher.

Er hätte erwartet, dass sie zu einem solchen Anlass ihren extravagantesten Hut aufsetzen würde. Aber sie trug einen sehr unauffälligen Hut und ein dunkles Kleid.

Sie hatte ihn freundlich, aber nicht überschwänglich begrüßt. Mit ruhigen, überlegten Bewegungen ordnete sie die Sachen auf dem Tisch neu an. Ihm gefiel diese neue Essie. Sie gefiel ihm sogar ausgesprochen gut.

„Warum sind Sie nicht mehr gekommen?“, fragte er.

„Ich hatte … viel zu tun.“

„Damit, Ölquellen zu erschließen?“

„Nicht mehr. Mein Vater kam zu dem Schluss, dass diese Arbeit für eine Frau nicht angemessen sei, und will mich nicht mehr dort haben.“

„Wirklich?“, mischte sich Katherine ein. „Ich habe da aber etwas ganz anderes gehört.“

Essie warf einen Blick auf sie, aber Katherine konzentrierte sich darauf, Kekse in einen Blechbehälter zu räumen.

Sie war eine vorbildliche Ehefrau, seine Katherine, und

er liebte sie wirklich über alles. Aber er hatte zu seinem Leidwesen entdeckt, dass sie eine Neigung zu Klatsch entwickelt hatte. Sie besaß das unglaubliche Talent, zwei Ereignisse zu nehmen, die nicht im geringsten Zusammenhang zueinander standen, und sie auf absurdeste Weise miteinander in Verbindung zu bringen.

Zum Beispiel Essie. Dass ihr Vater ihre Mitarbeit in seinem neu gegründeten Ölunternehmen unterstützte, hatte Katherines Zunge nicht mehr stillstehen lassen. Dann kam Jeremy in den Laden und erzählte unüberlegt, dass sich zwischen Essie und dem Cowboy, der für „Sullivan Oil" arbeitete, eine Beziehung anbahne – was natürlich völlig lächerlich war. Hamilton hatte mit eigenen Augen gesehen, was für eine Art von Frauen Currington bevorzugte, obwohl er das Katherine nun wirklich nicht erzählen konnte.

Als der Mann dann unerwartet die Stadt verließ und der Richter seine Entscheidung, Essie auf dem Ölfeld arbeiten zu lassen, revidierte, schloss Katherine daraus, dass Essie und Currington eine unzüchtige Beziehung unterhalten hätten.

Etwas so Abwegiges hatte Hamilton noch nie gehört. Aber je mehr er versuchte, Essies Ehre zu verteidigen, umso vehementer rechtfertigte seine Frau ihre Theorie. Das ging schließlich sogar so weit, dass er nicht mehr sicher war, ob Katherine die Wahrheit von den Hirngespinsten, die sie sich zusammengedichtet hatte, unterscheiden konnte.

„Mrs Lockhart vermisst Sie", sagte er.

„Ich vermisse sie ebenfalls."

„Also wirklich", mischte sich Katherine ein. „Ich kann mir nicht erklären, was Sie sich dabei gedacht haben, Miss Spreckelmeyer, dass Sie den Verfall dieser frommen Frau derart gefördert haben. Wenn es nach mir ginge, würde ich mich weigern, diese skandalösen Bücher, an denen sie so hängt, zu bestellen."

Hamilton runzelte ungehalten die Stirn. „Aber es geht nicht nach dir, nicht wahr, meine Liebe? Das ist immer noch mein Laden."

Essies Blick wanderte zwischen den beiden hin und her. „Sie müssen aber zugeben, Hamilton, dass diese Bücher wirklich peinlich sind. Ihre Frau hat ganz recht."

Katherine trat so abrupt zurück, dass ihr Kinn auf die Falten ihres Kragens fiel. „Und woher wissen Sie das?"

Ein leichtes Lächeln umspielte Essies Lippen. „Sie bestand darauf, dass ich eines davon lese. ‚Clarabels Liebesgeschichte' hieß es, glaube ich. Ziemlich schockierend."

Katherine keuchte laut und bedachte Hamilton mit einem „Habe ich es dir nicht gleich gesagt"-Blick.

Er unterdrückte ein Stöhnen und tat sein Möglichstes, um den Schaden wiedergutzumachen. „Das war sehr geschäftstüchtig von Ihnen, Essie. Ich kann Katherine augenscheinlich nicht begreiflich machen, wie wichtig es ist, sich mit den Dingen, die wir verkaufen, zu identifizieren. Aber Sie haben das immer sehr gut verstanden."

„Ach, Unsinn", widersprach Essie ihm. „Ich las dieses Buch erst viel später. Lange nachdem ich aufgehört habe, in der ‚Toten Hose' zu arbeiten. Und ich bin sicher, dass die Kunden Mrs Crook lieben." Sie legte ihre Hand auf Katherines Arm. „Wollen Sie diese Pralinen nicht lieber neben die Süßigkeiten legen? Finden Sie nicht, dass sie dort ansprechender wirken?"

Katherine knallte die Pralinen wieder dorthin, wo sie gewesen waren, und zerbrach dabei eine von ihnen. Essie sah sie mit einem verwirrten Blick an.

Hamilton räusperte sich. „Es war schön, Sie wiederzusehen." Er wandte sich an Katherine. „Ich hole dich später wieder ab." Er sah sie einen Moment durchdringend an und bedeutete ihr mit seinem Blick: *Sei nett.*

Sie schnaubte und drehte ihm den Rücken zu.

❖

Essie hatte vergessen, wie viel Spaß es ihr bereitete, Dinge zu verkaufen. Egal, ob es sich um eine Tüte Nägel oder ein Stück Kuchen handelte. Sie liebte die Herausforderung. Und die Menschen. Und den Wettbewerb.

„Mr Vandervoort!", rief sie. „Wie geht es Ihnen?"

Der alte Mann kam an den Tisch, hustete kräftig und räusperte sich dann. „Oh, Miss Essie, ohne Sie ist es in der ‚Toten Hose' ziemlich langweilig. Keine Schlangen, keine Mäuse ..." Er beugte sich mit einem scherzenden Funkeln in den Augen zu ihr hinunter und flüsterte: „... und keine Mäusefänger."

Essie errötete.

Er zwinkerte ihr vergnügt zu. Dann fügte er etwas lauter hinzu: „Ja. Ich hätte wirklich gern einen von diesen Mäusefängern gekauft. Aber Hamilton wollte mir partout keinen verkaufen."

Sie biss sich auf die Lippe, konnte aber nicht verhindern, dass ihr ein Kichern entfuhr.

„Was?", mischte sich Mrs Crook ein. „Sie brauchen einen Mäusefänger, Mr Vandervoort?"

Er strich sich über die Brust und schmunzelte. „Oh, ich weiß nicht, ob ich wirklich einen brauche. Aber ich würde das Ding gern noch einmal ausprobieren. Doch Hamilton lässt mich nicht einmal mehr einen Blick darauf werfen."

„Wollen Sie damit sagen, dass wir haben, was Sie brauchen, aber er verkauft es Ihnen nicht?"

„Er hat seine Gründe", erwiderte Mr Vandervoort und wippte auf seinen Füßen vor und zurück.

„Vielleicht könnte ich Ihnen helfen, wenn Sie das nächste Mal …"

„Möchten Sie vielleicht dieses kandierte Obst probieren, Mr Vandervoort?", unterbrach Essie sie und hielt ihm ein Stück hin. „Oder vielleicht ein Stück türkischen Honig? Mrs Whiteselle hat ihn gemacht."

„Entschuldigen Sie bitte, Miss Spreckelmeyer", fuhr Katherine sie an. „Ich glaube, Mr Vandervoort und ich befanden uns gerade mitten in einem geschäftlichen Gespräch." Sie lächelte ihn an.

„Das ist nicht so wichtig", wandte er ein. „Ich glaube, das Stück ist schon verkauft."

„Nein?!", entfuhr es Essie leise.

Er nickte. „Das wussten Sie nicht? So ein Mist. Ich hatte gehofft, Sie könnten mir sagen, wer die glückliche Eigentümerin ist. Das würde ich wirklich zu gern wissen."

Sie legte sich die Hand auf den Mund, konnte aber ihre Belustigung nicht verbergen. „Das ist wirklich sehr schade für Sie, Mr Vandervoort. So ein Pech."

Er lachte schallend. „Ach, Miss Essie. Sie müssen mal vorbeikommen und mit mir und den anderen eine Tasse Kaffee trinken. Wir reden immer noch von dem Tag, an dem dieser Cowboy in die Stadt kam und Sie mit der Schlange so fest eingewickelt hat, dass Sie diese ganzen Mäuse fallen ließen."

Essies Belustigung verschwand so schnell, als wäre sie mit kaltem Wasser übergossen worden. „Ich habe die Mäuse nicht fallen lassen."

„Ja, vielleicht nicht. Aber dieser Kerl hatte Sie auf jeden Fall eingewickelt." Er nahm ein Stück kandiertes Obst und reichte ihr zwei Cent. „Bis später dann."

Sie schaute ihm nach, wie er davonging, während Bilder von jenem Tag vor ihrem inneren Auge auftauchten.

„Die Männer reden sehr oft davon", merkte Mrs Crook

an. „Anscheinend war es das erste Mal, dass Sie sprachlos waren."

Essie warf die zwei Cent in die Zigarrenschachtel. Sie hatte keine Ahnung gehabt, dass irgendjemand sie und Adam beobachtet hatte. Aber natürlich war es verständlich, dass sie im Mittelpunkt der Aufmerksamkeit gestanden hatten. Adam war nicht nur ein Fremder gewesen, sondern ein *sehr attraktiver* Fremder. Jeder Mann und jede Frau im Laden hatte zweifellos jede seiner Bewegungen verfolgt.

Jetzt war er allerdings nicht mehr so attraktiv. Er hatte eine krumme Nase. Sie wünschte, alle hätten es sehen können.

„Das war derselbe Mann, der am Bohrturm Ihres Vaters gearbeitet hat. Ein gewisser Mr Currington, glaube ich?"

Essie nickte höflich und ließ ihren Blick auf der Suche nach einem potenziellen Kunden über die Menge schweifen.

„Ich muss wirklich sagen, dass er allen Mädchen in der Stadt den Kopf verdreht hat. Aber offensichtlich war Shirley Bunting diejenige, die sein Herz erobert hatte."

Essie fuhr herum. „Wie kommen Sie auf diese Idee?"

Ein wissendes Lächeln stahl sich auf Katherines Gesicht. „Haben Sie es nicht gehört? Er wollte Shirley zum heutigen Herbstfest begleiten. Sie hatte extra Stoff gekauft, um sich zu Ehren dieses Anlasses eine Herbstjacke zu nähen. Zumindest habe ich das gehört."

Essie glaubte ihr nicht. Sie hätte davon bestimmt etwas gehört. Aber sie war so sehr in ihrer eigenen kleinen Traumwelt aufgegangen, dass sie nicht viel anderes bemerkt hatte, seit Adam mit seinen Verführungsmanövern angefangen hatte.

„Sie sind ein wenig blass, meine Liebe. Geht es Ihnen nicht gut?" Ein wissender Blick trat auf Katherines Gesicht. „Oh nein! Sie hatten doch nicht etwa … *Gefühle* für ihn?"

Essie zwang sich, langsam und tief einzuatmen. „Nein, nein. Natürlich nicht. Wie kommen Sie denn auf diese Idee?"

Katherine neigte den Kopf zur Seite. „Das klingt doch ganz naheliegend, da er ein so gut aussehender Mann war und so. Und dann haben Sie beide ja so eng zusammengearbeitet, nachdem Hamilton Ihnen den Laufpass gab."

Essie versteifte sich. „Ich weiß nicht, wovon Sie sprechen."

„Sie können sich die Mühe sparen, es abzustreiten, meine Liebe. Hamilton hat mir genau erzählt, wie Sie ihm nachgestellt haben, obwohl er immer wieder versuchte, Sie zu entmutigen."

Essie schämte sich. Sie konnte nicht glauben, dass er Katherine so etwas erzählt hatte. Dann erfasste ein Anflug von Zorn sie.

Sie malte sich aus, wie die beiden Intimitäten austauschten und sich dann über sie unterhielten und darüber sprachen, was für eine bemitleidenswerte alte Jungfer sie doch war. Die dünne Mauer, die sie um ihr Herz herum aufgebaut hatte, wackelte bedenklich.

„Mr Currington hat die Stadt sehr schnell verlassen, wie Sie ganz genau wissen." Katherine schaute nach rechts und links und beugte sich dann zu ihr hinüber. „In der Nacht, in der er wegging, klopfte er an unsere Hintertür, um seine Schulden zu begleichen. Es hatte Probleme gegeben. Frauenprobleme. Und der Sheriff jagte ihn aus der Stadt."

Essie fühlte sich wie ein Kaninchen, das über ein freies Feld läuft, während ein Jäger mit seiner Schrotflinte es ins Visier nimmt. Zu schade, dass sie sich nicht totstellen konnte.

„Ohne dass Hamilton es bemerkte, kam ich in Strümpfen die Treppe hinab, um mich zu vergewissern, dass alles in Ordnung war. Ich blieb stehen, als ich die Männerstimmen hörte." Sie fuhr sich mit der Zunge über die Lippen und begann, sich für ihre Geschichte zu ereifern. „Ich hörte, dass Hamilton verärgert war. Er hatte Mr Currington nie sehr gemocht, wissen Sie?"

„Nein", sagte Essie. „Das war mir nicht bewusst gewesen."

„Nun ja. Er fragte, wer die Frau sei, aber alles, was Mr Currington sagte, war, dass es keine Frau sei, für die man Geld zahle. Und auch keine, die man heiraten wolle. Zu alt, sagte er."

Das Atmen wurde immer schwerer. Das Zelt, die Leute, die Tische drohten sie zu erdrücken. Sie musste fort von hier. Sie brauchte Luft.

„Zuerst dachte ich, es sei Shirley, aber sie ist nur ein junges, kleines Ding. Ich frage mich, wer es sein könnte?" Katherine bedachte Essie mit einem durchdringenden Blick. „Wer es auch war, er benutzte sie eindeutig nur, um seinen Durst nach Vergnügungen zu stillen. Warum sonst sollte ein solcher Mann mit einer älteren Frau spielen?"

Sie wusste es. Diese Frau kannte Essies Geheimnis. Zumindest hegte sie einen starken Verdacht. Wenn Essie jetzt davonliefe, würde sie ihre Vermutungen bestätigen.

„Arme Shirley", brachte Essie mit Mühe heraus. „Sie muss am Boden zerstört sein."

Katherine schmunzelte. „Wohl kaum." Sie deutete mit dem Kopf in die Menge hinter Essie.

Essie drehte sich um. Shirley Bunting ging in einer figurbetonten Satinjacke, die in verschiedenen Kupferschattierungen schimmerte, mit einem Gefolge an Männern vorbei, die sich bemühten, ihre Gunst zu erlangen. Die junge Frau lachte, scherzte und flirtete.

„Das ist gut", sagte Essie, die selbst hörte, dass ihre Stimme zitterte, aber sie hoffte, Katherine bemerke es nicht. „Ich bin wirklich sehr erleichtert. Es wäre tragisch für sie, wenn sie herausfinden müsste, dass Mr Currington sie nur hinhielt, während er anderswo seine Interessen verfolgte."

Katherine zog eine Braue skeptisch in die Höhe. „Ich glaube, Miss Spreckelmeyer, dass es nicht Shirley war, die er hinhielt, sondern eine andere Frau. Eine Frau, die zwar älter ist." Sie stieß ein bösartiges Lachen aus. „Aber offensichtlich nicht klüger."

❖

Essie verließ das Zelt und begab sich zu Mr Lymans Wagen, um sich ein Chili zu kaufen. Ihr war alles recht, Hauptsache, sie konnte ihre Hände und ihre Gedanken beschäftigen. Wenn Katherine Crook Essie gut kennen würde, wäre das Spiel vorbei gewesen. Aber sie kannte sie nicht gut genug. Hoffentlich hatte Essie sich in den letzten drei Stunden gut genug verstellt, um sich nicht zu verraten.

Die Feindseligkeit, die Katherine Essie gegenüber an den Tag legte, war richtiggehend greifbar. Aber Essie konnte sich nicht erklären, welchen Grund sie dafür hatte. Warum war Katherine so sehr gegen sie?

Schließlich hatte Katherine den Mann bekommen, nicht Essie. Katherine hatte zweimal geheiratet, während Essie nicht einmal *einen* Mann hatte. Katherine führte mit Hamilton den Laden, während Essies Leben völlig ziellos war.

Das ergab überhaupt keinen Sinn. Trotzdem musste sie sehr, sehr vorsichtig sein. Eine kleine Unvorsichtigkeit genügte, und alle würden ihr beschämendes Geheimnis erfahren. Sie hatte sich eingeredet, dass es keine Rolle spiele, was die Leute in der Stadt dachten, aber das stimmte nicht.

Es spielte eine große Rolle. Nicht nur um ihrer selbst willen, sondern auch um ihrer Eltern willen. Es würde Papas Chancen auf eine Wiederwahl, die in nur wenigen Tagen anstand, ruinieren. Und es würde ein schlechtes Licht auf ihre Mutter werfen. Die Frauen in ihrem Bekanntenkreis würden denken, es sei Mutters Schuld.

„Eine Schüssel Chili bitte", sagte sie, während sie Mr Lyman eine Münze reichte und Wolf den Kopf streichelte. Der Hund hob den Kopf und schlug dankbar mit dem Schwanz auf den Boden.

„Bitte sehr, Miss Spreckelmeyer", sagte er. „Sie sollten sich jetzt lieber beeilen. Der Mann mit dem Holzbein bereitet sich darauf vor, über das Seil zu gehen."

Sie warf einen Blick hinüber zu der Menschenmenge, die sich gebildet hatte, und steuerte auf sie zu. Die dicke, herzhafte Masse schmeckte unvergleichlich gut. Sie war dankbar für die Wärme, die das Chili schenkte, da die Sonne schon bald untergehen würde.

Bei der Menge angekommen, konnte sie sehen, wie mehrere Männer auf dem Balkon einem Mann einen unförmigen Ofen auf den Rücken banden. Die Menschen um sie herum plauderten aufgeregt.

„Miss Essie!", rief jemand.

Sie drehte sich um. „Jeremy!"

Er bahnte sich einen Weg durch die Menge, bis er neben ihr ankam. „Es tut so gut, Sie zu sehen", sagte er. „Ich vermisse das Essen, das Sie uns immer gebracht haben."

„Das vermisse ich auch", antwortete sie mit einem traurigen Lächeln, als sie an die Picknicks mit Adam dachte, die sie sehr genossen hatte.

Sie betrachtete Jeremy von Kopf bis Fuß. Die anstrengenden Bohrarbeiten hatten seinen früher dürren Körper stämmiger gemacht.

„Was ist mit Ihnen und Adam passiert?“, fragte er.

Sie wurde steif. „Was meinst du damit?“

„Ach, kommen Sie schon, Miss Essie. Es konnte doch jeder sehen, dass ihr zwei euch ineinander verguckt hattet.“

Sie zwang sich zu einem Lachen. „Ach, erzähl doch keine Dummheiten. Wir waren nur Freunde.“

„Ich weiß nicht“, widersprach Jeremy und sah sie skeptisch an. „Ich habe gesehen, wie ihr zwei die Köpfe zusammengesteckt und miteinander geflüstert habt. Und seine Augen leuchteten wie Feuerwerkskörper, wenn er Sie kommen sah.“

Wirklich?, fragte sie sich. Sie fühlte sich ein wenig besser, weil Jeremy es auch gesehen hatte. Wenigstens war sie nicht die Einzige gewesen, die sich das Interesse eingebildet hatte, das eindeutig nicht bestanden hatte.

„Du irrst dich leider, Jeremy. Wir waren nur Freunde.“

„Wenn Sie das sagen. Aber mich schauen Sie nie so an, wie Sie ihn angeschaut haben. Und wir beide sind auch Freunde.“

Sie räusperte sich. „Ja. Natürlich sind wir Freunde.“

„Er wollte heute mit seinem Seil etwas vorführen. Wissen Sie noch?“

Ja. Er wollte mich heute auch heiraten. Sie versuchte, diesen Gedanken aus ihrem Kopf zu verbannen.

„Ich hätte ihm den ganzen Tag bei seinen Tricks mit dem Lasso zuschauen können. Mit dem neuen Mann, der jetzt mit mir arbeitet, kommt man nicht so leicht aus.“

„Oh? Es tut mir leid, das zu hören.“

„Wenn Sie ihm auch etwas zu essen bringen, wird er vielleicht ein wenig umgänglicher.“

Sie lächelte und erstarrte plötzlich, als sie sah, dass Katherine und Hamilton nur wenige Meter hinter ihnen standen. Hamiltons Aufmerksamkeit war auf den Mann, der über das Seil gehen wollte, gerichtet. Katherines Aufmerksamkeit galt allein Essie.

Ihr Herz begann zu hämmern, als sie sich fragte, ob diese Frau etwas gehört hatte. Und wenn ja, wie viel.

„Schauen Sie!", sagte Jeremy und deutete mit dem Finger. „Er geht gleich los."

Essie drehte sich um und beschattete mit der Hand ihre Augen. Der Mann begann, einen Fuß nach dem anderen über das Seil zu schieben. Sein Holzbein war steif, sein anderes Bein beugte sich, als er sein Gewicht ausbalancierte.

Die Menge verstummte und wagte kaum zu atmen, als er sich Zentimeter für Zentimeter über das Seil vorarbeitete. Der Ofen war schwer und sperrig. Essie hatte den Eindruck, dass er nicht mittig auf seinem Rücken angebracht war, sondern links ein wenig schwerer war als rechts.

Der Mann schwankte. Die Zuschauer keuchten aufgeregt und hielten den Atem an, bis er sein Gleichgewicht wiedergefunden hatte. Seine Kleidung war genauso schwarz wie der Ofen. Dadurch trat das Seil, das um seinen Körper gewickelt war, noch deutlicher hervor.

Je weiter er zur Mittelmarkierung kam, umso stärker gab das Seil unter dem schweren Gewicht nach und hing nach unten. Der Mann geriet erneut ins Wanken und beugte sich weit nach links.

Essie atmete laut hörbar ein. Er fuchtelte mit den Armen durch die Luft, aber der Ofen beeinträchtigte seine Bewegungsfreiheit. Er beugte sich nach rechts. Aber seine Bewegung war zu stark, und der Ofen verschob sich.

Bevor irgendjemand reagieren konnte, fiel der Mann mit einem dumpfen Schlag zu Boden.

Kapitel 20

Frauen kreischten. Kinder vergruben ihre Köpfe in den Röcken ihrer Mütter. Männer stürmten nach vorn.

„Lassen Sie mich durch!“, rief Essie und schob die Menschen zur Seite, die ihr im Weg standen.

Als sie endlich durchkam, sah sie, dass der Ofen den Mann unter sich begraben hatte. Er lebte noch, aber er war schwer verletzt. Eine Blutlache bildete sich unter seinen dunklen Haaren und betonte sein leichenblasses, weißes Gesicht noch mehr.

Ihr Vater und Dr. Gulick beugten sich über ihn. Onkel Melvin drängte die Menschen zurück.

„Sollen wir einen Pfarrer holen?“, fragte der Arzt.

Keine Antwort.

„Können Sie mir sagen, woher Sie kommen?“, fragte Papa.

Immer noch keine Antwort.

Die Menschen traten zur Seite und machten Pastor Bogart den Weg frei. Er kniete neben dem sterbenden Mann nieder. „Kennen Sie Jesus Christus, mein Sohn?“

Der Mann öffnete zuckend die Augenlider. „Bitte“, keuchte er. „Einen Rabbi. Ich bin Jude.“

Die Männer warfen sich rasch einen Blick zu.

Papa erblickte Essie. „Hol schnell einen Rabbi.“

Sie sahen sich kurz an, denn sie wussten beide ganz genau, dass es in Corsicana, Texas, keinen Rabbi gab. Aber es gab einen Juden.

Sie fuhr herum, drängte sich durch die Menge und lief zur Nordseite des Zeltes, wo sie den Wagen des fliegenden Händlers gesehen hatte.

„Mr Baumgartner! Mr Baumgartner! Kommen Sie schnell“, schrie sie.

Er sprang von seinem Wagensitz, wo er versucht hatte, über den Köpfen der Menschenmenge etwas zu sehen, und rannte auf sie zu. Sie ergriff seine Hand und zog ihn hinter sich her.

„Der Mann, der über das Seil gelaufen ist“, keuchte sie. „Er will einen Rabbi.“

Mr Baumgartner lief jetzt so schnell, dass er Essie hinter sich herzog, als sie bei dem Verletzten ankamen.

Papa und der Pastor traten zurück. Mr Baumgartner berührte die Stirn des Mannes und sagte etwas auf Jiddisch.

Der Mann entspannte sich sichtlich, sagte ein Gebet auf Hebräisch und starb.

Mr Baumgartner drückte dem Mann die Augen zu und schaute dann Papa an. „Sein Hebräisch. Es war perfekt.“

Papa legte Mr Baumgartner tröstend eine Hand auf die Schulter.

„Ob er wohl Kinder hatte?“, sagte der kleine Harley North und schreckte Essie aus ihren Gedanken auf. Sie hatte nicht gesehen, dass er neben ihr stand. Er blickte zu ihr hinauf. „Wenn er Kinder hatte und sie keine Mama mehr haben, dann sind sie jetzt Waisen. So wie ich.“

Sie hob ihn auf ihre Arme und drückte ihn fest an sich. Er legte die Arme und Beine um sie und drückte sein Gesicht in ihren Nacken. Der Junge war zu jung, um etwas so Schreckliches zu sehen. Sie hielt ihn weiterhin fest und ging weg, damit die Männer tun konnten, was getan werden musste.

❖

Zum ersten Mal in seiner Geschichte wurde das Herbstfest vorzeitig beendet und das Pferderennen verschoben. Essie setzte Harley auf einen Stuhl am Küchentisch ihrer Mutter und stellte einen Teller mit Keksen und ein Glas Milch vor ihn auf den Tisch.

„Ist das der Tisch, an dem Sie mit Ihrer Mama und Ihrem Papa immer essen?", erkundigte er sich, während sein Blick über die Baumwollvorhänge vor dem Fenster, die Wasserpumpe, die Papa für Mutter in die Küche gebaut hatte, und die schöne Kochzeile in der Ecke wanderte.

„Ja, hier essen wir immer."

„Wow. So etwas hätte ich auch gern. Wir essen alle in dem großen, alten, hässlichen Speisesaal, in dem nur Tische und Stühle stehen und sonst nichts."

Sie schob die schwarzen Haare, die ihm in die Augen fielen, aus seiner Stirn. Seine Haare mussten dringend geschnitten werden. „Du kannst diese Kekse essen, während ich in mein Zimmer gehe und meinen Fahrradrock anziehe", sagte sie. „Dann fahre ich dich auf meinem Lenker nach Hause. Was hältst du davon?"

„Sie lassen mich hier allein?" Seine Augen wurden groß und er klammerte sich an ihren Rock. „Und wenn der Richter nach Hause kommt? Oder Ihre Mama? Und sie sehen, wie ich ihre Sachen esse?"

„Das geht schon in Ordnung, Harley. Du sagst ihnen einfach, dass Miss Essie dir die Kekse gegeben hat. Sie haben bestimmt nichts dagegen."

„Jeder hat etwas dagegen. Niemand will ein Waisenkind in seiner Küche haben. Niemand."

Sie runzelte die Stirn. „Das stimmt überhaupt nicht. Ich will dich in unserer Küche haben und ich bin nicht niemand."

Sein Blick heftete sich auf die Hintertür.

„Bleib jetzt brav hier und iss die Kekse. Ich beeile mich. Versprochen." Sie löste seine Hand von ihrem Rock und ging schnell nach oben.

Sie zog ihren Rock und ihre Unterröcke aus und begann, einen kurzen Rock, eine lange Unterhose und eine Hose darüber anzuziehen. Die Verwunderung in Harleys Stimme, als er ihre Küche betrachtet hatte, weckte in ihr Mitgefühl und starke Schuldgefühle. Erst an diesem Morgen hatte sie ihr Zuhause verabscheut und es fast als Gefängnis empfunden. Aber der kleine Harley würde vieles dafür geben, wenn er hier wohnen könnte.

Sie schloss den letzten Knopf an ihrem Stiefel. Sie hatte sich schon so viel Zeit gelassen, dass sie den Jungen nicht noch länger allein lassen wollte. Ohne sich die Mühe zu machen, ihre Bluse oder ihren Hut zu wechseln, trat sie aus ihrem Zimmer. Als sie unten Stimmen hörte, beschleunigte sie ihre Schritte.

Harley stand mit einer Schürze, die zweimal um seinen kleinen Körper gewickelt war, auf einem Stuhl am Tisch. Er klopfte mit der einen und dann mit der anderen Faust auf einen Teigklumpen, als versuche er, ihn umzubringen.

„Ich mache Kekse, Miss Essie", rief er mit leuchtenden Augen aus.

Mit einem Lächeln schlug Mutter ein Ei in die Schüssel. „Pass gut auf, wohin du schlägst, Harley. Nicht, dass du den Teig verfehlst und dem Tisch einen tödlichen Hieb versetzt."

Da klar war, dass die Fahrt zum Waisenhaus noch würde

warten müssen, nahm Essie ihren Hut ab, holte den leeren Teller und das leere Glas, das Harley benutzt hatte, und trug das Geschirr zum Spülbecken. Dann konzentrierten sich alle drei auf die Vorbereitung des Abendessens, wobei Mutter und Essie den größten Teil der Arbeit und Harley den größten Teil des Redens übernahm.

„Was, glauben Sie, wird man auf das Grab dieses Mannes schreiben? ‚Hier liegt ein Mann mit nur einem Bein. Wer weiß, woher er kommt, soll sich bitte melden'?"

Essie und Mutter schauten sich an.

„Glauben Sie, dass er irgendwo eine Familie hatte?", sinnierte Harley weiter. „Haben Juden überhaupt eine Familie, Miss Essie?"

„Ja, natürlich haben sie eine Familie", antwortete Essie.

„Woher wollen Sie das wissen? Er hatte nur ein Bein. Frauen sind furchtbar wählerisch. Ich möchte wetten, dass sie einen Mann wollen, der zwei Beine hat."

„Man kann einen Menschen nicht nach seinem Äußeren beurteilen", erklärte Essie. „Ein guter Mann ohne Beine wäre ein viel besserer Freund als ein schlechter Mann mit zwei gesunden Beinen. Nicht das, was außen ist, zählt, sondern das, was innen ist."

„Außer wenn man eine Waise ist. Niemand will ein Waisenkind, egal, wie es innen ausschaut."

Sie wollte ihm widersprechen, verkniff es sich aber. In seinen Worten steckte eine große Portion Wahrheit. Die Leute legten sehr viel Wert auf den Familienhintergrund. Wenn jemand aus einer guten Familie einen Waisen heiraten wollte, würde das einen riesigen Skandal auslösen.

Andererseits kam sie aus einer guten Familie, aber niemand wollte sie. Und jetzt wollte sie schon überhaupt niemand mehr. Jetzt, da sie im wahrsten Sinne des Wortes eine alte Jungfer war. Und „beschädigte Ware".

Aber Harley war anders, sagte sie sich. Er hatte noch

sein ganzes Leben vor sich. Wer konnte ihm schon widerstehen, gleichgültig, ob er ein Waisenkind war oder nicht?

„Das stimmt nicht", wandte sie daher ein.

„Doch."

„Nein."

Harley betrachtete sie einen Moment und riss dann den Mund auf, so weit er konnte, und zeigte ihr jeden einzelnen Zahn und dazu auch noch seine Mandeln.

Sie blinzelte verwirrt.

„Und?", fragte er. „Was meinen Sie? Bin ich innen schön?"

Sie lächelte. „Wunderschön. Und das ist die Wahrheit."

„Wirklich?"

„Wirklich. Jetzt nimm dieses Nudelholz und roll den Teig aus." Sie legte ihm den Teigroller in die Hände. „Fang in der Mitte an und arbeite dich dann zu den Rändern vor."

Er schaffte es nicht allein. Deshalb legte Essie ihre Hände über die seinen und führte ihn. Während Mutter sich hinter ihnen zu schaffen machte, konnte Essie fast so tun, als wäre Harley ihr Sohn. Fast.

Sie dachte an Adam und versuchte erneut, sich vorzustellen, wie ein Kind von ihr und Adam ausgesehen hätte. Oder wie ein Kind von ihr und Hamilton ausgesehen hätte. Was es für ein Gefühl wäre, wenn ihr Bauch immer dicker würde, während darin ein Leben heranwuchs, das Gott mit eigenen Händen zusammengefügt hatte.

Sie atmete tief ein, hielt dann aber abrupt inne. Harley musste unbedingt ein Bad nehmen.

„Vielleicht war der Mann mit dem Holzbein eine Waise", sagte der Junge gerade. „Und deshalb war er ganz allein."

„Möglich." Sie bewegte den Teigroller zu einem dicken Teigstück. „Hier. Versuche, ihn gleichmäßig auszurollen. So ungefähr."

Der Teig blieb an der Rolle hängen. Essie bestreute ihn mit Mehl.

„Sie können das wirklich gut, Miss Essie. Wie kommt es, dass Sie nicht verheiratet sind?"

Sie hörte, wie Mutter im Karottenschneiden innehielt.

„Das weiß ich nicht", antwortete Essie leise.

„Sind Sie denn innen nicht schön?"

Mutter nahm ihre Arbeit mit plötzlichem Schwung wieder auf.

Nein, dachte Essie. *Das bin ich nicht.*

Er wandte sich herum, als sie nicht antwortete. „Lassen Sie mich schauen."

Sie schüttelte den Kopf.

„Kommen Sie schon. Machen Sie den Mund auf. Ich sage Ihnen ganz bestimmt die Wahrheit."

Sie warf einen Blick zu ihrer Mutter hinüber, aber diese tat, als erfordere es ihre ganze Aufmerksamkeit, das Gemüse zu schneiden.

Essie öffnete langsam den Mund.

Harley betrachtete sie so lange, dass sie ganz verlegen wurde und den Mund wieder schloss. *Siehst du, ich habe es dir ja gleich gesagt.*

„Na ja", brummte Harley. „Ich habe bis jetzt noch nie in jemanden hineingeschaut. Nur bei Pferden. Aber ich kann Ihnen sagen: In Ihnen sieht es viel schöner aus als in Mr Mittons Pferden. Und er gibt mit seinen Tieren mächtig an."

„Danke", flüsterte sie.

„Miss Essie, meinen Sie, Sie könnten vielleicht noch ein wenig warten, bis ich größer bin? Dann könnten Sie und ich heiraten, denn wir finden ja beide, dass der andere innen schön ist."

Eine tiefe Zuneigung zu dem Jungen erfüllte sie. „Ach, Harley. Das sind aber ein paar ganz schön starke Dinge, die du da zu einer Frau sagst. Weißt du was? Wenn du ein wenig, ähm, größer und dann immer noch interessiert bist, könntest du mich noch einmal fragen. Was meinst du?"

„Das sagen Sie nur, weil Sie kein Waisenkind heiraten wollen." Seine Schultern sackten nach unten.

„Nein, nein. Das ist nicht wahr. Es ist nur so, dass du eigentlich zuerst mit meinem Vater sprechen müsstest. Aber ich denke, du solltest wahrscheinlich noch ein paar Jahre warten, bevor du das machst. Einverstanden?"

„Einverstanden. Und sobald man mich lässt, werde ich bei der Wahl auch für ihn stimmen."

Sie lächelte. „Darüber würde er sich bestimmt sehr freuen. Jetzt leg die Teigrolle weg. Es ist Zeit für den Keksschneider."

Sie ritten auf Cocoa zum Waisenhaus. Nach all der Aufregung auf dem Fest und dem üppigen Abendessen, das Harley bei ihnen bekommen hatte, konnte der Junge die Augen kaum noch offen halten. Er wäre bestimmt eingeschlafen und vom Fahrradlenker gefallen. Deshalb hatte sie lieber das Pferd genommen.

„Hörst du das, Harley?", flüsterte sie. „Hörst du diese Grille, die in regelmäßigen Abständen zirpt?"

„Mhm."

„Das ist eine Baumgrille. Wenn du fünfzehn Sekunden lang die Anzahl der Zirptöne zählst, dann vierzig dazuaddierst, kannst du die Temperatur ausrechnen. Versuchen wir es einmal, ja? Bist du so weit? Los."

Sie zählte leise. „Ich habe sechzehn gezählt. Das bedeutet, dass es sechsundfünfzig Grad Fahrenheit, also dreizehn Grad Celsius hat. Wie viele Töne hast du gezählt?"

Ein leises Schnarchen kam aus Harleys Mund, als er

sich an sie lehnte. Sie wickelte ihren Umhang enger um ihn, sodass ihre gemeinsame Körperwärme ihn wärmte. Der beißende Geruch nach seinem getrockneten Schweiß drang sogar durch den Umhang in ihre Nase. Der Junge stank, aber sie hatte nicht die Zeit gehabt, ihn wie versprochen baden zu lassen. Sie plante, am nächsten Tag wieder zum Waisenhaus zu kommen und dafür zu sorgen, dass er badete und seine Haare geschnitten wurden.

Ein Nachtfalke schoss plötzlich vorüber und erschreckte Essie mit seinen flatternden Bewegungen. Sein nasaler Pfeifton durchschnitt das Summen der Insekten. Essie konnte den Vogel nicht mehr sehen und auch nicht das Weibchen, das er zweifellos zu beeindrucken versuchte, aber sie konnte das kräftige Rauschen seiner Flügel hören, als er in Richtung Erde abtauchte und sich im letzten Moment wieder nach oben schwang.

Sie unterdrückte ihren Ärger. Konnte sie denn nirgendwo hingehen, ohne ständig daran erinnert zu werden, dass es männliche und weibliche Geschöpfe gab, die ihrem Paarungsverhalten nachgingen?

Jeder auf der Welt hat einen Partner, Herr. Alle außer mir. Warum? Warum enthältst du mir mein Erbe vor?

Und jetzt war es zu spät. Sie war beschmutzt. Selbst wenn ihr Gott einen Mann über den Weg schicken würde, könnte sie ihn nicht heiraten, ohne ihm zu gestehen, dass sie sich bereits einem anderen hingegeben hatte.

Mit diesem Geständnis wäre die Sache schnell zu Ende. Warum sollte sie sich also die Mühe machen? Sie müsste sich mit einem Leben als alte Jungfer abfinden.

Aber das wollte sie nicht. Sie konnte diesen herrlichen Traum noch nicht ganz loslassen. Sie wünschte ihn sich so sehr. Hatte ihre Mutter recht? Wäre ein Mann bereit, eine Frau zu akzeptieren, die sich schon einem anderen hingegeben hatte? Sie glaubte es nicht.

Und wenn sie es ihm nicht erzählte? Wenn sie so täte, als wäre er der Erste?

Diesen Gedanken verwarf sie jedoch sofort wieder. Selbst wenn er es nie herausfinden sollte, würde sie es wissen. Und Gott würde es wissen. Eine solche Täuschung war schlichtweg keine Lösung.

Essie seufzte. Es war ohnehin Zeitverschwendung, sich über solche Dinge den Kopf zu zerbrechen. Sie hatte ihre Chance, einen Mann zu bekommen, vertan. Aus und vorbei. Je früher sie das akzeptierte und nach vorne schaute, umso besser.

Sie erklommen einen Hügel. Cocoa schnaufte kräftig und schüttelte ihre Mähne. Essie beruhigte das Tier.

Der Vollmond warf sein Licht auf die Ansammlung von Gebäuden, die sich am Fuß des Hügels befanden. Sie konnte das Wohnhaus des Waisenhausleiters und die Gebäude der Kinder in der Dunkelheit ausmachen. Scheunen und Hütten standen am hinteren Rand des Grundstücks nebeneinander, und das Ganze wurde von einem Palisadenzaun umgeben.

Cocoas Hufe knirschten auf dem Schotterweg. Eine Klapperralle stieß in regelmäßigen Abständen ihre Rufe aus. Als Essie sich dem Tor näherte, stellte sie fest, dass es kein Vogel war, den sie hier hörte, sondern das rhythmische Knarren eines Schaukelstuhls auf der Veranda des Heimleiters.

Derjenige, der gerade noch geschaukelt hatte, hatte jetzt aufgehört und kam zum Zaun. „Wer sind Sie?"

Sie zog an den Zügeln ihres Pferdes. „Essie Spreckelmeyer. Ich habe Harley North bei mir."

„Essie?", fragte er.

Sie kniff die Augen zusammen und versuchte zu erkennen, wen sie vor sich hatte. „Ja. Und wer sind Sie?"

„Ewing Wortham."

„Meine Güte. Du bist von der Bibelschule in Tennessee zurück?"

„Ja, das bin ich." Er trat auf sie zu und hob die Arme, um ihr den schlafenden Jungen abzunehmen.

Sie überreichte ihm Harley. Der Junge rührte sich leicht und lehnte sich dann an Ewings Schulter.

„Dann bist du jetzt also Pastor?", fragte sie.

„Nur wenn mich jemand einstellt."

Sie glitt von Cocoa und band das Pferd an einen Zaunpfahl. „Seit wann bist du wieder zu Hause?"

„Erst seit ein paar Stunden."

Sie traten durch das Tor und begaben sich zum Schlafraum der Jungen.

„Oh, meine Güte. Waren deine Eltern überhaupt hier? Die meisten Leute waren noch beim Herbstfest."

„Es war ziemlich ruhig", sagte er und schob Harley ein Stück nach oben.

„Ist er schwer?"

„Nein, das geht schon. Mutter sagte, dass einige Nachzügler noch nicht zurückgekommen sind. Wer ist das noch mal?"

„Harley North. Wir wissen nicht viel über ihn. Ein Bauer aus Blooming Grove brachte ihn vor ungefähr zwei Jahren in die Stadt und sagte, seine Eltern seien an den Pocken gestorben."

Sie erreichten die Hütte, in der die Jungen schliefen.

„Ich bringe ihn ins Bett, Essie."

Sie streichelte Harleys Kopf. „Danke. Ich komme morgen wieder und schaue nach ihm. Der heutige Unfall hat ihn sehr mitgenommen."

„Ich habe gehört, dass es ziemlich schlimm war."

„Es war furchtbar. Es passierte alles so schnell, Ewing. Und direkt vor den Augen der Kinder. Sobald sie sich von dem Schock erholt hatten, bildeten die Männer einen dichten Ring um den Mann und schirmten ihn vor den Blicken ab, aber bis dahin hatte sich das Bild von dieser armen Seele, die in einer Blutlache lag und am ganzen Körper verletzt und kaputt war, unauslöschlich in meinen Kopf eingegraben." Sie schüttelte den Kopf. „Ich fürchte, es wird lange dauern, bis einer von uns wieder gut schlafen kann."

„War jemand bei ihm?"

„Leider nicht. Es stellte sich heraus, dass der Name, den er genannt hatte, nur sein Künstlername war, den er sich für seine Auftritte zugelegt hatte. Man versucht immer noch herauszufinden, wer er war und woher er kam. Aber wie dem auch sei, diese Stadt wird dafür sorgen, dass er ein anständiges Begräbnis erhält. Mr Baumgartner hilft uns, die jüdischen Traditionen bei solchen Dingen zu beachten."

Ein Frosch quakte mehrere Male schnell hintereinander. Eine Schnake summte an ihrem Ohr.

„Ich reite jetzt wieder nach Hause", meinte sie schließlich. „Gute Nacht, Ewing, und danke, dass du dich um Harley kümmerst."

„Wenn du eine Minute wartest, begleite ich dich zum Tor zurück."

„Das ist nicht nötig."

„Essie, ich bestehe darauf." Bevor sie antworten konnte, eilte Ewing in die Hütte.

Es war so dunkel, dass sie sich kein richtiges Bild von ihm hatte machen können, aber sie erinnerte sich noch gut an ihn. Er war sechs oder sieben Jahre jünger als sie, und sie hatten beide zusammen in dem Schulhaus, das aus einem einzigen Raum bestand, die Schulbank gedrückt.

Er war wie eine Klette gewesen und hatte immer mitkommen wollen, wenn sie angeln oder jagen gegangen war. Das hatte sie regelmäßig wütend gemacht. Er war geschwätzig und ließ sich leicht ablenken, während sie ihre Vorhaben immer sehr ernst genommen hatte. Und sie hatte ihm immer noch nicht verziehen, dass er regelmäßig seine mickrigen zwei Cent für ihren Picknickkorb geboten hatte.

Die Tür ging knarrend auf und er schlüpfte leise heraus. „Entschuldigung, dass es so lang gedauert hat. Ich wusste nicht, welches sein Bett war."

„Ist er aufgewacht?"

„Nur für einen Moment. Aber jetzt schläft er wieder."

Sie wandte sich zum Haupttor, aber er hielt sie zurück. „Nein, Essie. Hier entlang."

„Warum?"

„Ich werde Rosebud satteln und dich nach Hause begleiten."

„Oh nein, Ewing. Das ist absolut nicht nötig. Ich bin die ganze Zeit allein auf diesen Hügeln unterwegs."

„Nicht, wenn ich da bin."

Sie lächelte. „Ehrlich, mir passiert nichts."

„Essie, ich will nicht respektlos klingen, aber ich werde jetzt Rosebud satteln. Falls du vor mir losreitest, werde ich diese alte Stute kräftig antreiben müssen, um dich einzuholen. Das willst du dem armen Pferd doch sicherlich nicht antun, oder?"

Sie stemmte beide Hände in die Hüften. „Du hast dich kein bisschen verändert, Ewing Wortham. Du erpresst mich immer noch, damit ich dich mitnehme. Hast du denn in dieser Bibelschule in Nashville überhaupt nichts gelernt?"

„Doch, Ma'am. Ich habe dort gelernt, dass wir uns um unsere Frauen kümmern sollen. Jetzt komm und hilf mir bei Rosebud. Sie hat dich schon immer lieber gemocht als mich."

Essie wollte nur eines: nach Hause reiten und sich in ihr Bett verkriechen. Aber sie fügte sich und folgte dem „Pastor".

Kapitel 21

An den Stallwänden sammelte sich die Feuchtigkeit. Sie zog ihren Umhang enger um sich, um die Kälte abzuwehren, aber das half nicht viel. Der Geruch nach Leder, Heu und Mist stieg ihr in die Nase. Ewing zündete eine Laterne an.

Meine Güte! Er ist richtig erwachsen geworden, dachte sie. Von dem pummeligen, sommersprossigen Jungen, der sie auf Schritt und Tritt verfolgt hatte, war nichts mehr zu sehen. An seine Stelle war ein junger Mann getreten. Er hatte immer noch helle Haare, er lächelte augenscheinlich immer noch gerne und war immer noch eher klein, aber an ihm war nichts Jungenhaftes mehr, und er hatte auch kein Gramm Fett zu viel.

„Du musst Radfahrerin sein", bemerkte er mit einem Blick auf ihren kurzen Rock.

„Ja."

„Radfahren ist in Nashville ziemlich beliebt."

„Fährst du auch?", fragte sie.

„Das war verboten."

Er zog einen Sattel von der Halterung, warf ihn der Stute über den Rücken und begann, ihn festzuzurren. Der Kopf des Pferdes schoss herum und das Tier biss ihn.

„Rosebud, nein!“ Er sprang zurück, rieb sich den Arm und warf Essie einen um Verständnis heischenden Blick zu. „Ich habe dir ja gesagt, dass sie mich nicht mag.“

Essie unterdrückte ein Schmunzeln und legte die Arme um sich, weil ihr kalt war.

„Schiebst du bitte die Stalltür auf?“, bat er, während er dem Pferd das Zaumzeug über den Kopf legte.

Sie führten das Pferd zum vorderen Tor, wo sie Cocoa losband und aufstieg.

„Es tut wirklich gut, wieder zu Hause zu sein“, meinte er und atmete tief ein.

„Hat es dir in Nashville nicht gefallen?“

„Ich habe die Stadt geliebt. Einen so schönen Ort habe ich noch nie gesehen. Aber im Winter wird es dort sehr kalt. Sehr, sehr kalt.“ Er zog die Zügel an. „Pscht. Hörst du das?“

Sie blieb stehen.

„Hörst du diesen Käfer?“, fragte er.

Ein Geräusch, das stark an quietschende Türangeln erinnerte, ertönte immer wieder.

„Das ist ein Bockkäfer“, erklärte er. „Weißt du, woher ich das weiß?“

Sie schüttelte den Kopf.

„Das hast du mir beigebracht.“

„Wirklich?“

„Ja, Essie. Von dir habe ich gelernt, die Geräusche aller Nachttiere zu erkennen.“

„Ich habe wahrscheinlich nur versucht, dich zum Schweigen zu bringen.“

Er schmunzelte. „Das trifft mich jetzt aber zutiefst, Essie.“

Sie ritten schweigend weiter. Die Tiere und Insekten der Nacht waren ihr genauso vertraut wie ihr eigener Atem. Sie konnte sich nicht daran erinnern, Ewing gelehrt zu haben, die Tierstimmen zu unterscheiden.

„Und was hast du alles gemacht, während ich weg war – außer Radfahren natürlich?", fragte er.

„Nicht viel."

„Wie kommt es bloß, dass ich das einfach nicht glauben kann?"

Sie antwortete nicht, und er drang nicht weiter in sie, sondern ritt schweigend neben ihr her. Das war etwas, das sie früher nie bei ihm erlebt hatte. Vielleicht hatte er an dieser Schule doch das eine oder andere gelernt.

Sie erreichten schließlich ihr Elternhaus. Er bot an, sie bis zum Stall zu begleiten, aber sie lehnte ab.

„Ich versorge dein Pferd", bot er dann an.

„Nein. Weißt du nicht mehr? Cocoa mag dich auch nicht."

Er seufzte. „Das hatte ich vergessen."

„Gute Nacht, Ewing. Und danke, dass du mich nach Hause begleitet hast."

Er tippte an seinen Hut. „Es war mir ein Vergnügen. Bis morgen."

„Was?"

„Du hast gesagt, du wolltest nach Harley schauen. Ich bin dann auch da."

„Ach ja. Natürlich. Dann bis morgen. Gute Nacht."

Er blieb stehen und blickte ihr nach, als sie sich umwandte und Cocoa zum Stall führte.

❖

„Ich möchte auf das Grab des einbeinigen Mannes Blumen legen", verkündete Harley, während er eine klebrige Handvoll Fruchtfleisch und Samenkörner aus einem Kürbis kratzte.

Er und Essie höhlten sie für Lester, den Koch des Waisenhauses, aus. Er hatte sie im Speisesaal untergebracht, der jetzt bis auf die beiden und ihre Kürbisse leer war. Sie kratzte die Innenwände ihres Kürbisses mit einem Löffel sauber.

„Ich bringe dich hin", sagte sie. „Aber vorher musst du baden und dir die Haare schneiden lassen."

Er verzog das Gesicht und schaute sie an. „Dieser Mann ist tot. Warum sollte es ihn interessieren, wie ich aussehe?"

Die Tür zum Speisesaal ging quietschend auf und fiel dann wieder zu. „Wenn Miss Essie sagt, dass es Zeit ist, zu baden und dir die Haare schneiden zu lassen", sagte Ewing, der zu ihnen trat, „dann gibt es keine Widerrede. Dann machst du das einfach."

„Hallo, Ewing", begrüßte Essie ihn und konzentrierte sich dann wieder auf ihre Arbeit. „Harley, kennst du schon Mister, ähm, Pastor Wortham?"

Harley wedelte mit der Hand und versuchte, einen Kürbiskern loszuwerden. „Ich kenne ihn", antwortete er und schleuderte versehentlich den Kern von seiner Hand auf ihre Wange. „Ich wusste aber nicht, dass er ein Pastor ist."

Ewing drehte einen Stuhl herum und setzte sich rittlings darauf. „Sag einfach ‚Ewing' zu mir."

Ihre Hände waren völlig klebrig. Deshalb versuchte sie, mit der Schulter den Kürbiskern zu erreichen. Vergeblich. Ewing kippelte seinen Stuhl nach vorne und fischte den Samenkern von ihrer Wange.

„Danke."

Er lächelte.

„Der Koch macht heute Kürbissuppe", verkündete Harley stolz.

„Kann ich euch helfen?", fragte Ewing.

„Nicht bei den Kürbissen, aber Harley braucht vielleicht Hilfe beim Baden."

„Ich brauche keine Hilfe. Ich kann das allein."

„Würden Sie ihm trotzdem helfen, Herr Pastor?"

„Das mache ich gern. Aber sag nicht ‚Herr Pastor' zu mir. Das klingt aus deinem Mund irgendwie komisch."

„Aber weder ‚Ewing' noch ‚Mr Wortham' ist die korrekte Anrede."

„‚Ewing' wäre doch in Ordnung."

Sie war sich da nicht so sicher, aber ihn anders anzureden als mit seinem Vornamen wäre irgendwie albern.

Sie warf ihm einen verstohlenen Blick zu. Die Mädchen in der Stadt waren sicher begeistert, wenn sie sahen, wie sehr er sich verändert hatte. Es würde bestimmt nicht lang dauern, bis er eine von ihnen heiratete. Sie fragte sich, welche wohl seine Frau werden würde.

„Ich bin mit meinem Kürbis fertig", verkündete Harley. „Wie weit sind Sie, Miss Essie?"

„Ich habe noch einiges zu tun. Du könntest doch schon mal mit Ewing zum Bach gehen und dich waschen. Wenn du zurückkommst, bin ich hier fertig und kann dir die Haare schneiden."

Ewing erhob sich.

„Willst du auch baden?", fragte Harley ihn.

„Das ist keine schlechte Idee." Er nahm einen Lappen und wischte dem Jungen die Hände ab. „Wir sind bald wieder da, Essie."

„Lasst euch ruhig Zeit."

❖

Das Wasser war so kalt wie ein Winter in Tennessee. Ewing tauchte unter und schoss dann mit einem lauten Prusten wieder in die Höhe. Harley stand nackt und zitternd am Ufer.

„Komm ins Wasser. Es fühlt sich herrlich an."

„Pastoren dürfen nicht lügen."

„Ich lüge nicht. Es fühlt sich wirklich herrlich an. Es

fühlt sich gut an, sauber zu sein und gut zu riechen. Jetzt komm schon."

„Wir könnten doch einfach sagen, dass ich mich gebadet habe. Niemand wird was merken."

„Miss Essie wird es merken. Und dann bekommen wir beide Schwierigkeiten." Er sah, dass der Junge nicht weiter als bis zu seinen Knöcheln ins Wasser gehen würde. Er stieg aus dem Wasser und schwang Harley auf seine Arme.

„Nein, nein! Ich werde erfrieren." Der Junge trat um sich und schrie, als ginge es um sein Leben.

Ewing stapfte dennoch unbeirrt in den Bach hinein. Harley zappelte so heftig, dass ihnen beiden vor Anstrengung warm war, als Ewing es endlich schaffte, den Jungen ins Wasser zu tauchen.

Aber das hielt nicht lange an. Er musste die Haare und den Körper des Jungen zwei- oder dreimal einseifen, um den ganzen Schmutz zu entfernen. Seine Lippen waren ganz blau, als sie endlich fertig waren.

Er trocknete sie beide mit einem abgenutzten Tuch ab, das so alt war, dass es niemand mehr gebrauchen konnte, und das deshalb dem Waisenhaus gespendet worden war.

„Hier ist etwas Sauberes zum Anziehen. Die Sachen passen vielleicht nicht ganz, aber sie wärmen dich wenigstens."

Er hatte noch nie gehört, dass jemandem wirklich die Zähne geklappert hatten, aber Harleys Zähne klapperten wie Fensterläden, an denen der Sturm rüttelte. Da Ewing sich schon vorher bewusst gewesen war, dass sie nach dem Schwimmen ein Feuer brauchen würden, hatte er Feuerholz bereitgelegt. Jetzt bückte er sich, um es anzuzünden. Dann zog er seine Hose, sein Hemd und seine Jacke an.

Harley ging in seiner viel zu großen Kleidung in die Hocke und warf trockene Blätter und Tannennadeln ins Feuer.

„Du musst etwas ganz Besonderes sein, wenn Miss Essie sich so um dich kümmert", bemerkte Ewing.

Harley zuckte die Achseln. „Miss Essie und ich sind Freunde. Das ist alles. Wir gehen miteinander angeln. Aber sie hat mich bis jetzt noch nie gezwungen zu baden."

„Na ja, sie hat ein Auge auf dich geworfen. Das kann jeder sehen."

„Ich habe sie gefragt, ob sie mich heiraten will."

Ewing zog die Brauen in die Höhe. „Wirklich? Und? Was hat sie gesagt?"

„Sie hat gesagt, dass ich warten müsste, bis ich größer bin. Dann könnte ich sie wieder fragen."

Der Geruch nach frisch verbrannten Tannennadeln breitete sich auf der Lichtung aus. Ewing blies in die Flammen und sie schossen groß in die Höhe. „Hat sie viele Verehrer?"

„Viele Männer mögen sie."

„Wer?"

„Der Sheriff. Der fliegende Händler. Der Ladenbesitzer."

„Welcher Ladenbesitzer?"

„Mr Crook."

„Von dem habe ich noch nie etwas gehört."

„Ihm gehört die ‚Tote Hose'. Miss Essie hat dort eine Weile gearbeitet. Dort hat sie auch die Königsnatter gehalten, die wir gefangen haben. Diese Schlange hättest du sehen sollen! Sie hieß Colonel."

„Was wurde denn aus der Schlange?"

„Ich und Miss Essie und Jeremy haben sie wieder freigelassen."

„Jeremy? Welcher Jeremy?"

„Du weißt schon: Sein Opa ist der, der immer betrunken ist."

Ewing nickte. „Gillespie. Du sprichst von Jeremy Gillespie?"

„Ich weiß nicht. Er arbeitet an Miss Essies Ölbohrung. Er und dieser Cowboy. Adam hieß der. Der Typ, der Miss Essie gernhatte. Aber dann ist er ganz schnell aus der Stadt verschwunden."

„Wer ist verschwunden? Jeremy oder Adam?"

„Adam. Hörst du mir denn gar nicht zu?"

„Doch, ich versuche es." Ewing kratzte sich am Kinn. „Dieser Adam hatte also ein Auge auf Essie geworfen?"

„Sie hat ihn auch gemocht. Als er in der Stadt war, hat sie mich kein einziges Mal besucht. Ich habe sie oft gesehen, aber sie war immer mit ihm zusammen und wusste nicht einmal, dass ich da war. Sie ließ ihn sogar auf ihrem Fahrrad fahren. Er ist damit gestürzt und hat es kaputt gemacht und sie hat sich trotzdem von ihm küssen lassen. Das habe ich genau gesehen."

Er hat sie geküsst? Und er hat die Stadt eilig verlassen? Ewing sprach diese Fragen nicht laut aus, sondern stellte lieber eine andere, viel wichtigere Frage. „Weiß Miss Essie, dass du gesehen hast, wie sie diesen Mann geküsst hat?"

„Nein."

„Hast du irgendjemandem erzählt, dass du es gesehen hast?"

„Ich habe es Jeremy erzählt."

„Sonst noch jemandem?"

„Dir habe ich es gerade erzählt."

Ewing stützte die Ellbogen auf seine Knie. „Harley, es gibt Dinge, die ein Mann tut, und Dinge, die ein Mann nicht tut. Er beschützt die Frauen. Wenn du also Miss Essie nachspioniert hast ..."

„Ich habe nicht spioniert!"

„Entschuldige. Wenn du *zufällig* Miss Essie mit einem Mann gesehen hast und Angst um ihre Sicherheit hattest, dann war es in Ordnung, wenn du gut auf sie aufgepasst hast. Aber sobald du erkennst, dass sie nicht in Gefahr ist, und du beobachtest sie immer noch, wird das zum Nachspionieren. Und das ist etwas, das ein Mann nicht tut."

„Wie soll ich denn wissen, ob sie nicht in Gefahr ist?"

„Wenn sie ihn auch küsst."

„Wie soll ich denn sagen können, wer wen küsst?", fragte Harley und war sichtlich der Verzweiflung nahe.

„Hat sie sich gewehrt, Harley?"

Der Junge schaute in die Ferne, als versuche er, sich zu erinnern, was er gesehen hatte. „Nein. Ich könnte nicht behaupten, dass sie sich gewehrt hat."

„Dann hat sie ihn auch geküsst und du hättest verschwinden sollen. Verstanden?"

„Verstanden."

„Und noch etwas."

Harley schaute ihn an.

„Wenn ein Mann eine Frau küsst, dann erzählt er das niemals weiter. Nicht nur, wenn er selbst eine Frau küsst, sondern auch, wenn er sieht, wie jemand anders eine Frau küsst. Ich will, dass du niemals – und ich meine wirklich *niemals* – irgendjemandem gegenüber ein Wort über Miss Essie und diesen Cowboy verlierst. Verstehst du?"

„Ja, Herr Pastor."

Ewing zerzauste dem Jungen die Haare. „Also gut. Dann machen wir dieses Feuer aus und sorgen dafür, dass dir die Haare geschnitten werden."

Etwas war am Bach geschehen. Essie konnte die Veränderung bei Harley und Ewing sofort spüren. Eine Kameradschaft. Eine Lockerheit.

Sie band Harley ein Tuch um den Hals und freute sich, dass er einen neuen Freund hatte, noch dazu einen Freund, der ganz in seiner Nähe lebte.

Sie befanden sich wieder im Speisesaal, aber dieses Mal waren noch mehr Kinder anwesend, die verschiedene Arbeiten erledigten. Ein Mädchen von ungefähr zehn Jahren in einem zerschlissenen, braunen Sackkleid wischte die Fenster. Ein Junge, der ein wenig älter aussah als Harley, stellte Stühle auf die Tische, während ein anderer ihm mit einem Putzlappen folgte.

Ewing hatte die Stühle, die neben ihm standen, aufgestapelt und drehte dann einen herum und setzte sich rittlings darauf.

„Dieser Bach war eiskalt, Miss Essie", sagte Harley. „Ich will so etwas nie wieder machen."

Danke, sagte sie tonlos zu Ewing.

Er zwinkerte.

Diese Geste verwirrte sie so sehr, dass sie ihre Schere fallen ließ. Er grinste und machte es wieder.

„Haben Sie schon einmal jemandem die Haare geschnitten?", fragte Harley besorgt.

„Was? Oh. Ja. Natürlich. Meinem Vater habe ich schon oft die Haare geschnitten. Und jetzt bleib still sitzen."

Sie hob die Schere auf und konzentrierte sich auf ihre Arbeit. Sie konnte sich beim besten Willen nicht vorstellen, warum Ewing ihr zuzwinkerte. Das war, als würde *Jeremy* ihr zuzwinkern. Sie schüttelte den Kopf. Ewing war jetzt zwar vielleicht erwachsen, aber sie konnte in ihm dennoch nichts anderes sehen als einen lästigen Jungen, der ihr nicht von der Seite wich und nie den Mund halten konnte.

„Ich habe gehört, dass ihr Ölbrunnen bohrt", sagte Ewing.

„Ja. Papa hat einen Bohrturm drüben in der Zwölften Straße, aber bis jetzt ist er noch nicht fündig geworden."

„Wie tief sind sie schon?"

„Das weiß ich nicht genau."

„Wer arbeitet denn an dem Bohrturm?"

Sie zog mit ihrem Kamm eine Haarsträhne an Harleys Hinterkopf in die Höhe und nahm sie zwischen die Finger, bevor sie die Enden abschnitt. „Jeremy Gillespie und ein gewisser Cal Redding."

„Redding? Wer ist das?"

„Er ist neu in der Stadt. Er ist erst seit ungefähr einem Monat hier."

„Wer hat vorher an dem Bohrturm gearbeitet?"

„Ein Vagabund."

„Adam, der Cowboy, von dem ich dir erzählt habe", mischte sich Harley ein.

Essie erstarrte und fragte sich, was Harley alles über Adam gesagt hatte. Als sie sich dabei ertappte, dass ihre Hände stillstanden, begann sie sofort, Harley weiter die Haare zu schneiden.

Das Schweigen, das sich jetzt schwer auf sie legte, war unangenehm. Aber nein, das bildete sie sich nur ein. Ewing hatte keinen Grund, in Bezug auf Adam etwas Ungewöhnliches zu vermuten. Das Mädchen, das die Fenster geputzt hatte, ging mit ihrem Eimer und mit ihrem Lappen in die Küche zurück.

„Erzähl mir von ihm, Essie", bat Ewing schließlich mit leiser Stimme.

Sie warf ihm einen kurzen Blick zu und begann dann, die Haare um Harleys Ohren zu schneiden. „Da gibt es nichts zu erzählen. Er war ein Streuner. Er kam in die Stadt, arbeitete eine Weile hier und verschwand dann wieder."

„Aber, Miss Essie, das stimmt doch nicht. Er hat Colonel gestreichelt. Er hat uns geholfen, Mäuse zu fangen. Er hat mir Bonbons gekauft. Er konnte mit dem Lasso alles einfangen, was sich bewegte. Und Sie haben ihn mit Ihren Rollschuhen über den Haufen gefahren. Wissen Sie noch?"

Sie schluckte. „Neige das Kinn etwas nach unten, Harley, und hör auf zu reden, damit ich deine Haare hinten schneiden kann."

Sie schnitt die Haare in seinem Nacken. Das Schweigen war jetzt schlimmer. Viel schlimmer.

„Gut. Du kannst den Kopf wieder heben."

Er hob den Kopf. Sie scheitelte seine Haare und kämmte sie auf eine Seite.

„So", meinte sie. „Fertig." Sie löste das Tuch, das sie ihm um den Hals gebunden hatte.

Harley sprang vom Stuhl. „Wie sehe ich aus?"

„Gut", antwortete sie. „Du siehst sehr gut aus."

„Besser als Adam?"

Ihre Lippen öffneten sich. „Ja."

Mit stolzgeschwellter Brust blickte er sie an. „Danke, Miss Essie. Kann ich jetzt gehen?"

„Ja."

Er rannte eilig davon und ließ die Tür laut hinter sich ins Schloss fallen. Sie starrte die Tür an. Das Tuch hing lose in ihrer Hand.

„Adam sah gut aus?", fragte Ewing.

Essie senkte den Blick. „Ja", flüsterte sie.

Er stand auf. „Ich hole einen Besen, damit wir die Haare auffegen können."

Kapitel 22

Es war ein seltsames Gefühl, die „Tote Hose" durch die Vordertür und nicht durch die Hintertür zu betreten. Essie blieb einen Moment auf der Schwelle stehen und atmete den vertrauten Geruch nach Melasse, Leder und Getreide ein. Sie betrachtete den Laden und die Veränderungen, die darin stattgefunden hatten.

Das Eckregal und der Tisch, die sie früher so dekoriert hatte, dass darauf Nähutensilien und Modesachen angeboten wurden, enthielten jetzt ein buntes Wirrwarr an Waren – Nähsachen, Kochtöpfe, sogar Gartengeräte. Die Medizinschränke waren nicht mehr nach Krankheiten sortiert, sie waren nicht einmal mehr alphabetisch geordnet. Sie konnte nicht feststellen, ob die Produkte auf dem Regal überhaupt nach irgendeinem System angeordnet waren.

Auf der Veranda waren keine Waren ausgestellt, um Kunden anzulocken. Auch in den Schaufenstern stand nichts, das für potenzielle Kunden von besonderem Interesse gewesen wäre.

Der Ofen an der hinteren Wand war jedoch immer noch da. Auf der heißen Platte stand ein Topf mit Kaffee und darüber hingen die sauberen Tassen. Mr Vandervoort beugte sich gerade über das Fass, sprang mit seinem schwarzen

Damestein über das Brett, spuckte in einen Spucknapf und rieb sich dann die Hände, während Mr Owen seinen Stein zur Dame machte. Hamilton führte währenddessen Mr Bunert, dem Sattler, mehrere Schnallen vor. Katherine und Sadie Tyner hatten die Köpfe zusammengesteckt und studierten einen Katalog.

Essie warf einen forschenden Blick auf Sadie und fragte sich nicht zum ersten Mal, ob sie die geheimnisvolle Eigentümerin des „Mäusefängers" war. Falls sie es war, hatte er dem Mädchen nicht viel genützt.

„Essie", rief Hamilton aus, als er aufblickte. „Wie schön, Sie zu sehen! Kommen Sie doch herein. Sie wissen ja, wo der Kaffee steht." Er lächelte. „Und ich nehme an, Sie wissen auch, wo alles andere ist. Katherine oder ich sind in einer Minute bei Ihnen."

„Ich kann warten, Hamilton. Lassen Sie sich Zeit." Sie warf einen Blick auf Katherine.

Die zierliche Frau, die eine steife, weiße Schürze trug, die Essie sich oft umgebunden hatte, flüsterte Sadie etwas zu. Das Mädchen kicherte und warf einen Blick hinter sich. Dann drehte sie sich wieder zu Katherine herum und beugte sich näher vor, um ihr zu antworten.

„Miss Essie", rief Mr Vandervoort mit donnernder Stimme. „Jetzt habe ich Lafoon heute zum dritten Mal geschlagen. Kommen Sie, damit ich endlich einen würdigen Gegner habe."

Sie hängte ihren Umhang an einen Garderobenhaken und bahnte sich dann einen Weg zwischen den Fässern, Kisten und Tischen zu den Männern. „Schummelt er etwa, Mr Owen?"

„Ich glaube schon, Miss Essie. Ich finde nur leider nicht heraus, wie er das macht. Aber wenn Sie kommen, spielt er immer anständig. Vielleicht habe ich jetzt etwas mehr Glück."

Essie nahm den Kaffeekessel, aber es war nur noch der Bodensatz darin. Sie ging zur Kaffeemühle, kippte einige Bohnen hinein und drehte am Griff. Das kräftige Aroma stieg ihr angenehm und vertraut in die Nase.

Katherine stürmte auf sie zu. „Das ist meine Aufgabe! Wenn Sie warten, bis ich mit Miss Tyner fertig bin, kümmere ich mich darum."

Essie ließ die Kaffeemühle los und trat einen Schritt zurück.

„Oh, lass Essie doch den Kaffee machen, Katherine", rief Hamilton von der anderen Seite des Raums. „Niemand kann so guten Kaffee kochen wie Essie."

„Was wollen Sie?", zischte Katherine.

„Stoff."

Sie wedelte mit der Hand in die grobe Richtung, in der sich der Stoff befand. „Wenn Sie gefunden haben, was Sie suchen, werde *ich* ihn Ihnen vom Ballen abschneiden. Ist das klar?"

„Natürlich", antwortete Essie und wich ihrem Blick aus. „Bitte entschuldigen Sie." Sie bewegte sich zu der Nische, in der die Stoffe lagen. Das Angebot war beträchtlich geschrumpft. Es hätten längst neue Ballen bestellt werden müssen.

Katherine kehrte zu Sadie zurück, um sie zu bedienen, und die Männer nahmen ihr Spiel wieder auf. Hamilton füllte für Mr Bunert einen Zahlschein aus.

Einige Momente später klingelte die Glocke über der Tür und der Sattler verließ den Laden. Sie berührte mit den Fingern die Ecke eines schwarzen Stoffes.

„Finden Sie, was Sie suchen?", fragte Hamilton leise und trat hinter sie.

„Hatten wir nicht braunen, gekämmten Wollstoff?", gab sie zurück.

„Aber ja." Sein Blick wanderte über die gestapelten

Stoffballen. „Hmmm. Ich sehe keinen, aber ich hätte einen neuen bestellt, wenn ich mitbekommen hätte, dass er zur Neige geht."

Er wühlte zwischen den Stoffen, hob hier und da einen Ballen hoch. Schließlich richtete er sich auf und seufzte. „Tut mir leid. Er ist scheinbar ausgegangen. Ich hatte keine Ahnung."

„Das macht nichts."

„Das macht schon etwas. Als Sie hier waren, kam so etwas nie vor." Er warf rasch einen Blick zu Katherine hinüber und trat dann weiter in die Nische hinein, sodass seine Frau ihn nicht sehen konnte. „Könnten Sie vielleicht darüber nachdenken, ob Sie nicht wieder zurückkommen, Essie? Seit Sie fort sind, ist es hier nicht mehr so wie früher."

„Es sind noch nicht einmal drei Monate, Hamilton", sagte sie und senkte ihre Stimme. „Lassen Sie Ihrer Frau Zeit."

„Sie brauchten nicht mehr als eine Woche, bis dieser Laden so glatt lief wie ein Uhrwerk."

„Sie muss sich eben an vieles gewöhnen. Einen neuen Mann, ein neues Baby, eine neue Stadt. Sie müssen Geduld haben."

„Aber schauen Sie sich doch diesen Laden an. Er ist ein einziges Chaos."

„Hamilton, bitte. Sie bringen mich in Verlegenheit."

„Sieh mal einer an!", fuhr Katherine beide wütend an, woraufhin diese zusammenschraken. „Ist das nicht ein lauschiges Plätzchen!"

Die Frau stand unmittelbar vor der Nische. Ihr Körper war steif, ihre Lippen waren geschürzt.

„Wo ist der braune, gebürstete Wollstoff?", fauchte Hamilton sie wiederum an.

„Warum fragst du das nicht Miss Spreckelmeyer? Sie scheint ja zu wissen, wo alles ist. Nicht wahr?"

Hamiltons Wangen röteten sich, und Essie spürte, dass ihr ebenfalls warm wurde.

„Ich glaube, die Männer brauchen frischen Kaffee", meinte er, sichtlich um Beherrschung bemüht. „Würdest du bitte gehen und welchen aufbrühen, Katherine?"

Sie zog die Schleife ihrer Schürze auf und riss sie sich vom Leib. „Brüh ihn doch selbst auf!" Sie drückte ihm die Schürze in die Hand. „Ich gehe nach oben und schaue nach Mae und Mrs Peterson."

Sie stolzierte davon und ließ die beiden allein in der Nische zurück. Die Absätze ihrer Stiefel trommelten auf dem Holzboden und begleiteten lautstark ihren Abgang, bis schließlich in der Ferne eine Tür ins Schloss fiel.

„Bringen Sie mich nie wieder in eine so unangenehme Situation, Hamilton."

„Entschuldigen Sie." Seine Brillengläser vergrößerten seine braunen Augen und den Kummer darin.

„Ihre Frau mit einer anderen Frau zu vergleichen ist das Dümmste, was Sie machen können."

„Ich habe doch nichts gesagt."

„Sie haben ständig Loblieder auf mich gesungen, seit ich zur Tür hereinkam. Ich wäre Ihnen dankbar, wenn das nicht wieder vorkäme." Sie stürmte nach vorne, nahm ihren Umhang und verließ den Laden, ohne sich von den Männern zu verabschieden.

Wütend schritt Essie zum Lebensmittel- und Spirituosenladen auf der anderen Straßenseite. Sie wusste nicht genau, auf wen sie wütender war: auf Hamilton, weil er so ungeschickt war, oder auf Katherine, weil sie mit dem Mann, den sie Essie vor der Nase weggeschnappt hatte, unglücklich war.

Beim Überqueren der Straße wich sie Pferdeäpfeln aus, schlug nach Fliegen und kniff die Augen zusammen, um sich vor dem Staub zu schützen, der durch den Verkehr auf der Straße aufgewirbelt wurde. In dieser Verfassung stürmte sie in den Laden und prallte geradewegs mit einem kräftigen Mann zusammen.

„Nicht so eilig!“, sagte der Mann und legte die Arme um sie, um zu verhindern, dass sie beide umfielen. Er ließ sie rasch wieder los und trat einen Schritt zurück. „Oh, Essie. Ist alles in Ordnung?“

Sie holte tief Luft. „Entschuldigung, Ewing. Ich habe nicht aufgepasst, wohin ich laufe.“

„Wenn ich gewusst hätte, dass du es bist, hätte ich dich nicht so schnell losgelassen.“

Sie runzelte die Stirn. Sie verstand genau, was er damit meinte, aber sie konnte sich keinen Reim darauf machen, warum Ewing so mit ihr sprach.

Das neckische Funkeln in seinen Augen war keineswegs überheblich, sondern verriet ein unübersehbares männliches Interesse. Ihr erster Gedanke war Verzweiflung, gefolgt von einem Anflug von Panik. Es stimmte einfach etwas nicht, wenn sie von einem Mann bewundert wurde, dessen Windeln sie früher gewechselt hatte.

„Ich fürchte, bei unserem Zusammenprall hat sich bei dir eine Schraube gelockert“, entgegnete sie verwirrt.

Er schmunzelte. „Ich versichere dir, dass ich im Vollbesitz meiner geistigen Kräfte bin.“

Sie schnaubte kurz.

„Was machst du hier?“, fragte er. „Kann ich dir helfen und dir die Sachen nach Hause tragen?“

„Nein, ich wollte nur einen Wollstoff kaufen. Ich wollte Harley eine Hose und ein oder zwei Hemden nähen, bevor der Winter kommt.“

„Wirklich? Das ist sehr nett von dir.“

Sie wehrte mit einer schnellen Handbewegung ab. „Er ist ein netter Junge. Wenn du mich jetzt bitte entschuldigen würdest?“

Er tippte an seinen Hut. „Natürlich. Einen schönen Tag noch." Er öffnete die Tür und drehte sich mit einem Zwinkern noch einmal zu ihr um.

Sie bedachte ihn mit einem Stirnrunzeln, aber er lächelte nur und wirkte völlig unbeeindruckt.

❖

Essie betrat die Küche. Auf dem Heimweg war ihr kalt geworden, aber sie konnte es nicht erwarten, mit Harleys Hose anzufangen.

Mutter kam ins Zimmer und blieb stehen, als sie Essie sah. „Wo warst du?"

„Im Lebensmittel- und Spirituosenladen", antwortete sie, legte ihren Stoff und Kuchen auf dem Tisch ab und begann, ihren Mantel aufzuknöpfen. „Dann war ich noch in Mr Weidmanns Konditorei. Was ist los?"

„Dein Vater will dich sehen."

Sie hielt inne. „Warum?"

Mutter öffnete den letzten Knopf für sie und schob dann den Umhang von Essies Schultern. „Geh zu ihm, Liebes. Er sagte, ich solle dich zu ihm schicken, sobald du nach Hause kommst."

„Warum?"

„Früher hast du nie gefragt, warum, wenn er dich sehen wollte."

„Er wollte mich nicht mehr sehen, seit Adam das Weite gesucht und er mich von den Ölfeldern verbannt hat."

„Trotzdem solltest du jetzt nicht trödeln."

Essie drehte sich um.

Papa stand im Durchgang, der den Flur von der Küche trennte. „Ich muss mit dir sprechen", sagte er leise. „Bitte."

Wollte er sie wieder in seinem Ölgeschäft einstellen?

Er war etwas nachsichtiger geworden, seit er wiedergewählt worden war, aber sie hatte nicht erwartet, dass er so schnell auf ihre Wünsche eingehen würde.

Er trat vom Durchgang zurück und bedeutete ihr, vorzugehen. Sie betrat sein Büro. Als die Tür hinter ihm ins Schloss fiel, legte er die Hände auf einen der gepolsterten Stühle, die für Gäste bestimmt waren, und zog ihn ein Stück zurück.

Sie setzte sich und erwartete, dass er um seinen Schreibtisch herum gehen würde. Stattdessen setzte er sich auf den zweiten Stuhl neben sie.

Eine lange Weile sagte er nichts. Essie rührte sich ebenfalls nicht. Sie suchte aber auch nicht den Blickkontakt zu ihm, sondern entschied sich, gleichgültig zu bleiben und geradeaus zu schauen.

„Ewing Wortham war hier und wollte mit mir sprechen."

Ihr Kopf fuhr herum. Ewing? Papa rief sie in sein Büro, um über Ewing zu sprechen?

„Es ist noch nicht offiziell, aber unser Kirchenvorstand hat ihn gefragt, ob er unser Pastor werden will, wenn Pastor Bogart Anfang des Jahres in den Ruhestand tritt. Jetzt, da Ewing finanziell unabhängig ist, hat er mich um die Erlaubnis gebeten, dir den Hof machen zu dürfen."

Sie wusste nicht, was sie mehr entsetzte – die Vorstellung, dass Ewing ihr Pastor werden sollte oder dass Papa ihm die Erlaubnis erteilt haben könnte, mit ihr auszugehen. „Du hast hoffentlich Nein gesagt?"

„Das habe ich nicht."

Sie atmete laut hörbar ein. „Warum nicht?"

„Weil er ein guter Mann ist."

„Genau aus diesem Grund hättest du seine Bitte ablehnen müssen." Sie blickte ihn mit großen Augen an. „Bitte sag mir nicht, dass du ihm in meinem Namen *zugesagt* hast? Wenn du nicht sofort Nein gesagt hast, hast du ihm doch bestimmt gesagt, dass du es dir überlegen würdest, obwohl du genau weißt, dass du ihm später eine Absage erteilen wirst?"

„Ich musste nicht darüber nachdenken."

Sie schoss von ihrem Stuhl hoch. „Papa, was willst du damit sagen? Soll das heißen, dass du Ja gesagt hast?!"

„Er ist deinetwegen hierher zurückgekommen."

„Er ist *was?*"

„Er kam aus Tennessee hierher zurück, weil er dich wollte. Er sagte, er habe darauf vertraut, dass Gott dafür sorgen würde, dass du für ihn noch frei wärst, wenn er zurückkommt."

Sie zitterte und konnte kaum glauben, dass das wirklich geschah. „Wenn ich all diese Jahre unverheiratet geblieben bin, weil dieser Rotzlöffel dafür gebetet hat, dass ich für ihn da bin, wenn er zurückkommt, dann werde ich ihm höchstpersönlich den Hals umdrehen!"

„Komm schon! Das kann dich doch nicht überraschen. Er war in dich verliebt, seit er zehn war. Er hat dir immer wieder geschrieben, als er fort war, und du hast seine Briefe beantwortet."

„Seine Briefe waren nicht länger als zwei Absätze und ich habe ihm nur dreimal geantwortet. Und auch das tat ich nur aus Höflichkeit. Aus Freundschaft. Kein einziges Mal hat er irgendwie angedeutet, dass er in mich verliebt sein könnte. Ich dachte, aus dem Alter wäre er inzwischen hinaus!"

Ein Anflug von Belustigung überzog das Gesicht ihres Vaters. „Offensichtlich nicht."

„Das ist überhaupt nicht lustig. Hast du vergessen, dass ich beschmutzt bin? *Beschmutzt.*"

Papa sprang auf die Füße. „Du bist nichts dergleichen."

„Wie kannst du das sagen? Du weißt, dass ich beschmutzt bin."

„Du hast einen Fehler gemacht. Wie viele unschuldige Mädchen auch."

„Ich bin kein Mädchen mehr. Ich bin eine erwachsene Frau und ich bin ganz gewiss nicht mehr unschuldig."

„Gott ist barmherzig. Er gibt jedem eine neue Chance."

„Aber *Gott* will nicht mit mir ausgehen."

„Bist du sicher?" Papa sah sie ernst an.

Der Himmel stehe ihr bei, das konnte nicht sein Ernst sein. „Denk doch einmal nach, Papa: Ewing soll Pastor werden. *Pastor*. Damit würde ich eine Pastorenfrau werden. Eine Pastorenfrau geht nicht beschmutzt in die Ehe!"

Er knallte mit der Faust auf seinen Schreibtisch. „Hör endlich auf, immer wieder davon zu sprechen!"

„Aber es ist *passiert*. Du kannst nicht so tun, als wäre es nicht passiert, nur weil du das gern möchtest."

„Dir wurde vergeben. In Gottes Augen bist du so weiß wie Schnee."

Sie presste sich eine Hand auf die Stirn. „Vielleicht in Gottes Augen. Aber in Ewings Augen bin ich beschädigte Ware."

„Genug!", polterte ihr Vater. „Ich habe ihm die Erlaubnis gegeben, mit dir auszugehen. Er ist um fünf Uhr hier und will mit dir ausfahren."

„Dann hoffe ich, dass du und er euren kleinen Ausflug genießt, denn ich werde nicht mitfahren."

Er trat drohend einen Schritt auf sie zu. Es kostete sie ihre ganze Selbstbeherrschung, stehen zu bleiben.

„Du fährst mit ihm, Esther Spreckelmeyer. Mach keinen Fehler. Dein Brot, deine Butter und die Kleider, die du anhast, habe ich bezahlt. Und wenn ich sage, dass du mit ihm ausfährst, dann fährst du mit ihm aus. Hast du mich verstanden?"

Eine überwältigende Wut loderte in ihr auf.

„Hast du mich verstanden!?", rief er.

Ihre Mutter stürmte ins Zimmer.

Essie fuhr herum. „Hast du davon gewusst?"

„Natürlich."

„Und du warst *einverstanden*?"

„Ja."

„Wie konntest du nur?"

„Weil dein Vater recht hat. Du hast jedes Recht, dass ein Mann dich umwirbt."

„Das habe ich nicht! Ich habe dieses Recht aufgegeben, als ich mich auf Adam Currington einließ. Willst du damit sagen, dass ich Ewing die Wahrheit verschweigen soll? Dass ich ihm Hoffnungen machen soll, obwohl ich ganz genau weiß, dass er denkt, ich wäre unbefleckt?"

„Nein, natürlich nicht. Aber du brauchst nichts überstürzen. Du brauchst den Wagen nicht vor das Pferd zu spannen."

„Und was ist, wenn der Wagen und das Pferd nebeneinanderstehen? Was ist, wenn sich unsere Beziehung so weit entwickelt, dass er um meine Hand anhält? Was dann?"

Mutter rang die Hände. „Dein Vater wird das regeln, wenn es so weit ist."

„Da mache ich nicht mit." Essie stürmte an ihrer Mutter vorbei. „Ich fahre nicht mit ihm aus", schrie sie noch einmal, während sie die Treppe hinaufrannte und ihre Zimmertür hinter sich zuknallte.

Kapitel 23

Essie konnte nicht still sitzen. Sie ging wie ein wilder Tiger in ihrem Zimmer auf und ab und war über das Verhalten ihrer Eltern völlig entsetzt.

Tief in ihrem Herzen wollte sie immer noch heiraten und Kinder haben, aber sie wusste, dass diese Möglichkeit nicht länger zur Debatte stand. Gleichgültig, was Mutter und Vater dachten, kein anständiger Mann – und schon gar nicht ein Pastor – würde eine Frau haben wollen, die bereits bei einem anderen Mann gelegen hatte.

Sie blieb an ihrem Fenster stehen und betrachtete die zahllosen Blätter, die den Boden bedeckten. Was in aller Welt sollte sie tun? Wenn sie sich offen weigerte, Ewing an diesem Tag zu begleiten, wie sie gedroht hatte, würde er das zweifellos persönlich nehmen. Sie wollte seine Gefühle nicht verletzen. Aber sie wollte ihn auch nicht ermutigen.

Papa hatte gesagt, dass Ewing ihretwegen zurückgekommen wäre. Den weiten Weg von Nashville. Sie schüttelte den Kopf. Er hatte all diese Jahre an seinen Gefühlen für sie festgehalten? Es war einfach zu absurd, um wahr zu sein.

Sie begann, wieder in ihrem Zimmer Kreise zu drehen.

Schließlich entschied sie, dass sie heute mit ihm ausfahren würde. Und sie würde Ewing die Wahrheit sagen. Über sich und über Adam. Sie würde nicht warten, wie ihre Eltern vorgeschlagen hatten.

Danach würde Papa es sich vielleicht zweimal überlegen, ob er einem Mann erlaubte, sie auszuführen. Nicht, dass irgendeiner um diese Erlaubnis bitten würde.

Mit einem Seufzen ging sie zu ihrem Kleiderschrank und versuchte zu entscheiden, was eine Frau bei ihrem ersten Ausflug mit einem Mann anziehen sollte, dem der Schock seines Lebens bevorstand.

❖

Um fünf Uhr öffnete Essie ihre Tür, trat an den obersten Treppenabsatz und ging dann langsam nach unten. Papa stand mit Ewing an der Haustür. Beide drehten sich um, als sie Essie kommen hörten.

Papa sah aus, als würde er vor Erleichterung gleich zusammenbrechen.

Ewing sah aus wie Harley, wenn ihm jemand ein Bonbon schenkte. „Hallo, Essie“, begrüßte er sie.

„Ewing“, antwortete sie und nickte. Sein beigefarbener Wollrock war perfekt geschnitten, aber er hätte an einem Mann von einer etwas größeren Statur besser ausgesehen, da der Saum bis zu seinen Knien reichte.

„Du siehst hübsch aus“, sagte er.

Sie zupfte am Saum ihres Ausgehmantels. Der schwarze Satin war von einem schwarzen Marderfell gesäumt, das an der Vorderseite bis nach unten reichte und sich wie eine runde Boa um den Saum legte. Statt eines Hutes trug sie eine einfache Perlenspange über ihrem hochgesteckten Haarknoten.

Er hielt ihr einen Strauß weißer Chrysanthemen hin.

Es war das erste Mal in ihrem Leben, dass ein Mann ihr Blumen brachte. Sie stammelte: „Oh. Meine Güte. Danke schön. Ich … hm … Wie freundlich von dir. Danke."

„Bitte."

Sie hielt die Nase an die Blumen und atmete ihren leicht süßlichen Duft ein.

„Mein Schatz", meinte Mutter, die in diesem Moment zu ihnen trat. „Soll ich die Blumen für dich in eine Vase stellen?"

„Ja, bitte."

Ewing machte eine kleine Verbeugung. „Guten Abend, Mrs Spreckelmeyer."

„Hallo, Ewing. Es ist schön, dich wiederzusehen. Willkommen zu Hause."

„Danke, Madam."

Die vier standen etwas unsicher im Eingangsbereich.

Ewing setzte seinen Hut auf. „Wollen wir gehen?"

Er hielt ihr den Arm hin. Essie legte ihre Hand darauf und kam sich vor wie eine Schauspielerin bei einer Theateraufführung.

„Ich bringe sie nach Hause, bevor es dunkel wird", meinte er an Essies Vater gewandt. Dann traten sie aus dem Haus und schlenderten zum Zaun, wo sein Wagen wartete.

Sie stellte überrascht fest, dass es eine richtige Kutsche war, und fragte sich, ob die Kirche ihm einen Vorschuss auf sein erstes Gehalt gegeben hatte. Er legte eine Hand unter ihren Ellbogen und half ihr hinauf, bevor er auf seine Seite des Wagens ging. Der Sitz quietschte und schaukelte, als er sich nach oben zog.

Er griff nicht sofort nach den Zügeln, sondern saß nur da und sah sie mit einem breiten Lächeln an. „Ich kann nicht glauben, dass ich hier bin. Mit dir. In dieser Kutsche. Ich kann dir gar nicht sagen, wie oft ich von diesem Augenblick geträumt habe."

Sie errötete, da sie genau wusste, dass sie keine solche Sehnsucht nach ihm verspürt hatte.

Er blickte ihr in die Augen. „Wenn ich dich sehe, verschlägt es mir den Atem. Das war schon immer so. Wusstest du das?"

Nein.

„Ich weiß, dass du wahrscheinlich lieber angeln gehen würdest, als in einer Kutsche auszufahren, aber jetzt, da wir offiziell befreundet sind, halte ich das nicht für weise. Ich fürchte, wenn wir alleine wären, würde das deinem guten Ruf schaden."

Sie sah ihn mit einem schwachen Lächeln an und fragte sich, ob es vielleicht irgendeinen Tratsch gegeben hatte, der ihn zu dieser Aussage veranlasste. Tratsch von Katherine Crook vielleicht?

„Nun", sagte er und rieb mit den Händen über seine Schenkel. „Dann sollten wir jetzt wohl losfahren."

Er löste die Zügel, gab dem Pferd das Zeichen loszulaufen und steuerte auf die Innenstadt zu. Sein Mundwerk hatte sich in den Jahren, in denen er fort gewesen war, perfektioniert und verfeinert. Er beschrieb ausführlicher, was er in seinen Briefen nur angedeutet hatte, und unterhielt sie mit Geschichten von seiner Zugfahrt nach Tennessee und der Rückfahrt nach Texas, von seiner Zeit, die er so weit fort von zu Hause verbracht hatte, und von den Streichen, die er und seine Schulkameraden einander gespielt hatten. Sie hätte sich nie träumen lassen, dass es an einer Bibelschule so fröhlich zuging.

Die Vertrautheit, die sie als Kinder miteinander verbunden hatte, erwachte zu neuem Leben, aber dieses Mal lachte und plauderte sie gern mit ihm. Sie waren schon durch die ganze Stadt gefahren, ehe sie ihre Umgebung überhaupt wahrnahm. Sobald sie das jedoch tat, fühlte sie sich befangen.

Die Stadtbewohner starrten sie offen an. Was in aller Welt machte eine alte Jungfer wie sie mit einem jungen Mann wie Ewing? Das fragten sich die Leute zweifellos. Ihre Wangen wurden unter den kritischen Blicken ganz heiß. Sie konnte sich nicht überwinden, den Leuten in die Augen zu schauen.

Als der Wagen schaukelte, rutschten die beiden unbemerkt immer näher zur Mitte der Bank, bis sich schließlich ihre Schultern berührten. Über den Körperkontakt erschrocken, griff Essie nach dem Seitenteil und zog sich wieder auf ihre Seite.

Er ergriff einen Zipfel ihres Umhangs und zog sie sanft an seine Seite zurück. „Wohin willst du?"

„Wir waren ... Ich hatte nicht bemerkt ..."

„Ich schon. Und es war sehr schön."

„Ewing, ich ... äh ..." Sie seufzte. Wie um alles in der Welt sagte man einem Mann, dass man befleckt war und dass er seine Aufmerksamkeit auf andere Frauen richten sollte? Sie konnte doch nicht hier mitten in der Stadt damit herausplatzen.

„Komm wieder näher, Essie", bat er. Seine Stimme war ruhig und einladend.

Sie antwortete nicht, sondern verstärkte nur ihren Griff um den Haltegriff.

„Du brauchst keine Angst zu haben."

„Ich habe keine Angst."

„Du siehst aber aus, als hättest du Angst."

„Das tue ich nicht." Sie konzentrierte ihre Aufmerksamkeit auf die Straße und sah Mrs Lockhart, die mit einem Taschentuch in der Hand auf dem Gehweg stand. Sie winkte Essie damit zu. Ein entzücktes Lächeln lag auf ihrem Gesicht, ein wissender Blick in ihren Augen.

Gütiger Himmel. „Ich würde jetzt bitte gern wieder nach Hause fahren."

„Was ist denn los?“

„Nichts.“

„Nein, du hast etwas. Was ist mit dir?“

Sie senkte den Kopf.

Bei der nächsten Gelegenheit lenkte er den Wagen in die Richtung, in der sich ihr Elternhaus befand. Der Weg führte sie direkt am Theater vorbei.

Das Orchester stellte sich gerade am Haupteingang auf. Essie erkannte schlagartig, dass an diesem Abend augenscheinlich wieder eine dieser billigen Shows aufgeführt wurde. Sie erinnerte sich daran, wie die „Südstaatenschönheit“ vor der grölenden Menge ihren Knöchel und ihren nackten Fuß zur Schau gestellt hatte und wie sie selbst Adam erlaubt hatte, sie oben auf der Galerie zu umarmen, sie zu küssen, sie zu berühren. Waren seine Absichten schon damals unehrenhaft gewesen?

Sie erreichten die Eisenbahnschienen am Stadtrand, aber statt nach Norden abzubiegen, bedeutete Ewing dem Pferd, die Gleise zu überqueren.

„Wohin fahren wir?“, verlangte Essie zu wissen.

„An einen Platz, wo wir uns unterhalten können.“

„Ich dachte, wir müssten vermeiden, allein zu sein.“

„Das ist auch so, aber irgendetwas stimmt nicht, und gleichgültig, was es ist, ich will es nicht auf der Veranda vor dem Haus deiner Eltern besprechen, wo alle Fenster offen sind.“

Sie widersprach ihm nicht, denn auch sie fand die Vorstellung abscheulich, ihm in Hörweite ihrer Eltern von ihrer unehrenhaften Vergangenheit zu erzählen. Dass er sie so gut verstehen konnte, war zugleich beunruhigend und tröstlich.

Sie fuhren schweigend weiter. Das Zwielicht legte sich über die Stadt. Mit Einbruch der Dämmerung erwachten die Geräusche der Natur und ihrer Bewohner, von denen sich einige schlafen legten und andere gerade erwachten. Ewing bog in eine unauffällige Lücke in dem überwucherten Gestrüpp, das die Straße säumte, ein. Sie erreichten ein kleines Wäldchen, das gerade so breit und lang war, dass es ihr Gefährt vollständig verbarg.

„Hooo!“, rief er dem Pferd zu.

Vor ihnen öffnete sich eine Lichtung, die den Blick auf einen kleinen See freigab, an dem sie schon oft geangelt hatte. Aber diese Stelle war ihr noch nie aufgefallen. Ein Platz, der perfekt war für Verliebte, die nicht entdeckt werden wollten.

„Du warst hier schon öfter“, stellte sie fest.

Er drehte sich um. „Ist das ein Vorwurf?“

„Nein! Nein, natürlich nicht. Nur eine Feststellung.“

Er wickelte die Zügel fest und stützte dann die Ellbogen auf seine Knie. Frösche gaben tiefe, vibrierende Töne von sich, Grillen zirpten, Schnaken summten. Eine Entenschar kreischte laut und unmusikalisch über dem Wasser.

Sie benetzte ihre Lippen und hatte keine Ahnung, wo sie anfangen sollte.

„Habe ich dich verärgert?“, fragte Ewing.

„Nein“, flüsterte sie, „auf keinen Fall.“

„Was ist dann los?“

Der Teich fing die Rosa- und Rottöne auf, die den Himmel bedeckten, und verdoppelte ihre Farbenpracht auf seiner schimmernden Wasseroberfläche.

„Ewing, ich …“

Er betrachtete seine Fingernägel. „Du magst mich nicht.“

„Nein. Ich mag dich, ich mag dich wirklich sehr, aber …“

„Aber was?“

„Aber mein Vater war nicht ganz ehrlich zu dir.“

Er setzte sich auf und schaute sie mit gerunzelter Stirn an. „Was?“

„Er hätte dir nie erlauben dürfen, mich auszuführen. Er sollte *niemandem* erlauben, mich auszuführen."

Verwirrung legte sich auf sein Gesicht und wurde dann von einem nackten Entsetzen verdrängt. „Essie, bist du krank? Wirst du … bald sterben?"

„Nein, nein." Sie schüttelte den Kopf. „Nichts dergleichen."

„Was dann?"

Oh Herr, hilf mir. Ihre Kehle war wie zugeschnürt. Es kostete sie all ihre Kraft, die Worte auszusprechen. „Du kannst mich nicht heiraten, Ewing. Du nicht und auch sonst niemand."

Er ergriff ihre Hände und drehte sie zu sich herum. „Bist du unfruchtbar?"

Sie schloss die Augen und schüttelte den Kopf.

Er verstärkte kurz seinen Griff. „Wenn du nicht krank und auch nicht unfruchtbar bist, was bist du denn dann?"

„Befleckt", brachte sie mit erstickter Stimme über die Lippen, während eine einzelne Träne auf ihre und seine Hände tropfte.

Sein Griff lockerte sich. Dann zog er die Hände zurück.

Sie konnte sich zuerst nicht überwinden, ihn anzuschauen. Aber dann beschloss sie: Gleichgültig, was sie sonst war, ein Feigling war sie nicht. Sie wischte sich eine weitere Träne von der Wange und hob den Blick – wünschte aber sofort, sie hätte es unterlassen.

Sein Mund war vor Schock fest zusammengekniffen. Ein Zittern überkam ihn. Seine Augen funkelten vor Enttäuschung, als hätte man ihn gezwungen, zu viel zu sehen, und als hätte er dann aufgehört, überhaupt etwas zu sehen.

Ewing blickte zur Seite und strich sich mit einer Hand über den Mund. Sein Adamsapfel zuckte. Er starrte benommen auf den Teich. „Wer weiß davon?"

„Meine Eltern und der Sheriff."

„Sonst niemand?“

„Sonst niemand.“

Er rieb sich den Nasenrücken. „Kenne ich ihn? Ist es jemand, den ich in der Kirche, im Laden und auf der Straße treffen werde?“

„Nein. Du hast ihn nie gekannt.“

„War es der Cowboy?“

Sie atmete hörbar ein, sagte aber nichts. Schließlich berührte sie seinen Ärmel. „Es tut mir leid.“

Er riss sich von ihrer Berührung los. „Ich habe auf dich gewartet, Essie“, rief er. Tiefer Schmerz sprach aus seinen Worten. „Hast du eigentlich eine Ahnung, wie viele Gelegenheiten ich gehabt hätte, mit anderen Frauen zusammen zu sein? Aber ich habe dich nie betrogen. Kein einziges Mal. Ich habe mich beherrscht. Für dich. Für *uns*.“

„Das war mir nicht bewusst“, flüsterte sie. Die Tränen kamen jetzt schneller. „Wir hatten keine diesbezügliche Abmachung.“

„Du hättest keine solche Abmachung brauchen sollen. Du hättest allein schon aus Prinzip auf den Mann warten sollen, den Gott für dich vorgesehen hat.“

„Ich weiß, ich weiß. Es tut mir sehr leid.“

Er sprang aus dem Wagen, schritt den Hang hinab zum Teich und trat beim Gehen gegen lose Steine und kleine Äste. Unten angekommen, setzte er sich und barg den Kopf in den Händen. Sie sah, wie seine Schultern zuckten.

Es tut mir leid, Ewing. Es tut mir leid, Herr. Das war es nicht wert. Die wenigen schönen Augenblicke mit Adam – sie waren all den Schmerz nicht wert, den ich meinen Eltern, meinem Freund, mir selbst und dir zugefügt habe. Oh, wenn ich noch einmal die Wahl hätte, würde ich mich ganz anders verhalten. Vergib mir, Herr. Vergib mir.

Aber selbst wenn Gott ihr vergeben sollte, würde sie sich selbst niemals vergeben.

Es war dunkel, als Ewing den Hang heraufstieg und sich wieder zu ihr in den Wagen setzte. Sie konnte sein Gesicht nicht mehr sehen, aber die Steifheit in seinem Körper sprach für sich.

Er fuhr sie in einer unerträglichen Langsamkeit nach Hause und lenkte den Wagen in einem gemäßigten und ruhigen Tempo durch die Straßen. Er sprach kein einziges Wort zu ihr und schaute nicht einmal in ihre Richtung. Sie blieb züchtig auf ihrer Seite des Sitzes. Als sie endlich vor ihrem Haus stehen blieben, wollte sie nach unten springen.

Er berührte ihren Arm. „Nein."

Er ging um den Wagen herum und half ihr herab. Dann nahm er ihren Ellbogen und führte sie bis zur Tür.

„Gute Nacht, Essie", sagte er mit freundlicher Stimme, die so laut war, dass sie durch die Fenster gehört werden konnte.

„Leb wohl", flüsterte sie.

Er tippte an seinen Hut und kehrte zu seinem Wagen zurück.

Ihr Vater stand vor seiner Bürotür, als sie eintrat. „Er hatte versprochen, dass er dich nach Hause bringt, bevor es dunkel wird. Wo warst du?"

Ärger regte sich in ihr und verdrängte für einen Moment ihren Anflug von Reue. „Wo soll ich denn gewesen sein?"

„Ich habe keine Ahnung."

Sie löste die Bänder an ihrem Umhang und ließ ihn denken, was er wollte.

„Was ist denn?" Mutter kam auf den Flur. „Ist etwas passiert?"

„Ich habe es ihm gesagt."

Sie trat rasch näher. „Wie meinst du das? Du hast es ihm gesagt?"

„Ich meine damit, dass ich es ihm gesagt habe." Essie sah ihrem Vater in die Augen. „Ich habe ihm gesagt, dass ich befleckt bin."

Mutter schnappte nach Luft. „Das hast du nicht getan!"

„Doch."

„Warum in aller Welt solltest du so etwas tun?"

Statt zu antworten, schlüpfte sie aus ihrem Umhang, legte ihn über ihren Arm und richtete ihren Blick dann wieder auf ihren Vater. „Erlaube bitte keinem Mann mehr, mit mir auszugehen. Ich werde nie heiraten und ich will so etwas nie wieder durchmachen müssen."

❖

Katherine Crook kniete neben einem Eimer mit Hafer und legte sorgfältig ein halbes Dutzend Eier hinein. Lizzie war ein unvorsichtiges Mädchen, und Katherine wollte nicht, dass die Eier kaputtgingen, bevor sie zu Hause bei der Mutter des Kindes ankamen. Sie blickte auf, als Hamilton den Lagerraum betrat und den langen Holzriegel von der großen Tür hob.

„Mach schnell", sagte er. „Mrs Bogart hat Butter gebracht, aber ich muss eine Lieferung in Empfang nehmen."

Katherine legte das letzte Ei in den Eimer und erhob sich dann. Die Pastorenfrau machte die beste Butter weit und breit. Nicht alle Frauen schrubbten vor jeder Benutzung ihr Butterfass aus oder wuschen die Buttermilch aus der Butter. Mrs Bogart tat nicht nur das, sondern sie schlug ihre Butter auch zweimal in der Woche, solange die Sahne noch frisch war. Ihre Butter verkaufte sich gleich am ersten Tag zum Doppelten des normalen Preises.

Katherine wischte sich den Hafer von den Händen, nahm den Eimer und trat in den Laden. „Hier sind deine Eier, Lizzie."

„Danke, Ma'am."

Sie nickte dem Mädchen zu und begab sich dann zur Pastorenfrau, die ihren Butterbehälter auf die Theke gestellt hatte.

„Guten Morgen, Mrs Bogart. Wie geht es Ihnen?"

Das Gesicht und das Kinn über dem Kragen der Frau waren von vielen Falten und Furchen durchzogen. Ihre Augen waren unter ihren Hautfalten kaum zu erkennen, aber ihr Lächeln war so herzlich wie immer. „Mir geht es gut, meine Liebe. Wie geht es Ihrem wunderschönen Baby?"

„Es wird jeden Tag größer."

„Das kann ich mir gut vorstellen."

Katherine öffnete den Behälter und begann, die Butterstücke herauszuholen. Jedes Tablett war aus weißem Holz gemacht und säuberlich von den anderen getrennt, wodurch der Inhalt keine Farbe und keinen Geruch annahm. „Ich habe gehört, Ihr Mann geht bald in den Ruhestand?"

Die Frau legte ihre gefalteten Hände, die in Handschuhen steckten, auf ihren Bauch. „Ja. Ich kann es immer noch nicht ganz glauben."

„Wie lange steht Ihr Mann schon auf der Kanzel?"

„Seit fast fünfzig Jahren. Wussten Sie, dass der junge Mann, den die Gemeindeältesten als unseren neuen Hirten anstellen wollen, frisch von der Hochschule kommt?"

„Nein. Das hatte ich noch nicht gehört. Wer wird denn unser neuer Pastor?"

„Ewing Wortham, der Sohn des Ehepaares, die das Waisenhaus leiten."

Katherine zögerte. „Ja, natürlich. Ich habe ihn vergangene Woche kennengelernt."

Mrs Bogart zog ein Taschentuch aus ihrem Ärmel und tupfte sich die Stirn. „Ich weiß wirklich nicht, wie in aller Welt ich in der Kirche sitzen und zuhören soll, wie jemand, der mein Enkel sein könnte, die Predigt hält." Sie schüttelte den Kopf und versetzte dabei die Falten an ihrem Kinn in Schwingungen. „Ich kann mir nicht vorstellen, was sich die Ältesten dabei gedacht haben, unsere Herde einem so unerfahrenen Jungen anzuvertrauen. Können Sie sich das vorstellen?"

Katherine berührte die Hand der Frau und drückte sie tröstend. „Nein, das kann ich mir auch nicht vorstellen. Vor ein paar Tagen habe ich gesehen, wie er mit Essie Spreckelmeyer durch die Stadt fuhr. Er denkt doch hoffentlich nicht daran, sie zu heiraten, oder?"

Ein Lächeln zog die Falten auf beiden Seiten von Mrs Bogarts Mund nach oben. „Falls er das vorhat, wäre das ein großes Glück für ihn. Ein Mann, der so klug ist, dieses liebe Ding zu heiraten, beweist deutlich mehr Intelligenz als die meisten anderen Männer in dieser Stadt."

Katherine versteifte sich. War das etwa eine versteckte Anspielung auf Hamilton? Sie war es so satt, dass alle mit so großer Achtung von Essie Spreckelmeyer sprachen. Oh, viele machten spöttische Bemerkungen über ihre ausgefallenen Hüte und ihre übertriebene Kleidung und ihre Liebe zu Unternehmungen, die sich besser für Männer eigneten. Aber es gab viele andere – darunter ihr eigener Mann –, die diese mutige Frau sofort verteidigten. Katherine konnte es einfach nicht mehr hören.

Sie schloss den Behälter und öffnete ihr Abrechnungsbuch. „Nun, ich würde das bestimmt nicht zu jedem sagen, aber ich fände es wirklich schade, wenn der junge Mr Wortham eine so wichtige Position in der Stadt einnimmt und dann herausfinden muss, dass er von der Frau, die er heiraten will, in die Irre geführt wurde."

Mrs Bogart runzelte die Stirn und legte den Kopf schief. „Wie meinen Sie das?"

Katherine benetzte sich die Lippen. „Sie müssen wirklich

wissen, dass ich keinen Klatsch verbreiten will. Ich dachte nur, dass Sie vielleicht, ähm, dafür beten könnten."

„Wofür soll ich beten?"

Katherine schaute sich im Laden um und kam dann um die Theke herum auf Mrs Bogarts Seite. „Erinnern Sie sich noch daran, als dieser Cowboy, der für den Richter arbeitete, überstürzt die Stadt verließ?"

„Nein. Nicht konkret."

„Nun, er verließ Hals über Kopf die Stadt." Sie senkte die Stimme. „Und ich weiß aus zuverlässiger Quelle, dass er dies tat, weil er Miss Spreckelmeyer kompromittiert hatte."

Die Frau sah Katherine lange an, bevor ihr Gesicht sich ungeduldig verzog. „Das ist ja lächerlich …" Sie zog ihre Handschuhe höher. „Wenn ich Sie wäre, würde ich nicht alles glauben, was ich höre, Mrs Crook."

Die Schelte der Pastorenfrau schmerzte. Katherine richtete sich steif auf. „Denken Sie, was Sie wollen, Mrs Bogart. Hamilton hat mir erzählt, dass Essie so verzweifelt einen Ehemann suchte, dass sie sich ihm an den Hals warf – hier in diesem Laden, wenn niemand in der Nähe war. Sie hatte sogar die Namen der Männer in der Stadt aufgeschrieben, die sie als Opfer für ihre Launen ausgesucht hatte. Hamilton hat es mit eigenen Augen gesehen. Er war selbst ein Mann auf dieser Liste."

Eine Sorgenfalte trat auf Mrs Bogarts Stirn.

Katherine hob das Kinn. „Und der Cowboy, von dem ich Ihnen erzählt habe, sagte Hamilton, dass sie bei ihm das Gleiche getan habe. Nur dass er nicht so wählerisch war wie mein Mann, und als der Sheriff diesen Mann und Essie in einer, ähm, verfänglichen Situation erwischte, vertrieben er und der Richter diesen Mann aus der Stadt – als wäre er der Schuldige!"

Mrs Bogart schaute Katherine fragend in die Augen.

Obwohl Katherine sich in Bezug auf die Details nicht sicher sein konnte, wusste sie, dass sie nicht weit von der Wahrheit entfernt war. Jeremy und Harley standen Essie sehr nahe und waren mit ihren Worten nicht sehr vorsichtig. Man brauchte nicht viel, um zwei und zwei zusammenzuzählen.

Sie nahm einen Stift und reichte ihn der Pastorenfrau. „Ihre Unterschrift, Mrs Bogart?“

Die Frau kritzelte ihren Namen in das Buch. Trotz ihrer vorherigen Selbstsicherheit verließ sie den Laden ohne ihren Butterbehälter. Das machte nichts. Katherine würde dafür sorgen, dass er ihr gebracht wurde, bevor sie die nächste Butter machte.

Kapitel 24

Harley stützte sich auf die Lehne von Essies Stuhl und beobachtete jeden Stich, den sie nähte. Das Feuer im Kamin knisterte und erfüllte das Wohnzimmer mit angenehmer Wärme.

„Können Sie denn nicht größere Stiche machen? Dann wären Sie schneller fertig."

„Kleinere sind besser", entgegnete sie. „Du willst doch, dass diese Hose den ganzen Winter hält, oder?"

„Natürlich. Aber ich hab noch nie eine neue Hose bekommen. Nicht mal an Weihnachten."

„In einer Stunde oder so hast du eine."

Der Junge schlenderte durch das Zimmer. Aber statt das Landschaftsgemälde über dem Sekretär oder die Messingfigur auf dem Kaminsims zu bewundern, hockte er sich hin und strich die Fransen am Rand des Teppichs glatt.

„Geh doch in die Küche, und sag meiner Mutter, dass du eine Gabel brauchst", kommentierte Essie amüsiert. „Sag ihr, dass du ihr helfen und die Teppichfransen im Wohnzimmer kämmen willst."

Er lief sofort los und kam kurz darauf mit einer Gabel in der Hand zurück. Essie ging davon aus, dass er dieser Arbeit bald überdrüssig würde, aber er richtete seine volle Konzentration darauf und legte die Fäden ordentlich nebeneinander.

„Ewing will mit mir auf die Jagd gehen“, erzählte er, ohne von seiner Arbeit aufzublicken.

„Wirklich?“ Sie hielt inne und dachte an Ewings sorgfältig beherrschte Miene, als er sie vergangene Woche nach ihrem Geständnis zur Tür begleitet hatte. „Was wollt ihr denn jagen?“

„Tauben.“

„Tauben? Aber um eine Taube zu erwischen, braucht man ein Gewehr.“

„Ich weiß. Er will mir das Schießen beibringen. Laden kann ich schon.“

„Aber du bist doch erst sieben.“

„Ewing sagt, dass sein Vater ihm sein erstes Gewehr geschenkt hat, als er sechs war.“

Sie versuchte, sich zu erinnern, wann ihr Großvater ihr das Schießen beigebracht hatte, aber sie konnte sich nicht entsinnen. Sie war jedoch zweifellos älter als sechs oder sieben gewesen.

Ein Klopfen an der Haustür riss sie aus ihren Gedanken.

„Soll ich öffnen?“, fragte Harley.

„Ja, bitte.“

Der Junge ging gern an die Tür, wenn es klopfte. Das war eine so einfache, gewöhnliche Handlung – außer man war Waise und hatte keine Tür, die man öffnen konnte.

„Hallo, Ewing“, hörte sie Harley kurz darauf sagen. „Komm rein.“

Essie hielt den Atem an. Sie war in der vergangenen Woche mehrere Male im Waisenhaus gewesen, hatte ihn dort aber nicht zu Gesicht bekommen und auch sonst nirgends in der Stadt.

Der junge Pastor trat ins Wohnzimmer, hielt den Hut in der Hand und hatte seine blonden Haare sauber gekämmt.

Ein Moment verging, bevor ihr dämmerte, wie er angezogen war.

Er trug einen schwarzen Anzug, eine schwarze Weste, eine schwarze Krawatte, eine helle Hose und helle Handschuhe. Die typische Kleidung eines Herrn, der eine Dame besuchte.

„Hallo, Essie."

Sie spürte, wie ihr die Wärme in die Wangen stieg. „Ewing." Sie legte ihre Näharbeit zur Seite und stand auf. „Meine Güte. Ich … hm … Kann ich dir etwas zu trinken anbieten?"

„Nein danke." Er schluckte. „Eigentlich wollte ich fragen, ob du vielleicht Interesse hättest, mit mir auszufahren?"

Perplex sah sie ihn an. Sein Gesicht verriet keine Regung. Sie konnte sich nicht vorstellen, aus welchem Grund er ihr diese Frage stellte. „Warum?"

„Weil Paare eben miteinander ausfahren."

Sie sah ihn völlig sprachlos an. Er hatte doch sicher nicht immer noch vor, ihr den Hof zu machen? Aber seine rostbraunen Augen blickten ernst und entschlossen.

„Was willst du damit sagen, Ewing?"

„Ich will damit sagen, dass sich meine Gefühle nicht geändert haben." Er sah zur Seite, wurde einen Moment unsicher und richtete den Blick dann wieder auf sie. „Na ja, das stimmt nicht ganz."

Essie stand stumm und völlig überrumpelt vor ihm. Nie im Leben hätte sie damit gerechnet, dass er je wieder an ihrer Türschwelle auftauchen würde.

Sie warf einen Blick zu Harley. Der Junge hatte aufgehört, die Fransen zu kämmen, und richtete seine ganze Aufmerksamkeit auf sie und Ewing und schaute die beiden mit seinen braunen Augen neugierig an.

„Harley?", sagte Ewing. „Geh doch bitte kurz in die

Küche und lass mich mit Miss Spreckelmeyer allein sprechen. Machst du das?"

„Sie kann jetzt nicht mit dir wegfahren. Sie näht mir gerade eine Hose."

„Geh bitte, Harley", forderte sie den Jungen auf. „Sag meiner Mutter, dass du so viel gearbeitet hast, dass du einen Keks verdienst."

Seine Augen leuchteten auf. „Einen Keks? Jetzt? Vor dem Essen?"

„Ja."

Er rannte aus dem Zimmer. Seine schnellen Schritte hallten im Flur wider.

Essie deutete auf den Stuhl ihres Vaters, der auf der anderen Seite des Kamins stand. Beide nahmen Platz.

Ewing spielte mit der Krempe seines Hutes und starrte ins Feuer. „Ich will nicht so tun, als wäre ich nicht am Boden zerstört. Das bin ich durchaus. Aber meine Gefühle, die Gefühle, die wirklich zählen, haben sich nicht geändert."

Sie hatte keine Ahnung, was sie darauf entgegnen sollte. Jene gestohlenen Augenblicke unter dem Magnolienbaum waren ihr nicht aufgezwungen worden. Sie hatte bereitwillig mitgemacht. Keine einzige Sekunde hatte sie daran gedacht, welche Auswirkungen ihr Handeln auf Ewing oder irgendeinen anderen Mann haben könnte. Natürlich hatte sie nicht gedacht, dass es je einen anderen Mann geben würde. Aber jetzt saß ein ehrenwerter Mann vor ihr und bot ihr seine Liebe an.

„Ich habe viel nachgedacht", fuhr er fort, „und viel gebetet. Ich bin zu dem Schluss gekommen, dass ich kein besonders guter Pastor wäre, wenn ich dir etwas vorhalten würde, das Gott schon längst vergeben hat."

Vergeben? Wie konnte Gott ihr vergeben, wenn sie sich noch nicht einmal selbst vergeben hatte, geschweige denn

Adam? In ihrem Herzen rangen Unglaube, Scham und Bedauern miteinander. „Ich bin das nicht wert", flüsterte sie.

Er sah sie mit sanften Augen an. „Niemand ist das wert. Darum geht es nicht. Ich bin nicht vollkommen und du auch nicht. Aber das bedeutet nicht, dass ich keine starken Gefühle für dich hätte, denn die habe ich. Und ich würde dir immer noch gern den Hof machen. Das heißt, falls du mich noch haben willst."

Es gelang ihr immer noch nicht, den Jungen, den sie einst gekannt hatte, mit diesem Mann in Einklang zu bringen. Mit diesem erstaunlich großzügigen, beherrschten, redegewandten Mann. Er verdiente etwas Besseres.

„Aber ich bin so alt."

„Alt?" Ein zögerliches Lächeln spielte um seine Mundwinkel. „Willst du mir damit sagen, dass du ein paar graue Haare in deinem Haarknoten hast?"

„Gewiss nicht."

„Na dann. Dann sollten wir uns nicht den Kopf über Belanglosigkeiten wie dein Alter und meines zerbrechen."

„Sieben Jahre sind nicht belanglos."

„Für mich schon."

Das stimmte wahrscheinlich. Ein Mann, der über ihren unzüchtigen Lebenswandel hinwegsehen konnte, konnte bestimmt auch über ihr fortgeschrittenes Alter hinwegsehen.

„Was ist?", fragte er.

Ich weiß es nicht, dachte sie. Das war das, was sie immer gewollt hatte. Bei Ewing schlug zwar ihr Herz nicht höher, aber er war ein guter Mann und ein lieber Freund. Er wäre zweifellos ein ausgezeichneter Vater und fürsorglicher Ehemann. Wenn er bereit war, sie so anzunehmen, wie sie war, wie konnte sie ihm dann eine Absage erteilen?

Er rutschte auf die Kante seines Stuhls vor. „Aber natürlich müssten wir genau bedenken, wie wir vorgehen wollen."

Sie runzelte die Stirn und war nicht sicher, wie seine Worte gemeint waren.

„Was ich damit sagen will, ist Folgendes: Jetzt, da ich deine, ähm, Schwäche kenne, halte ich es für ausgesprochen wichtig, dass wir alles tun, um dich vor dir selbst zu schützen." Sowohl sein Tonfall als auch seine Haltung wurden steifer.

„Mich vor mir selbst schützen?", gab Essie verwirrt zurück.

„Ja." Er räusperte sich. „Wie du weißt, wurde mir die Stelle als Pastor in unserer Kirchengemeinde angeboten. Und deshalb muss mein Verhalten und das der Frau, mit der ich zusammen bin, über jeden Tadel erhaben sein."

Sie nahm eine gewisse Abwehrhaltung an. Was genau erwartete er von ihr? Glaubte er, dass sie ihn hinter den nächsten Baum zerren und verführen würde?

Nur mühsam unterdrückte sie ihre lieblosen Gedanken. Schließlich war sie die überführte Sünderin und nicht er. Und wenn er bereit war, über ihre Verfehlungen hinwegzusehen, konnte sie ihm wenigstens zugutehalten, dass er nur versuchte, das zu tun, was er für das Beste hielt. Trotzdem war es aber nicht nötig, dass er dabei so selbstgerecht klang.

„Erstens", sagte er, „müssen wir alle … ähm … übermäßigen Gefühle, die wir haben, sorgfältig beherrschen."

Das Bild von ihm als Kind, das von einem Baum sprang, um auszuprobieren, ob es fliegen konnte, tauchte vor ihrem inneren Auge auf, zusammen mit den schockierend schlimmen Worten, die er nach seiner unsanften Landung ausgerufen hatte. Sie schob diese Erinnerung beiseite.

„Wenn wir bei unseren Treffen unsere gegenseitige Zuneigung zum Ausdruck bringen wollen", sprach er weiter,

„dann müssen wir diese Zuneigung im Zaum halten und nicht mit tierischen Leidenschaften entwürdigen."

Tierische Leidenschaften? Sie bedauerte vielleicht ihr Rendezvous mit Adam. Sie empfand vielleicht tiefe Reue, weil sie das wertvollste Geschenk, das sie zu geben hatte, weggeworfen hatte. Aber niemals hatte sie das, was sie mit ihm gemacht hatte, als *tierische Leidenschaften* betrachtet.

„Außerdem ist die Kleidung einer Frau", erklärte er nun, „ein Ausdruck ihrer Seele und sollte ihren Reiz erhöhen und nicht die Aufmerksamkeit auf ihre … auf ihre Kleidung lenken."

Was sollte das alles bedeuten? Ewing war plötzlich so steif und rechtschaffen und verkündete Regeln, als hätte er sie zusammen mit seinen Bibelversen auswendig gelernt. Essie seufzte. Hatte die Bibelschule ihm solche Wertvorstellungen vermittelt? Versuchte er, so zu handeln, wie sich seiner Meinung nach ein Pastor benahm?

Sie betrachtete ihr schlichtes Wollkleid und ihre bloßen Hände. Nicht gerade Kleidung, die sie gewählt hätte, um Besuch zu empfangen. Aber sie hatte ja schließlich auch nicht gewusst, dass sie Besuch bekommen würde.

„Stört dich etwas an der Art, wie ich mich kleide, Ewing?"

„Deine Hüte sind sehr extravagant", antwortete er mit leiser Stimme. „Ich denke, es wäre am besten, wenn du sie abmildern würdest. Sehr sogar."

Sie richtete sich langsam auf. Ihre Hüte abmildern? Aber sie waren ihr ganzer Stolz und ihre Freude. „Du denkst, sie wären irgendwie übertrieben?"

„Ich habe nichts gegen deine Hüte, Essie. Ich bin nur nicht sicher, ob sie für eine Pastorenfrau angemessen sind."

„Zufällig bin ich aber keine Pastorenfrau", fauchte sie.

„Noch nicht", erwiderte er leise.

Ihr stockte der Atem. Wenn sie noch irgendwelche Fragen in Bezug auf seine Absichten gehabt haben sollte, dann waren diese jetzt eindeutig geklärt. Aber um Himmels willen, was konnte falsch daran sein, einen hübschen Hut zu tragen?

„Und auch wenn wir uns schon unser ganzes Leben lang kennen", fuhr er fort, „halte ich es für das Beste, wenn wir anfangen, eine etwas förmlichere Anrede zu wählen. In Zukunft werde ich ‚Miss Spreckelmeyer' zu dir sagen und du musst ‚Mr Wortham' zu mir sagen."

Essie konnte sich gerade noch ein lautes Schnauben verkneifen. War er nicht derjenige gewesen, der nach seiner Rückkehr darauf bestanden hatte, dass sie sich mit dem Vornamen ansprachen? Sie wusste zwar, dass er recht hatte, aber es klang so absurd. Als er ein kleines Kind gewesen war, hatte sie ihm einen Klaps auf den Po gegeben, weil er ihr die Zunge gezeigt hatte. Sie hatte sein Knie geküsst, als er gestürzt war und es sich aufgeschürft hatte. Sie hatte ihn das Einmaleins abgefragt. Sie hatte ihm geholfen, seinen ersten Wurm an einen Angelhaken zu hängen.

Und jetzt musste sie „Mr Wortham" zu ihm sagen?

„Noch etwas?", fragte sie und hatte Mühe, sich ihre Gereiztheit nicht anmerken zu lassen.

„Nur noch eines."

Sie faltete die Hände in ihrem Schoß und wartete.

„Du musst das Radfahren aufgeben."

Sie atmete hörbar ein.

„Ich weiß, dass dir das schwerfällt", meinte er. „Aber es gibt Ärzte, *anerkannte* Ärzte, die die Ansicht vertreten, dass das Radfahren die weiblichen Organe schädige." Röte überzog sein Gesicht. „Und man nimmt an, dass es die Wehen bei der Entbindung stark verschlimmert. Und man bekommt dadurch muskulöse Beine, die einen unansehnlichen Gegensatz zu den unterentwickelten weiblichen Armen bilden. Vergib mir, dass ich solche delikaten Dinge anspreche, aber ich will, dass du verstehst, wie ernst diese Sache ist und warum ich dagegen bin, dass Frauen Rad fahren." Errötet und verlegen blickte er sie an.

Die Farbe in ihrem Gesicht hatte hingegen nichts mit Verlegenheit zu tun, sondern allein mit ihrem maßlosen Zorn. „Du kannst doch diesen Unsinn unmöglich glauben. Die ‚Cosmopolitan' hat erst im vergangenen Monat die Vorzüge gelobt, die das Radfahren für Frauen hat."

„Die ‚Cosmopolitan' ist eine Zeitschrift, Essie. Ihr Standpunkt zählt wohl nicht so viel wie die Aussage eines Arztes."

„Ich denke, Sie sollten mich ‚Miss Spreckelmeyer' nennen, wenn ich mich nicht irre." Sie saß steif aufgerichtet auf ihrem Stuhl. Ihre Fingernägel hinterließen Abdrücke in ihren Händen, als sie diese fest zusammendrückte.

Er seufzte. „Du bist verärgert. Ich wusste, dass dieser letzte Punkt heikel werden würde."

„Heikel? Es ist empörend. Du lebst ja im finstersten Mittelalter."

„Mäßige bitte deine Stimme", flüsterte er. „Du weißt ganz genau, dass die Leiter von Gottes Kirche ganz andere Erwartungen erfüllen müssen."

„Willst du mir jetzt etwa sagen, die Bibel würde mir verbieten, Rad zu fahren?"

Er schaute ihr in die Augen. „Du hast selbst zugegeben, dass du gestrauchelt bist, Essie – ich meine Miss Spreckelmeyer. Ich versuche nur, dafür zu sorgen, dass wir beide auf dem richtigen Weg bleiben."

Sie versuchte, ihre Gedanken zu ordnen, aber sie fand keine höfliche Form, sie in Worte zu fassen.

Er seufzte. „Die Wahrheit ist, dass die Ältesten nur sehr

widerwillig jemanden für eine so wichtige Position in der Gemeinde einstellen, der in meinem Alter ist. Aber wenn sie mich nicht nehmen, müssten sie entweder jemanden einstellen, der weniger qualifiziert ist, oder jemanden, der nicht in Corsicana geboren und aufgewachsen ist."

Sie blieb ruhig sitzen und wollte ihn weder entmutigen noch ermutigen.

„Ich kann es mir nicht leisten, irgendetwas zu tun, das auch nur im Geringsten Anstoß erregen könnte", fuhr er fort und strich sich mit den Fingern durch die Haare. „Ich muss den Ältesten zeigen, dass mein Alter kein Grund zur Sorge ist. Und solange ich dir den Hof mache, fällt alles, was du tust, auf mich zurück."

Sie dachte an Pastor Bogart und die Gemeindeältesten. Diese waren wirklich eine einschüchternde Macht im Ort und nicht zu unterschätzen.

Ihr Herz pochte wild, als ihr die Worte ihrer Mutter in den Sinn kamen. *„Ist dir dieses Fahrrad so wichtig, dass du lieber das Rad hast als einen Mann? Lieber als eigene Kinder?"*

Natürlich war es ihr nicht so wichtig. Es ging aber im Grunde nicht um das Fahrrad, sondern viel mehr um das, was es repräsentierte. Freiheit. Unabhängigkeit. Fortschritt.

Andererseits würde sie, wenn sie diese Dinge opferte, einen unbeschreiblichen Lohn dafür ernten. Sie hätte einen Mann, ein Zuhause, einen Platz in der Gesellschaft, Kinder.

Etwas in ihr gab nach und sie senkte das Kinn. „Einverstanden, Mr Wortham. Ich werde eine Weile auf mein Fahrrad verzichten – aber nicht für immer."

„Danke." Er erhob sich und hielt ihr seine Hand hin, die immer noch in seinem Handschuh steckte. „Ich würde Sie gern zu einer Kutschfahrt einladen, Miss Spreckelmeyer. Geben Sie mir die Ehre?"

Nach einem spannungsgeladenen Moment erlaubte sie ihm, ihr auf die Beine zu helfen. „Wenn Sie mich bitte einen Augenblick entschuldigen würden. Ich muss mich vorher umziehen.“

Sie begab sich in ihr Zimmer und sagte sich, dass das genau das war, was sie sich immer gewünscht hatte. Aber statt das Gefühl zu haben, ihr würde eine Last von den Schultern genommen, war ihr Herz schwer und niedergedrückt.

❖

Die Sonne wärmte Essie, während Ewing sie nett unterhielt. Er lenkte den Wagen nahe am Gehweg entlang und ließ nicht zu, dass die Pferde in ungebührlicher Weise an Geschwindigkeit zulegten.

Während sie die Elfte Straße entlangfuhren, wurden die Fassaden der Stadt von ruhigeren Häusern und Palisadenzäunen ersetzt. Roter Klee säumte die Straße.

Ewing deutete auf eine Vogelschar, die in einem „V“ flog. Der führende Vogel ließ sich nach hinten fallen und erlaubte einem anderen, seinen Platz einzunehmen.

„Ich frage mich immer wieder, wie sie wissen, wann sie an der Reihe sind, vorne zu fliegen“, sagte er. „Ich frage mich, ob einige Vögel fauler sind als andere und nicht so lange gegen den Wind ankämpfen, wie sie sollten. Was würden dann die anderen Vögel machen? Was denkst du?“

Essies Blicke folgten dem Zug der Vögel. „Ich habe keine Ahnung. Darüber habe ich mir nie Gedanken gemacht.“

„Schau“, meinte Ewing, als er einige schwarze Brombeeren auf einem leeren Grundstück erblickte und an den Straßenrand fuhr. „Willst du ein paar?“

Es dauerte zehn Minuten, um eine Handvoll zu pflücken, und weniger als eine Minute, um sie zu essen.

„Wenn sie nur nicht so mühsam zu pflücken wären", erzählte er. „Ich habe keine Brombeeren mehr gegessen, seit ich weggegangen bin."

„Gibt es in Tennessee denn keine Brombeeren?"

„In den Bergen schon."

„Waren Sie denn auf einem Berg?"

Er schüttelte sein Taschentuch aus, legte es über seine Hände und hielt es ihr hin. Sie legte ihre Hand hinein und erlaubte ihm, den Brombeersaft von ihren Fingern zu wischen.

„Es gefiel mir nicht auf dem Berg", erklärte er. „Die Berge sehen aus der Ferne schön aus, aber als ich oben war, fühlte ich mich eingeengt und umringt." Er begann, ihre andere Hand abzuwischen. „Nein, ich ziehe weite, freie Flächen vor."

Er hatte vier ihrer Finger sauber gemacht und griff nach ihrem Daumen. Sie bewegte ihn rasch und versuchte, seinen Daumen wiederum nach unten zu drücken. Binnen weniger Sekunden war das Taschentuch zu Boden gesegelt und ein ernsthafter Daumenkrieg war zwischen ihnen im Gange.

Er drückte ihre Daumen in Rekordzeit nach unten.

„Oh nein!", kreischte sie. „Ich habe früher immer gewonnen."

„Ich bin ein wenig gewachsen, seit wir das letzte Mal gespielt haben."

„Bilden Sie sich nicht zu viel ein, junger Mann. Ich wette, dass ich Sie beim Fingerschnippen immer noch besiege."

Mit einem Grinsen hielt er ihr die Hände hin. Sie legte die Handflächen aufeinander und berührte mit ihren Fingerspitzen leicht die seinen, wandte aber den Blick nicht von seinen Augen ab. Blitzschnell schlug sie zu und erwischte noch seine Fingerspitzen, bevor er die Hände wegziehen konnte.

Er hingegen brauchte vier Versuche, bis er sie erwischen konnte. Aber statt auf ihre Hände zu schlagen, hielt er sie fest und ließ sie nicht los. Sie standen mitten auf dem Grundstück. Der Wind wehte ihnen kalt ins Gesicht, und das Lachen, das noch vor einem Moment geherrscht hatte, verstummte.

„Ihre Wangen sind ganz rot", sagte er und betrachtete sie.

„Meine Nase bestimmt auch."

„Ja. Aber das steht Ihnen. Sie haben eine hübsche Nase."

Sie schnaubte kurz.

Sein Blick wanderte zu ihren Lippen und sie fühlte einen Augenblick lang Panik in sich aufsteigen.

Sanft zog sie ihre Hände zurück und blickte zur Kutsche hinüber. „Wir sollten wahrscheinlich zurückfahren."

Er führte sie zum Wagen. Obwohl er ihren Ellbogen ergriff, half er ihr nicht sofort hinauf. „Kann ich Sie morgen sehen?"

„Der Gartenverein der Frauen putzt morgen die methodistische Kirche."

„Wie wäre es am Abend?"

„Ich springe für Mrs Quigley bei Mrs Lockharts Spieleabend ein."

„Mittwoch?"

„Da helfe ich Mutter beim Waschen und Bügeln."

„Dann vielleicht am Tag danach?"

„Ja. Donnerstag müsste passen."

„Gut."

Während der Heimfahrt wechselten sie kaum ein Wort. Er brachte seinen Wagen vor ihrem Tor zum Stehen und stieg dann aus. Sie legte die Hände auf seine Schultern und erlaubte ihm, sie an den Ellbogen zu halten und ihr nach unten zu helfen.

„Dann sehe ich Sie am Donnerstag." Er tippte an seinen Hut und kehrte zum Kutschsitz zurück.

Sie schaute ihm nach, als er den Wagen wendete und um die Kurve verschwand. Es war ein schöner Nachmittag und ein angenehmer Ausflug gewesen. Sie ging zur Haustür und fragte sich, was sie tun würde, wenn Ewing versuchen sollte, sie zu küssen.

Sie genoss seine Gesellschaft, aber sie verspürte nicht den geringsten Wunsch, ihm in irgendeiner Weise körperlich näherzukommen. Es war nicht so, dass sie solche Intimitäten nicht genossen hätte. Sie genoss sie. Sehr sogar. Sie konnte nur einfach keine Begeisterung dafür aufbringen, so etwas mit Ewing zu erleben. Er war ein gut aussehender Mann. Liebenswert. Freundlich und umgänglich. Aber sie fühlte sich einfach nicht zu ihm als Mann hingezogen.

Vielleicht würde dies ja noch kommen. Vielleicht waren die Gefühle, die sie für Adam empfunden hatte, keine einmalige Sache gewesen. Vielleicht hatte Ewing auch zu viel Angst, ihre „Schwäche" zu wecken, um das Risiko einzugehen, sie zu küssen.

Mit einem Seufzen trat sie ins Haus. Sie musste Harleys Hose fertig nähen.

Kapitel 25

Acht Damen vom Gartenverein hatten sich früh am Morgen eingefunden, um miteinander den Gottesdienstraum der Ersten Methodistenkirche zu putzen. Am Mittag funkelten die Bleiglasfenster, der Boden war blank gescheuert, und die Empore und die Gebetsnischen glänzten. Nur die Sitzreihen waren noch zu putzen.

Noch drei Bänke, dann wären sie fertig. Essie rieb mit ihrem Poliertuch über die lackierte Eiche und betete dafür, dass diese Arbeit bald zu Ende wäre.

Die Kirche hatte die besondere Ehre, dass darin die erste demokratische Versammlung in Texas nach dem Bürgerkrieg stattgefunden hatte. Damals hatte eine Schar Schweine unterhalb des Gebäudes ihr Quartier aufgeschlagen, und die Versammlung hatte mehrmals unterbrochen werden müssen, weil die Tiere einen solchen Lärm veranstalteten.

Essie wünschte sich sehr, diese Schweine wären heute auch da. Ihr wäre fast alles recht, um die Richtung zu ändern, die das Gespräch des heutigen Tages immer wieder einschlug.

„Ich wusste immer, dass der Herr einen Mann für dich hat“, seufzte Mrs Owen. „Hat sich dieser Ewing nicht zu einem sehr attraktiven Mann entwickelt? Auch wenn er nicht sehr groß ist."

„Eines musst du dir merken, Essie", warf Shirley Buntings Mutter ein. „Eine glückliche Beziehung vor der Ehe fördert das Eheglück mehr als alles andere. Verdirb diese Zeit also nicht."

„Sie hat recht, meine Liebe", pflichtete Mrs Shaw ihr bei. Sie war die Vorsitzende des Gartenvereins, machte nie einen falschen Schritt und hatte kein Haar an der falschen Stelle. Auch jetzt, nachdem sie den gesamten Vormittag geschrubbt hatten, war ihre Schürze immer noch steif und ihr Haarknoten ordentlich hochgesteckt. „Natürlich willst du dich von deiner besten Seite zeigen, wenn er mit dir ausfährt, aber vergiss nicht, dass ein Schmuck, der keinen Nutzen hat, niemals im wirklichen Sinn schön ist."

Essie runzelte verwirrt die Stirn. Warum legte Mrs Shaw dann so viel Wert auf ihren kunstvollen Blumengarten, der schließlich keinem anderen Zweck diente, als schön zu sein?

„Das heißt", erklärte die Frau des Bestattungsunternehmers, „Knöpfe, die nichts zusammenhalten, haben an einem Kleid nichts zu suchen. Und Schleifen, die einfach nur zusammengebundene Bänder sind, sollten nur dort angebracht werden, wo es eine Verwendung gibt für, nun ja, zusammengebundene Bänder."

Die Frau des Schmieds, die dafür bekannt war, dass sie nie viele Worte machte, fügte hinzu: „Kurz gesagt, Esther, alles, was nützlich ausschaut, aber nutzlos ist, zeugt von schlechtem Geschmack."

Essie konzentrierte sich wieder darauf, die Bänke zu polieren, und fragte sich, ob diese Frauen irgendwann in den vergangenen Jahrzehnten einen Blick in *Godey's Lady's Book* geworfen hatten.

„Aber wichtiger als deine Kleidung ist der allgemeine

Umgang miteinander." Das kam von Mrs Richie, die so oft an ihrem armen Mann herumnörgelte, dass er viel Zeit in der „Toten Hose" verbrachte und Dame spielte. „Du musst Ewing sagen, dass du so behandelt werden willst und so nicht und dass er dich dies tun lassen muss und jenes nicht. Es ist viel besser, diese Dinge jetzt zu regeln, als in der Ehe darüber zu streiten."

„Die Liebe darf aber auf keinen Fall vernachlässigt werden", wandte Mrs Lockhart ein und setzte sich in die erste Kirchenbank, um sich auszuruhen, während die übrigen Damen weiterputzten. „Sie sollte immer an erster Stelle stehen. Ihr müsst viel Zeit miteinander verbringen. Wenn das Feuer der Liebe einmal entfacht ist, muss es ständig mit natürlichem Brennstoff genährt werden, sonst erlöscht es oder … lodert anderswo auf." Sie schaute bedeutungsvoll über den Rand ihrer Brille.

Die anderen Matronen nickten zustimmend. Die einzige Frau, die ihr noch keinen Rat gegeben hatte, war Mrs Bogart. Eine Sorgenfalte trat auf die Stirn der Frau, während sie die schmutzigen Lappen einsammelte und in einen Eimer warf. Die Mitglieder des Gartenvereins würden ihre Kirche am Anfang des Jahres putzen. Bis dahin wäre jedoch Ewing ihr Pastor.

Essie seufzte und fragte sich, was diese Damen tun würden, wenn sie ihnen verriete, wie besorgt und unsicher sie in Bezug auf eine Beziehung zu Pastor Wortham war.

❖

Essie betätigte die Handpumpe über dem Becken in der Küche und füllte eine Schüssel mit Wasser. Dann wusch sie sich das Gesicht. Sie war froh, dass der Putzeinsatz vorüber war und sie sich nicht länger ungebetene Ratschläge anhören musste.

„Oh, Gott sei Dank, du bist zu Hause", sagte ihre Mutter, die ins Zimmer trat und Essie ein Handtuch reichte.

„Was ist denn passiert?", erkundigte sie sich und tupfte sich das Gesicht ab.

„Nichts. Dein Vater ist mit Melvin in seinem Büro. Sie haben etwas, das sie dir, ähm, zeigen wollen."

„Ich dachte, Onkel Melvin wäre verreist", entgegnete Essie, während sie das Handtuch über eine Stange hängte.

„Er ist zurück."

Essie runzelte die Stirn. „Ist etwas passiert?"

„Nein. Alles ist in Ordnung."

Essie seufzte. Den ganzen Vormittag war sie sich vorgekommen wie ein totes Tier, an dem herumgepickt und herumgehackt wurde. Sie war nicht sicher, ob sie sich in diesem Augenblick in der Lage fühlte, Papa oder auch nur Onkel Melvin gegenüberzutreten. Sie warf die Schultern zurück, holte tief Luft und begab sich auf den Flur hinaus.

„Vielleicht solltest du dich vorher ein wenig frisch machen", riet ihre Mutter.

„Ich bin sicher, dass sie dafür sowieso keinen Blick haben werden."

Mutter ergriff ihre Hand. „Ich bestehe aber darauf. Komm mit. Ich helfe dir, dich umzuziehen."

Zu müde, um ihr zu widersprechen, ließ sich Essie von ihrer Mutter die Treppe hinaufziehen und sich von ihr helfen, ihre Arbeitskleidung gegen eine einfache weiße Bluse und einen Wollrock auszutauschen. Mutter zog die Nadeln aus Essies Haaren und bürstete diese mit langen, langsamen Bürstenstrichen.

Essie schloss die Augen und genoss die unerwartete Wohltat, dass jemand ihre Bedürfnisse versorgte. „Der Kirchenputz heute Morgen war schrecklich."

„Schrecklich? Warum? Was ist denn passiert?"

„Jede dieser Frauen gab mir Ratschläge dafür, wie ich mich in meiner Beziehung zu Ewing verhalten soll. Es sieht so aus, als hätte die ganze Stadt uns schon miteinander verheiratet."

„Oh, Schatz. Es tut mir leid, dass ich nicht dabei war."

„Ist schon gut. Ich bin nur froh, dass der Vormittag vorbei ist."

Sie öffnete die Augen. Mutter hatte ihre Haare an ihrem Hinterkopf zu einem lockeren Knoten frisiert, während einige geschmeidige Locken ihr Gesicht schmeichelnd umrahmten.

„Fertig." Ihre Mutter legte die silberne Bürste auf den Toilettentisch. „Bist du so weit?"

Essie erwiderte ihren Blick im Spiegel. „Wofür so weit?"

„Für deinen, ähm, Vater und deinen Onkel."

Essie fuhr auf ihrem Stuhl herum. „Was ist hier los, Mutter?"

„Nichts. Jetzt komm mit." Aber sie errötete, und Essie folgte ihr nur sehr zögernd.

Sie gingen die Treppe hinunter und ihre Mutter öffnete die Tür zum Büro des Vaters. „Sie ist zu Hause."

Essie trat durch die Tür. Das saubere und ordentliche Büro bildete einen auffallenden Kontrast zu Onkel Melvins unordentlichem Aussehen. Er war mit Staub und Schmutz bedeckt und sah so müde aus, wie sie ihn noch nie gesehen hatte – die Augen waren blutunterlaufen, die Schultern sackten nach unten, seine Mundwinkel hingen ebenfalls herab.

„Was ist passiert?", fragte sie und ging geradewegs auf ihn zu. „Geht es dir nicht gut?"

„Ich bin nur ein wenig müde."

„Wo in aller Welt warst du denn? Du siehst aus, als wärst du bis nach China und zurück geritten."

Er rang sich ein Lächeln ab, aber es verschwand schnell

wieder. Sie wandte sich um, um Papa zu fragen, was hier los war, und erstarrte.

Hinter ihr an die Wand gelehnt, eine Hüfte vorgeschoben und den Hut in der Hand stand Adam Currington. Er war genauso schmutzig wie Onkel Melvin. Sein Halstuch und sein blaues Hemd waren längst nicht mehr gestärkt.

Seine Augen blieben auf ihr Gesicht gerichtet und wagten sich kein einziges Mal an Stellen, an denen sie nichts zu suchen hatten. Sie waren genauso klar und schön wie immer, aber sie funkelten nicht mehr so ungezwungen.

„Wie geht es deiner Nase?“, erkundigte Essie sich.

Es war angesichts der Dinge, die vorgefallen waren, eine lächerliche Frage, aber seine Nase war krumm und geschwollen. Auch nach sechs Wochen hatte er immer noch blaue Ringe unter den Augen.

Er lächelte leicht. „Gut. Und deiner?“

Sie erwiderte das Lächeln, aber ihre gute Laune löste sich rasch auf, als sie sich an seine Niederträchtigkeit erinnerte. „Wo warst du?“

Er senkte den Blick und löste sich von der Wand. „Ich muss mich bei dir entschuldigen, Essie.“

Entschuldigen? Er dachte, er könnte mit einer Entschuldigung hier antanzen, und alles wäre vergeben und vergessen?

„Möchtest du dich nicht setzen?“, fragte er und zog einen von Papas Stühlen heraus.

„Nein danke.“ Sie blieb ruhig und aufrecht stehen.

„Du bist wütend. Das kann ich dir nicht verdenken.“ Er schluckte. „Ich bin zurückgekommen, um die Dinge wiedergutzumachen. Ich habe um deine Hand angehalten, aber dein Vater will sie mir nicht ohne deine Einwilligung geben.“

Sie sank auf den Stuhl, den er ihr zuvor angeboten hatte, und blickte ihren Vater an. Er hatte eine Mauer aus Gleichgültigkeit um sich errichtet und weigerte sich, sie sehen zu lassen, was er dachte. Sie hatte keine Ahnung, ob er wütend, erleichtert oder besorgt war. Aber eines war sicher: Er war nicht gleichgültig, auch wenn er so tat.

Sie wandte sich an Onkel Melvin. „Du hast ihn gesucht, nicht wahr? Deshalb warst du fort."

Er sagte nichts.

„Wo hast du ihn gefunden?"

Niemand antwortete.

Adam zog den Stuhl neben ihr heraus, setzte sich und schaute sie an. Seine Sporen klirrten. „Das ist alles nicht wichtig. Das Einzige, was zählt, ist, dass ich zurück bin. Dass ich bleiben will und bereit bin, wie ein Ehrenmann zu handeln."

„Hat Onkel Melvin dich bedroht?", fragte sie. „Hat er dich in Handschellen gelegt und mit vorgehaltenem Gewehr gezwungen, hierherzukommen?"

Ihre Verletzung und ihr Ärger vermischten sich und bildeten angesichts des Schocks, ihn wiederzusehen, eine Schutzmauer um ihr Herz. Sie hatte so oft von seiner Rückkehr geträumt, dass sie kaum glauben konnte, dass er tatsächlich hier war. Trotzdem hätte sie nie daran gedacht, dass er irgendwo aufgespürt und zurückgeschleppt werden müsste.

„Nein, Essie. Keineswegs. Ich bin aus freiem Willen hier."

Er musste sie für eine Idiotin halten. Das war kein Wunder angesichts der schlechten Entscheidungen, die sie hinsichtlich seiner Person getroffen hatte. „Wirklich? Was hat denn dann so lang gedauert?"

Er warf einen Blick zu Melvin.

„Von ihm hast du hier keine Hilfe zu erwarten", drohte sie. „Ich stelle hier die Fragen und ich will eine Antwort hören."

„Essie", begann er und drehte seinen Hut in seinen großen, gebräunten Händen. „Ich kann dir keine andere Erklärung geben, als dass ich feige war. Der Gedanke, an eine Ehefrau gefesselt zu sein, hat mich nervös gemacht. Deshalb bin ich so überstürzt abgehauen, dass ich vergaß, meinen Verstand einzuschalten."

Sie wartete, aber mehr kam nicht. „Das ist alles? Das ist deine Entschuldigung?"

Er runzelte die Stirn. „Ich bin zurück, oder nicht?"

„Oh, um Himmels willen." Sie sprang von ihrem Stuhl hoch. „Du erwartest doch sicher nicht, dass ich dir zu Füßen falle, weil du mir einen großen Dienst erweist und zurückkommst?"

„Na ja", antwortete er langsam und schaute Melvin und danach wieder sie an. „Doch. Das habe ich wahrscheinlich erwartet."

Er meinte es ernst. Vollkommen ernst. Der erste Anflug von Wut wich schnell einer bitteren Enttäuschung.

„Ich würde gern mit Adam allein sprechen", sagte sie.

„Das kommt nicht infrage", erklärte Papa.

Ihr Herz öffnete sich zum ersten Mal seit über einem Monat für ihren Vater. Sie ging zu seinem Schreibtisch und hielt ihm die Hand hin. Er ergriff sie und hielt sie fest.

„Wenn er irgendetwas versucht", erklärte sie mit sanfter Stimme, „dann breche ich ihm höchstpersönlich noch einmal die Nase."

Sie drückte die Hand ihres Vaters. Er schaute Melvin an, dann verließen die beiden das Büro und schlossen die Tür hinter sich.

Essie setzte sich auf Papas imposanten Schreibtischstuhl und hoffte, dieser Platz würde ihr die Kraft verleihen, die sie plötzlich brauchte. „Wo warst du?"

„Dallas."

„Was hast du dort gemacht?"

„Das spielt keine Rolle."

„Für mich schon."

„Das sollte es aber nicht. Was eine Rolle spielen sollte, ist, dass ich zurück bin."

„Warum? Warum bist du zurückgekommen?"

„Um dich zu heiraten."

Sie lehnte sich an die Wärme des Stuhles. Das Feuer knisterte im Kamin. „Was hat dich dazu bewogen, deine Meinung zu ändern?"

Er überlegte kurz. „Der Sheriff hat mich dazu bewogen, aber nicht so, wie du denkst. Er hat mich nicht bedroht oder versucht, mich hierherzuschleppen. Er hat nur mit mir geredet. Das war alles."

„Worüber?"

„Über dich."

Sie betrachtete ihn. Er war so ernst. „Ich habe gehört, dass du Shirley Bunting zum Herbstfest ausführen wolltest."

Er richtete sich langsam auf. „Wer hat dir das erzählt?"

„Ist es wahr?"

Sein Blick wanderte unruhig durch den Raum.

„Bevor du mir antwortest, habe ich eine Bitte: Beleidige mich nicht mit Lügen. Darf ich dich daran erinnern, dass Corsicana eine Kleinstadt ist, in der fast jeder weiß, was der andere macht?"

Er strich sich mit einer Hand über den Mund. „Ich habe Shirley vielleicht glauben lassen, dass ich sie möglicherweise zum Fest begleiten würde, aber das hätte ich nicht getan."

Ihr entging nicht, wie selbstverständlich er den Vornamen des Mädchens benutzte. „Wusste ihr Vater, dass du ihr den Hof gemacht hast?"

„Ich habe ihr nicht den Hof gemacht."

Essie sprang auf und legte die Hände auf den riesigen Schreibtisch, als ihr ein schrecklicher Gedanke den Atem raubte. „Hast du Shirley auch kompromittiert?"

„Nein", sagte er und war im selben Moment aufgestanden, in dem sie sich erhoben hatte.

Eine gewisse Erleichterung erfüllte sie, aber nur kurzzeitig. „Hast du daran gedacht?"

Er antwortete nicht. Seine zerzausten Haare hingen ihm in die Stirn. Ein Bart, der mehrere Tage alt war, warf einen Schatten auf seine Wangen. Seine breiten Schultern füllten das blaue Hemd, das er trug, attraktiv aus. Er war ein sehr gut aussehender Mann, auch nachdem er tagelang pausenlos geritten war. Aber innen war er nicht so schön. Sie musste nicht erst in seinen Mund schauen, um das zu erkennen. Der Gedanke, den Rest ihres Lebens mit ihm zu verbringen, verlor plötzlich seinen Reiz.

„Wie viele andere, Adam? Mit wie vielen anderen Frauen in dieser Stadt hattest du ein Verhältnis?"

Er strich sich mit den Fingern durch die Haare und trat ans Fenster. „Willst du denn nicht heiraten, Essie?"

„Doch. Oh doch. Mehr als alles in der Welt. Ich bin nur nicht mehr sicher, ob ich *dich* heiraten will. Einen Mann, der eine große Schwäche für das weibliche Geschlecht hat. Einen Mann, der lieber durch das Land streunt, als Wurzeln zu schlagen. Einen Mann, der eine Frau sitzen lässt, der er versprochen hat, dass er sie heiraten will, und die vielleicht ein Kind von ihm bekommt. Einen Mann, der vielleicht nicht einmal an Jesus Christus glaubt."

Er betrachtete aufmerksam seine Fingernägel. „Ich wäre dir treu, Essie. Wenn wir verheiratet sind, wäre ich dir treu."

„Sei ehrlich: Wie viele uneheliche Kinder hast du schon gezeugt?"

Jetzt schaute er sie an. Aus seinen Augen sprach ehrliche Reue. „Das weiß ich nicht", flüsterte er.

Eine große Traurigkeit erfüllte sie. „Oh, Adam."

„Ich denke oft darüber nach. Und mache mir Sorgen." Er blinzelte mehrere Male. „Vielleicht auch kein einziges."

Seine Stimme war rau wie Schmirgelpapier. „Dann hätte ich mir diese ganzen Sorgen vergeblich gemacht."

Sie trat auf ihn zu. Er schloss sie in seine Arme. Sie fühlte, wie seine Tränen ihre Wange berührten.

„Ich will, dass du aufhörst, mit Frauen zusammen zu sein, mit denen du nicht verheiratet bist."

Er zog den Kopf zurück, löste sein Halstuch und putzte sich über Augen und Nase. „Das habe ich doch schon gesagt. Ich würde dich nicht betrügen."

Sie sah ihn mit einem traurigen Lächeln an.

Er schwieg kurz. „Du willst mich nicht heiraten, oder?"

„Tut mir leid."

Er schaute ihr fragend in die Augen. „Warum nicht?"

„Die Ehe ist etwas Heiliges und Gesegnetes. Ich fange allmählich an zu begreifen, dass es sehr dumm wäre, nur zu heiraten, weil wir miteinander geschlafen haben."

„Warum ist der Sheriff dann durch das ganze Land geritten, um mich aufzuspüren?"

„Weil er mich liebt und weil er sicher dachte, dass du der Mann wärst, den ich will. Deshalb hat er offenbar entschieden, loszuziehen und dich für mich zu holen."

Er nickte. „Du kannst dich glücklich schätzen, dass du ihn hast. Und auch deine Mutter und deinen Vater."

„Auch du hast einen Vater und einen Großvater, die dich lieben. Vielleicht solltest du zu ihnen gehen."

Er hob ihre Hand an seine Lippen und drückte sanft einen Kuss auf ihre Handknöchel. „Vielleicht tue ich das, Miss Spreckelmeyer. Vielleicht tue ich genau das."

Sie zog sanft ihre Hand zurück. „Leb wohl, Adam."

Er setzte seinen Hut auf und zog die Krempe nach unten. „Miss Spreckelmeyer, ich werde Sie nie vergessen und ich wünsche Ihnen das Allerbeste."

Essie schrubbte das Hemd ihres Vaters auf dem Waschbrett. Ihre Hände waren schon so lange im Wasser, dass sie ganz runzelig waren. Wäsche zu waschen war nie angenehm, aber zu waschen, wenn die Temperaturen winterlich wurden, war eine richtige Plage. Das heiße Wasser verbrannte ihre Finger, der kalte Wind griff ihre Haut an.

Sie schaute zur Hintertür. Ihr Papa hatte sich mit Mr Davidson, dem Ölscout, zurückgezogen und sprach mit ihm über die Zukunft des immer noch trockenen Bohrloches. Des Loches, nach dem sie sich nicht einmal erkundigen durfte.

Mutter wrang die Wäsche aus und hängte sie dann auf die Leine.

Die Hintertür fiel zu.

„Doreen?", rief Papa von der Veranda.

Mutter hielt in ihrer Arbeit inne.

„Du musst Melvin eine Nachricht von mir bringen. Sag ihm bitte, dass ich im Moment mit Mr Davidson beschäftigt bin, dass ich aber alle anderen hole und in einer halben Stunde im Gefängnis bin."

„Was ist denn passiert?", erkundigte ihre Mutter sich.

„Es sieht so aus, als hätte Harley sich in Schwierigkeiten gebracht."

Essie ließ das Hemd fallen, das sie gerade geschrubbt hatte. Es rutschte ins Wasser zurück. „*Mein* Harley? Harley North?"

„Leider ja."

Sie trocknete sich die Hände an ihrer Schürze ab und durchquerte den Garten. „Was für Schwierigkeiten? Was hat er getan?"

„Das ist eine lange Geschichte. Melvin hat ihn vorerst eingesperrt."

„Eingesperrt! Er kann doch einen Siebenjährigen nicht ins Gefängnis sperren."

„Natürlich kann er das, wenn der Junge ein Verbrechen begangen hat. Und wenn er ihm einen schönen Schrecken versetzen will."

Essie zog rasch ihre Schürze aus und warf diese über das Geländer der hinteren Veranda. „Ich gehe."

„Willst du, dass ich mit dir komme?", fragte ihre Mutter.

„Nein. Ich gebe dir Bescheid, wenn ich dich brauche."

Sie rannte zum Stall, ohne sich die Zeit zu nehmen, etwas anderes anzuziehen als ihr Arbeitskleid oder das Tuch, das sie um den Kopf gewickelt hatte, abzunehmen.

„Wann bist du fertig?", rief sie ihrem Vater zu.

„Hoffentlich in spätestens einer halben Stunde."

❖

Sie musste ihre Röcke bis zu ihren Knien hochschieben, damit diese sich nicht in Pegs Kette verfingen. Während sie mit einer Hand ihre Röcke festhielt und mit der anderen den Lenker steuerte, konnte sie nicht so schnell fahren, wie sie wollte, aber es ging schneller, als Cocoa zu satteln. Ewing würde einfach verstehen müssen, dass es sich um einen Notfall handelte. Danach aber würde sie das Fahrrad verstauen.

Sie fuhr durch die Innenstadt. Katherine Crook fegte gerade die Blätter von der Veranda der „Toten Hose" und stieß einen leisen Schrei aus, als sie das Spektakel sah, das Essie veranstaltete. Mr Klockers Pferd scheute vor dem Fahrrad und tänzelte zur Seite. Dadurch wurde ein näher kommender Wagen gezwungen auszuweichen.

Essie verlangsamte ihr Tempo jedoch nicht. Sie musste zu Harley. Sie bog in die Jefferson Avenue ein, wo sich das Büro des Sheriffs und das Gefängnis befanden.

Seit Onkel Melvin mit Adam im Schlepptau zurückgekommen war, hatten sich die Wogen zwischen ihr, ihrem Onkel und ihren Eltern geglättet. Sowohl Melvin als auch Papa waren erleichtert, dass sie den Cowboy nicht heiraten wollte, und sie hatten keine Zeit vergeudet und Adam unverzüglich wieder seines Weges geschickt. Sie hoffte, dass er dieses Mal zu seiner Familie nach Hause gegangen war.

Das Fahrrad stand noch nicht richtig, als sie auch schon absprang und die Stufen hinaufstürmte, die in ein kleines, rotes Ziegelgebäude führten.

Onkel Melvin sah von seinem bescheidenen, zerkratzten Schreibtisch auf, der mit Papieren und Büchern übersät war. Eine Petroleumlampe warf einen goldenen Schein auf eine halb leere Flasche Magenbitter und einen benutzten Kaffeebecher.

„Papa sagt, er kommt mit allen, die du brauchst, in einer halben Stunde. Was ist passiert?“

Melvin kippelte auf dem Stuhl und hängte die Daumen in seine Westentaschen. Bei dieser Bewegung breiteten sich seine eindrucksvollen Schultern aus und sein Sheriffstern ragte ihr noch deutlicher entgegen. Gleichzeitig wurde die Waffe, die um seine Hüfte geschnallt war, sichtbar – eine Hüfte, die vielleicht noch umfangreicher war als seine Brust.

„Mr Harley North hat das Gesetz gebrochen“, polterte er, während er den Rand seines Schnurrbarts kämmte. „Und Personen, die gegen das Gesetz verstoßen, landen im Gefängnis.“

Essie erkannte, dass ihr Onkel es nicht ganz ernst meinte. Er sagte es nicht ihretwegen, sondern Harleys wegen. Sie warf einen Blick zu der Zelle in der hintersten Ecke des Raums. Harley saß zwischen Pritsche und gegenüberliegender Wand auf dem Boden. Er war zusammengekauert, hatte die Arme um die Beine geschlungen und den Kopf auf den Knien liegen.

„Darf ich zu ihm?“, fragte sie.

Melvin blieb einen Moment in der Haltung sitzen, die er eingenommen hatte. Dann ließ er mit einem Knall seinen Stuhl umfallen und nahm die Schlüssel. „Aber du musst unbedingt vorsichtig sein. Er könnte gefährlich sein. Wenn er dir irgendwelche Schwierigkeiten macht, komme ich sofort. Du brauchst nur zu rufen.“

Ihr Herz zog sich vor Mitgefühl zusammen. Gleichgültig, in welche Schwierigkeiten Harley sich hineinmanövriert hatte, es war jedenfalls ernst. Sonst wäre Melvin nicht so unnachgiebig.

„Keine Sorge, ich werde vorsichtig sein.“

Melvin öffnete die Zellentür, sperrte Essie mit ein und kehrte dann an seinen Schreibtisch zurück. Die kleine Zelle hatte kahle Rauputzmauern und war kaum groß genug, um eine Klapppritsche darin aufzustellen. Darunter stand ein grauer Emaille-Eimer ohne Deckel. Und in der Ecke saß Harley.

Was in aller Welt war seit dem Vortag passiert, als der Junge bei ihr gewesen war, um sich seine neue Hose abzuholen?

Sie schob die Pritsche an die andere Wand, dann hockte sie sich neben ihn. „Harley? Ich bin es, Miss Essie.“ Sie streichelte ihm über den Kopf. „Was ist denn passiert, Schatz?“

Er hob den Kopf. Tränen liefen ihm über die Wangen. „Ich hab meine neue Hose kaputt gemacht“, weinte er.

„Wirklich? Lass sehen.“

Er streckte seine Beine aus und deutete auf einen Riss in seiner Hose. Aber der große Blutfleck, der nun sichtbar wurde, interessierte sie viel mehr als der Riss.

Sie keuchte. „Meine Güte! Bist du verletzt?“

„Nein, Miss Essie. Das ist nicht mein Blut. Es ist das Blut von Mr Vandervoort.“

„Mr Vandervoorts Blut?! Wie kommt denn sein Blut auf deine Hose?“

„Ich habe ihn erschossen, Miss Essie. Ich habe ihn umgebracht.“

Kapitel 26

Essie fuhr herum und sah Melvin an. *Hat er Mr Vandervoort getötet?* Sie sagte die Worte nicht laut. Das war auch gar nicht nötig. Melvin wusste, was sie meinte.

Er schüttelte leicht den Kopf.

Sie atmete langsam aus, drehte sich wieder um und setzte sich mit überkreuzten Beinen auf den Boden. „Erzähl mir, was passiert ist. Von Anfang an."

„Ewing wollte heute mit mir auf die Jagd gehen. Aber jemand in Cryer Creek brauchte einen Pastor, der über einen Mann, der im Sterben liegt, ein paar Worte sagt. Deshalb ist er dorthin geritten. Er sagte, er wisse nicht, wann er zurück sei. Vielleicht morgen, vielleicht auch erst später."

„Ja, das hat er mir auch gesagt. Warst du enttäuscht, dass du nicht auf die Jagd gehen konntest?"

„Ja, glaube schon. Dann habe ich mir gedacht, dass ich ja auch ohne ihn gehen könnte. Ich meine, wie schwer kann es schon sein, ein Gewehr abzuschießen? Man zielt einfach und betätigt den Abzug. Es war nur so, dass ich kein Gewehr hatte."

„Erzähle weiter."

Er steckte den Finger in das Loch in seiner Hose und

zupfte daran herum. „Also habe ich mir eines ausgeliehen."

„Von wem?"

„Von der ‚Toten Hose'."

„Du hast aus Mr Crooks Laden ein Gewehr gestohlen?", rief Essie.

„Ich habe es nicht gestohlen. Ich habe es mir *geborgt*. Ich wollte es wieder zurückbringen."

„Und das Schrot?"

„Das habe ich auch geborgt."

„Und wie wolltest du das wieder zurückbringen?"

Er beugte sich vor und senkte die Stimme. „Es war kein Schrot. Es waren Kugeln. Ein Revolver schießt nicht mit Schrot. Ich wollte die Kugel aus dem Vogel herausschneiden, sie abwaschen und wieder in die Schachtel zurücklegen."

„Einen Revolver? Du hast dir einen *Revolver* genommen? Du wolltest mit einem Revolver auf eine Taube schießen?"

„Was ist daran falsch?"

Gütiger Himmel! „Und was ist dann passiert?"

„Alles wäre gut gegangen, aber Mr Vandervoort hat mich gesehen, ohne dass ich es merkte." Er runzelte vor Entrüstung seine kleine Stirn. „Er ist mir gefolgt, aber als ich ihn hörte, dachte ich, er wäre ein großer Bär oder so etwas. Deshalb habe ich ihn erschossen."

„Barmherziger Himmel! Hast du ihn getroffen?"

„Natürlich habe ich ihn getroffen. Man zielt einfach und drückt ab."

„Oh, Harley! Was ist dann passiert?"

„Er hat gebrüllt. Das ist passiert. Und überall war Blut. Viel, viel Blut." Er rang die Hände und bedeutete ihr, näher zu kommen.

Sie beugte sich zu ihm.

„Und er hat viel geflucht", flüsterte er. „Ganz, ganz viel geflucht. Dann hat er die Augen nach hinten gerollt und ist gestorben. Einfach so."

„Was hast du dann getan?"

„Ich bin gelaufen, Miss Essie. Ich bin so schnell und so weit gelaufen, wie ich konnte. Ich habe die Waffe leer gemacht und sie in die ‚Tote Hose' zurückgeschmuggelt und sie in dieses Glasregal zurückgelegt. Die Kugeln auch. Aber ich hatte zu viel Angst, um die herauszuschneiden, mit der ich Mr Vandervoort getroffen habe. Die Schachtel mit den Kugeln ist also voll bis auf eine."

„Hast du einen Arzt für Mr Vandervoort geholt?"

„Nein, er brauchte doch keinen Arzt mehr, er brauchte den Totengräber."

„Dann bist du also zu Mr McCabes Bestattungsunternehmen gegangen?"

„Das konnte ich doch nicht. Als ich die Kugeln dorthin zurückgestellt habe, wo sie gewesen waren, packte mich diese gemeine Mrs Crook am Arm und fing an zu schreien, sie sei ausgeraubt worden. Aber sie ist doch dumm, denn sie wurde nicht beraubt. Ich habe das Zeug *zurück*gebracht."

„Meine Güte."

„Dabei habe ich mir die Hose zerrissen. Sie hat versucht, mich zum Sheriff zu bringen. Ich habe kräftig mit ihr gerauft."

„Du hast mit Mrs Crook gerauft?"

„Ja. Sie ist eine gute Ringerin, Miss Essie. Ich musste mich ganz arg anstrengen, um ihr zu entwischen."

„Du bist entwischt?"

„Natürlich. Aber der Sheriff hat mich gekriegt und mit dem Sheriff kann man nicht raufen. Seitdem sitze ich im Gefängnis."

Jetzt, da er alles erzählt hatte, schien ihm die Schwere

dessen, was er getan hatte, erst richtig bewusst zu werden. Tränen traten ihm in die Augen, seine Lippen zitterten. „Ich wollte doch niemanden verletzen. Und auf keinen Fall wollte ich Mr Vandervoort umbringen."

„Ich weiß, dass du das nicht wolltest."

„Man wird mich ins große Gefängnis oder auf die Baumwollplantage oder ins Armenhaus schicken. Mr Wortham will mich bestimmt nicht mehr haben."

Sie gab ihm weder recht noch widersprach sie ihm, denn zum Teil hatte er mit dem, was er sagte, recht. Das Waisenhaus war nicht für Kinder, die sich nicht anständig benahmen, sondern für Kinder, die keine Verwandten hatten. Und dazwischen wurde unerbittlich unterschieden.

In diesem Augenblick wurde die Tür des Sheriffbüros geöffnet. Ihr Vater, Hamilton, Katherine und Mrs Vandervoort drängten sich in das kleine Gebäude. Essie erhob sich rasch und bedeutete Harley, das Gleiche zu tun.

Melvin begrüßte alle, dann steckte er einen Schlüssel ins Schloss und öffnete es mit einem lauten Klirren. Die Tür ging quietschend auf. Er trat in die Zelle und griff nach Harleys Händen, legte ihm Handschellen an und drückte sie so eng zusammen, bis sie um seine winzigen Handgelenke passten.

„Ist das wirklich nötig?", fragte Essie leise.

Dieser Melvin war nicht der nette Mann, auf dessen Knie sie früher gehüpft war. Er war auch nicht der aufgebrachte Onkel, der sie mit ihrem Liebhaber entdeckt hatte.

Dieser Melvin war ein unbeugsamer Sheriff, der für Recht und Ordnung kämpfte. Ein Mann, der keine Schwächen, kein Mitgefühl zeigte.

„Er hat die ‚Tote Hose' ausgeraubt, er hat Mr Vandervoort erschossen, er hat keine Hilfe geholt und er hat Mrs Crook angegriffen. Er kann von Glück sagen, dass ich seine Füße nicht auch in Eisen lege."

Essie schaute Melvin fragend in die Augen, aber das war keine Verstellung. Die Anklagen gegen Harley wogen schwer, und obwohl Essie wusste, dass es nicht zum Äußersten kommen würde, war sie unsicher, was bei der Sache herauskäme.

„Komm, Junge“, forderte Melvin ihn auf und legte seine große, schwielige Hand auf den Kopf des Jungen und führte ihn in die Mitte seines Büros.

Richter Spreckelmeyer legte gerade einen Revolver und eine Schachtel mit Kugeln auf den Schreibtisch des Sheriffs. Dann bot er Katherine und Mrs Vandervoort jeweils einen Stuhl an. Als alle auf den kahlen Bugholzstühlen saßen, schaute er Essie an.

Sie schüttelte den Kopf. Sie hatte nicht die Absicht, sich hinzusetzen und diesem Verfahren wie eine neugierige Zuschauerin zu folgen. Sie würde während des gesamten Verhörs neben Harley stehen bleiben. Sie bedauerte nur, dass sie dies in einem abgetragenen, braunen Arbeitskleid und mit einem Kopftuch machen würde. Nicht gerade die geeignete Kleidung, um sich von ihrer besten Seite zu zeigen, aber daran konnte sie jetzt nichts ändern.

Eine Wand von Anklägern war vor ihnen aufgebaut. Ihr Vater saß vorne in der Mitte, Melvin rechts von ihm, die Crooks links von ihm. Hamilton stand hinter seiner Frau und hatte die Hand auf Katherines Schulter gelegt. Für eine Frau, die in eine Rauferei verwickelt gewesen war, sah diese sehr gepflegt aus. Jedes Haar saß an der richtigen Stelle. Und ihre Blicke sprachen eine deutliche Sprache.

Mrs Vandervoort hingegen sah schlecht aus. Die rundliche, ältere Frau hatte ihr bestes Kleid angezogen, aber offenbar hatte sie es dabei sehr eilig gehabt. Ihre Kleidung war zerknittert und roch nach Kampfer. Sie wischte sich mit einem Taschentuch die Augen.

„Nenne uns deinen Namen“, befahl ihr Vater.

„Harley North.“ Die Stimme des kleinen Jungen klang ausgesprochen laut, wenn auch ein wenig zittrig.

„*Sir*“, tadelte Melvin ihn. „Du sprichst hier mit dem Richter.“

„Harley North, *Sir*“, verbesserte sich der Junge.

„Dein voller Name“, verlangte Papa.

„Ich erinnere mich nicht daran. Und sonst weiß ihn auch niemand.“

Der Richter wartete.

„Oh! Ich meine, ich erinnere mich nicht daran, *Sir*.“

„Dein Alter?“

„Ich glaube, ich bin sieben, aber ganz sicher weiß ich es nicht, Sir. Mr Wortham hat einfach geraten, wie alt ich sein könnte, als sie mich ins Heim brachten.“

Essies Herz zog sich zusammen. Ihr war nie in den Sinn gekommen, dass er nicht wusste, wie alt er wirklich war, und dass ihm nicht einmal bekannt war, wann er Geburtstag hatte.

„Hast du die ‚Tote Hose‘ ausgeraubt?“, fragte der Richter weiter.

„Ich habe mir etwas geborgt und es dann dorthin zurückgebracht, wo ich es gefunden hatte, Sir.“

„Mr Crook?“, fragte Papa, ohne den Blickkontakt mit Harley zu unterbrechen. „*Verleihen* Sie in Ihrem Laden Sachen oder *verkaufen* Sie Sachen?“

„Ich *verkaufe* Sachen, Sir“, antwortete Hamilton.

„Darf irgendjemand etwas aus Ihrem Laden nehmen, ohne es zu bezahlen oder dafür zu unterschreiben?“

„Nein, Sir.“

„Harley“, sagte Papa. „Wie nennt man es, wenn jemand heimlich etwas nimmt, das ihm nicht gehört?“

„Aber ich habe es doch zurückgebracht.“

„Hast du einen Revolver und eine Schachtel mit Kugeln

heimlich und ohne zu zahlen aus der ‚Toten Hose' mitgenommen oder nicht?"

„Ich habe den Revolver genommen, Sir, aber ich habe nicht die ganze Schachtel mit Kugeln genommen, nur eine Handvoll."

„Hast du das heimlich und ohne Erlaubnis getan?"

Harley warf einen Blick auf Hamilton. „Ja, Sir", murmelte er.

„Sprich lauter!"

„Ja, Sir", wiederholte der Junge nun mit lauter Stimme, wodurch das darauf folgende Schweigen noch schwerer auf ihm lag.

„Dann bist du des Diebstahls schuldig."

Harley schaute zu Essie hinauf. Seine Miene verriet seinen Kummer, aber sie konnte nichts tun. Was ihr Vater sagte, stimmte, und das wussten beide.

„Hast du mit derselben Waffe Mr Vandervoort erschossen?", fragte Papa.

Der Junge sah nun Mrs Vandervoort an. Sie beobachtete ihn und drückte jetzt ihr Taschentuch auf ihren Mund. Obwohl es unübersehbar war, dass sie aufgewühlt war, sprach aus ihren Blicken Mitgefühl.

„Nicht absichtlich, Madam. Ich habe Mr Vandervoort gemocht. Er war immer sehr nett zu mir und hat jedes Mal, wenn er mich sah, mit mir gesprochen. Ich wusste nicht, dass er es war, der hinter mir stand. Ich dachte, es wäre ein Bär."

Aus den Augen der Frau sprach ein gewisses Verständnis.

„Und als du auf ihn geschossen hattest", sprach Papa weiter, „bist du dann davongelaufen und hast ihn sterbend liegen gelassen?"

„Nein, Sir. Er starb zuerst und dann lief ich davon."

Verblüfftes Schweigen erfüllte den Raum.

„Bist du losgelaufen, um Hilfe zu holen?", fragte der Richter, dessen Stimme zum ersten Mal sanfter klang.

„Nein, Sir. Ich lief davon, weil ich Angst hatte. Ich wollte nicht, dass der Sheriff mich henkt. Deshalb beschloss ich, für immer fortzulaufen. Irgendwo anders neu anzufangen. Aber ich musste Mr Crook seinen Revolver und seine Kugeln zurückbringen. Und ich musste dem Totengräber sagen, wo Mr Vandervoort liegt. Aber ich kam nicht dazu, dem Totengräber das zu sagen, weil diese Frau mich gepackt hat und anfing zu keifen."

Er deutete mit dem Finger auf Katherine, was aber gar nicht so einfach war, da seine Hände in Handschellen lagen.

Katherine setzte sich steif auf und blitzte ihn an. „Das habe ich nicht gemacht!"

Essie schob Harleys Hände sanft nach unten. „Es ist nicht höflich, auf andere zu deuten", flüsterte sie.

„Mrs Crook dachte, du wolltest sie ausrauben", sagte Papa.

„Dann hat sie anscheinend unter ihrem Hut nichts anderes als Haare, denn ich habe alles zurückgebracht."

Katherine atmete hörbar ein. Hamilton blickte finster drein. Essies Vater wechselte einen Blick mit dem Sheriff.

„Pass auf, was du sagst", drohte Melvin.

„Entschuldigung, ich wollte niemanden beleidigen", sagte Harley an Hamilton gewandt.

„Sie sagte, du hättest sie angegriffen", beschuldigte Papa ihn.

Harleys Schock war unübersehbar. „Ich habe sie nicht angegriffen! Sie hat *mich* angegriffen! Schauen Sie, was sie mit ihren Fingernägeln gemacht hat!" Er deutete auf den Riss in seiner Hose. „Sie hat meine nagelneue Hose kaputt gemacht. Und sie hat mich an den Armen gepackt und mich so kräftig geschüttelt, dass ich dachte, meine

Augäpfel würden mir aus dem Kopf fliegen. Als ich mich losriss, sprang sie auf mich. Ich versuchte wegzukommen, aber sie rauft besser als alle Jungen im Waisenhaus. Und sie betrügt."

Katherine keuchte.

„Als sie damit nicht weiterkam, dass sie ihre Fingernägel in meine Hose gekrallt hat, hat sie mich gebissen." Er zog mit den Zähnen seinen Ärmel hoch. Mehrere mondförmige Abdrücke waren auf seinem Arm zu sehen. „Sehen Sie? Jeder weiß, dass man beim Ringen nicht beißen darf."

Papa verzog keine Miene, aber Essie konnte sehen, dass die Empörung des Jungen eine milde Saite bei ihm anschlug.

„Eine Frau kann machen, was sie will, wenn ein Mann sie angreift", kommentierte ihr Vater Harleys Bericht leise.

„Aber ich habe sie nicht angegriffen. Sie hat mich angegriffen!"

„Sir", warf Melvin ein.

„Sir", wiederholte Harley.

Hamilton sah auf Katherine hinab. „Du hast ihn gebissen? Warum hast du ihn gebissen?"

Sie lief fast dunkelrot an und sprang auf. Harley reagierte, als wäre auf ihn geschossen worden. Er taumelte nach hinten, rannte dann auf Melvin zu und suchte hinter ihm Schutz.

„Lassen Sie nicht zu, dass sie mich erwischt, Sheriff. Sie kaut Nägel und spuckt Reißnägel aus."

„Harley", zischte Essie.

Katherine zog ihren Umhang enger um sich, schritt zur Tür hinaus und knallte diese laut hinter sich zu.

„Sie ist überarbeitet", entschuldigte Hamilton seine Frau.

Melvin legte Harley eine Hand auf die Schulter und schob ihn dorthin zurück, wo er vorher gewesen war.

Der Richter betrachtete den Jungen für einen langen, schweigenden Augenblick. Harley senkte den Blick und kratzte mit seiner Stiefelspitze über den Boden.

„Siehst du diese Bilder dort?", fragte Papa und deutete auf die Steckbriefe von den gesuchten Verbrechern, die an der Wand hinter dem Schreibtisch des Sheriffs hingen. „Den Kerl dort links? Er hat etwas gestohlen, das ihm nicht gehörte. Wenn er erwischt wird, henkt man ihn."

Harleys Augen wurden groß.

„Und den in der Mitte? Er hat einen Mann erschossen. Wenn er erwischt wird, henkt man ihn."

Tränen schossen dem Jungen in die Augen.

„Der Mann neben ihm? Er hat eine Frau angegriffen. Wenn er erwischt wird, wird er gehenkt."

„Ich wollte das doch alles nicht. Wirklich nicht." Tränen liefen ihm über die Wangen und er barg sein Gesicht in den Händen.

Essie spürte, dass ihr selbst ebenfalls Tränen in die Augen traten.

„Sperren Sie ihn ein, Sheriff. Ich fälle noch vor Einbruch der Dunkelheit ein Urteil."

Kapitel 27

Was wirst du machen?", wollte Essie wissen, als sie ihrem Vater aus dem Sheriffbüro folgte.

An diesem Ende der Straße war nicht viel Betrieb. Nur gelegentlich kam ein Wagen oder ein Fußgänger vorbei. Papas Kutsche hielt neben dem Gebäude. Die streunende Katze der Stadt kam darunter hervorgeschossen und erschreckte Essie. Mit einem lauten Miauen strich die Katze um die Beine der jungen Frau.

„Ich weiß nicht, was ich tun werde", antwortete Papa. „Ich habe mich noch nicht entschieden."

„Er ist doch noch ein Kind."

„Wenn er alt genug ist, um zu stehlen, ist er auch alt genug, um die Konsequenzen zu tragen."

„*Vernünftige* Konsequenzen."

„Ich hoffe doch, dass alle meine Urteile vernünftig sind."

Die Tür ging auf. Hamilton begleitete Mrs Vandervoort die Stufen hinab.

„Wie geht es Ihrem Mann?", fragte Essie sie.

„Er macht sich Sorgen um Harley", antwortete die Frau. Die Falte zwischen ihren dünnen, grauen Augenbrauen zog sich zusammen. „Er fühlt sich wegen der ganzen Sache schlimmer als der Junge, glaube ich. Er hätte wissen müssen, dass man sich nicht an einen Jäger heranschleicht."

„Es war nicht Ludwigs Schuld", erklärte Papa.

„Er hätte anders vorgehen können. Das ist alles."

„Er wird aber wieder ganz gesund?", erkundigte sich Essie.

„Ja, meine Liebe. Machen Sie sich deshalb keine Sorgen. Die Kugel hat ihn nur gestreift. Der Arzt sagt, dass er bald wieder auf den Beinen ist." Sie nickte den beiden zu und ließ sich dann von Hamilton auf den Wagen des Richters helfen.

„Papa?" Essie berührte den Ärmel ihres Vaters, um ihn aufzuhalten.

„Ich werde mit dir nicht darüber diskutieren, Essie. Und ich will nicht, dass du dem Jungen verrätst, dass Vandervoort am Leben ist."

„Warum nicht?"

„Weil der Schuss leicht hätte tödlich sein können. Ich will, dass Harley sich sehr, sehr lange daran erinnert, was es für ein Gefühl ist, wenn man einem anderen das Leben nimmt."

Sosehr sie es auch hasste, Harley mit so schweren Gedanken zu belasten, so wusste sie doch, dass Papa sich auf keine Diskussion einlassen würde. „Also gut. Wenn du meinst, das sei das Beste. Aber du bist mit deinem Urteil milde?"

Er setzte seinen Hut auf. „Ich sehe dich beim Abendessen." Dann ging er zu seinem Wagen und ließ sie auf der Straße stehen, ohne dass sie den geringsten Anhaltspunkt hatte, wie er in dieser Angelegenheit vorgehen würde.

❖

Onkel Melvin sperrte hinter Essie die Zellentür zu. Eine empfindliche Kälte drang vom kahlen Boden durch die Sohlen ihrer Stiefel, als sie sich der Pritsche näherte. Es gab keine Decke, kein Kissen, einfach nichts. Nur Harley, der sich eng zusammengerollt hatte und die Wand anstarrte.

Sie wusste nicht, was sie sagen sollte, aber sie verstand, wie es war, wenn man sich allein fühlte. Sie setzte sich auf die Kante des provisorischen Bettes, streichelte seine Haare, seinen Arm, seinen Rücken. Langsam löste sich die Spannung aus seinem kleinen Körper.

Er rollte sich auf die Seite. Seine Augen waren geschwollen und rot. „Ich hoffe, sie hängen mich."

„Sag so etwas nicht."

„Das ist mein Ernst. Das Einzige, was noch schlimmer ist als ein Waise, ist ein Verbrecher. Und jetzt bin ich beides."

„Hör mir zu." Sie nahm seine Hände in die ihren. „Du hast etwas getan, das du nicht hättest tun sollen, und du wirst dafür die Konsequenzen tragen müssen. Aber wenn du deine Strafe abgebüßt hast, fängst du neu an. Frisch und unbescholten."

„Man kann nicht neu anfangen. Die Leute haben ein sehr gutes Gedächtnis. Überall, wohin ich gehe, werden sie flüstern: ‚Das ist Harley North, der Mörder, der Dieb.' Das können Sie mir glauben."

So gern sie ihm auch widersprechen wollte, so wusste sie doch, dass in dem, was er sagte, ein Körnchen Wahrheit steckte.

„Was andere Leute denken, ist nicht wichtig."

Er verdrehte die Augen. „Natürlich ist es wichtig."

Sie legte ihm die Hände auf die Schultern und schaute ihn ernst an. „Du irrst dich sehr, Harley North. Alles, was zählt, ist, was Jesus Christus denkt. Erinnerst du dich an die Geschichten, die du in der Sonntagsschule gehört hast, in denen davon berichtet wurde, dass Jesus mit Sündern zusammentraf? Weißt du noch, was er zu ihnen gesagt hat?"

Der Junge antwortete nicht, aber er hörte ihr zu.

„Er sagte zu ihnen, dass das, was in der Vergangenheit passiert war, nicht mehr zählte. Was wirklich zählte, war ihre neue Beziehung zu ihm. Du bist für Jesus in diesem Moment genauso wertvoll, wie du es warst, bevor das alles passierte."

Genauso wie du.

Der Gedanke war so stark, so mächtig, dass Essie still wurde und ihre eigenen Worte in der Stille widerhallen hörte.

„Das zählt nicht … genauso wertvoll … bevor das alles passierte."

Aber das, was Harley getan hatte, war nichts im Vergleich zu dem, was sie getan hatte. Oder doch? Sagte die Bibel nicht, dass eine Sünde nicht schlimmer sei als eine andere? War sie für Jesus jetzt wirklich noch genauso wertvoll wie zuvor?

Ein überwältigender Friede und eine starke Gewissheit erfüllten sie. Sie wusste es. Sie wusste, dass sie tatsächlich genauso wertvoll war wie zuvor.

„Jesus macht sich nichts aus mir. Wenn er das tun würde, hätte er mir eine Mama und einen Papa gegeben."

„Er hat dir eine Mutter und einen Vater gegeben. Sie sind nur früher in den Himmel gegangen als die meisten Eltern. Aber er kümmert sich wirklich um dich, Harley. Und wenn du ihm sagst, dass es dir leidtut, und wenn du dir wirklich vornimmst, dass du nicht mehr stehlen willst, dann wird er dir vergeben. Vollständig und ganz."

„Es tut mir wirklich leid", flüsterte er. „Und ich werde so etwas nie wieder machen."

Sie zog ihn an sich und nahm ihn in die Arme. „Dann

sag es ihm, Harley. Sag ihm aus der Tiefe deines Herzens das, was du mir gerade gesagt hast."

Während sie ihn an sich drückte, bekannte auch sie ihre Sünde und bereute sie. Nach einigen Momenten schlug sie die Augen wieder auf und badete in dem unfassbaren Wissen, dass sie in den Augen des Einzigen, der wirklich wichtig war, nicht mehr „befleckt" war. Vielmehr war sie so rein und so weiß wie Schnee.

Wenn der Gott des Universums sie mit solchen Augen sah, wie konnte sie ihm da widersprechen?

❖

Melvin unterbrach ihren Besuch bei Harley. Er nannte keine Gründe, aber sie vermutete, dass der Junge einen Eindruck davon bekommen sollte, wie das Leben hinter Gittern aussah.

Ihr Vater hatte sich ebenfalls in sein Büro zurückgezogen und erklärte, dass er nicht gestört werden wolle. Zur Essenszeit setzte er sich nicht zu Mutter und zu ihr an den Tisch, sondern zog seinen Mantel an, setzte seinen Hut auf und verließ das Haus, ohne ihnen mitzuteilen, wohin er ging.

Essie aß rasch zu Ende, dann zog sie eine schlichte Wolljacke und einen einfachen Wollrock an und fuhr zum Waisenhaus, um etwas Sauberes für Harley zum Anziehen zu holen. Ewing war noch nicht aus Cryer Creek zurückgekehrt, und die Worthams zeigten sich besorgt darüber, was mit „diesem North-Jungen" geschehen sollte.

Als sie wieder im Gefängnis war, tauchte Essie einen Kamm in eine Wasserschüssel und ordnete Harleys schwarzen Haarschopf. Er trug eine schlecht sitzende Hose und ein blaues Hemd, das sie ihm mitgebracht hatte. Es war kaum getragen, aber das war auch kein Wunder.

Kein Junge, der bei klarem Verstand war, würde freiwillig so etwas anziehen. Das Hemd hatte einen gerüschten Matrosenkragen, war an der Brust doppelt gerüscht und hatte gerüschte Manschetten.

„Ich sehe aus wie ein Mädchen", murrte er, zupfte an seinem Kragen und kratzte sich dabei mit den steifen Rüschen am Ärmel. Aber die Anspannung in seinem Gesicht verriet, dass er sich um viel mehr Sorgen machte als um seine Kleidung.

„Es ist ein sehr hübsches Hemd", sagte sie. „Jede Mutter wäre stolz darauf, wenn ihr Sohn es tragen würde."

„Wie kommt es dann, dass sie es dem Waisenhaus geschenkt hat?"

Ah. Kluger Junge. „Achte darauf, dass du respektvoll antwortest, wenn du mit den Erwachsenen sprichst. Verstehst du?"

„Wer kommt denn alles?"

„Dieselben wie vorhin, nehme ich an."

Sie strich gerade seinen Kragen nach unten, als die Tür zum Sheriffbüro geöffnet wurde. Die Crooks, Mrs Vandervoort und ihr Vater traten ein. Die Damen trugen dieselben Kleider wie vorher, obwohl Mrs Vandervoort ihres in der Zwischenzeit gebügelt hatte.

Beide Frauen blickten Harley aufmerksam an. Katherine betrachtete ihn von Kopf bis Fuß, verriet aber durch keine Regung, was sie dachte.

Als Mrs Vandervoort sein Hemd sah, drückte sie sich eine Hand aufs Herz und sagte: „Ach, sieht er nicht süß aus?"

Papa half den Damen auf ihre Stühle, während Melvin die Zelle aufsperrte und dem Jungen Handschellen anlegte.

„Essie", sagte Papa. „Du setzt dich hierher zu den anderen Damen."

Sie versteifte sich und wollte nicht, dass Harley allein vor der Gruppe der Erwachsenen stehen musste. „Ich kann stehen. Danke."

„Das war keine Bitte."

Melvin stellte einen Stuhl neben Mrs Vandervoort. Essie drückte tröstend Harleys Schulter und setzte sich dann auf den angebotenen Stuhl.

„Harley North", begann ihr Vater dann. „Ich habe dich im Sinne der Anklage für schuldig befunden. Du hast gestohlen, auf einen Mann geschossen und eine Frau misshandelt. Jede dieser Anklagen wäre für sich allein schon sehr schwerwiegend. Aber alle drei zusammengenommen sind wirklich sehr verdammenswert."

Essie faltete die Hände in ihrem Schoß und hielt den Atem an. Harley schluckte.

„Auf der Suche nach dem richtigen Strafmaß für deine Verbrechen habe ich berücksichtigt, dass du die Sachen, die du gestohlen hast, mit Ausnahme einer Revolverkugel zurückgebracht hast und dass du nicht die Absicht hattest, Mr Vandervoort zu verletzen, und dass du das Gefühl hattest, gegenüber Mrs Crook in Notwehr zu handeln."

Katherine keuchte und schaute mit gerötetem Gesicht zum Richter. Er schenkte ihr jedoch keine Beachtung.

„Wie sich, Gott sei Dank, herausgestellt hat", sprach er weiter, „ist Mr Vandervoort nicht verstorben."

Harleys Kinnlade fiel regelrecht nach unten. „Sind Sie sicher?", fragte er mit heiserer Stimme.

„Ganz sicher. Es hätte leicht anders kommen können, doch der Herr hat ihn verschont."

Der Junge wandte sich sofort an Mrs Vandervoort. „Er hat nicht für immer seine Stiefel ausgezogen?"

Sie schüttelte den Kopf.

„Darüber bin ich aber sehr froh, Ma'am."

„Ich auch, mein Junge", antwortete sie leise. „Ich auch."

„Heißt das, dass Sie mich nicht hängen?", fragte er Papa.

„Ich werde dich nicht an den Galgen bringen."

Harley warf rasch einen Blick zu Essie. Sie hätte ihm gern zugeblinzelt, wagte es aber nicht.

„Danke, Sir", sagte er und richtete seine Aufmerksamkeit wieder auf ihren Vater.

„Aber dein Handeln zieht trotzdem Konsequenzen nach sich."

Der Junge streckte seine kleine, gerüschte Brust vor. „Ich bin bereit, Sir. Sagen Sie, wie meine Strafe aussieht."

„Also gut." Papa steckte die Hände in die Hosentaschen. „Da Mr Vandervoort verhindert ist, braucht seine Frau im Haus und im Garten Hilfe. Deshalb erledigst du von montags bis freitags von Sonnenaufgang bis Sonnenuntergang alles, was Mrs Vandervoort dir aufträgt, und zwar so lange, bis Mr Vandervoort wieder ganz genesen ist."

„Ja, Sir."

„Und samstags wirst du für die Crooks in der ‚Toten Hose' putzen, aufräumen und Botengänge erledigen."

Diese Strafe nahm der Junge bei Weitem nicht mit derselben Begeisterung auf. Er schaute Katherine an, dann Hamilton. Von keinem der beiden kam irgendeine Ermutigung.

„Ja, Sir", wiederholte er. Dieses Mal klang seine Stimme wesentlich kleinlauter.

„Sonntags gehst du zur Kirche und den restlichen Tag arbeitest du im Waisenhaus."

Harley runzelte die Stirn. „Und wann kann ich angeln gehen?"

„Es wird keine Freizeit geben. Zusätzlich wirst du bis auf Weiteres die Nächte im Gefängnis verbringen."

Die Augen des Jungen wurden groß. Er warf unbehaglich einen Blick auf die Zelle. „Ganz allein?"

„Ganz allein."

Er sah Essie an. Seine Augen waren voller Angst. Ihr Herz wurde schwer, aber sie bedachte ihn mit einem tröstlichen Kopfnicken.

„Ja, Sir", flüsterte er.

„Am Ende deiner Strafe liegt es bei den Worthams zu entscheiden, ob du wieder ins Waisenhaus zurückkommen darfst oder ob du ins Armenhaus ziehen musst. Ich kann mir vorstellen, dass ihre Entscheidung stark davon abhängt, wie gut du deine Arbeiten für die Vandervoorts und für die Crooks erledigst."

Harleys Lippe zitterte, aber er weinte nicht.

„Hast du noch irgendwelche Fragen?", wollte Papa wissen.

„Wie lang soll die Strafe dauern?"

„Bis Mr Vandervoort wieder ganz gesund ist."

„Soll ich auch für ihn in die ‚Tote Hose' gehen und Dame spielen?"

Mrs Vandervoort musste unwillkürlich lächeln.

„Nein", entgegnete Papa. „Das wird nicht nötig sein."

„Dann habe ich keine Fragen mehr."

„Sehr gut. Du verbringst den Rest dieses Tages und die Nacht im Gefängnis und morgen früh meldest du dich bei Mrs Vandervoort. Weißt du, wo sie wohnt?"

„Ja, Sir."

„Dann ist die Verhandlung hiermit beendet."

❖

Essie begann erneut oben auf der Seite und versuchte, sich auf die Worte von „Robinson Crusoe" zu konzentrieren. Aber ihre Augen wanderten immer wieder zu den Wohnzimmerfenstern, die vor der kalten Nachtluft fest verschlossen waren. Die Brokatvorhänge waren geteilt und die Glasscheiben warfen ein verschwommenes Spiegelbild des Zimmers zurück.

Sie dachte an Harley, der ganz allein in dieser kalten Gefängniszelle saß. Sie hatte ihm ein Kissen und mehrere Decken gebracht, aber sie war immer noch nicht überzeugt, dass er es ohne einen Ofen oder ein Feuer warm genug hatte.

Sie war in Gedanken so weit weg, dass sie Ewings Anwesenheit erst bemerkte, als dieser direkt vor ihr stand.

„Oh! Meine Güte. Sie sind zurück." Sie legte das Buch zur Seite, erhob sich und wollte sehen, wer ihn ins Haus gelassen hatte, aber sie waren allein.

Er ergriff ihre Hände. „Ich kam sofort zurück, als ich es hörte."

„Hörte? Wollen Sie damit sagen, dass sich das, was Harley getan hat, bis nach Cryer Creek herumgesprochen hat?"

„Nein. Vater hat mir ein Telegramm geschickt."

Sie nickte. „Wie lange sind Sie schon zu Hause?"

„Seit ungefähr einer Stunde. Ich ging direkt ins Gefängnis."

„Wie geht es ihm?"

„Der Junge macht ein tapferes Gesicht, aber er hat Todesangst."

„Oh, Ewing."

Er drückte ihre Hände. „Setzen Sie sich mit mir ein wenig auf die Veranda?"

„Ich hole nur schnell meinen Umhang."

Sie hatte geplant, sich auf einen der Rattanschaukelstühle zu setzen, aber Ewing führte sie zur Bank und nahm dann neben ihr Platz.

„Erzählen Sie mir, was passiert ist", forderte er sie auf.

Sie berichtete ihm, was geschehen war, und schloss mit dem Urteil ihres Vaters, dass Harley in den nächsten Wochen nur arbeiten müsse und nicht spielen dürfte.

Sie saßen nebeneinander und ihre Knie berührten sich. Ewing hatte den Arm auf die Rückenlehne des Zweisitzers gelegt. Während sie erzählte, berührte er eine Haarsträhne in ihrem Nacken und wickelte sie um seinen Finger.

„Ich denke, dass Harley bei den Vandervoorts arbeitet, wird ihnen genauso guttun wie dem Jungen", sagte er.

„Ja, diesen Gedanken hatte ich auch."

„Die Arbeit bei den Crooks wird ihm nicht gefallen."

„Das wird ihm aber ebenfalls guttun. Er muss lernen, dass er nicht jeden mit seinem Charme für sich gewinnen kann."

Sein Finger wanderte von ihren Haaren zu ihrem Nacken und streichelte ihn sanft. „Wie geht es Ihnen nach all diesen Erlebnissen?"

Das Licht aus dem Wohnzimmerfenster hinter ihnen beleuchtete nur die rechte Seite seines Gesichts. Die Schatten betonten die männlichen Kanten und Formen seiner Gesichtszüge.

Die federleichte Berührung seines Fingers löste eine Reaktion in ihr aus, die sie bis jetzt in seiner Nähe nicht erlebt hatte. Lag das nur daran, dass ihr Körper jetzt wusste, was er vermisste? Konnte jeder Mann ihr eine Reaktion entlocken? Oder war es Ewing, der dieses Gefühl in ihr weckte?

„Es war wirklich ein sehr langer Tag, das können Sie mir glauben", antwortete sie.

„Sie sind mit dem Fahrrad durch die Stadt gefahren."

Sie versteifte sich. „Es war ein Notfall. Ich musste so schnell wie möglich zu Harley kommen und hatte keine Zeit, Cocoa zu satteln."

„Ich habe gehört, dass Sie nicht einmal einen Hosenrock anhatten. Dass Sie Ihren Rock hochgehalten haben und dass Ihre Knöchel und Waden zu sehen waren."

„Wer hat Ihnen das erzählt?"

„Ist es wahr?"

„Ja", stammelte sie. „Es tut mir auch leid, aber ich habe es nur dieses eine Mal gemacht. Als ich später zur Urteilsverkündigung zum Gefängnis ging, ritt ich auf Cocoa."

„Ich will, dass Sie mir Ihr Rad geben."

Sie keuchte. „Was?"

„Ich will, dass Sie mir Ihr Fahrrad geben, damit ich es in meinem Stall aufbewahren kann und Sie nicht mehr in Versuchung geführt werden."

Sie warf einen Blick zu ihrem eigenen Stall, in dem Peg liebevoll mit einer schützenden Decke zugedeckt war. „Ich werde sie nicht mehr fahren. Das verspreche ich."

„Dann sollte es Ihnen auch nichts ausmachen, es mir zu geben."

„*Sie.* Ihr Name ist Pegasus."

Einen sehr langen Moment lang sagte er nichts. Er strich nur weiter mit dem Finger über ihre Haare, bevor er ihr die Frage erneut stellte: „Geben Sie sie mir?"

„Halten Sie das wirklich für nötig?", entgegnete sie und faltete die Hände in ihrem Schoß.

„Es ist zu Ihrem eigenen Besten."

Sie versuchte, ihre Reaktion zu zügeln. *Es ist nur eine Maschine, sagte sie sich. Es ist nicht einmal ein Tier wie ein Pferd oder ein Papagei oder eine Schlange.* Wenn sie ehrlich war, würde sie wahrscheinlich tatsächlich in Versuchung geraten, wieder darauf zu fahren.

Sie seufzte und schluckte hörbar. „Ja, Mr Wortham. Ich übergebe sie in Ihre Hände."

Er legte eine Hand auf die Seite ihres Gesichts und ließ seinen Daumen über ihre Wange zu ihrem Mundwinkel und wieder zurück wandern. „Ich habe dich vermisst."

Sie verbannte die Gedanken an Peg aus ihrem Kopf und dachte zum allerersten Mal ernsthaft über ihn nach. Zum ersten Mal, seit sie Adam aus ihrem Leben verabschiedet und seit sie Gottes Vergebung für ihre Sünde spürbar erlebt hatte. Ihr wurde bewusst, dass sie vielleicht nie in Ewing *verliebt* sein würde, aber dass sie ihn gewiss lieben konnte. Sie war sehr sicher, dass sie ihn bereits liebte.

„Ich bin froh, dass du zurück bist." Diese Worte waren ernst gemeint. Nicht nur, weil Harley jetzt noch einen zweiten Menschen in seiner Nähe hatte, der zu ihm stand, sondern weil sie Ewings Gesellschaft wirklich genoss.

Er zögerte, dann legte er seine Hand hinter ihren Kopf und zog sie zu sich heran. Der Kuss war sanft, züchtig und sehr liebevoll.

„Kann ich dich morgen sehen?", fragte er, während in der kalten Luft ihrer beider Atem sichtbar wurde und sich miteinander vermischte.

„Ja. Das wäre sehr schön."

Er küsste sie wieder. Dieses Mal ließ er ein wenig mehr Intensität zu, blieb aber trotzdem sehr zurückhaltend.

Kapitel 28

Essie sah Harley nur sonntags, wenn er Mrs Vandervoort zur Kirche begleitete. Am letzten Sonntag hatte sich Mr Vandervoorts Gesundheitszustand so weit erholt, dass die drei zusammen den Gottesdienst besuchten.

Es war unübersehbar, dass das ältere Ehepaar den Jungen ins Herz geschlossen hatte. Er blühte unter ihrer Aufmerksamkeit sichtlich auf. An Thanksgiving fragte Mr Vandervoort Essies Vater, ob Harley die Nächte statt im Gefängnis bei ihnen verbringen könne.

„Er ist dort so einsam", hatte Mr Vandervoort gesagt. „Es ist nicht richtig – ein Junge seines Alters so allein in einer Zelle."

Papa hatte nachgegeben. Wenn der alte Mann einen Stepptanz hätte aufführen können, hätte er das sicher getan. Sie wünschte, sie hätte Harleys Reaktion sehen können. Sie war bestimmt sehenswert gewesen.

Inzwischen trieb Ewing seine Bemühungen um sie so weit voran, dass er jeden Tag zu ihr kam, manchmal sogar zweimal. Daher hatte sie ihre Besuche im Waisenhaus eingestellt. Sie wollte ihre Beziehung nicht noch stärker vorantreiben, indem sie dorthin ging, wo er wohnte.

Aber es sah so aus, als würde ihre Freundschaft immer

enger werden, gleichgültig, was sie tat oder nicht tat. Er ging sehr zielstrebig vor und tat alles, damit die Stadtbewohner sie auch als Paar sahen – Kutschfahrten durch die Hauptstraße, die jetzt von Weihnachtsgirlanden, die sich über die gesamte Breite der Straße erstreckten, geschmückt war. In der Kirche saß er neben ihrer Familie und teilte mit ihr ein Gesangbuch. Er überhäufte sie mit Blumen, Süßigkeiten und Gedichtbänden, die er in der „Toten Hose" kaufte.

In der ganzen Stadt standen die Zungen angesichts dieses Paares nicht still. Erst am Vortag hatte Mrs Lockhart Essie einen Roman von Bertha Clay mit dem Titel „An ihrem Hochzeitsmorgen" geliehen. Ein Buch, das Essie ihrer Meinung nach sicher gern lesen würde.

Ein Buch von Bertha Clay genügte. Essie hatte nicht die Absicht, ein zweites zu lesen. Aber als sie den schieferblauen Einband, der mit roten Medaillons verziert war, betrachtete, lockten die Seiten sie wie eine Sirene, die mit verzaubernder Süße erklang. Sie nahm es von ihrem Nachttisch und schlug es in der Mitte auf.

Wie sollte ich Miss Dalrymple warnen? Ihr offen ins Gesicht zu sagen, dass ihr Liebhaber ein Schuft war, wäre nicht hilfreich. Liebte sie ihn immer noch? Hatte sie ihn jemals wirklich geliebt?

Ich war geneigt, auf beide Fragen mit Nein zu antworten. Ich glaube, dass sie bis jetzt niemanden wirklich geliebt hat.

„Essie?", rief ihre Mutter. „Ewing ist hier."

Essie schlug rasch das Buch zu und schob es unter ihr Bett. Ewing wollte sie zu einem Stück Kuchen in „Keber & Cobb's Konditorei" einladen. Sie griff nach ihrem Umhang und eilte die Treppe hinab. Aber auf halber Höhe blieb sie abrupt stehen.

Ewing sah absolut umwerfend aus. Er trug einen braunen Wollanzug, der großzügig mit Satin verziert war. Der Schnitt passte ihm ganz genau und betonte seinen muskulösen Körperbau. Er hatte einen braunen Kaschmirmantel über den Arm hängen und eine Melone unter denselben Arm geklemmt. Sein Lächeln war herzlich, sein Blick besitzergreifend.

Er hatte ihr erzählt, dass er neben seinem Unterricht in Nashville für einen Schneider gearbeitet hatte. Anfangs hatte er die Bestellungen eingewickelt, Botengänge erledigt und den Laden gefegt. Dann hatte sein Chef ihm nach und nach gezeigt, wie man Maß nahm, den Stoff zuschnitt und die Kleidungsstücke der Kunden anfertigte.

Er konnte mit den verschnittenen Stoffen und Resten tun, was er wollte. Sie war sicher, dass die elegante Kleidung, die er jetzt trug, selbstgenäht war. Denn sonst hätte er sich diese Sachen nie leisten können.

Er zog einen seiner Handschuhe aus. „Du siehst sehr schön aus. Was für ein hübscher Hut."

Sie strich den Haarknoten in ihrem Nacken glatt. Der Hut war eindeutig langweilig, aber ihre Abneigung gegen den Hut wurde durch seine offensichtliche Wertschätzung gemildert.

Er nahm ihre Hand in die seine und führte sie an seine Lippen. „Guten Abend." Sein Atem war warm, seine Lippen waren weich. „Darf ich dir bei deinem Umhang helfen?"

Nachdem er ihn ihr über die Schultern gelegt hatte, schlüpfte er in seine Jacke, setzte die Melone schief auf seinen Kopf und begleitete sie zu seinem Wagen.

Die Fahrt zur Konditorei verlief langsam und gemütlich, während Ewing ihr den Großen Bären und den Gürtel des Orion zeigte. Dann verbanden sie einige der funkelnden Punkte, die Gott über dem Nachthimmel verteilt hatte, und erfanden eigene Sternbilder. Sie entdeckten einen Schirm, einen Stiefel und einen Schlitten, bevor sie vor der Konditorei ankamen.

Die Glocke an der Tür kündigte mit einem fröhlichen Klingeln ihr Kommen an. Der Duft nach Schokolade, Nüssen und geschmolzenem Zucker lag schwer in der Luft. Mr Keber begrüßte sie und bat sie, sich ein wenig umzuschauen, während er den Kunden vor ihnen bediente.

In den Glasauslagen befanden sich alle Arten von Süßigkeiten in jeder nur erdenklichen Farbe. Alle sahen himmlisch aus. Sie entschied sich für ein Kirsch-Walnuss-Teilchen. Ewing bestellte sich ein Sahnekaramell-Törtchen.

„Würden Sie uns die Sachen bitte einpacken? Wir haben leider keine Zeit, sie hier zu genießen."

Erstaunt schaute Essie Ewing an, sie sagte aber nichts.

Mr Kebers Augen funkelten, als er Ewing mit einem Zwinkern ihre Kuchen reichte. „Ich wünsche Ihnen beiden einen schönen Abend."

Als sie wieder in der Kutsche saßen, steckte sie die Hände in den Hermelinmuff, den sie mitgenommen hatte. „Wohin fahren wir?"

„Das ist eine Überraschung", antwortete er.

Er legte den Arm über die Rückenlehne des Kutschensitzes und steuerte das Pferd mit einer Hand, während sie langsam durch die Stadt fuhren.

In der Zwölften Straße ließen sie den belebten Teil der Stadt hinter sich und kamen an Papas Ölfeld und seinem Bohrturm vorüber, der still und schweigend in der ruhigen Nacht stand. Die Umrisse des Magnolienbaumes waren kaum zu erkennen.

Bilder tauchten vor ihr auf. Adam, mit dem Tuch um den Hals, die Ärmel hochgerollt, während er in den Fußhalterungen stand und mit seinem Körpergewicht den Bohrer nach unten drückte. Adam, wie er mit seinem Lasso Tricks übte. Adam, wie er gestand, dass er keine Ahnung hatte, wie viele Kinder er im Laufe seines Lebens möglicherweise gezeugt hatte.

„Wohin fahren wir?“, flüsterte sie.

„Nur noch ein kleines Stück.“

Sie rollte den Muff auf ihrem Rock vor und zurück. „Ich dachte, wir müssten es vermeiden, allein zu sein.“

Er drückte ihre Schulter. „Dieses eine Mal macht nichts, denke ich.“

Aber statt beruhigt zu sein, wuchs ihre Besorgnis, als er den Wagen von der Straße lenkte und auf den Two Bit Creek zusteuerte. Vor dem Abhang, an dem sie Adam das Radfahren beigebracht hatte, blieb er stehen.

Ewing sprang vom Sitz und hielt ihr die Hände hin. Er ergriff ihre Ellbogen und hob sie herab. Seine Hände blieben noch eine Weile auf ihren Armen liegen, bevor er sie wieder losließ.

Er nahm die Schachtel mit dem Kuchen vom Boden des Wagens, ergriff ihre Hand und führte sie den Hang hinab. Der Abend war erfüllt von den Geräuschen der Grillen, Frösche und Waldschnepfen. Mit dem Einzug des Winters waren die Temperaturen spürbar gefallen, aber Essie liebte die kalte Dezemberluft. Sie hatte sie schon immer geliebt.

Neben dem riesigen Baumstamm, an dem Adam ihr Fahrrad zerbeult hatte, war eine Decke ausgebreitet. Offen, wartend und ordentlich auf dem Boden ausgebreitet. Ewing zündete zwei Laternen an, die die Ecken des Tuches auf dem Boden hielten. Eine Handvoll Blumen lagen darauf und waren vom Wind ein wenig verstreut worden.

Er sammelte sie ein und reichte sie ihr. „Würdest du dich bitte zu mir setzen?“

Sie zögerte. Das letzte Mal, als ein Mann vor ihrem Eintreffen eine Decke ausgebreitet hatte, hatte die Sache verheerend geendet.

Aber das hier war Ewing, nicht Adam. Und sie war eine neue Essie, nicht die alte. Sie nahm die Blumen entgegen und ließ sich auf der Decke nieder. Er hob den Deckel der Kuchenschachtel und nahm ihr Gebäck heraus.

„Bitte schön", sagte er und hielt es ihr hin. Das kleine Kuchenstück wirkte in seiner großen, gebräunten Hand winzig.

Sie behielt ihre Hände in dem Muff und nahm einen Bissen. Ihre Zähne berührten seine Finger. Der braune Zucker löste sich in ihrem Mund auf und legte gesüßte Kirschen und Walnussstückchen frei. Ohne seinen intensiven Blick von ihr abzuwenden, nahm er die andere Hälfte des Teilchens in seinen Mund.

Ihr Magen reagierte sofort darauf.

„Magst du Sahnekaramell?", fragte er.

Sie nickte. Sie teilten sein Tortenstück auf die gleiche Weise, aber sobald sie ihre Hälfte im Mund hatte, biss sie auf etwas Hartes und Ungenießbares. Er reichte ihr ein Taschentuch.

Sie runzelte die Stirn und befreite mit der Zunge den Kuchen von dem Gegenstand in ihrem Mund, bevor sie das harte Objekt auf das Taschentuch beförderte. Als sie das zerknüllte Tuch öffnete, entdeckte sie einen Goldring.

„Erweist du mir die Ehre, meine Frau zu werden?", fragte er.

Essie war völlig verwirrt und blickte ihn mit offenem Mund an. Sie hatte keine Ahnung, was sie sagen sollte.

Ewing nahm den Ring und das Taschentuch und wischte ihn ab. Dann zupfte er an ihrer rechten Hand und zog sie aus ihrem Muff.

„Darf ich?", fragte er und hielt den Ring bereit.

Ihre Kehle war wie zugeschnürt. „Findest du nicht, dass du vorher mit meinem Vater sprechen solltest?"

„Das habe ich bereits getan."

„Und er willigt ein?"

„Ja."

„Er hat mir kein Wort verraten."

„Ich habe ihn gebeten, nichts zu sagen."

Sie war von dem leuchtenden Funkeln des Laternenlichts, das sich auf dem Ring spiegelte, wie gelähmt. Der Goldring, den sie sich ihr ganzes Leben lang gewünscht hatte.

Sie legte die Hand um die seine und drückte sie an sich. „Ich habe Angst."

„Du brauchst keine Angst zu haben."

„Darf ich mir das in Ruhe überlegen?"

Er senkte langsam den Ring. „Du musst es dir erst noch überlegen? Du wusstest doch sicher, dass ich dich fragen würde."

Sie benetzte ihre Lippen und nickte. „Ja. Ja, das wusste ich. Ich habe nur nicht mit dieser Panik, mit dieser Unsicherheit gerechnet." Sie drückte seine Faust fester auf ihren Bauch. „Kannst du es fühlen? Kannst du fühlen, wie hart sich mein Magen zusammenzieht, weil ich so durcheinander bin?"

Er streckte die Finger, befreite sich aus ihrem Griff und öffnete ihren Umhang. Er drückte seine Hand flach auf ihren Bauch und bedeckte so viel wie möglich davon. Diese Geste war besitzergreifend und schrecklich intim.

„Alles, was ich fühle, ist eine Frau, die ich haben möchte. Eine Frau, die ich fast mein ganzes Leben lang haben wollte."

„Oh, Ewing." Sie knabberte an ihrer Unterlippe.

Er drückte einen Kuss auf ihre Handfläche und hielt sie dann an seine Wange. „Bitte sag Ja, Essie! Ich brauche dich. Ich liebe dich. Bitte."

„Du musst mir etwas Zeit lassen."

„Wie viel Zeit?"

„Zwei Tage? Drei Tage?"

„Aber keine Minute länger."

„Einverstanden."

Er beugte sich vor und küsste sie. Aber sie öffnete nicht die Lippen und lehnte sich nicht an seine Brust. Sie wusste jetzt, wohin das führte, und sie hatte beschlossen zu warten. Und sie würde warten.

Am nächsten Tag saß Essie am Küchentisch und polierte die silbernen Obstlöffel, während sie versuchte, sich Klarheit über ihre Gefühle zu verschaffen.

Papa trat durch die Hintertür ein. Ein kalter Windstoß wehte durch die Küche. Das Feuer flackerte. Er hängte seinen Mantel und seinen Hut an einen Haken und schenkte sich dann eine Tasse Kaffee aus der Kanne ein, die auf dem Ofen stand.

„Versuchst du, diesen Löffel zum Glänzen zu bringen, oder willst du das eingravierte Muster wegreiben?", fragte er mit hochgezogener Augenbraue.

Essie blickte auf.

„Du arbeitest an ein und demselben Löffel, seit ich in die Küche gekommen bin."

„Wirklich? Das ist mir gar nicht aufgefallen."

In jedem Löffel war eine Zeichnung von dem Obst eingraviert, für das er verwendet werden sollte. Dieser war für Erdbeeren bestimmt.

Papa zog einen Stuhl unter dem Tisch hervor und ließ sich darauf nieder. Das Geräusch, das sie mit ihrem Reiben verursachte, wurde von dem kalten Winterwind übertönt, der vor dem Fenster und der Hintertür pfiff.

„Stimmt etwas nicht?", erkundigte er sich.

Sie warf ihm einen kurzen Blick zu. „Warum fragst du?"

„Weil du geistesabwesend wirkst. Still. Du hast dich gestern Abend in deinem Zimmer eingeschlossen …"

„Ich habe ‚Robinson Crusoe' gelesen."

„Und Ewing war den ganzen Tag nicht hier."

„Er hatte einiges zu erledigen." Sie tauchte den Löffel, an dem sie arbeitete, in eine Wasserschüssel und bewegte ihn hin und her, bevor sie ihn abtrocknete. „Was hältst du von Ewing, Papa? Ich meine, was hältst du *wirklich* von ihm?"

„Ich halte ihn für einen ausgezeichneten jungen Mann mit viel Potenzial. Das war er schon immer." Er schwieg. „Was hältst *du* von ihm?"

„Das Gleiche vermutlich."

Er nahm einen Schluck aus seiner Tasse. „‚Vermutlich'? Du weißt es nicht sicher?"

„Er hat mich gebeten, ihn zu heiraten."

Papa nickte. „Aha. Ich habe mich schon gewundert. Er hat mich vor fast einer Woche um meine Erlaubnis gefragt."

Essie nahm den nächsten Löffel. Auf diesem befanden sich Pfirsiche.

„Was hast du ihm gesagt?", hakte er nach.

„Dass ich es mir überlegen muss."

„Ich kann mir vorstellen, dass das nicht die Antwort war, die er sich erhofft hatte."

„Nein. Das war sie leider nicht."

„Hast du etwas gegen ihn einzuwenden?"

Essie seufzte. „Das ist es ja gerade, Papa. An ihm gibt es nichts auszusetzen. Er ist vollkommen. Er ist ein gottesfürchtiger Mann. Er hat mir die Geschichte mit Adam vergeben. Er sieht gut aus. Er hat ein gutes Herz. Was will ich denn noch mehr?"

„Vielleicht einen Mann, in den du verliebt bist? Einen Mann, der nicht versucht, dich zu etwas umzuformen, das du nicht bist?" Seine Worte waren ruhig, sanft, aber sehr deutlich.

„Aber ich habe mein ganzes Leben lang auf diese Gelegenheit gewartet. Seit ich ein kleines Mädchen war, wollte ich nie etwas anderes als groß werden und die Frau eines Mannes und die Mutter seiner Kinder sein. Und jetzt, da mir ein vollkommener, guter Mann auf dem Silbertablett serviert wird, zögere ich."

Papa stellte seine Tasse ab. „Das klingt, als versuchtest du, dich selbst davon zu überzeugen, dass du, wenn du nur Ewing – oder irgendeinen anderen Mann – heiraten könntest, Erfüllung finden würdest. Aber das stimmt nicht, Essie."

„Aber wenn Ewing mich im vergangenen Sommer gefragt hätte, hätte ich, ohne zu zögern, Ja gesagt. Eine Ehe und Familie ist das, was ich will, und das, wofür ich gebetet habe."

„Du hast für etwas gebetet, von dem du *dachtest*, dass es dich glücklich machen würde. Aber Gott hält vielleicht etwas anderes für dich bereit. Erinnerst du dich noch: ‚Was kein Auge gesehen hat und kein Ohr gehört hat … was Gott bereitet hat denen, die ihn lieben.'"

Essie nickte und nahm einen weiteren Löffel zur Hand. „Aber ich könnte wirklich mein Leben mit ihm verbringen. Es würde mir nicht schwerfallen. Wir sind seit Jahren befreundet. Ich bin sicher, dass meine Gefühle für ihn im Laufe der Zeit stärker würden."

„Du versuchst immer noch, dich zu rechtfertigen. Tust du das, weil du versuchst, mich – oder dich selbst – zu überzeugen, dass ein Mann und die Ehe dich vervollständigen und glücklich machen?" Er legte seine große Hand über ihre zierliche Hand und hielt sie davon ab, den Löffel weiter zu polieren. „Das wird nicht geschehen, weißt du. Niemand anders als Jesus Christus kann dich wirklich ausfüllen."

„Kann ich denn nicht beides haben? Einen Mann und Christus?"

„Nicht, wenn dir die Ehe wichtiger ist als alles andere.

Gott muss an erster Stelle kommen. Er muss dir sogar noch wichtiger sein als eine Ehe."

„Aber Gott ist nicht aus Fleisch und Blut." Sie fühlte, wie ihr Tränen in die Augen traten. „Und ich bin einsam."

Papa nahm ihr das Tuch und den Löffel aus den Fingern und drückte ihre Hände. „Essie, mein Mädchen, es gibt nichts Schlimmeres, als verheiratet und allein zu sein."

„Wie kann das sein?"

„Das erleben leider sehr viele Ehepaare. Die Ehepartner verstehen sich nicht. Oder der Mann trifft Entscheidungen, die die Frau nicht mittragen kann. Oder die Frau nörgelt ständig an dem Mann herum und bringt ihn damit irgendwann ins Grab. Oder der Mann verbringt seine Zeit jenseits der Beaton Street, während die Frau mit den Kindern allein zu Hause ist."

„Das würde bei Ewing und mir nicht passieren. Und viele Leute sagen, Freundschaft sei die beste Grundlage für eine gute Ehe."

„Freundschaft ist wichtig, sehr wichtig. Da gebe ich dir recht. Aber irre ich mich in meiner Einschätzung, wenn ich sage, dass Ewing versucht, dich in eine Form zu pressen, in die du nicht besonders gut passt?"

„Was meinst du damit?"

„Damit meine ich: Warum hast du aufgehört, Rad zu fahren? Warum hast du aufgehört, auf deinen Rollschuhen zu üben? Warum hast du aufgehört, zu angeln und auf die Jagd zu gehen? Und warum hast du aufgehört, diese Hüte zu tragen, die dir so wunderbar stehen wie keiner anderen Frau?"

„Ewing fürchtet, die Kirche könnte ihr Angebot, ihn einzustellen, zurücknehmen, wenn ich mich nicht an die strengsten Maßstäbe für damenhaftes Verhalten halte."

„Du gibst also genau die Dinge auf, die dich zu dem machen, was du bist?"

„Nur vorübergehend."

„Mach dir nichts vor, Essie. Wenn diese Gemeindeältesten das jetzt von dir verlangen, werden sie dir garantiert dieselben und noch mehr Beschränkungen auferlegen, wenn Ewing ihr Pastor ist."

„Aber Mutter sagt, ein Fahrrad sollte nicht wichtiger sein, als zu heiraten und Kinder zu bekommen. Außerdem ist das genau das, wofür ich immer gebetet, was ich mir unter Tränen gewünscht und was ich mir erhofft habe."

Traurigkeit überzog Papas Gesicht. „Du brauchst keinen Mann, um ein vollständiger Mensch zu sein."

„Warum schickt Gott mir dann Ewing, wenn nicht in der Absicht, dass ich ihn heirate?"

„Vielleicht, weil Gott sehen will, ob du ihm vertraust. Ob du ihn oder eine Ehe vorziehst."

„Aber die Ehe war Gottes Idee. Er hat sie eingeführt."

„Die Ehe ist eine gute Sache, aber für dich ist es vielleicht nicht das Beste und das Erstrebenswerteste. Bist du bereit, sie für Gott aufzugeben, falls er das von dir wünscht?"

Ihre Augen wurden wieder feucht. „Aber ich will nicht, dass er das von mir wünscht. Warum sollte er das wollen?"

„Das weiß ich nicht. Ich sage ja nur, wenn du Gott wirklich vertraust und wenn er das Wichtigste in deinem ganzen Leben ist, dann wirst du akzeptieren und glauben, dass er weiß, was das Beste für dich ist. Und du wirst es mit Freude akzeptieren. Bereitwillig."

Sie zog ihre Hände zurück, stützte einen Ellbogen auf den Tisch und legte den Kopf auf ihre Handfläche. „Wer wird mich umarmen, wenn ich alt bin? Wer wird an meinem Tisch essen, wenn du und Mutter nicht mehr da seid?"

„Jesus wird deine Bedürfnisse stillen, Essie. Wenn du ihn lässt."

„Aber ich kann ihn nicht mit den Händen berühren oder ihn mit den Augen sehen oder mit den Ohren hören."

Papa seufzte. „Dann würdest du also lieber so tun, als wärst du jemand, der du nicht bist, und einen Mann heiraten, in den du nicht verliebt bist?"

„Das weiß ich nicht", flüsterte sie. „Vielleicht. Es sei denn … es sei denn, ich will mehr."

„Natürlich willst du mehr. Warum willst du dann nicht erst einmal Jesus voll und ganz umarmen? Und wartest ab, wie du dann in Bezug auf eine Ehe mit Ewing empfindest?"

„Wie? Wie kann ich Jesus *umarmen?*"

„Du gehorchst ihm. Du liest in seinem Wort. Du tust alles zu seiner Ehre. Und ich rede hier nicht davon, dass du die Kirche putzt oder dich um Waisenkinder kümmerst. Ich rede von alltäglichen Dingen. Wenn du auf deinem Rad fährst, dann tu das, damit er sich daran freuen kann. Sprich mit ihm, lobe ihn, freue dich an seiner Schöpfung. Wenn du einen Hut trägst, dann tu das, damit er sich daran freuen kann. Wenn du das Silber polierst, dann sing ihm dabei Lieder. Lass ihn die große Liebe deines Lebens sein."

Es war für ihn leicht, diese Worte zu sagen. Er hatte eine Frau. Und ein Kind. Wie konnte er verstehen, was er ihr da vorschlug?

Er trank seinen Kaffee aus. „Egal, wie du dich entscheidest, Schatz, deine Mutter und ich werden immer zu dir stehen."

Der Richter erhob sich, drückte liebevoll ihre Schulter und ging. Er ließ sie mit der Entscheidung allein, ob Jesus als ihr lebenslanger Bräutigam wirklich genug wäre.

Kapitel 29

Ewing bemühte sich, Pastor Bogarts Büro nicht zu auffällig zu betrachten. Er wollte nicht, dass der alte Mann dachte, er wäre neidisch, obwohl er das höchstwahrscheinlich war.

Sein Blick wanderte rasch über das offene Bücherregal an der einen Wand, den Kamin neben dem massiven Schreibtisch des Mannes und den kleineren Gebetstisch, auf dem die aufgeschlagene Bibel lag. Es hatte sich nicht viel verändert – abgesehen von seinem Alter –, seit er das letzte Mal in diesem Büro gewesen war. Das letzte Mal, als er hier gestanden hatte, war er ein Jugendlicher gewesen, der während des Gottesdienstes die Finger zu einem Revolver gekrümmt und sie auf einen Ältesten gerichtet hatte, der die Kollekte einsammelte – und dann hatte er gesagt: „Hände hoch!"

Ewing schüttelte diese Erinnerung von sich ab und räusperte sich.

„Komm herein, mein Junge", sagte der Pastor, als er aufblickte und seine Feder in eine Halterung steckte. Die breite Nase und die großen Ohren beherrschten ein freundliches Gesicht, das von schneeweißen Haaren umrahmt war, die so dicht waren, dass ihn viele Männer, die nur halb so alt waren wie er, darum beneideten. Seine blauen Augen, denen nichts entging, verrieten seine Freude, als er Ewing einen Stuhl anbot.

Andere Erinnerungen schossen Ewing durch den Kopf. Pastor Bogart, wie er in der Nacht, in der er eine Wassermelone aus dem Garten des Mannes gestohlen hatte, mit der Luftpistole nach ihm geschossen hatte. Wie er mit ihm Armdrücken veranstaltet hatte, nachdem sie ein Wildschwein erlegt hatten, um zu entscheiden, wer von ihnen die Blase des Tieres behalten durfte. Wie er sich im Alter von fünfzehn Jahren mit ihm angelegt hatte, als er es satthatte, noch mehr für die Kirche zu arbeiten, und geschrien hatte: „Mein Name ist *nicht* ‚Hol-Holz'!"

Ewing nahm seinen Hut ab und setzte sich auf den Holzstuhl, auf den der Pastor gedeutet hatte.

„Du siehst gut aus, Hol-Holz."

Ewing lächelte. „Danke, Sir. Sie auch."

„Ich hatte noch keine Gelegenheit, dir persönlich zu sagen, wie sehr es mich freut, dass die Ältesten dich als meinen Nachfolger ausgewählt haben."

„Danke, Sir. Ich weiß immer noch nicht genau, welches Gefühl stärker ist – die Vorfreude oder die Panik. Sie hinterlassen sehr große Schuhe, die Ihr Nachfolger erst einmal ausfüllen muss."

„Du brauchst diese alten Dinger nicht anzuziehen, denn du hast selbst ein ausgezeichnetes Paar." Er lehnte sich auf seinem Stuhl zurück. „Viele deiner Professoren an der Bibelschule in Nashville sind Kollegen von mir. Sie haben viel Lobenswertes und Bemerkenswertes über dich gesagt."

„Ich habe dort viel gelernt, Sir. Ich kann es nicht erwarten, hier zu Hause Gottes Werk zu tun."

Sie sprachen über den Auftrag der Kirche. Sie unterhielten sich über die Veränderungen an der Bibelschule seit der Zeit, als Bogart dort studiert hatte. Sie diskutierten über das Abendmahl und darüber, ob Menschen, die keine Kirchenmitglieder waren, am Abendmahl teilnehmen sollten.

Gegen Ende des Gesprächs schob Bogart einige Papiere auf seinem Schreibtisch zur Seite. „Den Ältesten und mir ist nicht entgangen, dass du in den vergangenen Wochen oft mit Miss Essie zu sehen warst."

„Ja, Sir. Ich hoffe, dass sie zustimmt, meine Frau zu werden."

Er nickte. „Sie ist eine starke Frau aus einer guten Familie und ihr beide seid seit vielen Jahren Freunde."

„Mein ganzes Leben lang. Sie kommt schon in meinen frühesten Erinnerungen vor."

„Ich nehme an, dass du mit ihrem Vater über deine Absichten gesprochen hast?"

„Natürlich."

Bogart stützte die Arme auf seinen Schreibtisch. „Wie du genau weißt, hat der Herr uns durch sein Wort offenbart, dass seine Anforderungen an die Leiter seiner Gemeinde höher und strenger sind als an die anderen Glieder seiner Kirche."

„Ja, Sir. Erster Brief des Timotheus."

„Dann erinnerst du dich, dass eine dieser Anforderungen lautet, dass ihre Frauen über jeden Tadel erhaben und ehrbar sein müssen."

Der junge Mann nickte.

„Mein Junge", sagte der Pastor und legte die Fingerspitzen aneinander. „Mir und den Ältesten ist zu Ohren gekommen, dass Miss Spreckelmeyer möglicherweise nicht so über jeden Tadel erhaben ist, wie man glauben möchte."

Ewing versteifte sich. „Ich verstehe nicht."

„Es gibt ein unbestätigtes Gerücht, dass sie angeblich eine unlautere Beziehung zu einem Angestellten ihres Vaters unterhalten haben soll."

Seine erste Reaktion war Zorn, der rasch der Wunsch folgte, diese Beschuldigung vehement abzustreiten. Seine dritte Reaktion war Panik. Er zwang sich, ruhig zu bleiben.

„Ein Gerücht?“, fragte er und legte so viel Verachtung in das Wort, wie er wagte. „Ich möchte vermuten, dass es, je nachdem, mit wem man spricht, über jeden Bewohner dieser Stadt Gerüchte gibt.“

„Damit hast du wahrscheinlich recht. Aber nicht jeder in der Stadt kommt für die Stelle als unser Pastor in Betracht.“

„Was wollen Sie damit sagen?“

„Ich will damit sagen, dass wir zuerst diesem Gerücht auf den Grund gehen müssen, bevor wir in Bezug auf deine Anstellung weitere Schritte unternehmen können.“

„Wie wollen Sie das machen?“

„Wir wollen Miss Spreckelmeyer bitten, dieses Gerücht entweder zu widerlegen oder zu bestätigen.“

Ewing sprang auf. „Das lasse ich nicht zu. Ich werde sie einem solchen Verhör nicht aussetzen, nur weil irgendein Tratschmaul Lügen über sie verbreitet.“

„Beruhige dich, Ewing. Wenn es Lügen sind, braucht sie uns das doch nur zu sagen, und wir akzeptieren ihr Wort als die volle Wahrheit.“

Ewing setzte sich wieder auf seinen Stuhl. „Aber sehen Sie denn nicht, wie demütigend das für sie sein muss?“

„Ja, ja, natürlich. Aber es ist leider unumgänglich. Es gibt keine andere Möglichkeit. Es steht zu viel auf dem Spiel.“

„Und wenn ich mich weigere, sie einem solchen Verhör auszusetzen?“

„Es wird kein Verhör. Ihr wird nur eine einfache Frage gestellt.“

„Diese Frage ist alles andere als einfach.“

Er gab Ewing mit einem Kopfnicken recht. „Sei es, wie es will, wir müssen ihr diese Frage aber stellen."

„Wir? Wer ist ‚wir'?"

„Die Ältesten und ich."

„Das kann nicht Ihr Ernst sein. Sie würde vor Scham in Grund und Boden versinken. Das werde ich nicht zulassen."

„Dann ist unser Stellenangebot an dich hinfällig."

Wenn der Pastor ihm mit der Faust in den Magen geschlagen hätte, wäre Ewing weniger schockiert gewesen. Hinfällig? Die Ältesten planten, ihr Angebot, ihn einzustellen, zurückzuziehen, wenn Essie sich von ihnen nicht befragen ließe?

„Was ist, wenn ich in ihrem Namen spreche?", fragte er.

„Tut mir leid. Wir müssen es von ihr selbst hören."

Er schluckte. „Und was wäre, wenn es wahr wäre, was auch immer dieses Gerücht besagt? Was wäre, wenn es tatsächlich passiert wäre und sie es gebeichtet und bereut und die Vergebung dafür empfangen hätte?"

Bogarts Augen wurden vor Entsetzen ganz groß. „Wenn es wahr wäre und du beabsichtigen solltest, sie zu heiraten, dann solltest du dir am besten einen anderen Beruf suchen. Wir können nicht mit gutem Gewissen erlauben, dass du Pastor dieser oder irgendeiner anderen Gemeinde bist, wenn deine Frau etwas anderes ist als das, was sie sein sollte."

„Sie kennen sie länger als ich", knurrte Ewing. „Sie kennen ihre Familie. Sie ist eine wunderbare, gute, freundliche Frau."

Bogarts Miene wurde weicher. „Dann sollte es kein Problem geben. Wir müssen zuerst mit ihr sprechen."

„Wie weit verbreitet ist das Gerücht?"

„Wir haben diesen Vorwurf nur aus einer Quelle gehört."

„Von wem?“

Er schüttelte den Kopf. „Das ist nicht von Bedeutung.“

„Und wenn Essie unschuldig ist, was dann? Wird dieses Tratschmaul dann weiterhin böswillige Gerüchte über sie verbreiten dürfen?“

„Wir werden mit ihr sprechen.“

„Mit *ihr*?“ Er kniff die Lippen zusammen. „Verstehe.“

Bogart blickte ihn besorgt an.

Ewing zügelte seinen Ärger und mäßigte seinen Ton. „Miss Spreckelmeyer hat noch gar nicht eingewilligt, meine Frau zu werden.“

„Vielleicht solltest du dann mit ihr sprechen, bevor sie das tut.“

❖

Essie rollte sich unter der Federdecke ihres Bettes zusammen und starrte in die Dunkelheit. Orange-gelbe Lichtstrahlen schossen aus dem Feuer ihres Ofens und lösten sich dann in der dünnen Luft auf. Sie fragte sich, wie spät es wohl war – sie wusste nur, dass es weit nach der Zubettgehzeit und noch lange vor Sonnenaufgang war.

Trotzdem war sie hellwach. Sie konnte vor ihren Gedanken nicht länger davonlaufen. Konnte sie wirklich so selbstsüchtig sein und Ewing heiraten, nur um endlich in den Stand der Ehe einzutreten? Sie stöhnte.

Die Umrisse ihrer Bibel waren auf ihrem Nachttisch kaum zu erkennen. Sie beugte sich hinüber, nahm das Buch und legte es neben sich auf die Decke.

Der Ledereinband war kühl unter ihren Händen.

Ich habe diese Bibel von vorne bis hinten gelesen. Ich habe Verse auswendig gelernt. Sogar ganze Kapitel. Ich opfere meine Zeit für die Witwen und Waisen und die Kirche. Ich ehre meine Eltern – meistens. Ich stehle nicht und töte niemanden und missbrauche deinen Namen nicht. Ich habe Unzucht begangen, ja, aber du hast mich von meiner Schuld freigesprochen.

Sie umklammerte das Buch und schleuderte es durchs Zimmer. Es knallte mit einem lauten Schlag gegen die Wand, bevor es auf den Boden fiel.

Wo ist also ein Mann für mich? Ein Mann, den ich nicht nur mag, sondern den ich auch liebe? Und der auch mich liebt? Und der von mir nicht verlangt, etwas zu sein, das ich nicht bin?

Ein wütendes Schluchzen drang aus ihrem Mund. Sie drückte das Gesicht in die Daunen ihres Kopfkissens. *Warum? Warum?!*

Du sollst keine anderen Götter neben mir haben.

Es ist kein Gott, beharrte sie und sprach in ihrem Herzen mit der starken, nicht hörbaren Stimme, die in ihrer Seele widerhallte. *Es ist ein Traum. Ein Wunsch. Eine Hoffnung.*

Du setzt deine Hoffnung nicht auf mich.

Doch!

Aber sie wusste, dass das nicht ganz richtig war.

Ab dem Tag, an dem sie dreißig geworden war, hatte sie beschlossen, dass sie genug davon hatte, in Bezug auf einen Ehemann „auf den Herrn zu harren". Sie hatte beschlossen, die Sache selbst in die Hand zu nehmen.

Wie sehr sie alles verschlimmert hatte! Sie hatte in ein halbes Jahr mehr Kummer gepackt, als sie in ihrem ganzen bisherigen Leben erfahren hatte.

Sie rieb die Ecke des weichen, ungebleichten Bettlakens und wurde von großer Reue erfüllt.

Sie rutschte unter ihrer Decke hervor und trat auf den Wollläufer, der ihr Bett umgab. Dann eilte sie zur Wand, hob ihre Bibel auf und drückte sie an sich. Sie legte sie wieder auf ihren Nachttisch, streichelte über den Einband und dankte Gott dafür, dass er ihr sein Wort geschenkt hatte. Dann kniete sie sich hin, legte das Gesicht auf den Boden und ließ ihren Tränen freien Lauf.

Vergib mir meinen Stolz, Herr. Ich bin bereit, mir die Dinge zu versagen, die ich mir am meisten wünsche – einen Mann, eine Ehe und Kinder.

Sie schluchzte. Die Tragweite ihres Gebets erdrückte sie in ihrer Trauer. Denn obwohl sie unbedingt Gott gefallen wollte, klammerte sie sich seit ihrer Kindheit an diesen besonderen Traum. Der Gedanke, ihr gesamtes irdisches Leben ohne einen Ehemann, ohne Kinder zu verbringen, brach ihr das Herz.

Vor allem da sie wusste, dass nichts falsch daran war, sich einen Mann und eine Ehe zu wünschen. Das Problem war entstanden, als sie zugelassen hatte, dass dieser Wunsch sie beherrschte, sie verzehrte, ihr gesamtes Handeln bestimmte.

Aber sie war entschlossen, keine anderen Götter neben ihm zu haben. Mit dem zufrieden zu sein, was Gott für sie hatte. Nein, nicht nur zufrieden. Sie wollte sich an seinen Plänen für sie freuen.

Sie atmete zitternd ein. *Ich werde das Leben führen, das du für mich bereithältst, Herr, und ich werde es voller Freude führen, damit ich eine Zeugin dafür sein kann, wie groß du bist.*

Ihre Tränen versiegten allmählich, aber ihre Wangen blieben nass und salzig. Sie fragte sich, ob sie wirklich mit Freude das Leben einer alten Jungfer führen könnte.

Bilder, auf denen sie alt und grau war, Bilder von diesem Haus, leer und still, versuchten, ihre Entschlossenheit zu erschüttern. Wie konnte sie so etwas mit Freude akzeptieren?

Hilf mir, mich zu freuen, Herr. Ich habe Angst. Angst, allein zu sein.

Ich werde dich nie verlassen.

Was war, wenn das nicht genug war? Sie kramte in ihrem Gedächtnis nach Personen in der Bibel, die allein und isoliert gewesen waren. Josef kam ihr sofort in den

Sinn. Er war von seiner Familie verlassen und in die Sklaverei verkauft worden. David war allein gewesen, als er Goliat gegenübertrat. Rahab hatte sich ganz allein in Todesgefahr begeben, als sie die Kundschafter beherbergte. Daniel war in eine Löwengrube geworfen worden.

Aber keiner von ihnen war wirklich allein gewesen. Gott war bei ihnen gewesen. Und jeder von ihnen hatte einen Sieg erlebt. Einen großen Sieg. Ihre Entschlossenheit kehrte zurück.

Ich will deinen Willen tun, Herr, und ich will ihn mit Freude tun. Gebrauche mich zu deinem Ruhm. Ich gehöre dir. Amen.

Sie schlüpfte wieder ins Bett und freute sich an Gottes Nähe. Aber dieses Mal überließ sie ihm das Sprechen. Und das, was er ihr zu sagen hatte, war etwas, mit dem sie am wenigsten gerechnet hatte.

Aber sie hörte zu und versprach, mit ihrem Vater zu sprechen, sobald sie alles vorbereitet hätte.

Aber du wirst sein Herz darauf vorbereiten müssen, Herr. Und wenn diese Sache nicht dein Wille ist, dann verschließe bitte die Türen. Amen.

Kapitel 30

Ewing ließ Rosebud ihren Willen, während er zu Essie ritt. Drei Tage waren vergangen, seit er ihr einen Heiratsantrag gemacht hatte. Zwei Tage seit Pastor Bogarts Ultimatum.

Er hatte gebetet. Er hatte gefastet. Er hatte mit Gott gehadert. Aber er war einer Lösung nicht näher gekommen. Er musste sich zwischen seiner Berufung und Essie entscheiden.

Er vermutete, dass er sie heiraten und dann in irgendeine andere Stadt ziehen könnte. Aber es müsste außerhalb dieses Bezirks sein, vielleicht sogar außerhalb von Texas. Essie hatte ihr gesamtes Leben hier verbracht. Er konnte sich nicht vorstellen, dass sie bereit wäre, von hier fortzuziehen. Und ehrlich gesagt, wollte er selbst auch nirgendwo anders leben.

Er strich sich über das Gesicht. Wenn er wirklich ehrlich zu sich selbst war, müsste er zugeben, dass Essie nicht ganz das war, was er in Erinnerung gehabt hatte. Er war als Kind von zu Hause fortgegangen und hatte ein Bild von Essie mitgenommen, das, wie er bei seiner Rückkehr hatte feststellen müssen, nicht ganz der Realität entsprach. Ihm war jetzt bewusst, dass er all die Dinge, die er an ihr geliebt hatte, durch die Augen eines Kindes gesehen hatte. Sie hatte mit ihm geangelt. Sie war mit ihm geschwommen. Sie war mit ihm auf Bäume geklettert. Sie war mit ihm auf die Jagd gegangen. Sie hatte mit ihm Ball gespielt.

Er hatte sie verehrt, sie sogar fast angebetet. Und er hatte in einem sehr jungen Alter entschieden, dass er den Rest seines Lebens mit ihr verbringen wollte.

Als er jetzt zurückblickte, musste er feststellen, wie unorthodox ihr Verhalten eigentlich gewesen war. Sogar schockierend. Sie dachte sich nichts dabei, wenn sie ihre Röcke hochschob oder sich ihr Kleid schmutzig machte oder sich kopfüber in ein Abenteuer stürzte.

Sie dachte nur an all die aufregenden Dinge, die sie tun konnte. Welcher Junge würde sich nicht in sie verlieben?

Aber er war jetzt ein Mann. Ein Mann, der unbedingt den Missionsbefehl, den Jesus ihm gegeben hatte, befolgen wollte. Und wenn er irgendwann vor dem allmächtigen Gott stand, was würde er dann sagen?

Dass er seine Berufung aufgegeben hatte, damit er eine Frau heiraten konnte, deren tägliches Verhalten an das Skandalöse grenzte? Deren Geheimnisse so schockierend waren, dass die Kirche ihr Angebot, ihn einzustellen, zurücknehmen würde, wenn die Wahrheit ans Licht käme?

Und womit sollte er seinen Lebensunterhalt verdienen? Er hatte sich all die Jahre, seit er erwachsen war, darauf vorbereitet, Pastor zu werden. Wie sollte er Essie ernähren, wenn er nicht predigen konnte? Vor allem da das alles war, was er wirklich wollte. Er hatte den brennenden Wunsch, Gott zu dienen. Der Gedanke, nicht zu predigen, war für ihn einfach unerträglich.

Ewing zog an den Zügeln und brachte Rosebud vor dem Haus der Spreckelmeyers zum Stehen. Er betrachtete das zweistöckige Haus. Es war im georgianischen Stil erbaut, wurde von zwei riesigen Pekannussbäumen überschattet und stand auf einem großzügigen Grundstück, das von einem weißen Palisadenzaun umgeben war. Er war unzählige Male in diesem Haus ein- und ausgegangen. Die Spreckelmeyers hatten in vielerlei Hinsicht als Ersatzeltern für ihn fungiert.

Er seufzte. Ein Heiratsantrag war fast genauso bindend wie das eigentliche Eheversprechen. Was würden die Spreckelmeyers von ihm denken, wenn er seinen Antrag zurückzog? Was wäre, wenn sich das herumspräche? Würden die Ältesten entscheiden, dass ein Mann, der sein Wort brach, nicht würdig war, Pastor einer Gemeinde zu sein?

Falls sie das taten, müsste er ihnen die Wahrheit über Essie verraten. Aber das wollte er nicht. Das Risiko, dass diese Männer es ihren Frauen erzählten und dass diese es wiederum anderen weitererzählten, war zu groß.

Herr, hilf mir, betete er, denn als er sich von seinem Pferd schwang und es an das Geländer band, wusste er, dass ihm nichts anderes übrig blieb, als seinen Heiratsantrag zurückzuziehen. Damit würde er höchstwahrscheinlich lebenslange Freundschaften zerstören, die ihm sehr wertvoll waren.

„Es ist Ewing", sagte Essies Mutter, als sie in die Küche zurückkehrte, nachdem sie ihm die Tür geöffnet hatte. „Er ist im Wohnzimmer und wartet auf dich."

Essie zog langsam die Schürze aus, die sie umgebunden hatte. Es war gut und richtig, dass sie ihre Bedürfnisse und Wünsche Gott anvertraut hatte. Aber es war etwas völlig anderes, Ewing die Erfüllung seiner Wünsche zu verweigern.

Sie steckte eine lose Haarsträhne fest. Wie in aller Welt sollte sie ihm sagen, dass sie ihn nicht heiraten konnte? Besonders, nachdem er ihr mit so viel Barmherzigkeit begegnet war?

Er wäre sehr verletzt. Sie wusste nur zu gut, welch schmerzliches Gefühl es war, abgelehnt und verletzt zu werden.

Aber sie wusste auch, wenn sie versuchte, ihn nicht zu verletzen, würde sie ihn am Ende noch mehr verletzen als jetzt durch eine Absage. Sie müsste ihm also die Wahrheit sagen.

Trotzdem konnte sie ihm nicht ins Gesicht sagen, dass er für sie nur Mittel zum Zweck gewesen war. Obwohl es so gewesen war.

Sie konnte nicht sagen, dass Gott sie berufen hatte, als Opfer für ihn auf die Ehe zu verzichten. Obwohl es so war.

Sie konnte nicht sagen, dass sie nicht in ihn verliebt war. Obwohl sie es nicht war.

Was sollte sie also sagen? Dass er von ihr verlangte, so zu tun, als wäre sie jemand, der sie nicht war?

Sie schüttelte den Kopf. Nein. Es gab nichts. Es gab keine einfache, freundliche Antwort, die sie ihm geben konnte, ohne ihn zu verletzen.

Schenk mir die richtigen Worte, Herr.

Er hörte auf, auf und ab zu gehen, als sie eintrat. Er war heute zwangloser gekleidet und trug eine Wollhose und einen blauen, selbstgestrickten Pullover, der ihm sehr gut stand.

„Hallo“, sagte sie.

„Hallo.“ Er zerdrückte den Hut in seinen Händen. „Du siehst hübsch aus.“

Sie lächelte. Sie hatte in der Küche die Lampen aufgefüllt und trug einen einfachen, schwarzen Rock und eine weiße Bluse. Aber sie sah ihm an, dass er seine Worte ernst meinte, und das freute sie.

„Danke.“

„Wir müssen miteinander sprechen“, begann er.

„Ja. Ja, das müssen wir. Willst du dich nicht setzen?“

Er setzte sich zu ihr aufs Sofa und sah augenscheinlich die Traurigkeit in ihren Augen.

„Was hast du?", fragte er. „Was ist passiert?"

„Ewing, es tut mir sehr leid, aber ich fürchte, ich kann dich nicht heiraten."

Sein Gesicht verriet, wie schockiert er war. „Nein?"

„Es hat nichts mit irgendetwas zu tun, das du getan hast", versicherte sie ihm rasch. „Überhaupt nichts. Du bist … wunderbar zu mir gewesen." Sie schluckte. „Ich habe einfach nicht die Gefühle für dich, die eine Braut für ihren Bräutigam haben sollte."

„Nein?"

Sie schob ihre Hand zwischen seine gefalteten Hände. „Du bist wirklich einer meiner liebsten und kostbarsten Freunde, und ich schätze dich sehr, aber …"

„Aber …?"

„Aber", fuhr sie fort und holte tief Luft, „ich glaube, ich wäre keine gute Pastorenfrau. Ich bin zu, zu …"

„Impulsiv?"

„Ja. Und naturverbunden. Und unabhängig. Ich fürchte, meine Spontaneität würde der Gerüchteküche so viel Gesprächsstoff liefern, dass es der Kirchengemeinde schaden könnte. Und dir. Und deiner Arbeit. Das will ich wirklich nicht verantworten."

Sie saßen schweigend nebeneinander. Das Feuer im Kamin knisterte. Die Geräusche ihrer Mutter, die in der Küche arbeitete, drangen hin und wieder an ihre Ohren.

Er öffnete die Hände und schob seine Finger zwischen ihre. „Liebst du mich, Essie?"

„Ja, natürlich. Aber ich glaube, ich bin nicht in dich verliebt. Und das ist … na ja, das ist ein Unterschied."

„Ja", flüsterte er. „Das ist eindeutig ein Unterschied."

Sie drückte seine Finger.

Er hob ihre ineinandergefalteten Hände und legte seine

Lippen auf ihre Fingerknöchel. „Du bist eine erstaunliche Frau."

„Oh, Ewing."

„Darf ich dir ein Geständnis machen?", fragte er.

Sie blinzelte und nickte.

„Ich glaube, du hast recht."

Sie atmete hörbar ein. „Wirklich?"

„Ja." Er rieb mit ihren Händen über seine Wange. Sein kurz geschnittener Schnurrbart berührte wie feines Sandpapier ihre Finger. „Ja, wirklich. Und ich will nicht, dass du deine Lebendigkeit aufgibst. Das wäre nicht richtig."

„Du bist mir also nicht böse?"

„Ganz und gar nicht." Er küsste ihre Fingerknöchel ein letztes Mal, bevor er schluckte und ihre Hand losließ.

Sie begleitete ihn zur Tür. „Können wir trotzdem Freunde bleiben?"

„Natürlich", antwortete er, während er seine Handschuhe anzog. „Das wäre mir eine Ehre."

Aber während sie ihm nachblickte, wie er den Gartenweg hinunterging und sich auf Rosebud schwang, wusste sie, dass die Beziehung, die sie seit ihrer Kindheit zueinander gehabt hatten, nie wieder so sein würde wie früher.

Mit ihrem Heft in der Hand klopfte Essie leise an die Tür zum Büro ihres Vaters.

„Herein."

Sie trat leise ein und schloss die Tür hinter sich, ging aber nicht weiter.

Das schwache Zwielicht fiel durch das große Fenster und warf lange Schatten ins Zimmer. Mehrere Teppichläufer bedeckten den polierten Holzboden und ein Fell bot Papas Füßen Wärme. Bücher mit Goldschnitt und Lederrücken reihten sich in Papas Regal, das ohne Glasscheibe oder einen anderen Schutz war, damit er seine Bücher, ohne aufstehen und ein Schloss aufsperren zu müssen, jederzeit zur Hand nehmen konnte. Die obersten Regalfächer waren so eingeräumt, dass er mit ausgestrecktem Arm seine Bücher leicht herausholen konnte.

Das Feuer war erst vor Kurzem neu entfacht worden. Es vertrieb die Kälte am Ende des Tages und durchzog die Luft mit Rauch.

Um Papas Augen lagen tiefe Ringe. Er steckte seine Feder in die Halterung und deutete auf einen Stuhl.

„Störe ich dich?“, fragte sie. „Ich kann später wiederkommen.“

„Nein, es ist sowieso fast Zeit zum Abendessen. Was hast du auf dem Herzen?“

Sie strich ihre Röcke unter sich glatt, setzte sich und sprach das Thema an, das sie bis jetzt vermieden hatte. „Ich, ähm, ich würde dir gerne einen geschäftlichen Vorschlag unterbreiten.“

„Du darfst nicht auf das Ölfeld zurück, Essie. Du kannst, wenn du möchtest, den gesamten Schreibkram hier in meinem Büro erledigen, aber nicht auf dem Feld. Was das angeht, werde ich meine Meinung nicht ändern.“

„Oh.“ Sie schaute zum Fenster. „Das wollte ich eigentlich gar nicht fragen, aber ich wüsste trotzdem gern, wie es gelaufen ist. Du sprichst am Esstisch nie darüber.“

„Es war ein trockenes Loch.“

„Nein! Soll das heißen, dass in diesem Brunnen überhaupt kein Öl war?“

„Kein einziger Tropfen.“

„Oh, Papa! Diese ganze Arbeit. Wie enttäuschend. Das tut mir furchtbar leid.“

Er zuckte die Achseln. „So läuft es bei jedem Unternehmen, bei dem man nach Bodenschätzen sucht. Ich habe die Männer heute vom Bohrturm zurückgerufen und schicke sie zu einer anderen Stelle, die Davidson vorgeschlagen hat."

„Bist du sicher, dass du nach dieser Erfahrung seinem Rat noch trauen kannst?"

„Wir geben ihm noch eine Chance, bevor ich einen anderen Scout hole. Welchen Vorschlag wolltest du mir denn unterbreiten?"

Sie hatte sich sorgfältig überlegt, was sie für dieses Gespräch anziehen sollte, und trug ihr grüngraues Kostüm. Ihr Hut war bescheiden und nur mit einer halben Straußenfeder geschmückt, um ihn etwas höher wirken zu lassen.

Sie richtete sich gerade auf und schaute ihm direkt in die Augen. „Ich würde meine Aussteuer gern dafür verwenden, das leere Saathaus zu kaufen."

Er schaute sie einen Moment perplex an. „Deine Aussteuer?"

„Ja. Ich habe damit abgeschlossen, auf einen Mann zu warten. Es ist Zeit, dass ich mein Leben als alleinstehende Frau plane."

„Aber, Essie ..."

„Nein, Papa. Ich hänge meinen Schleier offiziell an den Nagel. Aber wenn es dir recht ist, würde ich meine Aussteuer trotzdem gern investieren. Nur nicht in einen Ehemann."

„Was ist, wenn doch einer kommt?"

„Dann bekommt er ein sehr schönes Saathaus."

„Ein Saathaus." Es war keine Frage, sondern eine Feststellung. Eine Bestätigung, dass er sie richtig verstanden hatte.

„Ja."

Er rieb sich die Schläfen. „Du willst ins Baumwollgeschäft einsteigen?"

„Nein. Ich würde gern einen Fahrradklub gründen."

„Einen Fahrradklub?" Seine Verwirrung wuchs.

„Genau. Ich würde das Saathaus gern renovieren und es an einem Abend in der Woche für Mitglieder öffnen, die darin fahren können, während eine Musikkapelle spielt. Tagsüber gebe ich in der Halle Unterricht."

„Aber du bist die Einzige in der Stadt, die ein Fahrrad besitzt."

„Ich weiß. Ich werde an Klubmitglieder, die kein eigenes Rad haben, Fahrräder verleihen oder verkaufen müssen."

„Du willst also nicht nur das Saathaus kaufen, sondern auch mehrere Fahrräder?"

„Für den Anfang."

„Warum? Warum jetzt?"

„Weil ich sowohl eine gute Lehrerin als auch eine gute Radfahrerin bin, und ich kann die Gaben, die Gott mir gegeben hat, nutzen, um anderen ein Segen zu sein."

Er lehnte sich auf seinem Stuhl zurück.

Wenn diese Idee dein Ernst war, Herr, dann musst du mir helfen, dass sie auch umgesetzt werden kann.

„Ich glaube", sagte Papa, „dass ich solche Entscheidungen in die Hände deiner Mutter gelegt habe."

„Sie ist voll und ganz dafür."

Er blinzelte überrascht. „Du hast mit deiner Mutter darüber gesprochen?"

„Ausführlich."

Er legte die Arme auf seinen Schreibtisch. „Was hat sie gesagt?"

„Dass sie sich zum Unterricht anmelden will."

„Doreen will Fahrrad fahren?" Er hielt inne und runzelte die Stirn. „Das lasse ich nicht zu. Sie wird sich den Hals brechen."

„Nein, das wird sie nicht. Ich bin eine gute Lehrerin."

„Was soll sie denn anziehen? Ich erlaube nicht, dass sie in einem so kurzen Rock durch die Stadt fährt."

Essie lächelte. „Mir hast du es erlaubt."

„Das ist etwas anderes. Etwas völlig anderes. Ich kann mir nicht vorstellen, was Doreen sich dabei gedacht hat."

Essie verschränkte die Arme vor ihrer Brust und neigte den Kopf schief. „Sie hat gedacht, dass es so aussieht, als könnte es Spaß machen. Und sie hat recht. Ich kann nicht glauben, dass du so spießig bist."

„Ich bin nicht spießig."

Sie zog eine Braue in die Höhe.

„Was soll sie anziehen?", wiederholte er.

„Ein Kleid mit mehreren Bändern, die ihren Rock in eine Hose verwandeln, während sie fährt, und die danach wieder gelöst werden können, damit es wieder ein Rock ist."

Er runzelte die Stirn. „Woher sollte sie so etwas bekommen?"

„Sie muss sich einen solchen Rock kaufen oder nähen. Aber das ist kein Problem. Denn ich werde auch Schnittmuster und Fahrradbekleidung in meinem Klub verkaufen."

„Ein Saathaus. Fahrräder. Schnittmuster. Fahrradkleidung. Gibt es noch etwas, das du verkaufen willst, wenn du schon dabei bist?"

„Ehrlich gesagt, gibt es da schon noch einiges."

Er schüttelte den Kopf. „Du redest hier von sehr viel Geld. Deine Aussteuer ist hoch, aber nicht so hoch. Ich denke nicht, dass ich eine solche Summe investieren werde. Nicht in ein Unternehmen, das von vorneherein zum Scheitern verurteilt ist."

Sie hob ihr Heft vom Fußboden auf. „Hier habe ich eine Liste mit mehreren Hundert *gewinnbringenden* Fahrradklubs aus dem ganzen Land. Ich habe einen Abschnitt markiert, der aufzählt, was mein Klub anbietet, wie er funktioniert und was es kosten wird, das Saathaus umzubauen. Ich habe genau ausgerechnet, was ich für die Mitgliedschaft, für den Fahrradverleih und für die Fahrstunden verlangen werde. Ich habe einen Artikel aus einer alten Ausgabe der ‚New York Times' beigelegt, in dem es heißt: ‚Das Fahrrad ist für die Menschheit wichtiger als alle Siege und Niederlagen Napoleons und im Ersten und Zweiten Punischen Krieg zusammengenommen.'" Sie schob ihm das gebundene Heft hin. „Ich habe außerdem meine Unkosten aufgelistet und wie ich sie dir mit Zinsen zurückzahlen will."

Er schaute das Heft nicht einmal an. „Machst du dir Sorgen darüber, wovon du leben sollst, wenn ich einmal nicht mehr bin? Das brauchst du nicht. Ich habe dich als Erbin all meiner Geschäfte eingesetzt, einschließlich ‚Sullivan Oil'. Du wirst gut versorgt sein."

„Danke, Papa. Dafür bin ich dir wirklich sehr dankbar. Aber trotzdem möchte ich gern etwas haben, das mir gehört." Sie beugte sich vor, um ihre Aussage zu unterstreichen. „Dem Fahrrad gehört die Zukunft. Siehst du das denn nicht? Es ist besser als ein Pferd, weil es fast nichts kostet und nie müde wird. Es bringt seinen Fahrer dreimal so weit wie ein Pferd in derselben Anzahl von Tagen oder Wochen. Die ‚Times' schreibt, dass der Wert von Pferden in den nächsten zwanzig Jahren stark sinken wird."

„Tut mir leid, Essie, aber das ist ziemlich schwer vorstellbar. Fahrräder mögen für einige ein geeignetes Transportmittel sein, aber nicht für die breite Masse. Denk nur an Mr Fouty oder Mrs Vandervoort. Glaubst du wirklich, sie würden ihre Pferde gegen ein Fahrrad eintauschen?"

„Ja, das glaube ich. Wusstest du, dass es in Brooklyn einen Fahrradklub für dicke Männer gibt, in dem die Mitglieder mindestens 250 Pfund wiegen müssen, um in den Klub eintreten zu können?"

Er schaute sie skeptisch an. „Aber so viele Ärzte und Kirchen sind dagegen. Du wirst nicht genügend Menschen mobilisieren können, damit sich dein Unternehmen trägt."

„Die Leute in der Stadt sind einfach nicht ausreichend informiert. Ich kann ihnen jede Menge Artikel von Ärzten und Pfarrern vorlegen, die nicht nur befürworten, dass Männer und Frauen Rad fahren, sondern die selbst ihre Runden auf dem Rad drehen."

Er schnaubte. „Willst du mir jetzt auch noch erzählen, dass du damit einen Wagen ziehen kannst?"

„Natürlich nicht, aber in den Zeitungen steht, dass man mit dem Rad achtzig Kilometer am Tag genauso bequem wie dreißig Kilometer zu Fuß zurücklegen kann und dabei die Kleidung, die man braucht, und auch eine Kamera und andere Sachen befördern kann. Und die körperliche Bewegung ist belebender, als wenn man zu Fuß geht."

Er schlug ihr Heft auf und überflog die ersten Seiten. „Was heißt hier ‚gesellschaftliche Aktivitäten'? Ich dachte, es gehe hauptsächlich um das Radfahren."

„Das tut es auch, aber andere Klubs im Land bieten Bankette, Fahrradgesprächsgruppen und Radrennen an. Um meine Einnahmen zu erhöhen, dachte ich, sollte ich das auch tun."

Er las weiter. Nach einer Weile verließ sie leise das Büro. Sie hatte gesehen, wie in Papas Augen ein leichtes Funkeln aufglomm, als er die Seiten ihres Heftes umblätterte.

Kapitel 31

Fünf Monate später

Essie drehte mit Peg eine weitere Runde im Corsicana-Fahrradklub. Nachdem er den Rahmen ihres Rades angepasst hatte, hatte der Schmied endlich das Klicken beseitigen können, das seit Pegs Sturz bei jeder Drehung zu hören gewesen war. Jetzt summten die Räder ihrer Maschine bei jeder Drehung der Pedale.

Licht fiel durch die schmalen Fenster in das fünfzig Meter lange Gebäude. Der Holzboden bot eine Alternative zu den staubigen Straßen, obwohl der Geruch nach Baumwollsamen immer noch in der Luft lag.

Heute sollte ihre große Eröffnung stattfinden. Sie hatte bis jetzt achtundsiebzig zahlende Mitglieder und heute Morgen sollte der Einzelunterricht beginnen. Damit blieben ihr zwei Monate Zeit, um ihren Mitgliedern vor dem Nationalfeiertag die Grundlagen beizubringen, damit sie am vierten Juli ihre „Gruppenfahrt" mit Musikkapelle und allem Drum und Dran vorführen könnten.

Shirley Bunting und Sadie Tyner traten durch den Hintereingang ein. Ihr Kichern und ihr aufgeregtes Flüstern hallten in dem großen Raum wider. Essie lenkte ihr Rad auf die beiden Frauen zu.

Sie staunte immer noch über die clevere Idee ihres Vaters, Mr Bunting als Investor zu gewinnen. Er und Shirley waren offenbar in Dallas gewesen und hatten mit eigenen Augen die Fahrradbegeisterung gesehen, die die Großstadt erfasst hatte, und sie waren bereit, sich zu beteiligen.

Da einer der maßgeblichen Bankiers der Stadt ihr Unternehmen nicht nur befürwortete, sondern es sogar finanziell unterstützte, reagierte die restliche Bevölkerung in ähnlicher Weise, und viele von ihnen hatten sich als Mitglieder eingeschrieben.

Shirley hob den Arm und winkte. „Hallooooooo."

... Halloooo ... Halloooo ..., hallte es in dem leeren Raum wider.

Die hübsche, junge, blonde Frau hatte sich als angenehme Überraschung erwiesen. In vielerlei Hinsicht war sie genauso einsam, wie Essie es gewesen war. Aber ihre Einsamkeit entstand dadurch, dass sie zu viele Verehrer hatte, die sich zwar oberflächlich von ihrer Schönheit angezogen fühlten, die aber nicht an ihr als Mensch interessiert waren.

Ihre engste Freundin, Sadie Tyner, war ein sehr schlaues Mädchen, aber sie war von einer Mutter unterdrückt worden, die dem armen Mädchen eingeredet hatte, es sei nicht attraktiv und zu klug und würde deshalb nie einen Mann abbekommen, wenn sie nichts dagegen unternähme.

Essie hatte die beiden Mädchen eingestellt, um Mr Bunting einen persönlichen Gefallen zu erweisen. Sie waren wirklich ein Geschenk des Himmels. Beide hatten eine rasche Auffassungsgabe und waren begeistert, etwas zu lernen. Die Mädchen blühten unter Essies Fittichen richtig auf. Denn sie hatte ihnen nicht nur die Freude und Aufregung vermittelt, die man erlebte, wenn man ein Fahrrad beherrschte, sondern auch das Gefühl von Freiheit und Erfolg, das eine Frau dadurch erfuhr.

Natürlich war es bis jetzt die schwerste Herausforderung gewesen, Shirley davon zu überzeugen, einfache, leichte Kleidung zu tragen. Sie hatte ein elegantes Fahrradkostüm mit Hut tragen wollen, aber Essie hatte ihr dies untersagt. Die Männer und Frauen in der Stadt würden sich an diese Mode erst noch gewöhnen müssen, und sie wollte sie nicht vor den Kopf stoßen.

Sie fuhr neben die Mädchen. „Seid ihr bereit für einen langen Arbeitstag?"

„Wir können es kaum erwarten", sagte Shirley. Sadie nickte zustimmend.

Sie hoffte, sie würden das am Ende des Tages immer noch so sehen. Sobald sich herumgesprochen hatte, dass die charmante Miss Bunting beim Unterricht mithelfen würde, hatte sich die Jugend von Corsicana – männlich und weiblich gleichermaßen – in Scharen angemeldet.

Essie kam elegant zum Stehen und sprang von Peg.

„Ich habe mein Fahrradkorsett an", flüsterte Sadie und strich ihre Bluse vorne glatt. „Genau, wie du mir gesagt hast. Sieht man davon etwas?"

„Überhaupt nicht. Wie ist es mit dir, Shirley?", fragte Essie.

„Ich komme mir richtig skandalös vor. Ich kann mir nicht vorstellen, wie du unsere Mütter überreden willst, auch so etwas anzuziehen."

„Das müssen wir gar nicht. Wenn sie es nicht machen, bekommen sie nämlich keine Luft."

Die Tür auf der Vorderseite des Gebäudes ging auf und eine ältere Frau mit einem Gehstock trat ein.

„Hallo, Mrs Lockhart", rief Essie. „Sie kommen genau pünktlich. Willkommen im Corsicana-Fahrradklub."

„Ich muss den Verstand verloren haben", brummte die alte Frau. „Ich werde mir den Hals brechen."

„Unsinn." Essie umarmte die Frau. Ein leichter Fliedergeruch stieg ihr in die Nase. „Es ist unentschuldbar, dass Sie von Ihrem Fahrrad fallen. Sie müssen nur beschließen, dass Sie nicht stürzen. Dann werden Sie auch nicht stürzen."

„Das wäre auch besser so."

„Sollen wir gleich anfangen?", fragte sie und nahm der Frau ihr Tuch ab.

„Wenn es sein muss."

„Sehr gut. Schauen Sie zuerst zu, wie Miss Bunting es Ihnen vorführt."

Shirley setzte sich mit Grazie und Leichtigkeit auf ein Damenrad und radelte auf die hintere Wand des Gebäudes zu.

„Bis zum vierten Juli können Sie sitzen, in die Pedale treten, das Gleichgewicht halten, lenken, wenden und absteigen", verkündete Essie. „Sehen Sie dieses schwarze Teil, das vorne an der Maschine angebracht ist und ein wenig wie Fledermausflügel aussieht?"

„Ja."

„Das ist ein Sichtschutz, der den Blick auf Miss Buntings Knöchel und Füße versperren und verhindern soll, dass ihr Rock hochfliegt."

Shirley wendete und kam zu ihnen zurück. Sie bot einen hübschen und anmutigen Anblick. Es gab in der Stadt keine Frau unter neunzig, die nicht so aussehen wollte wie sie.

„Sehen Sie, dass sie nicht nach unten schaut?", sprach Essie weiter. „Sie schaut nach oben und nach links und rechts. Ihre Stirn und ihre Füße sind in einer Linie."

Shirley winkte.

Mrs Lockhart keuchte. „Meine Güte! Halten Sie sich fest, Kind."

... *Kind* ... *Kind* ... Ihr Ausruf wurde im gesamten Gebäude von den Wänden zurückgeworfen.

Shirley schwang die Beine zur Seite, sprang auf den Boden und kam laufend zum Stehen, ohne den Lenker loszulassen.

Mrs Lockhart drehte sich um. „Das reicht. In meinem ganzen Leben werde ich das nie können. Ich gehe wieder."

Essie nahm ihren Ellbogen und holte sie zurück. „‚Wenn ihr nicht werdet wie die Kinder'", zitierte sie.

„Dafür bin ich zu alt."

„Wir sind die ganze Zeit bei Ihnen."

Shirley wendete das Rad und wartete.

Sadie nahm Mrs Lockharts Stock. Essie erwartete, dass die Frau sich jetzt stärker auf sie stützen würde, aber das war nicht der Fall. Die Frau brauchte den Stock überhaupt nicht. Sie hatte ihn offenbar nur zur Schau immer dabei. Oder um unanständige Jungen zu verprügeln.

Essie verkniff sich ein Lächeln. „Sie erinnern sich an Miss Tyner?"

„Natürlich. Mein Körper ist alt, nicht mein Verstand."

Sadie stellte eine Aufstiegshilfe neben das Rad.

„Für den Anfang benutzen Sie einen Hocker beim Aufsteigen. Sind Sie so weit?"

Die Frau verstärkte ihren Griff um Essie. „Ich glaube nicht, dass ich das kann."

„Es passiert nichts", sagte Essie. „Wir sind alle drei direkt neben Ihnen. Sie brauchen heute nicht zu fahren. Nur auf- und abzusteigen. Das ist alles."

Sie stellte ihren rechten Fuß auf den Hocker.

„Den anderen Fuß. Sie müssen über den Sitz steigen."

Mrs Lockhart drückte sich eine Hand an die Kehle und starrte das Fahrrad an, als wäre es der leibhaftige Teufel. „So etwas habe ich in meinem ganzen Leben noch nicht gemacht. Was werden nur die Leute denken?"

„Prinzessin Louise und Prinzessin Beatrice fahren in Balmoral Fahrrad. Sie sind also in guter Gesellschaft."

Die alte Frau zog die Brauen leicht in die Höhe, bevor sie das Kinn hob und ihren linken Fuß auf den Stuhl stellte. Shirley stand auf einer Seite, Essie auf der anderen, und Sadie hielt den Sitz fest. Sie halfen ihr auf den Sattel.

„Guter Himmel. Lassen Sie nicht los! Lassen Sie nicht los!"

Dabei hielt sie Essies Arm so fest umklammert, dass diese das Gefühl hatte, sie drückte ihre Blutzufuhr ab.

„Keine Sorge, wir gehen nicht weg, Mrs Lockhart", tröstete Essie sie. „Aber Sie müssen uns loslassen und die Hände auf den Lenker legen. Wenn Sie den Lenker loslassen, ist das, als würden Sie bei einem lebhaften Pferd die Zügel loslassen. Sie dürfen also nie den Lenker loslassen, denn sonst hat Ihr Pferd keine Führung mehr, es scheut und wirft Sie ab."

Mrs Lockhart umklammerte nun den Lenker.

„Ausgezeichnet. Jetzt stellen Sie die Füße auf die Steigbügel, aber üben Sie keinen Druck darauf aus."

Die ältere Dame stellte ihre schwarzen Stiefel auf die Pedale.

„Das ist ja richtig verrucht", flüsterte sie.

Sadie kicherte.

„Das ist es keineswegs", widersprach Essie. „Durch die Haltung werden die Muskeln gleichmäßig belastet, sodass Sie, wenn Sie anfangen, sich zu bewegen, keinen Muskel überstrapazieren. Wollen Sie sich jetzt ein wenig nach vorne bewegen oder lieber noch eine Weile sitzen bleiben?"

„Ich will lieber noch ein wenig sitzen. Danke."

„Natürlich."

Sie wartete, bis Mrs Lockhart sich daran gewöhnt hatte, rittlings auf dem „Tier" zu sitzen. Die Dame war ganz in Schwarz gehüllt – schwarze Bluse, schwarzer Rock, schwarze Handschuhe, schwarzer Hut, schwarze Stiefel.

Aber Essie wusste, dass hinter all dieser düsteren Kleidung ein Herz schlug, das Abenteuer und Risiko liebte.

Die Augen der Frau funkelten erwartungsvoll.

„Besser?“, fragte Essie.

Mrs Lockhart nickte leicht.

„Also dann. Wollen wir es versuchen?“

Sie umklammerte den Lenker und nickte wieder.

„Ausgezeichnet. Es gibt zwei Dinge, die Ihr Denken die ganze Zeit bestimmen müssen: das Ziel, das Sie erreichen wollen, und die Schwungkraft, um es zu erreichen.“

„Was ist noch einmal mein Ziel?“, fragte Mrs Lockhart mit zitternder Stimme.

„Heute ist es Ihr Ziel, mit unserer Hilfe zwei Meter weit zu fahren. Die Schwungkraft, die dazu nötig ist, ist eine Umdrehung der Pedale. Sind Sie bereit?“

Ein dünner Schweißfilm lag auf dem weißen Haaransatz der älteren Frau. „Ich bin bereit.“

Essie winkte den Mädchen und sie gingen ein kleines Stück. Mrs Lockhart übte Druck auf die Pedale aus und drehte sie einmal. Die Umdrehung beförderte sie ein Stück weit nach vorne.

„Oh gütiger Himmel“, stöhnte die Frau. Überraschung und Entzücken traten auf ihr faltiges Gesicht. „Oh, du meine Güte. Lassen Sie mich ja nicht los.“

„Sie haben es geschafft“, rief Essie aus. „Das ist alles. Mehr steckt nicht dahinter. Gratuliere. Sie haben Ihre erste Fahrt auf einem Fahrrad gemeistert.“

Sadie nahm den Hocker und die drei halfen Mrs Lockhart beim Absteigen.

Diese zog ein Taschentuch aus ihrem Ärmel und tupfte sich über den Haaransatz, die Wangen und die Lippen. „So etwas Aufregendes habe ich seit Jahren nicht mehr gemacht. Wann kann ich es wieder probieren?“

„Miss Tyner verwaltet unseren Unterrichtsplan. Wenn

Sie mit ihr nach vorne gehen, kann sie Ihnen sagen, wann Ihr nächster Termin ist."

Sie waren mehrere Meter weit gegangen, als Essie sie zurückrief. „Oh, du meine Güte. Jetzt haben Sie ja Ihren Stock vergessen."

Mrs Lockhart wandte sich um und schritt in perfekter Haltung zu Essie zurück. „Danke, meine Liebe." Sie drückte Essie die Hand. „Für alles."

❖

4. Juli 1895

Onkel Melvin stieß einen durchdringenden Pfiff aus, der von den Wänden des Corsicana-Fahrradklubs widerhallte und das aufgeregte Gemurmel der Menschen verstummen ließ. Aller Augen richteten sich auf die Ursache für diesen Lärm – eine Plattform in der Ecke des Gebäudes. Die Mitglieder des Theaterorchesters saßen auf ihren Stühlen.

Onkel Melvin reichte Essie die Hand und half ihr auf die Plattform. Sie trug ein neues, rosa und weiß gepunktetes Taftkleid mit weiten Keulenärmeln und ellbogenlangen Handschuhen, über denen Armkettchen baumelten.

Ihr weitkrempiger Strohhut war einer der auffälligsten Hüte, die sie je besessen hatte. Er war mit kariertem Chiffon, Schleifen, einer Stahlschnalle und einem Strauß Blumen geschmückt, der hinten leicht nach oben gestellt war.

„Meine Damen und Herren!", rief sie. „Willkommen zur ersten Gruppenfahrt des Corsicana-Fahrradklubs."

Das Publikum klatschte, jubelte, pfiff und stampfte mit den Füßen auf. Essie lächelte und wartete, bis wieder Ruhe einkehrte. Ihre Schüler hatten sich lange und angestrengt auf diesen Auftritt vorbereitet. Sie fühlte sich wie eine Mutter, die zuschaut, wie ihre Kinder bei der jährlichen Schulaufführung Theater spielen.

Die Farben der Frauenkleider stachen von den braunen und schwarzen Anzügen der Männer ab. Obwohl einige der jüngeren, modebewussten Männer rot und weiß gestreifte Jacken mit weißen Hosen trugen.

Ihre Schüler standen mit den Fahrrädern in der Hand auf der Bahn verteilt, während die Zuschauer die Außenwände ihres Gebäudes säumten.

„Meine Damen", sagte sie, „bereiten Sie Ihre Röcke vor."

Ein Raunen ging durch den Raum, während die Männer gleichzeitig ihre eigenen Fahrräder und die der Frauen festhielten. Man vernahm das Rascheln von Stoff und ihre Schülerinnen zogen die Bänder in ihren Rocksäumen hoch und verwandelten damit ihre Röcke in Hosen. Als alle fertig waren, wandte sie dem Publikum kurz den Rücken zu und schaute die Kapelle an.

„Sind Sie so weit?", flüsterte sie und hob die Hände.

Die Musiker legten ihre Instrumente an und warteten.

Essie zählte laut bis vier, dann bewegte sie die Hände auf und nieder. Die Melodie von „A Bicycle Built for Two" erfüllte den großen Raum. Sie nickte dem Dirigenten Mr Creiz zu, und er nahm ihren Platz ein. Als sie sich wieder umdrehte, sah sie, wie die Radfahrer aufstiegen und anfuhren. Das Publikum applaudierte, dann sang es mit der Melodie der Kapelle mit.

Mr Vandervoort radelte mit seinem frisch adoptierten Sohn Harley an ihr vorüber, der auf dem Lenker balancierte und vor Begeisterung quietschte. Ihm folgten Mr Baumgartner, Mr Pickens vom Lebensmittel- und Spirituosenladen, Miss Lillie Sue, die Tochter des Arztes, und Mrs Peterson, das Kindermädchen der Crooks.

Shirley sah aus, als würde sie von einem ganzen Heer von Männern begleitet, die sie auf allen Seiten ihres Rades flankierten. Bürgermeister Whiteselle und seine Frau sangen und radelten im Rhythmus zur Musik.

Mrs Lockhart stellte jedoch alle in den Schatten. Den Kopf hoch erhoben, die Haltung majestätisch. Sie beherrschte ihr Fahrrad mit Leichtigkeit, aber es war ihr neues Fahrradkostüm einschließlich einer weiten Knickerbockerhose und der farbigen Strümpfe, das die größte Aufmerksamkeit auf sich zog.

Essie verließ die Plattform und begab sich zum vorderen Teil des Gebäudes. Mr Weidmann verteilte Kostproben seiner Obstkuchen und neue Produkte aus seinem Süßigkeitenangebot. Mutter schenkte den Leuten, deren Kehlen ausgetrocknet waren, Bowle ein. Der junge Lawrence verteilte flache Fächer an die Damen, auf deren Rückseite „Corsicana-Fahrradklub" aufgedruckt war.

Das Lied ging zu Ende und der begeisterte Applaus des Publikums war ohrenbetäubend. Einige von Essies Schülern stellten ihre Räder ab und begaben sich auf die Suche nach ihren Familien. Andere fuhren weiter.

In der Mitte gaben Sadie und Shirley den glücklichen beiden Gewinnern, deren Namen vorher gezogen worden waren, kostenlosen Unterricht. Jeremy Gillespie war einer von ihnen. Er hatte sich ohne Zögern auf Shirleys Seite gestellt.

Sie blickte ihn finster an. Essie erstarrte. Ihr war nicht in den Sinn gekommen, dass Shirley etwas dagegen haben könnte, dem Enkel des stadtbekannten Trinkers Unterricht zu geben. Jeremy beugte sich vor und sagte etwas zu dem Mädchen. Ihre Augen wurden groß.

Er lächelte, zwinkerte und setzte sich auf das Rad. Die langen Stunden am Bohrturm hatten die Muskeln an seinen Schultern, seiner Brust und den Beinen breiter werden lassen. Er hatte dadurch auch ein Selbstvertrauen und eine Ruhe gewonnen, die er vorher nicht gehabt hatte. Er trug einen sauberen Anzug und einen Strohhut. Die Verwandlung vom Jungen zum Mann war verblüffend.

„… komme zu dem Schluss, dass Fahrräder eine fast genauso gute Gesellschaft sind wie die meisten Ehemänner."

Essie erkannte Mrs Lockharts Stimme sofort und drehte sich um. Sie sah, wie die alte Frau vor einer Gruppe älterer Witwen mit ihrem Stock fuchtelte.

„Man kann es loswerden und sich ein neues besorgen, ohne die ganze Stadt zu schockieren", beendete sie ihren Satz.

Die Kapelle spielte gerade den Refrain von „Sag Auf Wiedersehen, aber nicht Lebwohl", und die singenden Stimmen der Menge übertönten die Antworten, die die Frauen Mrs Lockhart gaben. Aber ihre entsetzten, ungläubigen Mienen waren nicht zu übersehen.

Essie unterdrückte ein leises Stöhnen.

„Sieht so aus, als wäre dein großes Debüt ein voller Erfolg", sagte ihr Vater in ihr Ohr.

Sie schaute sich um und lächelte. „Das finde ich auch. Ich hatte keine Ahnung, dass die Leute so zahlreich kommen würden."

Er drückte sie leicht an sich. „Vielleicht sollte ich dich die Stelle für meine nächste Ölbohrung aussuchen lassen."

„Du bist das letzte Mal doch auf Öl gestoßen."

„Ich weiß nicht, ob ich zweiundzwanzig Fässer Öl am Tag als großen Erfolg bezeichnen würde."

„Unsinn. Du kannst doch nicht erwarten, dass du gleich bei den ersten beiden Versuchen auf eine Springquelle stößt. Wo willst du als Nächstes bohren?"

„Ich bin offen für Vorschläge."

„Essie?", unterbrach Ewing das Gespräch und berührte ihren Ellbogen.

„Ewing! Ich hatte nicht erwartet, dich hier zu sehen."

Sie ergriff seine Hände und drückte ihre Wange an die seine. Er war ganz in Schwarz gekleidet, passend zu seiner neuen Stellung, die Haare sauber gekämmt, die Jacke gestärkt und ordentlich.

„Fast die ganze Stadt ist hier", sagte er, „darunter viele Mitglieder meiner Gemeinde." Er beugte sich vor und zwinkerte. Ein neckender Unterton lag in seiner Stimme. „Ich dachte, ich sollte lieber kommen und dafür sorgen, dass ihnen kein Unheil zustößt."

Papa reichte ihm die Hand. „Hallo, Pastor. Ich muss zugeben, dass du auf der Kanzel wirklich gute Arbeit leistest. Sehr gute Arbeit."

„Danke, Sir."

Jemand rief Mr Spreckelmeyers Namen und er drehte sich suchend um.

Ewing drückte nochmals Essies Ellbogen. „Gratuliere. Ich bin sehr stolz auf dich."

„Danke."

Er blickte forschend in ihr Gesicht. „Du siehst genauso hinreißend aus wie immer. Besonders dein Hut gefällt mir. Ist er neu?"

„Ja."

„Befindet sich an deinem Picknickkorb eine Schleife, an der ich ihn erkennen kann?"

„Ja."

„Dann werde ich danach Ausschau halten."

Sie schüttelte den Kopf. „Ich bringe ihn nicht zur Versteigerung."

„Er wird nicht versteigert?" Seine enttäuschte Miene überraschte sie. „Aber warum nicht? Du hast doch sicher …"

„Miss Spreckelmeyer?", rief Mrs Fowler. „Wo kann ich mich als Mitglied einschreiben lassen?"

Essie sah zur Frau des Schmieds hinüber und wandte

sich dann wieder an Ewing. „Es tut mir leid. Würdest du mich bitte entschuldigen?“

Er ließ sie nur widerwillig gehen. Sie eilte zu Mrs Fowler und führte diese zum Empfangspult.

Der Rest des zweistündigen Ereignisses verging wie im Flug. Sie stellte Mitgliedsausweise aus, beantwortete Fragen, nahm Komplimente für ihren Klub entgegen und beschwichtigte Schwarzmaler.

Nach dem letzten Lied teilte Onkel Melvin der Menge mit, dass die Versteigerung der Picknickkörbe in einer halben Stunde im Park beginnen würde. Das Gebäude leerte sich genauso schnell, wie es sich gefüllt hatte.

Essie bedankte sich bei der Kapelle, hob einige Fächer auf, die zertreten worden waren, und sperrte die Tür zu.

❖

Eine große Eiche auf einem Hügel schenkte Schatten und bot gleichzeitig eine gute Aussicht. Essie schüttelte ihre Decke aus, stellte ihren Picknickkorb darauf und setzte sich.

Es tat gut, ihre Füße auszuruhen. Mr Rolands Stimme drang den Hügel herauf, während er den Männern Miss Lizzies Korb anpries. Die Versteigerung begann.

Essie zog das Tuch von ihrem Korb, der mit einer rosa und weiß gepunkteten Schleife geschmückt war, und holte ihr Tagebuch, einen Stift und etwas Käse heraus.

Jesus Christus

Sie schrieb seinen Namen in ihrer schönsten Schrift in ihr Tagebuch.

Vorzüge:

– wird mich nie verlassen
– nichts kann mich von seiner Liebe trennen
– nahm meine Sünde auf sich
– hat mir vergeben
– verwandelt meine Dunkelheit in Licht
– interessiert sich für alles, was ich tue, weiß sogar, wie viele Haare ich auf dem Kopf habe

Mängel:

Essie nahm einen Bissen von ihrem Käse und tippte dann mit der Bleistiftspitze nachdenklich an ihre Lippen.

– ich kann ihn nicht körperlich sehen, berühren, hören
Ja, aber selig sind, die nicht sehen und doch glauben.

– hat immer in allem recht
Stimmt. Aber wenn du dich auf mich verlässt und mir vertraust, werde ich immer für dich sorgen.

– erwartet absoluten Gehorsam
Ich habe den Mann gewarnt, dass es besser ist, in der Wüste zu leben, als bei einer nörgelnden, zänkischen Frau. Das steht in den Sprüchen, für den Fall, dass du das vergessen haben solltest.

Sie biss erneut von ihrem Käse und verkniff sich ein Schmunzeln.

– hat Sinn für Humor

Eine tiefe Wärme und eine starke Belustigung erfüllten sie. Essie kicherte. Sie legte die Arme um sich und badete in der Wärme seiner Liebe. Dieses Gefühl war erfüllender, als sie es je für möglich gehalten hätte. Sie wusste natürlich, dass sie immer noch schwere Zeiten erleben würde. Aber sie wusste auch, dass sie nicht allein wäre. Mit einem Lächeln klappte sie das Tagebuch zu und neigte den Kopf, bevor sie ihr Essen auspackte. Sie dankte Gott für ihr tägliches Brot, dafür, dass er den Fahrradklub segnete, und vor allem dafür, dass er ihr Ein und Alles war.

Anmerkungen der Autorin

Die Menschen aus Corsicana in Texas sind über die Geschichte ihres Ortes begeistert. Man bewahrt sie, feiert sie und macht sie jedem Interessierten zugänglich. Es gibt ein historisches Viertel in der Innenstadt, ein Pionierdorf, das meiner Meinung nach zu den besten dieser Art im ganzen Land gehört. In einem Erdölpark wird an die Stelle erinnert, an der zum ersten Mal in Texas Öl gefunden wurde. Man stieß beim Bohren eines Wasserbrunnens durch Zufall darauf. Wenn Sie sich auf dem Weg von Dallas nach Houston befinden, dann machen Sie doch einmal eine Entdeckungstour durch Corsicana und genießen Sie in der historischen „Collin Street Bakery“ ein Stück Obstkuchen.

Den Bewohnern von Corsicana wird nicht entgangen sein, dass ich stellenweise die Daten ein wenig geändert habe, um Dinge in meinem Roman unterzubringen, die sich nicht 1894 ereigneten. Zum Beispiel ist Adams Geschichte von dem Viehtrieb wahr – aber er fand 1860 statt und der Leiter des Zuges war ein Mann namens Tom Hester. Man stieß 1894 auf Öl, aber nicht im August, sondern am 9. Juni. Mein Roman sollte aber am 4. Juli beginnen und deshalb habe ich die Daten ein wenig geändert.

Außerdem dauerte es in Wirklichkeit über ein Jahr, bis das zweite Ölloch gegraben wurde (siebzig Meter südlich des ursprünglichen Wasserbrunnens). Da meine Geschichte nur ungefähr acht Monate umspannt, musste ich den Bohrvorgang aber etwas beschleunigen.

Die Geschichte von dem einbeinigen Mann, der über ein Seil geht, ist ebenfalls wahr, aber ich fand widersprüchliche Zeitangaben dafür. Einige Quellen besagen, es sei 1884 geschehen, andere datieren das Ereignis in das Jahr 1898. Jedenfalls geschah es nicht 1894, aber ich finde, dass einige Ereignisse in der Geschichte einfach in den Roman aufgenommen werden müssen, auch wenn wir dafür den Kalender etwas verbiegen müssen.

Und bevor ich E-Mails von allen Schlangenfreunden bekomme, die wissen, dass Schlangen es eine ganze Weile ohne Nahrung aushalten: Bitte vergeben Sie mir meine Eile, Colonel freizulassen. Ich konnte es einfach nicht ertragen, ihn Katherine Crooks Gnade zu überlassen, und es wäre für die Geschichte nicht mehr wichtig gewesen, wenn Essie ihn mit sich nach Hause genommen hätte.

Ich freue mich darauf, ein weiteres Jahr mit Essie in Corsicana zu verbringen, während ich die Fortsetzung zu diesem Band schreibe. Die Fortsetzung wird vier Jahre später spielen (1898). Zu diesem Zeitpunkt nahm die Einwohnerzahl von Corsicana sprunghaft zu – und die Stadt wurde zur ersten Stadt in Texas, in der der Ölboom herrschte und in der fast jeder einen Bohrturm im Garten hatte.

Herrlich erfrischend!

Ausgewählte Roman-Bestseller

Deeanne Gist:

Die eigenwillige Jungfer

Roman.

Taschenbuch · 416 Seiten
ISBN 978-3-86591-680-8

Kirsten Winkelmann:

Schwesterherz

Roman.

Taschenbuch · 544 Seiten
ISBN 978-3-86591-684-6

Elisabeth Büchle:

Wohin der Wind uns trägt

Roman.

Taschenbuch · 576 Seiten
ISBN 978-3-86591-681-6